Knaur.

Knaur.

Über die Autorin:

Dorothy Eden kehrt mit diesem Roman in ihre Heimat Neuseeland zurück, die sie einst, so arm und hoffnungsvoll wie ihre Heldin, verlassen hatte, um in England ihr Glück zu machen.

Dorothy Eden

Wildes, grünes Land

Roman

Aus dem Englischen von
Elisabeth Epple-Lang

Knaur Taschenbuch Verlag

Die englische Originalausgabe erschien 1960
unter dem Titel »Sleep in the Woods« bei Ace Books.

Besuchen Sie uns im Internet:
www.knaur.de

Vollständige Taschenbuchausgabe September 2005
Knaur Taschenbuch.
Ein Unternehmen der Droemerschen Verlagsanstalt
Th. Knaur Nachf. GmbH & Co. KG, München

Umschlaggestaltung: ZERO Werbeagentur, München
Umschlagabbildung: ZEFA, Düsseldorf / Masterfile
Satz: Ventura Publisher im Verlag
Druck und Bindung: Clausen & Bosse, Leck
Printed in Germany
ISBN-13: 978-3-426-62935-2
ISBN-10: 3-426-62935-6

2 4 5 3 1

Wildes, grünes Land

1

Kurz nach Mittag ließ der Wind nach. So war es Briar möglich, mit dem Packen der Koffer fortzufahren, ohne durch das Schlingern und Stoßen gestört zu werden, das sie ganz durcheinanderbrachte.

Für Sophia und Mrs. Crewe hatte der hohe Seegang verheerende Folgen. Obgleich das Land bereits in Sicht war, mußte sich Mrs. Crewe, wie so oft während der Reise, in ihre Schlafkoje zurückziehen. Sophia dagegen ging trotz ihres jämmerlichen Zustands zu einem letzten Spaziergang an Deck.

»Wenn du mit dem Packen fertig bist, Briar, sieh einmal nach, was Prudence tut«, befahl Mrs. Crewe mit schwacher Stimme. »Weiß Gott, viel kann ihr ja nicht mehr passieren, eine Stunde bevor das Schiff den Hafen anläuft und bei hellichtem Tag. Trotzdem, ich werde in meinem ganzen Leben nie mehr die Verantwortung übernehmen, zwei junge Mädchen auf einer so langen Reise zu beaufsichtigen. Nie wieder!«

Briar sah die rundliche, ziemlich einfältige Frau mit heimlicher Verachtung an. Während der ganzen Überfahrt von England hatte sie sich wie ein Huhn benommen, dem die Entenküken ins Wasser entwischt waren, aber Prudence und Sophia ließen sich dadurch nicht stören. Sophia hatte ihre Aufmerksamkeit wenigstens mit sorgloser Unbekümmertheit an Gott und die Welt verschwendet, aber Prudence war in den gutaussehenden Zweiten Offizier verliebt und sah der bevorstehenden Trennung mit Kummer entgegen. Vermutlich betrachtete sie Mrs. Crewes Unwohlsein als himmlische Fügung, dachte Briar.

Aber jetzt konnte außer einem endlosen Abschiednehmen nicht mehr viel passieren, denn sie würden innerhalb der nächsten Stunde anlegen.

Briar faltete sorgfältig das letzte der bauschigen Seiden- und Musselinkleider der Mädchen zusammen. Das Schiff legte sich ein wenig auf die Seite, und Briar konnte durch das Bullauge einen kurzen Blick auf bewaldete Hügel erhaschen. Plötzlich packte sie eine ungeheure Erregung. Mit einem Blick auf Mrs. Crewes gebeugten Rücken stopfte sie den widerspenstigen Stoff achtlos in den Koffer, warf den Deckel zu und rannte aus der Kabine an Deck.

Eine scharfe, kühle Brise und strahlender Sonnenschein empfingen sie. Jenseits der blauen Bucht erhoben sich im Halbkreis die Hügel. Ihre Gipfel sahen aus wie gerupfte Hühnchen, und der grüne Busch lief wie Wasser an den Hängen und Schluchten hinab. In der Ferne, am Fuß der Hügel, lagen einzeln und verstreut die Häuser des Städtchens. Nein, kein Städtchen – eine Stadt! Eine lebhafte Stadt. Wellington, die Hauptstadt von Neuseeland.

Eine Handvoll Häuser nur, wie es schien, über denen sich der Himmel und die Berge erhoben. Der Ort, von dem alle während der langen Reise so optimistisch gesprochen hatten. Wo Mrs. Crewe ihren Sohn und ihre Schwiegertochter treffen wollte und wo Prudence und Sophia Ehemänner finden sollten.

Niemand hatte ein Wort darüber verloren, was Briar dort erwartete; aber womit sollte die Ärmste auch schon rechnen können bei ihrer Herkunft. Vielleicht mit einer guten Stellung als Haushälterin, oder aber sie heiratete einen ehrlichen, rechtschaffenen Einwanderer, der nicht allzu genau über ihr Vorleben Bescheid wissen wollte.

»Tante Charity wird einen Ehemann für dich finden«, hatte Sophia fröhlich verkündet. »Sie ist ganz wild darauf, Leute zu verheiraten. Deshalb hat sie Prudence und mich kommen lassen. Sie sagt, sie hat sich immer Töchter gewünscht und die Kolonie braucht Damen. In Wirklichkeit geht es ihr nur um das Vergnügen, Hochzeiten zu arrangieren. Sie versprach Mama, dafür zu sorgen, daß wir gut erzogene Ehemänner bekommen. Deshalb bezweifle ich nicht, daß sie auch für dich einen Mann finden wird, wenn sie erst Prue und mich gut versorgt hat. Allerdings bist du ein ganz schön kratzbürstiges Geschöpf. Ich kann mir nicht vorstellen, wer dich heiraten will.«

Briar hob den Kopf, aber sie zwang sich, sanft zu antworten. »Ich erwarte von Ihrer Tante nicht, daß sie einen Ehemann für mich findet, Miß Sophia.«

»Da haben wir's!« sagte Sophia. »Du brauchst gar nicht so hochnäsig zu tun. Das schickt sich nicht für jemand in deiner Stellung. Ich glaube nicht, daß Prue und ich dich auch nur einen Tag länger behalten würden, wenn wir in England wären. Aber hier am Ende der Welt, weiß Gott, ob wir ein anderes Mädchen finden.«

Sie hob ihre hübschen molligen Schultern und fügte dann hinzu: »Jetzt sind wir schon so lang zusammen, daß wir dich ganz gern mögen. Ich werde selbst mit Tante Charity

sprechen. Sie wird schon einen passenden jungen Mann finden.«
»Nein! Wagen Sie es nicht!« schrie Briar, dann biß sie sich auf die Zunge. »Bitte, Miß Sophia. Ich will keinen Ehemann. Wenigstens keinen, der für mich ausgesucht wurde.«
»Na gut, wenn du zu stolz bist! Blödes kleines Ding. Du wärst recht hübsch, wenn du mehr Farbe hättest und mehr Fleisch auf deinen Knochen. Hat deine Familie dich als Kind hungern lassen?«
»Nein!« sagte Briar wütend.
»Na, ärgere dich nicht. Ich will dir ja nur einen Rat geben. Prue und ich werden ganz bestimmt nichts dagegen unternehmen, wenn Tante Charity sich nach geeigneten Ehemännern umsieht. Ich sehne mich danach. Du lieber Himmel, ich bin zwanzig! Ich werde alt!«
Aber Prudence hatte sich in den Zweiten Offizier, Edmund Wheeler, verliebt. Ihr Gesicht, weniger rund und lustig als das von Sophia, war angesichts der bevorstehenden Trennung bleich und angespannt. Denn Edmund war ein mittelloser zweitgeborener Sohn mit nichts weiter als einer Karriere als Seemann, und Tante Charity würde wohl kaum einer solchen Heirat zustimmen. Das heißt, falls Edmund es überhaupt ernst meinte. Jeder sagte, traue keinem Seemann. Heiraten! Die Mädchen und Mrs. Crewe sprachen von nichts anderem. Briar war dieses Thema leid. Gab es im Leben denn gar nichts anderes? Und wenn, was sollte dann aus ihrem Leben werden? Ein Dienstmädchen und Waise, die nicht einmal wußte, wer ihre Eltern waren. Ein Farmer, der zufällig am Graben vorüberging und ihr Weinen hörte, hatte sie aus den Armen ihrer toten Mutter gerettet.

Der Farmer war ein einfacher Mann gewesen, der dichterisch veranlagt war. Als sie ihn aus ihrem verschmutzten Kleiderbündel heraus angeschaut hatte, meinte er: »Eine kleine Heckenrose, die in der Gosse wächst. Das wirst du sein.«

Er hatte sie zu seiner Frau nach Hause gebracht, und die Polizei hatte das unbekannte Mädchen, das vermutlich ihre Mutter war, beerdigt. Briar wuchs mit den Kindern des Farmers auf, bis sie alt genug war, um eine Stellung anzunehmen. Die Farmersfrau war zwar immer freundlich zu ihr gewesen, aber viel hatte sie sich nicht aus dem dünnen kleinen Findling gemacht und war erleichtert, als sie ging. Man hatte Briar gerettet und verschaffte ihr jetzt einen guten Start ins Leben. Weder der Farmer noch seine Frau brauchten sich irgendwelche Vorwürfe zu machen. So wurde Briar in das Haus eines Schulmeisters und seiner Frau gebracht, wo sie Nahrung, Kleidung und ein bißchen Unterricht erhielt. Andrew Gaunt war der geborene Lehrer und konnte Unwissen nicht ertragen. Als Gegenleistung mußte Briar zahlreiche Hausarbeiten verrichten.

Die nächsten sieben Jahre bedeuteten für Briar die erste und einzige Begegnung mit dem Glück. Sie besaß einen wachen Verstand, und Andrew Gaunt machte sie nicht nur mit den englischen, sondern auch mit den französischen Klassikern bekannt, und brachte ihr darüber hinaus noch ein wenig Latein und Griechisch bei. Er korrigierte ihren bäuerlichen Akzent und förderte ihren angeborenen Sinn für das Schöne. Sein schmales Gelehrtengesicht war das einzige, das Briar je geliebt hatte. Als er starb, war sie trostlos.

Sie mußte sich eine andere Stellung suchen; denn seine

Witwe war so arm, daß sie keinen zusätzlichen Esser durchfüttern konnte. Also verschwieg Briar ihre intellektuellen Fähigkeiten, denn wer wollte schon ein Dienstmädchen mit Kenntnissen über die Klassiker und einer stillen Liebe zu den Werken Montaignes?, und nahm eine Stelle bei der Witwe eines Geistlichen an und später bei Mrs. Carruthers, der Mutter von Sophia und Prudence.

Das war ein Haushalt mit fünf Mädchen, die alle verheiratet werden mußten wie bei Jane Austens Mrs. Bennet. Und keines von ihnen war hübsch oder geistreich genug, um den Mangel an Mitgift aufzuwiegen. Als daher die Schwägerin der Mutter, die in Neuseeland lebte, den Vorschlag machte, ihr eins oder zwei der Mädchen zu schicken – sie hatte ein großes Haus, das Klima war ideal und heiratsfähige junge Männer gab es massenweise –, ergriff die arme, besorgte Mrs. Carruthers die Gelegenheit und schickte die beiden Ältesten, Sophia und Prudence, nach Neuseeland. Natürlich unter der Obhut einer entsprechenden Gesellschafterin und in Begleitung eines Mädchens.

Als man Briar in den Armen ihrer toten Mutter gefunden hatte, war sie schätzungsweise drei Monate alt gewesen. Ihr Retter war nicht in der Lage gewesen, ihr irgend etwas über ihre Mutter zu erzählen, außer der Tatsache, daß sie unter ihrem zerschlissenen Mantel erstaunlicherweise einen kostbaren Seidenunterrock getragen hatte und sehr jung gewesen sein mußte. Das war genug Stoff für Briars einfallsreiche und einsame Gedanken. Ihre Mutter, nahm Briar an, war eine von ihrem Geliebten verlassene Dame gewesen oder vielleicht eine junge Witwe, die niemand mehr hatte, an den sie sich wenden konnte. Aber sie hatte ihr Baby leidenschaftlich geliebt. Dessen versicherte sich Briar immer wieder aufs neue. Sie, die von ihren Pflegeeltern nur wie ein streunendes Kätzchen geduldet worden war und mit deren klarem Verstand Andrew Gaunt, der Schulmeister, seine Experimente gemacht hatte, war von ihrer Mutter geliebt worden. Das wußte sie. Und eines Tages, eines Tages …

Ihre undurchschaubaren Sehnsüchte gipfelten in bewußter Täuschung. Sie belog die Carruthers über ihre Familie. Sie sagte, ihre Eltern lebten in Devon und seien zu arm, um sie zu Hause zu behalten. Aber natürlich schrieben sie ihr Briefe und interessierten sich lebhaft für ihr Wohlergehen.

Bevor dieser Betrug aufgedeckt werden konnte, brach die Aufregung über die Reise nach Neuseeland über sie alle herein.

Briar würde niemals die Unterhaltung mit Mrs. Carruthers vergessen.

»Briar, wenn ich dich bitten würde, mit Sophia und Prudence nach Neuseeland zu reisen, hätten deine Eltern etwas dagegen?«

Briars Herz hüpfte vor Aufregung. Sie hatte das Gefühl, als wehe ihr ein frischer Wind vom anderen Ende der Welt entgegen. Ein neues Land, ein neuer Anfang. Die Chance, jemand zu sein. Ein Mensch, der alle Erinnerungen abstreifte, außer der an den lieben Mr. Gaunt und an das schlanke junge Mädchen im Seidenunterrock, das noch im Tod sein Baby liebevoll umschlungen hielt.

Ganz durcheinander und schrecklich erregt, konnte Briar ihre Gefühle nicht ausdrücken. Und bevor sie die richtigen Worte fand, fuhr Mrs. Carruthers fort: »Natürlich mußt du auch selbst gehen wollen. Ich würde dich niemals darum bitten, etwas so Schwerwiegendes gegen deinen Willen zu tun. Aber mir scheint, ein junges Mädchen wie du hat dort drüben bessere Aussichten als hier. Man sagt, eine Menge ehrlicher Arbeiter seien ausgewandert und suchten Frauen. Du müßtest selbstverständlich versprechen, deinen Pflichten bei meinen Töchtern nachzukommen, so lange sie dich brauchen, und dich korrekt zu benehmen. Aber du scheinst ein recht kluges Mädchen zu sein, das seinen Platz kennt. Angenommen, ich schreibe an deine Eltern ...«

»Nein, ich mache das, ich mache das!« rief Briar. Dann wurde ihr bewußt, wo sie war und sie fügte hinzu: »Bitte, lassen Sie mich das tun, Ma'am. Ich kann meine Eltern beinahe zu allem überreden, wenn ich nur will. Sie schlagen mir nicht gern etwas ab, verstehen Sie.« Sie hielt die Lider gesenkt und verbarg ihre vor Freude strahlenden Augen. »Ich möchte ja so gerne fahren, Ma'am. Und ich verspreche Ihnen, ich werde mich um Miß Sophia und Miß Prudence kümmern.«

Mrs. Carruthers lächelte nachsichtig. »Du bist jünger als die beiden, aber ich glaube, in deinem kleinen Kopf steckt eine Menge Verstand. Also gut, schreib deinen Brief selbst und laß es mich wissen, sobald du Antwort bekommst. Übrigens, wer hat dich Schreiben gelehrt?«

Briar schaute sie ruhig an. »Mein Vater, Ma'am.«

Ein paar Tage später ging Briar mit dem angeblich von ihrer Mutter stammenden und absichtlich mit Fehlern gespickten Brief zu Mrs. Carruthers und verkündete atemlos: »Ich darf fahren, Ma'am. O Ma'am, ich bin so glücklich!«

»Was erwartest du denn in diesem fremden Land?« fragte Mrs. Carruthers trocken. »Na schön, Kind, du scheinst den wirklichen Pioniergeist zu haben. Nur denke daran, ich erwarte, daß du dich so benimmst, wie es sich für deine Stellung geziemt. In allen Situationen. Verstehst du mich?«

Vor langer Zeit, vor ganzen zwölf Wochen in England hatte sie dies ernsthaft versprochen. Aber schon jetzt verspürte sie den frischen Wind im Gesicht und ein unkontrollierbares Verlangen nach etwas, was sie erwartete. Etwas, das sie zu einem vollwertigen Mitglied dieser Gesellschaft machen würde, zu einer individuellen Persönlichkeit, von der zärtliche und liebevolle Stimmen sagen würden: »Hier kommt Briar!«

Mrs. Carruthers und ihre nervösen, unverheirateten Töchter wurden mit einem Mal unwirklich.

Es war eine lange, lange Reise mit langweiligen, lustigen und tragischen Ereignissen gewesen. Es hatte Stürme gegeben und Zeiten heißer, luftloser Stille. Auf dem Zwischendeck war Streit ausgebrochen, und auf dem Oberdeck wurde heftig geflirtet. Zwei Babys waren zur Welt gekommen. Eines davon starb nach der Geburt, das andere wurde mit der Milch der unglücklichen Kuh Daisy aus Devonshire am Leben erhalten. Die Kuh war das Eigentum eines optimistischen jungen Siedlers, der inständig hoffte, sie lebend an ihren Bestimmungsort zu bringen. Dann waren die Masern ausgebrochen, die an Bord eines Schiffes am meisten gefürchtete Krankheit, und sieben Kinder waren gestorben.

Jemima Potter, die Frau mit dem zarten Neugeborenen, verlor zwei ihrer vier größeren Kinder. Und es war Briar, die an ihrer Seite stand, als die beiden kleinen Körper, die fast zu leicht waren, um zu sinken, in die aufschäumenden Wogen glitten. Jemima faßte große Zuneigung zu dem schlanken, unauffällig gekleideten Mädchen mit dem verschlossenen Gesicht, und es entwickelte sich eine Freundschaft zwischen den beiden. Jemima war erst sechsundzwanzig und hatte ihrem phlegmatischen Mann, Fred Potter, bereits fünf Kinder geboren. Jetzt lebten nur noch drei und Briar sah auf Jemimas Gesicht ein tiefes Mißtrauen gegenüber dem neuen Land und dem, was es den Kindern antun würde. Aber Fred hatte auswandern wollen, irgendwohin, wo er eigenen Grund und Boden besitzen würde, um seine eigenen Kartoffeln anzubauen, und so waren sie aufgebrochen. Es schien, als habe er seine Freiheit zu einem sehr hohen Preis erstanden.

Das waren die einzigen Freunde, die Briar während der Reise gewonnen hatte, und zu ihnen wollte sie jetzt, als das Schiff in die blaue Bucht einlief.

Sie schlüpfte nach unten, um sie in einem Durcheinander von Koffern, Gepäckstücken und drängelnden Menschen zu finden.

»Wir sind da, Jemima!« rief sie. »Stellen Sie sich doch vor! Wir sind da!«

»Also Briar, Sie sehen ausgesprochen hübsch aus, wenn Sie so aufgeregt sind. Mit Röte überzogen, wie eine Rose.«

Briar lachte. »Vertrödeln Sie keine Zeit mit Komplimenten. Gehen wir hinauf an Deck. Hier, ich nehme das Baby.«

»Was ist mit Ihren Damen?«

»Ach, die können auf sich selbst aufpassen.«

»Das ist keine Art zu reden, Briar«, sagte Fred Potter in seiner schwerfälligen Art. »Sie mögen in einem neuen Land sein, aber Sie haben noch immer die gleiche Stellung.«

»Ja, Sie sind noch immer Dienstmädchen, Briar«, sagte Jemima ängstlich. »Sie sind von ihnen abhängig.«
Benimm dich, wie es sich für deine Stellung geziemt ...
Sie hörte das Echo von Mrs. Carruthers' Stimme.
Mit einer Kopfbewegung warf Briar ihre dunklen Locken nach hinten. Ihre Augen waren von leuchtendem Grün, und ihre Wangen glühten. Sie konnte die Begeisterung nicht begreifen, die sie erfaßt hatte. Ihr war, als verwirkliche sich einer ihrer seltsamen Träume.
»Ich werde nicht lange Dienstmädchen bleiben. Ihr werdet schon sehen!«

Auf dem Oberdeck sah sich Sophia ungeduldig um. Wo war Prudence? Wo war Briar? Und wo war Mrs. Crewe, auch wenn sie deren Geschnatter so bald nicht wieder zu hören wünschte. Noch wichtiger war, wo Captain Bower steckte, der sie so angehimmelt und ihr dauernd Komplimente gemacht hatte, und dieser Geoffrey Standish, der Besitzer dieser unmöglichen Kuh Daisy? Geoffrey war wahrscheinlich verschwunden, um sich während dieser letzten Station der Reise um Daisys Wohlergehen zu kümmern, und Prue, dieses Luder, steckte mit ihrem Edmund irgendwo hinter den Rettungsbooten. Über diese Narretei mußte sie bald hinwegkommen, überlegte Sophia nüchtern. Tante Charity würde keinerlei Unsinn mit mittellosen Seeleuten dulden, und sicherlich kämen für sie nur die begehrenswertesten Junggesellen in Frage. Schließlich war sie die Kusine des Gouverneurs und gehörte zur besten Gesellschaft.
Wirklich, was machte es schon aus, in diesem letzten Augenblick allein an der Reeling zu stehen? In ein paar Tagen

würde ihr niemand mehr von diesem todlangweiligen Schiff etwas bedeuten. Sie war viel hübscher als Prue, und außerdem würde Prue sowieso blaß und vertrotzt aussehen wie immer, wenn sie sich unglücklich fühlte. Sie, Sophia, würde diejenige sein, die die jungen Männer von Wellington auf die Beine brachte. Sie würde die Schönste der Stadt sein.
Tante Charity hatte von Bällen im Haus des Gouverneurs geschrieben, von Wochenend-Partys in Landhäusern und von allen möglichen Festlichkeiten. Diese neuen Kleider, die letzte Mode aus Paris und London, die Briar soeben eingepackt hatte, würden alle in Erstaunen versetzen und mit Bewunderung erfüllen. »Da geht Miß Sophia Carruthers, die Nichte des Gouverneurs, der Glanzpunkt der Saison.«
O ja, man würde sich in diesem neuen Land schon gut zurechtfinden.
Aber es war ziemlich unerfreulich, hier allein zu stehen, als sei man das unbeliebteste Mädchen an Bord. Wo war Prudence bloß?
In der Kabine merkte Mrs. Crewe allmählich, daß das Schiff seine Geschwindigkeit drosselte. Sie drehte sich um, seufzte und mühte sich schwerfällig aus der Koje. Man mußte sich zusammenreißen. Gleich würde man an Land gehen, und dann mußte sie die jungen Damen vorstellen, wie es sich gehörte. An ihr lag es nicht, wenn sie möglicherweise keine Jungfrauen mehr waren.
Verwandte des Gouverneurs. Nun ja, vielleicht. Aber wer war schon der Gouverneur einer kleinen, neuen Stadt wie dieser hier? Miß Sophia und Miß Prudence würden vielleicht schon bald entdecken, daß sie sich vergebens Hoffnungen gemacht hatten. Es würde darauf hinauslaufen, daß

sie irgendeinen linkischen Farmer oder Bankbeamten heirateten und ihre Hausarbeit selbst verrichteten. Und das würde ihnen gar nicht schaden. Es könnte sogar sein, daß dieses Nichts von einem Dienstmädchen mit seinem verschlossenen Gesicht und seiner scheinbaren Sanftmut das gleiche erreichte. Es sei ein freies Land, sagte man. Standesunterschiede blieben an Bord. Selbst Barmädchen heirateten in Adelskreise hinein. Und was diese dunkelhäutigen Maoris mit ihrem Kriegsgeschrei und ihren tätowierten Gesichtern betraf ... Mrs. Crewe überlief ein solcher Schauer, dass sie fürchtete, sie könne wieder krank werden. Sie wünschte, sie wäre wieder in England! Ob Gouvernante von Gouverneursverwandten oder nicht. Und war diese gerissene Prudence überhaupt noch Jungfrau?

Mrs. Crewe hätte sich darüber keine Sorgen zu machen brauchen. Prudence war viel zu streng erzogen worden, um sich unschicklich zu benehmen. Außerdem hatte sie nur eine schwache Vorstellung von dem, was eine Ehe bedeutete, und dachte, das Zittern und die Schwindelgefühle, die sie ergriffen, wenn Edmund ihr tief in die Augen schaute, rührten von einer ihr eigenen Schwäche her. Einmal, als nur das Licht vom Besanmast schien und die See geheimnisvoll phosphoreszierte, hatte er es gewagt, ihr einen Kuß zu stehlen. Aber sie war verwirrt und entsetzt zurückgewichen. So etwas mußte bis nach der Hochzeit warten.

Aber würde es ihm jemals möglich sein, sie zu heiraten? Wollte er das auch wirklich? Sie mußte sich selbst eingestehen, daß sie und Sophia die hübschesten Mädchen an Bord waren. Sophia mit ihrer hellen Haut und den runden blauen Augen war hübscher. Aber zu der Zeit, als Edmund auf sie

beide aufmerksam geworden war, hatte Sophia bereits mit dem Kapitän geflirtet.
Also hatte Edmund erklärt, er habe nur Augen für Prudence, und sie hatte ihm geglaubt, weil sie sich das wünschte. Gewiß, seine Worte hatten bis zu diesem letzten Tag nichts von ihrer Inständigkeit eingebüßt, wenn auch hin und wieder seine Augen zu wandern schienen. Einmal hatte Prudence bemerkt, daß er Briar anstarrte, die die Kajütentreppe heraufgekommen war und sich herausfordernd das Haar vom Wind zausen ließ. Briar, ein Dienstmädchen! Ein kleines, unscheinbares Mädchen in ihrem grauen Kleid.
Sie hatte sich das aufflammende Interesse in Edmunds Augen sicherlich nur eingebildet. Jetzt, da die Hügelkette immer näher rückte, konnte sie sich gewiß nicht über seine ungeteilte Aufmerksamkeit beklagen.
»Prue, meine Liebste! Darf ich dich bei deiner Tante besuchen?«
Prudence zögerte, dann platzte sie ungeniert heraus, wie Sophia es getan hätte. »Das kommt ganz auf deine Absichten an. Tante Charity ist sehr streng, glaube ich. Wenigstens sagte Mama …«
Eine kräftige Hand legte sich auf ihren Arm, und ein angenehmes Zittern lief durch ihren Körper. »Aber meine liebste Prue, du mußt doch wissen, welche Absicht ich habe! Aber weiß der Teufel, ich habe kein Geld. Ich muß noch einige Reisen machen, bis ich genügend Geld beisammen habe, um mir Land kaufen zu können. Wenn man Land kaufen kann, kann man ein Vermögen machen.«
»Ein Vermögen?«
»Natürlich. Alle Pioniere machen ein Vermögen. Besonders,

wenn sie das Glück haben, Land zu kaufen, auf dem sie Gold finden.«

»O Edmund! Wenn du das doch auch könntest!«

»Weshalb nicht?« Sein strahlender Blick ruhte auf ihr. »Prue, ich weiß, ich sollte zuerst mit deiner Tante oder mit deinem Onkel sprechen, aber wirst du auf mich warten?«

»Wie alt bist du?« fragte sie. Die ungeheure Bedeutung seiner Frage machte sie plötzlich seltsam ruhig.

»Ich bin neunzehn. Alt genug, weiß Gott!«

»Ich auch. Sophia ist zwanzig, und noch niemand hat sie gebeten, seine Frau zu werden. Also bin ich die erste«, sagte sie atemlos.

»Ich meine, es ist nicht nur deshalb, weil ich Sophia übertrumpft habe, Edmund. Sag, wir sind doch nicht zu alt, wenn wir noch drei Jahre warten müssen. Oder vielleicht sogar vier. Bis dahin wirst du genügend Geld gespart haben, nicht wahr? Und die Zeit vergeht schon. Ich könnte meine Aussteuer nähen. Edmund, meinst du wirklich, was du sagst?«

»Im Augenblick«, sagte er draufgängerisch, »gibt es nichts, was ich mir mehr wünsche, als dich zu küssen!«

»Hier kommt Sophia«, sagte Prudence und versuchte, ihr Gesicht unter Kontrolle zu bringen. »Sophia, Edmund und ich verabschieden uns gerade voneinander.«

»Das kann ich sehen«, erwiderte ihre Schwester unfreundlich. »Brauchst du unbedingt so lange dazu? Ich könnte mir vorstellen, daß Edmund andere Pflichten hat. Briar ist verschwunden, und Mrs. Crewe zieht sich gerade ihren Mantel an. Sie sagt, wir sollten das gleiche tun. Wir gehen jeden Augenblick an Land, Gott sei Dank. Ich jedenfalls weine diesem Schiff keine Träne nach«, fügte sie hinzu und gewann ihren üblichen Humor zurück. »Wenn ich erst wieder auf festem Boden bin, schlage ich mit den Füßen um mich wie die arme alte Daisy, wenn sie auf die Weide kommt. Wenn Tante Charity noch keine Pläne für unsere Unterhaltung gemacht hat, werden wir das selbst tun!«

2

Der Spitzenvorhang blähte sich durch einen plötzlichen Windstoß nach innen, und Tante Charitys großes, besorgtes Gesicht erschien am Fenster.

»Zum Kuckuck mit diesem Wind! Wird er denn niemals aufhören!« Sie blickte über die Bucht und rief plötzlich aufgeregt: »Hubert! Die ›Mary Louise‹ ist eingelaufen! Hubert, komm sofort her!«

Als sie keine Antwort bekam, bewegte sie sich hastig und nicht gerade graziös in Richtung Tür. Sie war klein und ziemlich dick. Auf seltsame Weise glich sie den Möbeln in ihrem riesigen und sehr zugigen, holzgetäfelten Haus. Alle Stühle waren massiv und dick gepolstert, und alle Kissen bis zum Platzen gefüllt. Sie selbst glich einem prallen Kissen, das man in der Mitte abgebunden hatte. Ihre kleinen, molligen Hände waren mit schweren Ringen geschmückt, und ihre Füße steckten in eleganten, hochhackigen Hausschuhen, die man unter ihren schwingenden Röcken ab und zu zu sehen bekam. Sie trug ein weißes Spitzenhäubchen mit schwarzem Samtband, das unter ihrem Kinn zur Schleife gebunden wurde. Ihr Mund wirkte in ihrem großen, runden Gesicht viel zu klein, und ihre Augen gingen munter hin und her. Den Bewegungen und dem ruhelosen Ausdruck ihres Gesichtes nach zu schließen, war auch ihre Zunge nur selten ruhig.

»Hubert, wo bist du? Hörst du mich nicht? Die ›Mary Louise‹ ist eingelaufen. Die Mädchen werden jeden Augenblick hier sein.«
Aufgrund ihres Umfangs stapfte sie die Treppe nur sehr langsam und geräuschvoll hinunter, was ihren Mann an seinem Schreibtisch dazu veranlaßte, angespannt auf das Kommende zu warten.
»Ach, hier bist du, Hubert. Hast du nicht gehört, das Schiff ist eingelaufen! Es hat schon Anker geworfen. Wie kannst du nur so gleichgültig sein?!«
Im Vergleich zu ihrer Rastlosigkeit wirkte ihr Mann ausgesprochen zurückhaltend. Außerdem war er meist mit Angelegenheiten beschäftigt, die das Land betrafen. Auch jetzt blieb er ruhig und gelassen, obgleich die breiten Fenster seines Arbeitszimmers direkt auf die blaue Bucht hinausgingen, wo das Schiff vor Anker lag.
»Es sind deine Nichten, meine Liebe. Ich habe dir von Anfang an gesagt, das ist ganz und gar deine Angelegenheit. In deinem Gesicht spiegeln sich jetzt schon Hochzeitsfreuden« – er sackte ein wenig zusammen – »und all dieses endlose Hin und Her, was ihr Frauen so treibt.«
»Nun, Hubert, so weit voraus brauchst du ja nicht zu blikken. Es wird eine Menge Partys und Spaß geben, ehe es zu Hochzeiten kommt. Wir müssen den lieben Mädchen doch zeigen, wie das Leben in der Kolonie sein kann. Vermutlich denken sie, sie kommen zu den Wilden.«
»Das tun sie auch«, sagte Hubert düster. »Ich habe gerade Nachricht aus dem Norden erhalten. Die Maori machen wieder ernsthafte Schwierigkeiten. Sie haben sich auf einen Religionskrieg eingelassen, und du weißt, was das bedeuten

kann.« Flüchtig streifte sein Blick das Gesicht seiner Frau, und er fügte hinzu: »Vielleicht weißt du's auch nicht.«
»Alles, was ich weiß, ist, daß sie eine Horde heulender Wilder sein können. Aber das ist im Busch und braucht uns nicht zu kümmern. Wir sind hier vollkommen sicher.«
»Wir sind in Neuseeland, meine Liebe. Wir haben es zu unserem Land gemacht, und wir müssen uns um die Schwierigkeiten hier kümmern, ob sie nun vor unserer Haustür stattfinden oder nicht. Dieser Te Kooti ist ein Fanatiker. Er ist zum Kannibalismus zurückgekehrt, weißt du. Ich habe hier den Bericht über einen weißen Soldaten, einen von deinen Jungs, meine Liebe, der als Mahlzeit zubereitet worden ist.«
»Als Mahlzeit?« wiederholte Tante Charity schwach.
Hubert Carruthers warf einen Seitenblick auf das entsetzte Gesicht seiner Frau. Plötzlich packte ihn die Wut über ihre Dummheit. Sie hatte nichts anderes im Kopf, als unnütze Partys zu organisieren und als Kupplerin zu agieren, während in dem Land, das er bereits liebengelernt hatte, schreckliche Dinge vor sich gingen. Er paßte nicht zu ihr. Er hätte zu gern eigene Kinder gehabt, Söhne, die er diesem reichen, fruchtbaren Land mit den tausend Möglichkeiten hätte schenken können. Und daß Charity trotz ihres fülligen Körpers nicht fähig gewesen war, ihm diesen Wunsch zu erfüllen, hatte ihn zutiefst enttäuscht. Daß sie jetzt obendrein von der Ankunft zweier unbekannter Nichten so begeistert sein konnte und voller Pläne für deren Vergnügungen steckte, erfüllte ihn mit heftigem Groll.
Also gab er sich genüßlich einem seiner kleinen Racheakte hin. »Hör dir das an«, sagte er beinahe genießerisch und las

vor: »›Ich sah zu, wie der Körper des weißen Soldaten für das Fest der Krieger vorbereitet worden ist. Zuerst wurde der Kopf mit einem Tomahawk abgeschlagen, dann wurde der Körper aufgeschnitten und bearbeitet wie ein eben geschlachtetes Tier. Der Körper wurde auf die rotglühenden Steine eines Erdofens gelegt, so daß man die äußerste Haut danach leicht abschaben konnte.‹«

»Hubert, hör auf! Das ist barbarisch. Das macht mich ganz krank.«

»Hör zu!« befahl er. »Das ist dein Land. Du mußt dich um das kümmern, was hier vor sich geht – ›Dann schüttete man Wasser über die heißen Steine, wodurch sich Dampf entwickelte, in dem das Fleisch gegart werden sollte. Oben auf die Steine legte man grüne Blätter. Der Körper wurde in Stücke zerlegt, die sich gut weichkochen ließen. Die dicksten Fleischstücke schnitt man aus den Hüften. Die Hände wurden mit den Handflächen nach oben hingelegt; denn die Finger krümmten sich während des Kochens und die hohle Hand füllte sich mit Fleischsaft. Eine große Delikatesse für die Maori …‹«

Inzwischen schien Tante Charity auf schreckliche Weise fasziniert. Ihr Mund war ein klein wenig offen, und ihr Blick war starr.

»›Es dauerte zwei bis drei Stunden, bis der Körper des Pakeha, das heißt des weißen Mannes, gekocht war. Dann wurde der Ofen abgedeckt und sein Inhalt in kleine Flachskörbe verteilt und mit Farnkraut und Blättern garniert. Es ist außerdem üblich, etwas von den jungen, zarten Blättern des Bodenfarns zusammen mit dem Fleisch zu kochen. Das erhöht das Aroma.‹«

»Hubert! Ich muß mich setzen!«
Etwas reuevoll sprang Hubert auf und geleitete seine Frau zu einem Stuhl.
»Tut mir leid, meine Liebe. Aber diese Dinge passieren, während du nichts anderes im Kopf hast als gesellschaftliches Leben.«
Obwohl Tante Charity so tat, als sei sie einer Ohnmacht nahe, denn eine Dame der Gesellschaft dürfte niemals etwas so Gräßliches mit anhören müssen, geschweige denn Zeuge einer solchen Tat sein, verfügte sie in Wirklichkeit über eine zähe Natur. Es war unweiblich, bei einer solchen Schilderung nicht in Ohnmacht zu fallen, aber wenn sie diesen Wilden von Angesicht zu Angesicht gegenüberstünde, würde sie ein beträchtliches Maß an Mut und Standhaftigkeit beweisen.
Außerdem war ihre Phantasie nicht sehr lebhaft. Ihre Gedanken beschäftigten sich noch immer fast ausschließlich mit dem Schlafzimmer im oberen Stock, das die Gäste erwartete, mit der Befürchtung, die Mädchen könnten nicht munter und attraktiv genug sein, um den Bemühungen um ihr Wohlergehen gerecht zu werden. Was für eine neue Mode würden sie wohl aus London in dieses traurige, hinterwäldlerische und verlassene Land bringen?
»Hubert, ich verbiete dir, solche Dinge vor Prudence und Sophia zu besprechen und sie zu Tode zu erschrecken.«
»Sie müssen wissen, was sie erwartet.«
»Aber nichts Derartiges wird sie erwarten! Sie werden hier bei uns in Sicherheit leben.«
»Du bist doch fest entschlossen, für diese jungen Damen Ehemänner aufzutreiben, meine Liebe. Ist es denn da nicht

möglich, daß sie junge Siedler heiraten, die in die Wildnis ziehen?«
»O nein, Hubert, das ist nicht möglich.« Tante Charity war jetzt in ihrem Element und wurde geschwätzig. »Ich habe mir bereits gedacht, daß Peter Fanshawe für eine von ihnen sicher passend wäre. So ein netter Junge und aus sehr guter Familie. Und er wird hier in deiner Bank bleiben, nicht wahr?«
»In seinem hübschen Kopf ist nicht ein Funke Verstand«, brummte Hubert. »O ja, er wird einen ganz ordentlichen Bankbeamten abgeben. Aber mehr nicht.«
»Er ist ein sehr ansehnlicher junger Mann!« erklärte Tante Charity aufgebracht. »Und wenn er nicht allzuviel Interesse an seiner Arbeit zeigt ... nun, welcher junge Mann in seinem Alter tut das schon? Außerdem ist das auch nicht so wichtig, oder? Soviel ich weiß, hat er eine sehr nette Erbschaft zu erwarten. Ich dachte mir, vielleicht baut er auf dem Stück Land, das diese schöne Aussicht auf den Hafen hat. Natürlich, nachdem es von Flachs und Dornensträuchern befreit worden ist. Ich wette, das wird einer der schönsten Plätze hier.«
Nachsichtig und etwas spöttisch hob Hubert die Brauen. Sein Bericht über das Kannibalenfest hatte seine Abneigung und Unzufriedenheit mit seiner Frau vorübergehend besänftigt. »Und wenn du Fanshawes Haus gebaut und eines der beiden Mädchen darin eingenistet hast, was beabsichtigst du dann mit der anderen jungen Dame zu tun?«
»Nun, weißt du, ich kann mich zwischen Desmond Burke, Allan Greaves und Gabriel Brown noch nicht entscheiden.«
»Es überrascht mich, daß du Saul Whitmore nicht erwähnt hast.«

»Das wage ich fast nicht«, erklärte Tante Charity lebhaft. »Er ist so abweisend. Martha Burke meinte, er heiratet überhaupt nicht. Er ist wie ein einsamer Wolf. Und dann ist da seine Mutter, die junge Mädchen in Angst und Schrecken versetzt. Susan Chittaway war nach kaum fünf Minuten Unterhaltung in Tränen aufgelöst. Aber ich muß sagen, Susan ist schon ein besonderer Angsthase. Zugegeben«, ihre Augen blickten träumerisch in die Ferne, »Saul wäre eine ungeheure Partie. Er ist der Vetter eines Grafen und zweiter in der Erbfolge. Mrs. Cooper würde ihre Diamanten hergeben, wenn sie ihre Tochter mit ihm verheiraten könnte, aber sie würde auch nicht zögern, die arme Amanda den Wölfen vorzuwerfen. Und von ihren Diamanten habe ich sowieso nie viel gehalten. Sie sind in dieser simplen Gesellschaft völlig fehl am Platz.«

»Saul«, sagte Hubert mild, »ist, soviel ich weiß, ein einzelner Wolf und kein ganzes Rudel. Und als solcher ist er vielleicht für Te Kooti und seine Hauhaus besonders begehrenswert. Übrigens, meine Liebe, habe ich nicht gesehen, daß du gestern abend deine Brosche mit den Diamanten und Rubinen getragen hast?«

»Das war zum Dinner im Regierungsgebäude. Irgend etwas muß man ja schließlich tragen! Letzten Endes ist man ja noch nicht völlig verwildert, wie wir diesen beiden netten Mädchen, die heute ankommen, zeigen werden.«

»Und Saul Whitmore hat, ich betone, Land im Taranaki Distrikt gekauft.«

»Ich weiß. Man hat mir erzählt, er habe ein sehr schönes Haus dort gebaut. Das scheint die Legende über sein ewiges Junggesellendasein Lügen zu strafen, nicht wahr?«

»Meinst du? Der junge Saul macht auf mich nicht den Eindruck eines Keuschheitsfanatikers. Aber wenn du vorhast, Prudence oder Sophia mit ihm zu verheiraten, können wir nur hoffen, daß sie keine ängstlichen Wesen sind, die schon vor Mäusen Reißaus nehmen.«

»So schrecklich ist Saul ja nun auch wieder nicht«, sagte Tante Charity beruhigend.

»Ich habe nicht von Saul gesprochen, meine Liebe. Wie bereits gesagt, hat er sein Haus im Taranaki Distrikt gebaut. Falls mich nicht alles trügt, ist das direkt im Land der Hauhaus. Hoffen wir also, daß deine kleinen Nichten – oder eine von ihnen – einem Angriff der Hauhaus standhalten wird. Das Blut soll einem in den Adern gefrieren, glaube ich. Ihr Kriegsschrei ist wie das Bellen eines Wildhundes, und ihre nackten, schwarzen Körper und tätowierten Gesichter …«

»Hubert! Hör sofort mit diesen Unanständigkeiten auf! Ich höre mir kein Wort mehr an. Wenn Saul Whitmore eine Braut in das Taranaki Land bringt, wird er sehr wohl imstande sein, sie zu schützen. Außerdem habe ich überhaupt keine Zeit, hier herumzustehen und zu schwatzen. Ich muß hinauf und nachsehen, ob das Zimmer der Mädchen in Ordnung ist. Dieses neue Mädchen, Polly, ist das Musterbeispiel einer faulen Irin. Ob Prudence und Sophia gerne jede ihr eigenes Zimmer gehabt hätten? Ich dachte, zuerst fühlen sie sich zusammen vielleicht wohler. Und dieses schöne Schlafzimmer ist ja sehr groß und luftig. Übrigens, das Mädchen muß ja auch noch untergebracht werden. Das heißt, wenn sie bleibt. Und wie ich die Mädchen von heute kenne, wird sie verschwinden, sobald sie einen Fuß an Land gesetzt hat.

Sie wird nach dem nächsten Mann Ausschau halten. Heiraten – das ist alles, woran sie denken.«
»Aber planst nicht du ihre Heirat, meine Liebe?« fragte ihr Mann schmeichlerisch.
Tante Charity warf ihm einen beleidigten Blick zu. »Mach dich nicht lächerlich, Hubert. Sie ist ein Dienstmädchen! Allerdings werde ich mein Bestes tun, damit sie nicht in Schwierigkeiten gerät. Diese Pflicht hat man ja schließlich.«
»Laß dich nicht verdrießen, Charity. Neuseeland braucht Söhne und Töchter.«
»Aber keine unehelichen!« fuhr seine Frau ihn an.
»Welches Zimmer hast du hergerichtet?«
»Ich sagte es doch schon: das große Schlafzimmer nach Süden. Es bekommt viel Sonne und hat eine herrliche Aussicht.«
»Ich sprach von dem Mädchen.«
»Ach so! Warum fragst du überhaupt? Sie wird natürlich im Dienstbotenteil untergebracht. In dem kleinen Zimmer neben der Küche. Sie wird es ganz für sich allein haben. Du kannst mir wirklich nicht den Vorwurf machen, daß ich meine Dienstboten nicht gut behandle.«

Bevor sie den Wagen vorfahren ließ – die Carruthers gehörten zu den wenigen Familien in Wellington, die sich einen Wagen leisten konnten –, hatte Tante Charity noch Zeit, nach oben zu gehen und einen letzten Blick in das Zimmer zu werfen, in dem sich jetzt ihre Nichten einrichten würden. Jetzt, ohne Hubert, der es sich offensichtlich in den Kopf gesetzt hatte, ihr Vergnügen zu durchkreuzen, stieg die Begeisterung wieder in ihr hoch. Sie steckte voller Pläne für die nächsten Wochen. Tennis, Partys, Ausflüge an den Strand

zum Picknick, Bälle, und wenn sie Glück hatten, Einladungen zu Wochenend-Partys in eines der schönen Landhäuser der Umgebung. Vorausgesetzt natürlich, daß die Mädchen reiten konnten. Wenn nicht, mußten sie es eben lernen.
Aber das war eine unbedeutende Einzelheit. Ihre Mutter hatte sie sonst bestimmt vorbildlich erzogen. Sie konnten gewiß gut tanzen und sich gescheit unterhalten, und sicher waren sie fröhlich, konnten Klavier spielen und ein wenig singen, selbstverständlich auch sticken und vielleicht sogar malen. Sie würden Glanzpunkte der Gesellschaft sein. Das war es, was diese kleine Gemeinde brauchte, die zwar vor Leben strotzte, der es aber leider an den wichtigeren Raffinessen des Lebens mangelte.
Diese beiden Mädchen waren Tante Charitys Beitrag für die Allgemeinheit. Hubert hatte in einem Anfall von schlechter Laune gesagt, es sei gleichbedeutend mit der Einfuhr einer guten Pferderasse. Hubert konnte manchmal sehr verständnislos sein, aber wenn die liebe Sophia und die liebe Prudence erst verheiratet waren und hübsche Babys hatten, würde er seinen Spott schon vergessen und ebenso begeistert sein wie sie.
Das allerdings lag noch in weiter Ferne. Zuerst kam all die Aufregung der Bewerbungen und der Hochzeiten. Vielleicht eine Doppelhochzeit. Nein, das hieße den ganzen Kuchen auf einmal essen. Sophia, die Älteste, mußte zuerst drankommen. Man konnte die Kirche mit den weißen Lilien schmücken, die wild auf den Hügeln wuchsen.
Aber was würde all das nützen, wenn die Mädchen nicht hübsch waren? Wenn ihre Mutter sie in diesem Punkt angelogen hatte, würde sie es ihr niemals verzeihen.

Ja, das Zimmer sah sehr sauber und hübsch aus. Polly hatte sich sehr viel Mühe gegeben. Überall lagen gewaschene, gebleichte und gekämmte Teppiche aus Opossum- und Schaffell auf dem Boden, und über das breite Eisenbett mit den Messingknöpfen war eine schneeweiße Baumwolldecke mit einer Spitzenschabracke gebreitet. Auf dem Frisiertisch lagen allerhand Toilettenartikel sowie ein lustiges Nadelkissen und eine Haarbürste. Außerdem standen zwei Kerzenleuchter an jeder Seite. Der Waschtisch war mit Tante Charitys bester Toilettengarnitur bestückt und anderen nützlichen Kleinigkeiten, die in ein Schlafzimmer gehörten. Alles mit hübschen Mustern aus Blättern und rosa Blüten. Die hohen Fenster, die im Wind leise klapperten und hin und wieder einen kühlen Luftzug ins Zimmer ließen, wurden von schönen Vorhängen aus weißer Nottinghamspitze umrahmt. Das Zimmer war hoch und hell und hatte einen herrlichen Ausblick über die Bucht und auf die Hügel.

Bald schon, dachte Tante Charity aufgeregt, würden die Koffer der beiden Mädchen auf diesem Fußboden stehen, und das kleine fremde Mädchen, das hoffentlich vertrauenswürdig und ernst war, würde die modischen englischen Kleider in den großen Schrank hängen. An der Wand hing ein ovaler, goldgerahmter Spiegel aus ihrem eigenen Schlafzimmer, so daß sich die Mädchen in ihren Ballkleidern betrachten konnten.

Sie war ganz sicher, daß sie sich hier sofort glücklich fühlen würden. Weshalb auch nicht, nachdem sie wie eine Fee aus dem Märchen das zukünftige Glück der Mädchen herbeizaubern würde.

Ja, das Schlafzimmer für ihre Gäste konnte nicht einladender aussehen. Nun noch ein letzter Blick in die Küche, um sich davon zu überzeugen, daß ihre Anweisungen für das Dinner am Abend auch befolgt worden waren, denn der Köchin konnte man kaum mehr trauen als der verschlagenen, faulen Polly.

Auf dem Weg in die riesige Küche, die im Erdgeschoß des Hinterhauses lag, warf sie noch einen Blick in das Mädchenzimmer.

Auch das war ordentlich und sauber. Es war klein, gewiß, aber es war alles vorhanden, was ein Mädchen brauchte, sogar ein bunter Fleckenteppich vor dem Bett sowie Waschschüssel und Krug aus weißem Porzellan. Das Fenster ging auf den verwilderten Teil des Gartens hinaus, und die Zweige der Büsche machten Geräusche wie Peitschenhiebe. Aber nach drei Monaten auf See würde sich ein Mädchen nicht mehr vor ein paar Geräuschen von draußen fürchten. Außerdem konnte sie das Fenster ja schließen. Hoffentlich gehörte sie zu diesen altmodischen Dienstmädchen, denen ihre Arbeit und die Herrin vorging und die sich nicht mit den wirren Ideen der Unabhängigkeit beschäftigten, die allen Auswanderern in den Köpfen herumzuspuken schienen. Bei all den Bällen und Partys gab es nämlich eine Menge zu nähen, zu bügeln und zu waschen. Möglicherweise mußte das Mädchen auch bei Tisch bedienen. Man konnte nur hoffen, daß es annehmbar und bescheiden war.

Im großen und ganzen war Tante Charity sehr mit sich und ihren Plänen zufrieden. Sie bewohnte eines der schönsten Häuser von Wellington, und ihr Mann war ein geachteter Bankdirektor. Sie selbst war die Kusine des Gouverneurs und tonangebend in der Gesellschaft. Dafür, daß es noch eine verhältnismäßig junge Gemeinde war, hatte sie bereits einen erstaunlich guten und gepflegten Lebensstil eingeführt. Zweifellos würden die gesellschaftlichen Annehmlichkeiten schon bald mit jenen der Gesellschaft in England vergleichbar sein. Es war wirklich ungeheuer aufregend und befriedigend, für ein so nützliches Werk Pionierarbeit zu leisten.

Es bestand überhaupt kein Grund, auch nur einen einzigen Gedanken an jene entsetzliche Schilderung des armen weißen Soldaten zu verschwenden.

3

Der Mann auf dem schwarzen Pferd zog für einen Augenblick die Zügel an, um das in der Bucht vor Anker liegende Schiff zu betrachten. Viele kleine Boote ruderten hinaus. In Kürze würde wieder eine Horde verwilderter, heimwehkranker Einwanderer festen Boden betreten und sich fragen, welches Dach ihre Häupter schützen würde und was sie anfangen sollten mit ihrem Durcheinander von Habseligkeiten, Klavieren, Küchenutensilien, Familienporträts, Bettgestellen und Krinolinen, die sie aus Sentimentalität aus ihren Heimatländern mitgebracht hatten.

Saul Whitmore war über diesen Zustand erhaben. Er war vor mehreren Jahren mit einer Herde von Schafen und anderem Vieh auf einem Frachtschiff angekommen und hatte es mit Hilfe einer zähen und schwer arbeitenden Mannschaft fertiggebracht, den Emotionen und dem Durcheinander einer Schiffsladung von neuen Siedlern zu entfliehen.

Jetzt war dieses wundervolle, wilde Land seine Heimat. Er hatte der Wildnis sein Farmland abgetrotzt, den Viehbestand vergrößert und im Laufe der letzten fünf Jahre ein großes, aufwendiges Haus gebaut. Es war das schönste Haus im Umkreis von vielen Meilen.

Er war nicht besonders daran interessiert, sich mit diesem schönen Haus zu brüsten, aber er war an einen gewissen

Lebensstandard gewöhnt, den er, soweit möglich, auch in der Wildnis weiterführen wollte.
Außerdem konnte man eine Braut nicht in eine einfache Arbeiterhütte bringen. Man sollte nur das Beste in Erwägung ziehen, auch wenn es noch keine Braut gab.
Sauls Pferd spürte die Stimmung seines Herrn und trat unruhig auf der Stelle. Saul warf noch einen Blick hinunter auf die winzigen Boote, die sich durch das gekräuselte blaue Wasser kämpften, und sagte zu seinem Pferd: »Na, alter Junge, geh'n wir nach Hause.«
Aber seine Miene war hart und verschlossen, als er sich dem Weg zuwandte, der in die Stadt hinunter zum Haus seiner Mutter führte. Ein Jammer, überlegte er, daß Frauen so notwendig waren.
Seine Mutter, eine hochgewachsene, schlanke Frau mit gelblich getönter Haut und einer beachtlichen Hakennase, sah ihn verständnisvoll an.
»Nun, mein Junge, du bist gekommen!«
»Ja, Mutter.« Er küßte sie auf die Wange. Er brauchte sich nicht hinunterzubeugen, sie war ebenso groß wie er. Beide waren gute Freunde. Sie wußte, weshalb er gekommen war und was er dachte. Selbst wenn sie keine Freunde gewesen wären, hätte sie es gewußt, denn sie besaß seltsame, seherische Kräfte. Die Leute, die sich vor ihr fürchteten, verachtete sie. Einige dieser kichernden, dummen Mädchen zum Beispiel, unter denen ihr eigensinniger Sohn eine Frau wählen mußte.
»Na, wie steht es? Willst du Tee? Oder einen Whisky?«
»Whisky, bitte. Es geht so la la. Das Haus ist fertig. Ich habe es ›Lucknow‹ genannt.«

Das Gesicht seiner Mutter wurde weich. »Das ist ein hübscher Name, Saul. Warum geht es nur so la la?«

»Der alte Ärger.« Saul warf sein Bündel hin. »Die Maori! Dem Anschein nach sind sie recht friedlich, aber dieser Te Kooti übt einen immer stärker werdenden Einfluß aus, seitdem er von den Chatham Inseln entkommen ist. Er ist schlecht. Aber er ist ein verdammt kluger Anführer und ein tapferer Krieger. Außerdem gewinnt er mit diesen gräßlichen Ritualen Anhänger.«

»Natürlich, Wilde bleiben Wilde. Trotz dieser armen, optimistischen Missionare.«

»Arme Missionare ist richtig«, pflichtete Saul ihr bei. »Hast du gehört, was diesem armen Teufel Reverend Volkner passiert ist? Er wurde mit einem Tomahawk geköpft, und dann haben sie seinen Kopf in der Kirche auf die Kanzel gelegt. Dort hat der Häuptling die Augen herausgequetscht und verschlungen. Das ist offensichtlich seine Art, den Feind zu überwinden. Manchmal denke ich, diese Maoris sind keine menschlichen Wesen. Wenn du wüßtest, wie es sich anhört, wenn sie angreifen: wie wilde Wölfe – hau, hau, hau! Sie tanzen bei ihren Zeremonien um das abgetrennte Haupt eines Feindes, zum Beispiel eines britischen Offiziers, berühren das Fleisch und trinken sein Blut.«

»Das ist nur eine vorübergehende Krankheit«, sagte Mrs. Whitmore.

»Aber sie breitet sich aus. Besonders bei einem Fanatiker wie Te Kooti. Er ist ein gutaussehender Teufel, weißt du, mit seinem schwarzen Haar und seinem arroganten, tätowierten Gesicht. Er ist noch jung, kräftig und sehr mutig. Er trägt einen Mantel aus schwarzen und weißen Federn, und er hat seine eigene Fahne, ›Te Wepu‹ genannt. Dieser Bursche kennt alle Tricks.«

»Warum ließen sie ihn von den Chathams entkommen, nachdem er dort gefangensaß?«

Saul hob die Schultern. »Er ist vielleicht ein zweiter Napoleon Bonaparte. Jedenfalls zeigt er die gleichen Anzeichen von Größenwahn. Seine Rückkehr hat viele Feuer entfacht. Es wird eine Menge Blut fließen, bis man ihn entweder wieder einsperrt oder getötet hat. Man weiß nie, wo und wann er zuschlägt. Das Schlimme ist, man kann den bisher untertänigen Eingeborenen nicht mehr trauen. Sie verschwinden über Nacht oder stehlen einem die Pferde.«

Er lächelte seine Mutter beruhigend an. »Vielleicht ist es nicht so schlimm. Wir hatten keine Angriffe in der Nähe, die fanden alle in Hawkes Bay und dem Urewera-Land statt. Aber mir glaubt keiner, wenn ich sage, daß sich diese Unruhen ausbreiten werden, und die Armee ... tut mir leid, Mutter, aber einen dümmeren kommandierenden Offizier als Major Braby kann man in unserem Distrikt wohl kaum finden.«

»Ist kürzlich irgend etwas passiert, was dich verärgert hat, Saul?«

Die Augen der alten Dame schauten prüfend in das ernste Gesicht ihres Sohnes.

Er versuchte gar nicht erst, ihr etwas vorzumachen. Das war ihm noch nie geglückt, und er wußte, es war sinnlos, es gerade jetzt zu versuchen.

»Ich habe die Leiche des jungen David Bowden im Wald gefunden. Das Herz war herausgeschnitten, und ...« Sein Gesicht verdüsterte sich. »Es hat keinen Sinn, darüber zu sprechen. Aber alles in allem wäre es besser, wenn du nicht mitkämst, bevor sich die Unruhen gelegt haben.«

»Rede keinen Unsinn. Ich bin mit deinem Vater überallhin gegangen.«

Das stimmte allerdings. Mrs. Whitmore hatte verschiedene Kämpfe aus unmittelbarer Nähe erlebt und auch die Belagerung von »Lucknow«, während der ihr Mann, Colonel Whitmore, gefallen war. Sie fürchtete sich bestimmt nicht vor einer Bande von hundert schreienden, tätowierten und fast nackten Männern. So etwas hatte sie schon oft gesehen. Es gab eine Grenze für die Scheußlichkeiten, die man verarbeiten konnte, und auch für die Angst, die man empfand.

»Ich werde später kommen, Saul. Das steht fest. Ich werde dieses Haus hier, falls man es überhaupt so nennen kann, schließen.« Humorvoll blitzten ihre großen, dunklen Augen, als sie sich in dem winzigen, engen Zimmer mit den kleinen Fenstern umsah. »Ich werde froh sein, von diesem rauchigen Kamin wegzukommen. Es kommt wahrscheinlich von den eigenartigen Windströmungen. Ich hoffe, dir ist das in Taranaki besser geglückt. Aber wie steht es denn mit dem Mädchen?«

»Mit welchem Mädchen?«

»Spiel nicht den Unwissenden! Mit deiner Frau.«

»Na ja, was meinst du denn, Mutter?«

»Ich weiß es nicht. Haben möchte dich ja jede. Sie reißen sich um diese Chance. Weiß der Himmel, warum! Du wirst sie zu Tode erschrecken.«

Saul grinste und zog seine dichten Brauen in die Höhe. »Ich werde auf ihre hysterischen Anfälle nicht hereinfallen, wenn es das ist, was du meinst.«

»Da ist Susan Chittaway, die heult schon, wenn man sie bloß ansieht. Oder Janet Reid. Sie würde dir zwar gesunde Kinder schenken, aber wie sie sich bei einem Hauhau-Angriff verhielte, möchte ich lieber gar nicht erst wissen. Oder diese freche Sarah Jane Maxwell. In gewisser Hinsicht wäre die vielleicht gar nicht schlecht.«

»Im Hafen lag ein Schiff, als ich vorbeikam«, berichtete Saul.

Seine Mutter sah ihn interessiert an. »Das wird die ›Mary Louise‹ gewesen sein. Charity Carruthers hat seit drei Monaten von nichts anderem gesprochen. Zwei Nichten von ihr sind an Bord. Die kommen hierher, um Ehemänner zu finden. Vielleicht solltest du sie mal begutachten. Was allerdings an einer Nichte von Charity Carruthers Besonderes sein soll, kann ich mir nicht vorstellen.«

»Ich werde nach England reisen«, sagte Saul plötzlich mit einem leichten Unterton der Verzweiflung.

»Nein, das wirst du nicht. Du wirst schön hierbleiben und das erste gesunde Mädchen heiraten, das dich haben will, und eine Familie gründen.«

»Mutter! So wichtig ist das Heiraten doch nicht.«

»Es ist deinetwegen, Saul«, sagte die alte Frau und schaute ihn eindringlich an. Sie machte kein Geheimnis aus ihrer Absicht. »Du bist der letzte deiner Familie. Ich will, daß du Kinder hast. Dein Vater hatte sich danach gesehnt. Um seinetwillen und um meinetwillen will ich Enkelkinder haben. Du bist dreißig. Ich will nicht, daß du noch länger wartest. Das Leben ist überall zu unsicher und besonders hier, seitdem dieser Te Kooti wieder auf dem Kriegspfad ist. Du darfst nicht länger warten, Saul. Ich bitte dich darum.«

Saul hob arrogant die Brauen und sah sie an. »Und was

erwartest du, daß ich für so eine dämliche Jungfrau empfinde, die sich schon vor ihrem eigenen Schatten fürchtet, meine Liebe?«

»Nenne es, wie du willst«, sagte seine Mutter ungeduldig, »aber such dir endlich ein gesundes Mädchen und bring sie in dein Bett. Trödle nicht so herum. Du brauchst eine Frau, und ich will ein Enkelkind. Ich habe nicht mehr diese Geduld wie du. Was ist eigentlich los mit dir, wenn ich fragen darf?«

»Überhaupt nichts«, grinste Saul. Liebevoll drückte er seiner Mutter die Schultern. »Also gut, du alte Tyrannin. Ich werd's dir schon zeigen. Aber sie sollte doch kochen können, findest du nicht?«

»Gewiß. Und nähen und einen Haushalt ordentlich führen. Wenn sie dann noch ein hübsches Gesicht hat, um so besser. Es tut mir leid, Saul. Wenn du in England wärst, würde ich mich damit zufriedengeben, wenn du einfach jeden Ball im ganzen Land besuchtest. Aber du bist nicht in England. Du bist in einem neuen Land, in dem ausschließlich die simplen Tatsachen der Existenz und des Fortbestehens zählen, sonst nichts. Das sollte ich dir eigentlich nicht zu sagen brauchen.«

»Das brauchst du ganz bestimmt nicht.«

»Gut, da könntest du ja mit der Einladung zu dem Fest von Charity Carruthers zu Ehren ihrer beiden Nichten anfangen. Sie wäre überglücklich, wenn du kämst.«

Saul seufzte unwillig. »Muß das sein?«

»Es ist ein Anfang. Und wenn du verheiratet bist und das Mädchen nicht aufs Land bringen willst, bevor die Schwierigkeiten bewältigt sind, kannst du sie hier bei mir lassen.«

Die Augen der alten Dame blitzten spöttisch. »Ich werde sie schon nicht auffressen.«
Saul leerte sein Whiskyglas in einem Zug und ging dann hinaus, um sein Pferd zu versorgen. Der Wind war jetzt kalt und führte den Tanggeruch des Meeres mit sich. Das kleine, vor Anker liegende Schiff war in der Bucht verborgen. Es ging Saul nicht aus dem Sinn. Vielleicht hatte es die Frau an Bord, die er wollte, die einzige auf der ganzen Welt, die er dauernd an seiner Seite haben wollte. Denn eine solche Frau gab es, das wußte er. Oder war das auch nur so eine verrückte Einbildung wie die seiner Mutter? Seine Mutter war eine sehr herrschsüchtige Frau, aber seit er ein erwachsener Mann war, traf er seine Entscheidungen selbst. Wenn er nicht heiraten wollte, würde er es nicht tun.
Doch diesmal pflichtete er insgeheim seiner Mutter bei. Er liebte dieses Land und wollte mehr als nur sein Bestes dafür geben. Eine wichtige Sache war, das Land mit seinen eigenen Söhnen zu bevölkern und nicht mit gestrandeten und gescheiterten Menschen, die auf Auswandererschiffen hierher kamen, um irgendein El Dorado zu suchen, das es nicht gab. Er wollte dem Land viele Söhne schenken, die fruchtbares Land aus der Wildnis machten und die Maori wieder in die umgänglichen Eingeborenen verwandelten, die sie im Grunde waren.
All diese ehrgeizigen Pläne liefen aber letzten Endes auf die Tatsache hinaus, die seine Mutter angesprochen hatte. Er brauchte eine Frau.
Wie er so im kühlen Wind dastand, dachte er plötzlich an die zärtliche Hand einer Frau. Sein ganzer Körper schien zu reagieren. Es war schon lange her.

Unvermittelt machte er sich daran, sein Pferd wieder zu satteln.

»Entschuldige, alter Knabe. Aber wir reiten in die Stadt.«

Eine Frau, ja. Ein Mädchen mit weicher Haut, das das Englisch der Königin sprach und seinem neuen Heim eine gute Herrin sein würde. Aber noch nicht heute nacht …

4

Tante Charity besah sich die drei Mädchen, trat einen Schritt zurück und biß sich enttäuscht auf die Lippen. Wen hatte man ihr da bloß geschickt?

Sophia, die Älteste, war unordentlich. Ihr Handtäschchen hatte sie bereits zweimal verloren, der Hut saß ihr schief auf dem Kopf und ihr helles, feines Haar, das ganz besonderer Pflege und einer sorgfältigen Frisur bedurfte, hing lose herab. Außerdem redete sie zuviel. Ihr Mund stand nicht still seit dem Augenblick, an dem sie die Mädchen auf dem Landungssteg empfangen hatte.

Wußte sie denn nicht, daß ein zu eifriges Mundwerk jeden Mann in die Flucht schlagen konnte? Ihre Mutter mußte ihr doch gewiß bessere Manieren beigebracht haben. Zweifellos hatte sie das auch, aber diese lange Reise, während der sie von dieser dummen Mrs. Crewe nur wenig beaufsichtigt worden war, schien dieses unmögliche Benehmen zur Folge zu haben.

Und was Prudence betraf, so hatte dieses Mädchen die unsagbare Dummheit begangen, sich in einen mittellosen Schiffsoffizier zu verlieben. Ihr Gesicht war vom vielen Weinen unansehnlich und aufgedunsen. Man mußte mit ihr über die Unmöglichkeit dieser Liebesgeschichte sprechen. Aber jetzt noch nicht. Die Tränen saßen noch zu locker, und

Tante Charity verabscheute niedergeschlagene und schniefende junge Frauen.
Jetzt blieb noch das Mädchen, Briar. War das wirklich ihr Name? Sie hielt sich mit niedergeschlagenen Augen recht bescheiden im Hintergrund. Ihr blasses Gesicht sagte nichts aus, aber man konnte das Wilde an ihr spüren. Auch die Bewegungen dieses schlanken Körpers verrieten Stolz und Selbstbewußtsein.
Vielleicht aber auch nur deshalb, weil diese Gestalt Prudence und Sophia dick und plump erscheinen ließ. Unsinn, so lange ein Mädchen eine schmale Taille hatte, mochte ein Mann einen vollen Busen und runde Hüften.
Tante Charity, die mit ihren eigenen ausgeprägt runden Kurven sehr zufrieden war, entschied, daß sie vielleicht zu hart urteilte. Sie hatte sich so sehr auf die Ankunft der Mädchen gefreut, so viele Hoffnungen auf ihren englischen Milch- und Rosenteint gesetzt, der noch nicht von der starken Sonne und dem rauhen Wind dieses Landes gebräunt und ausgetrocknet war. Sie hatte nicht bedacht, daß man nach einer so langen Reise, während der man wochenlang aus Koffern leben mußte und ständig unter seelischer Anspannung litt, aufgelöst und erschöpft war.
Aber Tante Charity konnte sehr freundlich sein, wenn sie die Notwendigkeit erkannt hatte. Ihr verkniffener Mund entspannte sich zu einem warmen Lächeln, und sie beugte sich vor, um jede ihrer Nichten liebevoll zu küssen.
»Nun, hier sind wir zu Hause. Ich bin neugierig, wie euch mein Heim am Ende der Welt gefällt.«
»Es ist sehr hübsch, Tante Charity«, sagte Sophia und besann sich ihrer guten Manieren. Zögernd sah sie sich in der

großen Halle um und betrachtete die Holztreppe und die Vase mit dem ihr unbekannten Rauposchilf, das aussah wie lauter Schwerter in der Scheide. »Ist es hier immer so windig?«

»Meistens, leider! Wir sitzen hier auf einer Klippe, die den Wind auffängt. Aber ihr werdet euch daran gewöhnen. Für große Hüte ist es ein bißchen schwierig, und die Röcke muß man beschweren. Ich hoffe sehr, ihr beiden habt ein paar neue modische Kleider aus London mitgebracht. Wir sind ganz gierig danach. Jeder Neuankömmling ist schon deshalb Mittelpunkt unserer Aufmerksamkeit.«

Sophias Augen begannen freudig zu funkeln. Prudence schniefte und suchte nach ihrem Taschentuch.

»Aber kommt nach oben und seht euch euer Zimmer an. Ihr könnt euch dann frischmachen. Tom wird eure Koffer später hinaufbringen. Vor allem müßt ihr euren Onkel kennenlernen.«

Tante Charity segelte auf die Treppe zu. Auf halbem Weg blieb sie stehen und blickte hinunter auf das ruhige Mädchen, das da immer noch in der Halle stand. Die aufrechte Gestalt und der abweisende Blick Briars verursachten ihr Unbehagen. Das Mädchen war doch erst eine Stunde an Land, und schon schien es diesen hochmütigen, stolzen Ausdruck angenommen zu haben, den die arbeitende Bevölkerung bedauernswerterweise zur Schau trug. Ein Ausdruck vollkommener Gleichberechtigung; einfach unerhört!

»Warte noch«, rief sie. »Ich bin gleich wieder unten, um dir dein Zimmer zu zeigen. Und dann werden deine Herrinnen sicherlich deine Hilfe benötigen, um sich für das Dinner umzukleiden.«

So kam es, daß Briar Onkel Hubert traf.
Er kam aus seinem Zimmer am anderen Ende des langen Ganges und sah sie mit verschlossenem Gesicht, aber gehorsam dort stehen.
»Hallo«, sagte er fröhlich. »Ich dachte, ich hörte Stimmen.« Er streckte ihr die Hand hin. »Welche meiner Nichten bist du?«
»Keine, Sir. Ich bin das Mädchen.«
»Oh, ich verstehe. Nun, trotzdem willkommen. Ich bin Hubert Carruthers. Sie werden mich hier ziemlich oft sehen. Hatten Sie eine angenehme Reise?«
»Recht angenehm, danke«, antwortete Briar in makellosem Englisch.
Das veranlaßte Onkel Hubert, sie sich genauer anzuschauen. Wenn die beiden Nichten seiner Frau auch so aussahen, würde es in der Stadt einen ziemlichen Wirbel geben. Die ortsansässigen jungen Damen wirkten dagegen hoffnungslos linkisch und hinterwäldlerisch.
»Wie lange hat die Reise gedauert … zwölf Wochen?«
»Ganz genau, Sir.«
»War der Kapitän in Ordnung? Anständiger Typ? Nette Passagiere? Ich sehe, Sie möchten nicht darüber reden, obwohl Sie ein Paar große Augen im Kopf haben.«
Und sehr hübsche noch dazu, stellte Onkel Hubert fest. Er war ein freundlicher Mensch, der weit genug von dem dünkelhaften Klassendenken des Viktorianischen Englands entfernt war, um die Menschen so zu sehen, wie sie waren. Er hatte herausgefunden, daß es sich lohnte, sie alle kennenzulernen. Als Bankdirektor hatte er schon manchen jungen Mann auf die Füße gestellt, und einige von ihnen hatten jetzt

schönere Häuser und dickere Bankkonten als er. Wenn es nicht seiner Frau zuliebe gewesen wäre mit ihrem gesellschaftlichen Ehrgeiz, dann hätte er ein ganz einfaches Leben gelebt und sich seine Freunde nach ihren Qualitäten und nicht nach ihrer Geburt ausgesucht.

In diesem Augenblick war es für Hubert Carruthers sehr wichtig, daß sich dieses heimatlose, verschlossene Mädchen, hinter dessen gefaßter Haltung er die Verlorenheit ahnte, hier zu Hause fühlte.

»Dieses Land wird Ihnen gefallen«, sagte er. »Es ist voller Möglichkeiten für junge Leute wie Sie. Sobald diese Geschichte mit den Maori erledigt ist …«

»Maori?«

»Das sind die Eingeborenen. Wir hatten schon vor Jahren Streitigkeiten wegen des Landes, das ist ganz natürlich. Aber sie wurden beigelegt, gerecht oder ungerecht, das mag dahingestellt bleiben. Der Unwissende, der modernes Rüstzeug nicht benützen kann, weil er es nicht kennt, ist immer der Verlierer. Aber selbst die Häuptlinge der Waikatos und der wilden Urewera erklärten sich schließlich mit der Regelung einverstanden. Dann aber hat ein Fanatiker namens Te Kooti plötzlich einen Religionskrieg vom Zaun gebrochen, der auf der alten Maori-Klage beruht, und der die Eingeborenen so aufgestachelt hat, daß sie sogar zum Kannibalismus zurückgekehrt sind. Ziemlich scheußlich, nicht? Sogar die Waikatos sagen wieder: ›*Ka Whawhai tonu! Ake, ake, ake!*‹, das heißt übersetzt: ›Das ist der Schwur der Maori: Wir werden niemals aufgeben, niemals!‹«

Die großen, glänzenden Augen des Mädchens hingen an seinen Lippen. »Was für eine musikalische Sprache!« rief sie aus.

»Maori – ja, es ist ein musikalisches Volk. Und poetisch! Es gibt viele alte Legenden und Bräuche. Aber wenn sich ihr Kampfgeist regt und sie ihren Kriegstanz tanzen, den Haka, dann muß man mit Schwierigkeiten rechnen. Nun, ich sollte Sie nicht ängstigen.«

»Ich habe keine Angst, Sir.«

Das Mädchen hatte den Kopf gehoben. Ihre Augen funkelten. Bei Gott, die hatte wirklich keine Angst. Sie fühlte die Herausforderung, wie jeder gute Pionier. Keine kleinen, unterdrückten Schreie, keine hysterischen Anfälle.

»Woher kommen Sie, meine Liebe?«

»Meine Familie stammt aus Devon.«

»Und sie hat Sie freiwillig in dieses fremde Land gehen lassen?«

»O ja, Sir. Sie dachten, es sei zu meinem Besten.«

»Das ist die richtige Einstellung. Sehr selbstlose Eltern.« Er kam etwas näher zu ihr, sein langes Gesicht verzog sich schmerzlich. »Man hat Sie nicht nur einfach hergeschickt, damit Sie einen Ehemann finden?«

»Nein, Sir.«

»Nun, vielleicht sind Sie nicht eines von fünf Mädchen gewesen. Das muß für jede Mutter ein ziemliches Problem darstellen. Da sollte man Verständnis haben. Ich befürchte, wir werden uns vor gesellschaftlichen Ereignissen nicht mehr retten können. O nein, wir sind hier nicht hinter dem Mond. Es gibt Pferderennen, Jagdveranstaltungen und Bälle. Gewiß, manchmal ist man gezwungen, das Ballkleid vom letzten Jahr zu tragen. Aber man kann das verschleiern und sich selbst unter so widrigen Umständen erfinderisch zeigen.«

»Hubert!«
Tante Charity kam die Treppe herunter und versuchte, mit sichtbarer Anstrengung, ihren Ärger zu verbergen.
»Ja, meine Liebe?«
»Die Mädchen machen sich gerade frisch. Wir könnten zum Dinner einen leichten Wein trinken, um die Ankunft zu feiern. Willst du dafür sorgen? Briar, komm! Ich bringe dich in dein Zimmer.«
Briar nahm ihren bescheidenen Koffer und folgte Tante Charity. Die kurze Unterhaltung mit Onkel Hubert hatte viel dazu beigetragen, ihre gute Laune wiederherzustellen. Er war freundlich. Er sah nicht über Menschen hinweg, wie diese Tante Charity. Er interessierte sich sogar für das, was andere fühlten. Aber seine Frau, diese runde, energische Person da vor ihr, billigte das nicht. Tante Charitys Mißbilligung empfand Briar bereits jetzt als Herausforderung, ebenso wie die geheimnisvolle und drohende Begegnung mit den kriegslüsternen Maori. Sie hatte keine Angst. Sie weigerte sich einfach, Angst zu haben.
Tante Charity öffnete eine Tür am Ende des langen Ganges, der an der Küche vorbeiführte. »Ich denke, du hast es hier sehr angenehm. Du hast das Zimmer ganz für dich allein, weißt du. Und jetzt möchte ich, daß du so schnell wie möglich nach oben gehst und dich erkundigst, was du für Miß Sophia und Miß Prudence tun kannst. Du wirst später bei der Köchin in der Küche essen, wenn du deine Arbeit erledigt hast. Möchtest du irgend etwas fragen?«
Briar senkte ihre furchtlosen Augen. »Nein, Ma'am.«
»Sehr gut. Tu jetzt, was ich dir befohlen habe.«
Oben rannte Sophia von einem Fenster zum anderen und

brachte zugleich ihre Freude und ihre Enttäuschung deutlich zum Ausdruck.

»Es ist so viel kleiner, als ich mir das vorgestellt habe. Man kann ja beinahe die Häuser zählen. Und sie sind alle aus Holz. Sie sehen jetzt schon schäbig aus. Sogar das Regierungsgebäude ist aus Holz. Ob sie hier wohl arm sind? Ich dachte, das wäre ein wohlhabendes Land. Ich kann mir einfach nicht vorstellen, in einem solchen Haus zu leben. Hör doch bloß, wie es ächzt! Und die Fenster klappern.« Sophia senkte die Stimme. »Was hältst du von Tante Charity, Prue?«

Prudence, die verloren auf dem Bett saß und noch nicht einmal den Hut abgenommen hatte, murmelte, daß ihr Tante Charity ziemlich gleichgültig sei, daß sie sie aber nicht besonders nett fände.

»Ja, ich finde auch, sie ist ziemlich abweisend. Aber ich werde schon mit ihr fertig, du wirst sehen! O Prue, hör doch um Himmels willen endlich mit der Heulerei auf. Du wirst Edmund schon wiedersehen. Dies hier ist nicht das Ende der Welt. Wenn auch beinahe.« Sophia kicherte. »Ich finde alles recht aufregend. Und Tante Charity hat uns für Ende der Woche eine Lunchparty versprochen. Ich werde mein Musselinkleid mit dem blauen Band tragen. Oder soll ich das rosa Seidenkleid anziehen, das wirklich eleganter aussieht? Glaubst du wirklich, es stimmt, daß wir tonangebend in der Mode sein werden? O Prue, sei doch ein bißchen fröhlich und interessiert.«

»Glaubst du, daß ich zum Dinner hinuntergehen muß?« fragte Prudence. »Ich habe Kopfschmerzen.«

»Natürlich mußt du zum Dinner hinuntergehen! Briar wird

dir die Schläfen mit Kölnischwasser einreiben. Hier ist ja Briar! Prudence hat Kopfschmerzen und möchte die Schläfen massiert haben, und ich will, daß du dich beeilst und etwas auspackst, das wir heute abend anziehen können.«

Briar sah ihre junge, selbstherrliche Gebieterin an und dachte flüchtig an ihren eigenen Koffer, der noch unberührt in ihrem Zimmer stand.

»Welches Kleid, Miß Sophia?«

»Ich weiß nicht. Es ist nur Onkel Hubert da, nicht wahr? Also keinen großen Aufwand. Nur mein graues Kostüm, aber mit einem frischen Halstuch. Du hast sie doch auf dem Schiff gebügelt, oder? Und für Prue das gleiche, nehme ich an, wenn sie sich nur ein bißchen dafür interessieren würde.«

Briar sah in Prudence' aufgelöstes Gesicht und empfand Mitleid. Es mußte schrecklich sein, so hoffnungslos zu lieben. Sie würde aufpassen, daß ihr so etwas nie widerfuhr.

»Hier ist das Kölnischwasser, Miß Prudence. Ich werde Ihre Schläfen nur damit betupfen. So! Ist es so besser? Es ist frisch und kühl. Und ich stelle mir vor, Ihre Tante wird Ihnen erlauben, heute abend früh zu Bett zu gehen.«

Ihre ruhige Stimme brachte Prudence wieder zum Weinen.

»Du bist so freundlich, Briar. Wirst du hier glücklich sein? Hat Tante Charity dir ein nettes Zimmer gegeben?«

»Sehr nett, danke. Und ganz für mich allein.«

»Natürlich wird Briar hier glücklich werden«, sagte Sophia in ihrer zuversichtlichen Art. »Ich nehme an, wir werden sie rasch genug an irgendeinen jungen Mann verlieren. Aber denke daran, nicht bevor du uns beide für unsere Hochzeit angekleidet hast, meine Liebe!«

»Das hoffe ich, Miß Sophia«, antwortete Briar demütig.
Hoffte sie das wirklich? Während sie sich damit beschäftigte, die bauschigen Kleider der Mädchen zu ordnen, die blonden Haare zu bürsten und aufzustecken und die zerdrückten Unterröcke und Reisekleider wegzuräumen, verspürte sie wieder diese heiße, unbezähmbare Erregung. Sophias Geplapper erreichte kaum ihre Ohren.
Es war wieder wie in jenem Augenblick, als sie auf dem Kai stand und endlich festen Boden unter den Füßen spürte, als sie den Geruch der Erde und der Bäume einatmete, den Geruch des neuen Landes, das ihr gehören sollte.
Nichts, so hatte sie damals beschlossen, sollte sie erschrekken oder betrüben, nichts würde ihr etwas anhaben können. Der Allmächtige, der ihre wehrlose Mutter in einer Pfütze hatte sterben lassen, hatte ihren Fuß auf einen Pfad voll ungeahnter Möglichkeiten gesetzt. Sie wollte jede Erfahrung nützen, die sich ihr bot, sie würde sich zu einer Persönlichkeit entwickeln, das spürte sie. Alles in ihr war lebendig. Und sie würde Liebe finden.
»Briar!« Sie hörte wieder Jemima Potters Stimme neben sich. »Briar, warum starrst du so seltsam vor dich hin?«
»Die Stadt. Allein schon die Stadt! Sie ist so neu. Sie klebt am Hügel wie ein Nest. Ich bin so aufgeregt, Jemima.«
»Wirklich, Liebes?« Die kleine Frau hatte ihr Baby fest umschlungen und blickte über das stille Wasser der Bucht. Ihre Augen waren voller Traurigkeit. Sie brauchte man nicht zu fragen, was sie anstarrte. Das Meer, das zwei ihrer Kinder verschlungen hatte, hatte auch vorübergehend ihren Mut gestohlen. Aber er würde zurückkommen.
Ein flüchtiges Lächeln erhellte ihr Gesicht. »Briar, Fred und

ich möchten das Baby Rose nennen, das erinnert uns an dich.«
Briar errötete vor Freude. »Wieso?«
»Du bist wie eine Rose. Aber ohne Dornen, wenn man dich näher kennt.«
»Ach Jemima, in deinem Kopf steckt nichts als Unsinn. Du mußt dich mit der Wirklichkeit vertraut machen, wenn du in diesem Land vorwärtskommen willst. Schau, Fred und die Kinder warten dort auf dich. Und ich werde euch wiedersehen, sobald ich ein bißchen Zeit habe. Sie müssen mir schon bald eine Stunde freigeben. O je, ich glaube, das ist Mrs. Carruthers, die da kommt. Sie sieht sehr vornehm aus.«
»Sie wird dich nicht unterkriegen«, sagte Jemima zuversichtlich.
Der erste Eindruck von Mrs. Carruthers war schon etwas einschüchternd, aber Briar ließ sich dank Jemimas Unterstützung und ihrem eigenen Optimismus nicht entmutigen. Sie hatte den Kopf hoch erhoben und sich ganz ungezwungen benommen.
Ganz so schlimm war es dann doch nicht gekommen, und das Gespräch mit Onkel Hubert hatte sie wieder vollends aufgerichtet. Auch der Versuch, Prudence ein bißchen aufzuheitern, hatte sie ihre eigene Verlorenheit ganz vergessen lassen.
Erst als sie sich in ihrem schmalen kleinen Zimmer neben der Küche zu Bett legte, war dieses Gefühl der Verlorenheit wieder da. Da mußte sie sich doch eingestehen, daß die nächtlichen Geräusche ziemlich beunruhigend waren. Das Fenster ging direkt in den dunklen Garten, und von dort

hörte man seltsames Rascheln und Seufzen. Manchmal schlugen Zweige gegeneinander wie Kastagnetten. Der Wind fuhr durch das Gras und rüttelte an den Fenstern. Selbst die Sterne waren ihr fremd, obwohl sie nach der Überquerung des Äquators oft genug an Bord gestanden und zum Himmel aufgeblickt hatte. Lange nach Mitternacht ertönte ein klagendes Weinen, wie von einer kleinen Eule, und später wäre sie vor Angst beinahe aus dem Bett gesprungen, als es direkt unter ihrem Fenster im Gras raschelte und gleich darauf ein heiserer Schrei ertönte.

Aber der Morgen kam, Sonnenlicht strömte herein, und die Luft war frisch und unwiderstehlich. Briar stand voll freudiger Erwartung auf. Was spielte es für eine Rolle, wer oder was nachts geschrien hatte? Die Nacht war vorbei, und vor ihr lag der Garten, ziemlich unordentlich und ungepflegt. Dort stand auch die Ursache der Kastagnettengeräusche; ein verwilderter Busch mit trockenen Blättern. Und dahinter das silbrig gefiederte *Toe Toe*-Gras, das im Wind wie Seide raschelte.

Die Köchin erklärte ihr, daß die Schreie, die sie gehört hatte, vermutlich von einer kleinen, hier heimischen Eule stammten, und vielleicht war auch ein Kiwi vorbeigestrolcht und hatte seinen heiseren Schrei ausgestoßen. Die Kiwis seien große Vögel, die nicht fliegen konnten und auch sonst zu nichts nütze seien. Sie würde sich schon bald an die seltsamen nächtlichen Geräusche gewöhnen, und es gab nichts, wovor sie sich zu fürchten brauchte.

»Du brauchst dein Fenster nicht zuzumachen«, kicherte die Köchin. »Hier schleicht bestimmt niemand herum, außer Vögel und Opossums. Zu dumm, nicht wahr?«

Aber Briar sollte sich an diese Worte erinnern, als die Köchin sie schon lange vergessen hatte.

An diesem Nachmittag fuhren sie in die Stadt. Tante Charity sagte, es sei auch Platz für Briar im Wagen. Sie müsse ohnehin lernen, wie man in die Stadt kam.

Prudence hatte sich beachtlich erholt. Nun, sie war jung und neuen Eindrücken gegenüber aufgeschlossen, außerdem hatte Edmund bei Tante Charity vorgesprochen und wurde unerwarteterweise sehr liebenswürdig von ihr empfangen.

In Wirklichkeit hatte Tante Charity äußerst listig gehandelt. Sie hatte die Lage sofort erfaßt und in Edmund einen netten, aber keineswegs sehr charakterfesten Jungen erkannt. Sie nahm an, daß er bei seinem Vagabundenleben seine Treueschwüre schnell über Bord werfen würde. Und Prudence selbst würde sich nach und nach von ihrer Bordromanze erholen. Um jedoch diese Genesung so schmerzlos wie möglich zu machen und zu vermeiden, daß noch mehr Tränen flossen, die Prudence so miserabel aussehen ließen, daß dadurch jeder andere mögliche Freier in die Flucht geschlagen wurde, hatte Tante Charity dem jungen Mann gestattet, sich nach seiner Rückkehr nach Neuseeland erneut vorzustellen und die Ernsthaftigkeit seiner Absichten zu beweisen.

Prudence hatte ihre Arme dankbar um Tante Charity geschlungen und endlich gelächelt. Es herrschte also allgemein heitere Stimmung, als sich der Wagen in Bewegung setzte.

Die Straßen waren steil, staubig und sehr uneben. Die Pferde gingen im Schritt, und Tante Charity konnte die Häuser ihrer Freunde zeigen. Das der Morleys, der Maxwells und der Reids, die alle Töchter hatten, sowie das Haus der Fanshawes, deren einziger Sohn Peter zur Lunchparty kommen würde. Dann kam man noch an den Browns und den Pattersons vorbei. Zum Schluß passierten sie das Regierungsgebäude, in dem die Mädchen demnächst dem Gouverneur und seiner Frau vorgestellt werden würden. Dann deutete Tante Charity auf ein kleines Häuschen am Ende einer sehr steilen und schmalen Straße. Sie erklärte, daß es der alten Mrs. Whitmore gehöre.

»Sie lebt allein. Sie soll ein bißchen komisch sein, sagen die Leute, aber sie hat die Belagerung von Lucknow durchgemacht, während ihr Mann fiel. Das genügt, um ein bißchen wirr im Kopf zu werden. Arme Frau! Sie hat einen Sohn, er heißt Saul.«

»Das ist ein ungewöhnlicher Name«, sagte Sophia interessiert.

»Und ein ungewöhnlicher Mensch«, erwiderte Tante Charity ziemlich brummig. »Er ist ein richtiger Einsiedler. Die meiste Zeit verbringt er auf seinem Land im Taranaki Distrikt, und wenn er nach Hause kommt, ist er so abweisend, daß man es nicht für möglich hält. Man könnte meinen, er haßt die Frauen.«

»Dann ist er nicht verheiratet?« fragte Sophia eifrig.

»Nein, noch nicht.«

»Ist er standesgemäß?«

»O ja. Ich würde sagen, er ist der begehrteste Mann in der ganzen Provinz. Er ist ein Vetter des Grafen von Marsham. Sein Vater war Colonel in der Indischen Armee und wurde, soviel ich weiß, verschiedene Male ausgezeichnet. Saul selbst hat an den früheren Kriegen gegen die Maori teilgenommen. Aber diese schrecklichen Zeiten sind jetzt vorbei.«

»Onkel Hubert sagt, das stimmt nicht«, fiel Prudence ein.
»Hat er euch Mädchen auch schon erschreckt? Ich habe ihm ausdrücklich verboten, so etwas zu tun. Er hat sich in diese Sache verrannt. Wir sind hier in Wellington vollkommen sicher. Nur hie und da in den Wäldern und im Busch gibt es kleine Zusammenstöße. Ich finde, die Maori sind wirklich recht harmlos. Ihr werdet bald welche sehen und merken, was ich meine.«
»Tante Charity«, sagte Sophia, die sich nur auf eine Sache konzentrieren konnte, »wird Saul Whitmore zu unseren Partys kommen?«
Tante Charity kräuselte ihren kleinen Mund. »Wenn er in der Stadt ist, wird er selbstverständlich eingeladen. Aber das heißt noch lange nicht, daß er auch kommt. Er ist der unhöflichste Mensch, dem ich jemals begegnet bin.«
»Du findest ihn hinreißend, Tante Charity!« behauptete Sophia kühn.
»Na!« Tante Charity warf den Kopf hoch und zog die Stirn in Falten. Sie plusterte sich auf und wirkte eingebildet und albern, dachte Briar. Und sie mochte Saul Whitmore überhaupt nicht. Er beleidigte sie. Aber er war der Vetter eines Grafen. Tante Charity hatte ihr Klassendenken nicht in England zurückgelassen. Sie hatte es mit in dieses neue Land gebracht.
Briar beschloß, Saul Whitmore nicht zu mögen, falls sie ihn jemals treffen sollte, was aber sehr unwahrscheinlich war.
Die ersten Maori, die sie auf der Straße sahen, wirkten wirklich sehr harmlos: eine Frau mit einer Decke über den Schultern und einem dunkelhäutigen Baby im Arm; eine andere mit einem riesigen Strohhut, der mit Federn und Bändern

geschmückt war und offensichtlich von einer weißen Frau stammte. Neben den Frauen lief ein alter Maori mit tätowiertem Gesicht und einer Feder in seinem dichten schwarzen Haar. Sie alle sahen zu den Mädchen herüber und lächelten freundlich.

»Sie sind faul und haben noch die Gewohnheiten der Eingeborenen«, sagte Tante Charity, ohne genauer darauf einzugehen. »Aber ich kann noch immer nicht an die Berichte eures Onkels glauben. Manchmal denke ich, er will mich nur erschrecken. Direkt vor der Stadt liegt ein sogenannter *Pa*. So nennt man die Dörfer der Maori. Ihr werdet also viele von diesen Streunern sehen. Die Kinder rennen frei umher. So, hier kommen wir jetzt in das Einkaufszentrum«, fuhr sie heiter fort. »Die Preise können recht unverschämt sein, wißt ihr. Jedes Ei kostet vier Pence und ein viertel Liter Milch fünf Pence, ein Pfund Butter einen Shilling und sechs Pence oder sogar zwei Shilling, und ein Zweipfundlaib Brot kostet neun Pence. Das ist skandalös! Neulich habe ich für einen Kohlkopf sechs Pence bezahlt. Schönes Porzellan und Seide von guter Qualität sind beinahe unerschwinglich. Aber vermutlich muß man sich damit abfinden, wenn man so am Ende der Welt wohnt wie wir. Irgendwie schafft man es. Ihr werdet staunen, was die Damen alles fertig bringen, wenn sie es wirklich versuchen. Ich habe eine fabelhafte Schneiderin gefunden, eine Miß Matthews, die letztes Jahr hier ihr Geschäft eröffnet hat. Sie kann auch ganz reizende Hüte machen. Ich habe ihr schon etwas über Hochzeitskleider zugeflüstert.« Tante Charity tippte verspielt auf Sophia. »Zuerst du, meine Liebe, als die Älteste. Und dann die liebe Prue.«

Sophia brach in ihr fröhliches, gutmütiges Lachen aus, das

ihren Hut verrückte, und blickte interessiert um sich. »Dieser Saul Whitmore scheint den Beschreibungen nach faszinierend zu sein! Glaubst du, er wird auch zu mir unhöflich sein?«

»Niemand wird zu dir unhöflich sein, mein liebes Kind«, sagte Tante Charity bestimmt.

Sie lehnte sich in dem bequemen Sitz des Wagens zurück und war viel zufriedener als gestern, nachdem sie den ersten, aber nicht gerade den besten Eindruck gewonnen hatte. Sophia war zwar keine hinreißende Schönheit, aber lebhaft und fröhlich, und das fand immer großen Anklang. Prudence, die jetzt ihr jammervolles Aussehen verloren hatte, war wirklich sehr hübsch. Sie hatte eine wundervolle Haut, und die geschickte Miß Matthews würde ihr schon einen Hut machen, der ihr langes Gesicht vorteilhaft kleidete. Auch Briar schien ein diskretes, stilles Mädchen zu sein und sich um ihre eigenen Angelegenheiten zu kümmern. Auch wenn sie nicht ganz so unterwürfig aussah, wie es zu wünschen gewesen wäre. Aber sie würde schon noch merken, daß es auch hier eine Gesellschaftsordnung gab, die ihr ihren Platz vorschrieb.

»Ihr lieben Kinder müßt heute nachmittag ein paar Briefe nach Hause schreiben«, sagte Tante Charity gutgelaunt. »Die ›Mary Louise‹ wird sie mitnehmen, wenn sie absegelt. Wir müssen darauf achten, daß wir jedes Schiff erwischen, denn manchmal gibt es lange Wartezeiten ohne Nachrichten. Briar, du willst vielleicht auch an deine Familie schreiben.«

»Ja, danke, Ma'am«, antwortete Briar und dachte an ihren lieben Andrew Gaunt, der sie nicht nur gelehrt hatte, perfekt

Englisch zu schreiben, sondern auch Französisch. Sie würde einen Brief an ihn aufsetzen und ihm von dieser neuen, bemerkenswerten Wende in ihrem Leben erzählen. Er würde sich bestimmt brennend dafür interessieren. Wenn nicht er, wer dann?

»Mach kein so mürrisches Gesicht. Du bekommst eine Stunde frei, um deinen Brief zu schreiben.«

Allein in ihrem engen Zimmer, war Briar plötzlich zutiefst unglücklich über diese Vorspiegelung falscher Tatsachen. War es nicht unerträglich, daß nur sie allein niemand hatte, der sich über einen Brief von ihr freute oder sich Gedanken über ihr Wohlergehen und ihr Glück machte? Die erfundene Familie, die auf Nachricht von ihr wartete, machte es ihr zwar möglich, ihren Kopf in Gegenwart anderer, wie zum Beispiel der anmaßenden Tante Charity, hoch zu tragen, aber es linderte nicht den Schmerz der Einsamkeit in ihrem Herzen. Zum ersten Mal seit ihrer Ankunft hatte sie ihr Selbstvertrauen im Stich gelassen. Sie fühlte sich wie das Waisenkind, das sie ja war: einsam und verlassen.

Aus einem Impuls heraus verließ sie ihr Zimmer und begann, leise in dem stillen Haus umherzugehen. Niemand war da. Die Mädchen saßen in ihrem Zimmer und schrieben Briefe nach Hause, Tante Charity schlief, und Onkel Hubert war in seiner Bank.

So konnte sie gemächlich durch die Räume streifen und sich alles ansehen. Die Möbel und Teppiche aus England, das Kristall und Porzellan, das chinesische Lackschränkchen, das man vielleicht auf der Überfahrt irgendwo gekauft hatte oder das von einem Handelsschiff herübergebracht worden war. Die tiefblauen Kelche aus Bristol-Glas in der Vitrine, das Klavier, auf dem eine Decke mit langen Fransen lag. Sie blieb stehen, um den Saum des roten Samttischtuchs zu berühren, und betrachtete die zu beiden Seiten des Kamins hängenden Porträts von Tante Charitys Eltern. Es waren schlecht gemalte Bilder, die zwei übergewichtige Leute zeigten mit Hängebacken und kleinen Schweinsaugen. Sie waren einander seltsam ähnlich. Aber vielleicht konnte der Maler nur ein und dasselbe Gesicht malen. Es waren keine ansehnlichen Leute, trotzdem empfand Briar Zuneigung zu ihnen.

Im Eßzimmer standen zwölf Mahagonistühle um den langen, matt glänzenden Tisch. Die schwere Anrichte aus Eichenholz, die Briar neugierig öffnete, war gefüllt mit Porzellan und Glas. Da stand ein Speiseservice mit großen Fleischplatten und Gemüseschüsseln. Briar drehte eine Platte um und betrachtete das Zeichen von Royal Worcester. Daneben, auf einem Bord, stand das wertvolle Teegeschirr von Rockingham. Das waren alles wertvolle Dinge, besonders in diesem Land, in dem die Schätze des zivilisierten Lebens noch sehr selten waren. Wie kam Tante Charity, diese plumpe, gewöhnliche und phantasielose Person in den Besitz so vieler Sachen?

In der obersten Schublade der Kommode, auf weichem grünen Filz, lag das Silber. Briar konnte nicht widerstehen, sie mußte es einfach angreifen. Sie balancierte einen georgianischen Suppenlöffel in der Hand und bewunderte seine glatte Kühle. Sie dachte gerade, eines Tages, und zwar in nicht allzu langer Zeit, würde sie vielleicht auch solche Sachen haben, als sie hinter sich ein Geräusch hörte.

»Hm!« sagte Onkel Hubert. »Das ist ein hübsches Ding,

nicht wahr? Aus der Zeit König Georgs III. Interessiert Sie Silber?«
Briar fuhr heftig zusammen. Einen Augenblick starrte sie sprachlos in das lange, etwas schmerzlich verzogene Gesicht und versuchte, den Ausdruck der von schweren Lidern überschatteten Augen zu ergründen.
»Ich mag schöne Dinge«, sagte sie schließlich. »Ich mußte sie mir ansehen.«
»Natürlich, meine Liebe. Wenn Sie Freude an schönen Dingen haben, kommen Sie mit in mein Büro, ich werde Ihnen etwas zeigen.«
Zitternd legte sie den Suppenlöffel hin, schloß die Schublade und folgte ihm.
Im Büro, einem kleinen dunklen Raum mit lederbezogenen Stühlen und Regalen voller Bücher an den Wänden, nahm Onkel Hubert einen Gegenstand aus mattem grünen Material und reichte ihn ihr. Es war eine seltsam geformte kleine Figur mit einem teuflisch häßlichen Gesicht, mit Schlitzaugen und einer frech herausgestreckten Zunge.
»Es ist Grünstein Tiki«, erklärte Onkel Hubert. »Ein Glücksbringer der Maori. Der Maori glaubt an seine überirdische Kraft, er ist ein sehr abergläubischer Bursche, wissen Sie. Er trägt dieses Stammeszeichen immer bei sich. Aber er findet nicht oft einen Grünstein. Es ist das wertvollste Mineral in diesem Land. Die Eingeborenen machen Äxte und andere Waffen daraus. Es ist sehr hart. Fühlen Sie.«
Das seltsame kleine Ding lag in Briars Hand. Sie hob entzückt die Augen.
»Es gefällt mir sehr, Sir. Ich fühle mich so ...« Sie wurde wieder von dieser unerklärlichen Aufregung ergriffen.

»Wenn Sie glauben, es bringt Ihnen Glück, dürfen Sie es behalten.«
»Behalten?«
»Natürlich. Wenn Sie es möchten.«
»Aber …« Briar versuchte wieder, den Ausdruck dieses Gesichtes zu ergründen.
Onkel Hubert hatte sie dabei erwischt, wie sie durch sein Haus schlich und sein Silber durchwühlte. Woher wußte er, daß sie es nicht stehlen wollte? Sie war ein unbekanntes Dienstmädchen, das gerade von Bord eines Schiffes kam. Würde er ihr glauben, wenn sie ihm zu erklären versuchte, daß sie schöne Dinge mochte und einmal selbst welche besitzen wollte?
»Sie werden Glück brauchen«, sagte dieser ungewöhnliche Mann. »Sie stehen nicht unter dem segensreichen Schutz meiner Frau wie diese beiden rosa Fräuleins da oben. Aber vielleicht schaffen Sie's auch ohne.« Er sah sie nachdenklich an. »Sie mögen Bücher?«
»Woher wissen Sie das, Sir?«
»Ich habe beobachtet, wie Sie sie betrachtet haben. Was haben Sie gelesen?«
»Samuel Richardson, Sir Walter Scott, Shakespeare natürlich, Donne …«, sie zögerte, »und Montaigne.«
»Im Original?«
»Ja, Sir.«
»Donnerwetter! Sie wollen mir doch nicht erzählen, Ihr Vater hätte Sie das gelehrt?«
»Nein, Sir.«
»Na, geht mich ja nichts an. Aber wenn Ihnen die Näharbeit und das Bügeleisen oder was immer Sie sonst tun müssen,

Zeit läßt, haben Sie meine Erlaubnis, hier hereinzukommen.«
Briar war ganz verlegen. »Sie sind sehr freundlich.«
»Überhaupt nicht.«
»Aber Sie sind überrascht.«
»Überrascht?«
»Daß Sie das über mich herausgefunden haben. Niemand sonst weiß das.«
»Dies ist ein sehr junges Land, meine Liebe. Alle möglichen Leute kommen hierher, in allen möglichen Masken. Nein, mich überrascht nichts mehr. Aber einiges«, fügte er freundlich hinzu, »freut mich. Ich hoffe, Sie finden in Neuseeland das, was Sie suchen. Was immer das auch sein mag.«
Briar nickte, während sie den glatten, fremdartigen kleinen Talisman in ihrer Hand spürte.

Tante Charity trug ein wallendes, spitzenbesetztes Leinennachthemd und hatte ihr Tageshäubchen durch eine robustere Nachtkappe ersetzt. An diesem Abend setzte sie sich im Bett auf und rüttelte ihren bereits schlafenden Ehemann.
»Hubert! Du kannst doch nicht schon schlafen!«
»Und ob ich das kann!«
»Hubert, du mußt mir zuhören. Saul Whitmore ist in der Stadt.«
»Das habe ich gehört.«
»Du hast davon gehört und mir nichts gesagt?«
»Meine Liebe, wie sollte ich wissen, daß ausgerechnet du nichts davon gehört hast.«
»Sei still. Es macht dir einfach Spaß, mir nichts zu sagen. Hast du auch alles gehört?«

»Ich habe ein bißchen was gehört. Du weißt sicher mehr.«
»Nun, er ist vierundzwanzig Stunden lang in Coppers Schenke ein und aus gegangen, und die meiste Zeit war er in Begleitung einer ... nun, es war keine Frau, die wir kennen.«
»Das sagt doch genug«, murmelte Hubert.
»Hubert! Kannst du denn niemals ernst sein?«
»Ich bin sehr ernst, Liebes. Ich frage mich nur, was das mich oder dich angeht, in wessen Gesellschaft sich Saul begibt, nachdem er Monate im Busch verbracht hat.«
»Natürlich geht uns das etwas an, denn ich habe vor, ihn am Freitag zum Lunch zu bitten. Aber ist er ein Mann, den man jungen unschuldigen Mädchen vorstellen kann? Mach ich da keinen Fehler?«
»Richtig oder falsch, meine Liebe, du wirst ihn auf jeden Fall einladen. Er ist Saul Whitmore, der Vetter eines Grafen, und du bist nur die Kusine des Gouverneurs. So ist es doch, oder?« Hubert zog die Decke gereizt über die Schultern. »Ich weiß nicht, weshalb du mich aufweckst und um Rat fragst, wo dein Entschluß doch längst feststeht. Nun blas endlich die Kerze aus und laß uns schlafen.«
Tante Charity saß noch einen Augenblick beim flackernden Licht der Kerze und betrachtete den gekrümmten Rücken ihres schon wieder tief schlafenden Mannes. Sie schmollte. Wenn das das Ziel der Ehe war, für alle Zeiten das gleiche Bett mit einem Mann zu teilen, der sich spöttisch über einen hinwegsetzte und den sie heute kein bißchen besser kannte als vor zwanzig Jahren, war dann die Ehe wirklich so ungeheuer wichtig?
Im übrigen machte sie sich nicht einmal besonders viel daraus, das gleiche Bett mit ihm zu teilen. Sie hatte sich noch nie

viel daraus gemacht. Wenn man die Zeit zusammenrechnete, die sie damit verbracht hatte, sich mit ungeheurer Sorgfalt anzuziehen und wieder auszuziehen und ihren Körper unter Röcken und Korsetts zu verstecken, vor allem unter dem alles verdeckenden Nachthemd, so daß das, was möglicherweise endlich geschah, ungesehen geschehen konnte, so kamen Wochen und Monate zusammen.

Würden ihre geschickten, hochfliegenden Pläne für ihre Nichten schließlich auch zu diesem traurigen Ende führen?

»Mach endlich dieses Licht aus, Charity!« ertönte die ungeduldige Stimme ihres Mannes.

Sie beugte sich hinüber, um die Kerze auszublasen. Einen Moment lag sie noch wach und atmete den leicht beißenden Rauchgeruch des Dochtes ein.

Aber eine Ehe mit Saul Whitmore würde nicht so verlaufen. Wie sie auch sein mochte, langweilig würde sie gewiß nicht werden. Und man sagte, daß es keinen besseren Ehemann gab als einen bekehrten Wüstling. Die liebe Sophia, die weder schüchtern noch ängstlich war, würde schon mit ihm fertig werden. Ja, natürlich mußte er zu der Party kommen. Es war dumm von ihr gewesen, die Sache Hubert gegenüber überhaupt zu erwähnen.

5

Als der erste Wagen anrollte, kamen die Mädchen die Treppe herunter. Sie hielten ihre bauschigen Röcke gerafft, und Sophia schwatzte die ganze Zeit mit erhobener Stimme.

Briar war im Schlafzimmer geblieben, das aussah, als sei ein Orkan durchgefahren. Röcke lagen auf dem Boden, Spitzentüchlein und Blumenhüte auf dem Bett und abgelegte Morgenröcke auf den Stühlen.

Sophia hatte sich dreimal umgezogen. Als sich herausstellte, daß es ein sehr schöner Tag werden würde, ausnahmsweise sogar windstill, hatte Tante Charity plötzlich beschlossen, die Lunchparty in den Garten zu verlegen. Also arbeiteten sie wie besessen, Tische und Stühle, Porzellan und Gläser nach draußen zu tragen.

Letzten Endes war nicht viel Zeit zum Ankleiden geblieben. Nur wollte Sophia plötzlich nicht mehr das mit blauen Blüten bestickte Kleid aus Schweizer Musselin anziehen, weil die Blumen auf ihrem Hut nicht zu den Blumen auf ihrem Kleid paßten. Dann hatte sie ein gestreiftes Kleid anprobiert und wieder ausgezogen, um sich schließlich für ihr rosa Seidenkleid mit dem gestärkten Leibchen und den weiten, raschelnden Röcken zu entscheiden, das nach der Meinung von Prudence für diese Gelegenheit viel zu großartig war.

Prudence selbst trug ein schlichtes Kleid und sah nervös und unglücklich aus. Sie verspürte nicht wie Sophia den Wunsch, bei der Gesellschaft von Wellington einen umwerfenden Eindruck zu hinterlassen. Sie folgte ihrer älteren Schwester nur widerstrebend die Treppe hinunter und war sicher, daß sie in Tränen ausbrechen würde, sobald sie der erste junge Mann anspräche. Sie hatte nur Edmund im Kopf.
Das würde Sophias großer Tag werden, darüber bestand gar kein Zweifel.
Als Briar allein im Schlafzimmer war, begann sie aufzuräumen. Aber immer wieder ließ sie ein Kleidungsstück zu Boden fallen und eilte zum Fenster, um die Neuankömmlinge zu sehen.
Nicht viele Leute konnten großartig mit dem Wagen vorfahren, denn keineswegs alle besaßen einen. Die meisten von ihnen mußten die enge, steile Straße zu Fuß gehen und ihre Röcke raffen, damit sie nicht schmutzig wurden. Die älteren Damen trugen Sonnenschirme und waren auffällig mit großen Blumenhüten und wallenden Seidenkleidern angetan. Die Mädchen schienen keinen besonders guten Geschmack zu haben, sie trugen meist einfache, unmoderne Kleider. Sie wirkten ziemlich linkisch, fand Briar, und die jungen Männer schienen auch recht einfältig zu sein. Oberlippenbärte waren offensichtlich beliebt, auch einige markante Vollbärte waren zu sehen. Welcher von diesen höflichen Fremden würde Sophia heiraten? Denn einer von ihnen würde es mit ziemlicher Sicherheit sein. Und welcher war für Prudence, wenn sich ihr Herz gewandelt hatte?
Und wie steht es mit mir, fragte sich Briar unwillkürlich und

sah sich plötzlich, wie sie sich vor den Männern verneigte und sie demütig unter den Lidern hervor betrachtete.
Dann sah sie ihr wirkliches Bild im Spiegel: eine schlanke, aber wenig aufregende Figur, die Schürze und das mausgraue Kleid.
»Na, Miß Briar, haben Sie denn kein schöneres Kleid als dieses?« fragte sie und knöpfte sich rasch entschlossen ihre schlichte Bluse auf, streifte ihre Kleider ab und stand im Unterrock da, ehe sie sich Sophias verschmähtes Musselinkleid über den Kopf streifte.
Sie riß sich das Häubchen herunter, zog die Nadeln aus dem Haar und ließ ihre Locken offen auf die Schultern fallen.
Das Kleid war zu groß. Es glitt ihr von den Schultern, aber wenn sie es im Rücken zusammenhielt, sah es sehr hübsch aus!
Ihre Augen strahlten, und ihre Wangen glühten wie Rosen.
Sie verneigte sich vor einem imaginären Fremden und sagte mit schwacher Stimme: »Ich bin Miß Briar Rose Johnson. Guten Tag, Mr. Fanshawe, guten Tag, Mr. Whitmore, guten Tag, Mr. Carruthers. Ich bin Briar Rose Johnson. Ich bin Briar.« Ihre Stimme klang immer begeisterter: »Das bin ich, ich, ich!«
»Briar!« ertönte Tante Charitys Stimme vom Fuß der Treppe.
Einen Augenblick stand sie wie versteinert da. Sie wollte Sophias Kleid gar nicht, genausowenig wie sie das Silber stehlen wollte, bei dessen Bewunderung Onkel Hubert sie überrascht hatte. Sie wußte nur, daß sie eines Tages ähnliche Dinge besitzen würde. Oder schönere. Sie fühlte sich in Sophias kostbarem Kleid lebendig und vital, und es war ihr

gutes Recht, sich so zu fühlen. Sie würde den Menschen zeigen, daß sie kein grauer, demütiger Schatten war.
Aber noch nicht, überlegte sie niedergeschlagen, als Tante Charity wieder und diesmal lauter nach ihr rief.
Das Musselinkleid glitt zu Boden. Briar öffnete die Tür und streckte vorsichtig den Kopf hinaus. »Ja, Ma'am.«
»Was tust du dort oben?«
»Aufräumen, Ma'am.«
»Dann laß das sofort. Ich brauch dich hier unten.«
»Ja, Ma'am.«
Briar hatte inzwischen ihr eigenes Kleid gegriffen und bemühte sich fieberhaft, hineinzuschlüpfen.
»Komm sofort herunter. Mary hat sich verletzt; sie hat sich die Hand verbrannt. Du mußt bei Tisch bedienen helfen.«
»Ja, Ma'am.«
Ihr Haar war nicht aufgesteckt, und ihre Schürze war zerknittert. Während sie die Treppe hinunterrannte, versuchte sie, ihr Haar zu ordnen.
Aber das bin noch immer ich, die da Geschirr hin und her trägt, sagte sie sich immer wieder. Die fröhliche, lebhafte Person ist nur unter meinem Arbeitskleid versteckt. Jedenfalls war es eine Gelegenheit, an der Fröhlichkeit teilzuhaben und die Gäste anzuschauen.
»Tu einfach das, was die Köchin dir sagt«, zischte Tante Charity. »Rück dir das Häubchen gerade. Briar, hast du etwa Rouge benützt?«
»Nein, Ma'am.«
»Das will ich auch hoffen. Aber du siehst sehr rot im Gesicht aus. Werde bloß nicht nervös. Und verschütte nichts.«
Die Sonne schien mit der für diesen Erdteil bezeichnenden

Intensität. Pfauentauben schwirrten hin und her und spreizten ihre fächerartigen Schwänze wie Miniaturpfaue, und die jungen Gummibäume im Garten raschelten und warfen dünne Schatten auf die gedeckten Tische. Die Damen in ihren weiten Kleidern bewegten sich mit vorsichtigen Schritten und gaben laut schnatternd ihre Begeisterung über den Garten, den Sonnenschein und die beiden hübsch gekleideten und wohlerzogenen Nichten kund.

Mrs. Hunt gab eine Dinnerparty, und nächste Woche würde auch der Einführungsball für die liebe Sarah Jane stattfinden. Außerdem veranstaltete man ein Picknick am Strand. Sophia und Prudence mußten an allem teilnehmen. Es war so erfrischend, neue Gesichter zu sehen, und man hungerte nach Neuigkeiten aus der alten Heimat. Die jungen Männer verneigten sich und unterhielten sich formell. Prudence wurde von einer Witwe mit Lorgnon und einem riesigen Hut mit Beschlag belegt. Dagegen war es Sophia mit bewundernswerter Geschicklichkeit gelungen, sich aus einer Gruppe schwatzhafter junger Damen zu lösen und den ansehnlichsten jungen Mann des Abends an ihre Seite zu bringen.

Es war ganz offensichtlich Sophias Tag. Briar, die eine Schale mit Obstpunsch vorübertrug, hörte sie sagen: »Verzeihen Sie, aber ich habe Ihren Namen nicht behalten.«

»Fanshawe. Peter Fanshawe, Miß Carruthers.«

Er war groß und blond, mit einer hellen Haut, die leicht errötete, und er hatte strahlend blaue Augen.

Mit ihm würde ich mich gerne unterhalten, dachte Briar, und das war auch etwas ganz anderes als mit dem Silber und mit dem Kleid. Zum ersten Mal empfand sie heftigen Groll.

»Die geschliffenen Gläser – paß doch auf!« zischte Tante Charity ihr ins Ohr.
»Ja, Ma'am.«
»Wo ist der Silberlöffel?«
Sie eilte ins Haus. Im Eßzimmer belud sie ihr Tablett und wollte sich durch die Halle vorsichtig zurück in den Garten begeben.
Aber irgend jemand kam hereingerannt und stieß mit ihr zusammen. Das Tablett kippte, und die Gläser krachten zu Boden. Vor Schreck entschlüpfte Briar ein Schrei.
Der große Mann, der das Unglück verursacht hatte, blieb stehen und blickte zu ihr hinunter. Briar sah ein schmales, sonnengebräuntes Gesicht mit dunklen, ungeduldigen Augen und sehr schwarzen Brauen.
»Entschuldigung, das war mein Fehler! Ich werde mich bei Ihrer Herrin entschuldigen.«
Und schon war er wieder verschwunden und ließ sie am Boden zwischen den Scherben von Tante Charitys kostbaren, geschliffenen Gläsern sitzen.
Dieses gedankenlose, brutale Ungeheuer! dachte sie zornig. Das ließ sie sich nicht gefallen, daß man einfach über sie hinwegtrampelte, kaum daß sie dieses Land betreten hatte.
»Saul!« ertönte Tante Charitys gurrende Stimme aus dem Garten. »Ich bin ja so froh, daß Sie kommen konnten. Sie sind doch so beschäftigt! Kommen Sie, ich möchte Sie vorstellen.«
Saul! Der Name hatte einen seltsam harten Klang, der Briar irgendwie auf die Nerven ging. Oder kam das nur daher, weil sie sich an einer Scherbe geschnitten hatte?
»Was ist hier passiert? Haben Sie sich verletzt?«

Briar blickte auf und sah Peter Fanshawe mit den aschblonden Haaren und den aufregend blauen Augen über sich. Sein Gesicht drückte wirklich Anteilnahme aus.
»Kann ich Ihnen helfen, diese Scherben aufzusammeln? Sehen Sie, es ist gar nicht schlimm, es ist nicht viel zerbrochen. Weinen Sie nicht.«
»Ich weine nicht!« entfuhr es Briar etwas ungehalten.
Er sah sie überrascht an. »Ja, ich sehe, Sie weinen nicht.« Sein Blick blieb einen Augenblick auf ihr ruhen.
Offensichtlich hatte er noch kein Mädchen getroffen, das unter diesen Umständen nicht in Tränen ausgebrochen wäre. »Ihr Haar löst sich«, sagte er mit plötzlich erwachendem Interesse.
Briar machte sich an ihrem losen Haar zu schaffen. Sie hatte keine Zeit gehabt, es ordentlich festzustecken, als Tante Charity sie gerufen hatte. Jetzt war sie verlegen. Noch vor ein paar Minuten hatte sie sich gewünscht, mit Peter Fanshawe zu sprechen, und nun, da sie Gelegenheit dazu hatte, war sie in einer unmöglichen Verfassung.
»Ach du meine Güte! Sie haben sich geschnitten! Hier, Sie müssen das verbinden. Nehmen Sie mein Taschentuch.«
Bevor sie Einspruch erheben konnte, hatte er ihre Hand mit einem schneeweißen Taschentuch verbunden. »So! Ist es jetzt besser? Sie müssen es ordentlich verbinden lassen.«
Briar stand auf. »Die Köchin wird das machen. Ich nehme das Tablett. Vielen Dank!« Und dann eilte sie davon.
Der Schnitt war nicht schlimm, und Briar war imstande, gleich wieder zu erscheinen, nachdem sie von der verächtlich dreinblickenden Köchin verbunden worden war.
»Ich sehe schon, du taugst nur für Näharbeiten. Jetzt laß das

nicht auch noch fallen. Und beeil dich, sonst schreit die Herrin wie am Spieß.«

Die Party im Sonnenschein verlief ungetrübt, und die Gäste unterhielten sich lebhaft miteinander. Man hörte Gesprächsfetzen über die Wollpreise; über Gerüchte von Goldfunden auf der Südinsel; daß der Gouverneur Maßnahmen gegen die Greueltaten der Maoris ergreifen wollte und über die Schwierigkeit, Baumaterial ins Innere des Landes, über Berge und Flüsse ohne Brücken zu bringen. Vor allem beschäftigte man sich mit der Ankunft des nächsten Schiffes. Im Gegensatz zu diesen eher ernsten Gesprächen hörte man die Damen eifrig über neue Kleider und Frisuren reden oder über eine Schwangerschaft flüstern beziehungsweise den neuen Flirt eines heiratsfähigen Mannes begutachten.

Aus den Winkeln ihrer diskret niedergeschlagenen Augen sah Briar, daß Sophia jetzt mit dem großen, dunklen Mann sprach, der sie fast umgerannt hatte. Sophias Gesicht war gerötet und lebhaft. Man sah, sie war jetzt froh, das rosa Seidenkleid angezogen zu haben, obwohl es etwas unter der Sonne litt. Sie redete die ganze Zeit, und der junge Mann mit dem seltsam harten Namen schien nur zuzuhören. Tante Charity hatte den Kopf gewandt und sah die beiden mit zufriedenem Lächeln an.

Prudence unterhielt sich endlich mit einem ernsten, etwas untersetzten jungen Mann. Zwischen allen spazierte Onkel Hubert, trank eine Menge Punsch und ließ hier und dort seine Bemerkungen fallen.

Peter Fanshawe kam und nahm von Briars Tablett eine Tasse Kaffee. Er lächelte ihr freundlich zu. »Ist wieder alles in Ordnung?« flüsterte er.

Sie nickte. Einen Augenblick sah sie ihm fest in die Augen. Der ohnehin schon aufregende Tag schien in diesem Augenblick alles zu versprechen. Und sie faßte einen Entschluß: Sie würde Peter Fanshawe heiraten. Er sah nicht nur gut aus, war jung und heiratsfähig, er war auch in der Lage, ihr die Stellung zu verschaffen, die sie sich wünschte. Und dank seiner sanften Art würde man leicht mit ihm auskommen; ein sehr wichtiger Gesichtspunkt für jemand, der so ehrgeizig war wie sie. Ja, ihr Entschluß stand fest. So unmöglich das auch erscheinen mochte, sie würde Peter Fanshawe heiraten.

Danach wurde nur noch geredet und geredet.

Briar verzieh man das fallengelassene Tablett und die zerbrochenen Gläser. »Mr. Whitmore hat mir erklärt, was passiert ist«, sagte Tante Charity in der wohlwollenden Art, die sie immer dann an den Tag legte, wenn sie mit sich und der Welt zufrieden war. »Er hat alle Schuld auf sich genommen. Er war eilig und besorgt, zu spät zu kommen. Da seid Ihr ja, meine Lieben!« Ihre vorübergehend an Briar gerichtete Aufmerksamkeit wandte sich wieder ihren beiden Nichten zu, die den Mittelpunkt ihrer gegenwärtigen gesellschaftlichen Popularität bildeten. »Sauls Mutter wird nächste Woche einmal vorbeikommen. In letzter Zeit hat sie sich nicht viel um Gesellschaften gekümmert, aber sie möchte euch Mädchen kennenlernen. Und dafür kann es nur einen Grund geben!« fügte sie bedeutungsvoll hinzu.

»Ist Saul, ich meine, Mr. Whitmore, eine sehr gute Partie?« fragte Sophia.

»Mein Liebes, ich habe es dir ja schon gesagt: Er ist einer der vielversprechendsten jungen Männer, die wir haben. Das sagt dein Onkel. Und mehr noch, er ist ein Vetter des Grafen von Marsham.«

»Er erschreckt mich«, murmelte Prudence. »Er sieht dunkel, düster und grimmig aus.«

»Doch nur äußerlich«, sagte Sophia. »Mich erschreckt er nicht. Er hat nicht einmal viel zu sagen. Er erzählt nur von ›Lucknow‹, seinem Besitz, und den Maori. Und von einem Major von Tempsky, der am tapfersten gegen die Maori im Urwald kämpft, hat er noch was gesagt. Ich finde diese Gespräche über die Maori allmählich langweilig.«

»Was hast du denn zu ihm gesagt?« fragte Prudence.

»Och, alles mögliche. Ich habe ihn gefragt, wie ihm mein Kleid gefällt.«

»Sophia!«

»Warum nicht? Er hätte es mir ganz offensichtlich nicht gesagt, wenn ich ihn nicht gefragt hätte. Weißt du, ich bin mir nicht sicher, ob ich Peter Fanshawe nicht lieber mag als Saul Whitmore. Er war viel amüsanter. Hat er keinen Grafen in der Familie, Tante Charity?«

»Nein, aber seine Familie ist sehr angesehen. Er arbeitet gegenwärtig in der Bank von eurem Onkel, aber ich glaube, er beabsichtigt, Land zu kaufen.«

»Wäre das nicht lustig«, rief Sophia übermütig, »wenn du ihn heiraten würdest, Prue, und ich Saul, und wenn wir beide in dem gleichen Distrikt wohnten? Oder ich heirate Peter und du Saul?«

»Ich sagte dir doch, er erschreckt mich«, sagte Prudence unglücklich. »Und überhaupt, wie kannst du davon sprechen, daß ich einen anderen heirate als Edmund?«

»Es schadet überhaupt nichts, auch andere junge Männer kennenzulernen«, sagte Tante Charity ernst. »Das ist eine gesunde Einstellung. Keine von euch sollte übereilte Entschlüsse fassen. Aber ich finde, der Anfang war sehr gut. Jetzt laßt mich mal nachdenken. Morgen gehen wir zu Mrs. Hunts Dinnerparty. Und am Freitag ist der Ball im Regierungsgebäude. Dafür müssen wir große Toilette machen, meine Lieben. Und nächste Woche ist Sarah Janes Einführungsball, der zwar gesellschaftlich kein so großes Ereignis ist wie der Ball im Regierungsgebäude, aber auch sehr nett werden wird. Ihr Vater besitzt mehrere Frachtschiffe, die Vieh und Lebensmittel zu verschiedenen Häfen bringen. Übrigens, ich muß euch sagen, bei diesen Bällen herrscht immer Damenmangel. Man erwartet also, daß ihr die ganze Zeit über tanzt. Ihr dürft keinen Herrn zurückweisen oder im Garten spazierengehen. Es wird vielleicht etwas strapaziös, aber ihr seid jung. Ich nehme an, ihr werdet es überleben.«

»Tante Charity, wenn wir zu all diesen Bällen gehen sollen, haben wir einfach nicht genügend Kleider.«

»Dann müssen wir uns eben an meine geschickte Miß Matthews wenden. Und Briar kann sehr ordentlich nähen, habe ich bemerkt. Ich bin sicher, sie wird uns eine große Hilfe sein.«

»Zu dem großen Ball werde ich mein weißes Brokatkleid anziehen«, beschloß Sophia.

»Du denkst an nichts anderes als an Kleider!« schrie Prudence plötzlich wütend. »Kleider und Männer!«

Sophias blaßblaue Augen weiteten sich. »Aber an was soll man denn sonst denken?«

In dem kleinen Haus am Ende der steilen Straße saß Mrs. Whitmore ihrem Sohn gegenüber.
»Aber war denn überhaupt niemand da, der dich wenigstens etwas interessiert hätte?« drang sie in ihn.
»Nein, das habe ich dir ja schon gesagt. Sie sind alle zu zimperlich und dumm. Ich brauche eine Frau, auf die ich mich auch dann verlassen kann, wenn es hart auf hart kommt.«
»Das kommt doch erst mit der Zeit.«
»Was? Du glaubst, wenn man alle Kleider und das dämliche Geplapper wegläßt, dann bleibt noch was übrig?«
»Es hängt davon ab, von wem du das abzustreifen gedenkst«, sagte seine Mutter trocken. »Komm, erzähle mir, wie die Nichten aus England waren.«
»Die eine sagte kein Wort, und die andere quasselte die ganze Zeit.«
»Vielleicht waren beide nervös. Aber es waren attraktive junge Mädchen?«
»Ganz annehmbar. Sehr auffällig angezogen.«
Die alte Dame bewegte ihre Lider wie ein Papagei. Sie sah heute etwas hinterlistig aus. Sie versuchte, ihre Ungeduld über ihren eigensinnigen Sohn zu zügeln und vorsichtig und taktvoll vorzugehen. Er hatte ein aufbrausendes Temperament und war sehr wohl imstande, sein Pferd zu satteln und innerhalb der nächsten Stunde nach »Lucknow« aufzubrechen, wenn ihn die Lust ankam.
»Vielleicht stellst du ungerechte Vergleiche an, Saul.«
Er fuhr herum. Sein Gesicht strahlte plötzlich vor guter Laune und Zustimmung. »Wie recht du hast, Mutter.« Denn diese sorgfältig zurechtgemachten Puppengesichter auf der heutigen Party hatten nichts von der überschäumenden

Vitalität und Wärme, geschweige denn von der schamlosen Zärtlichkeit dieser Mädchen von neulich. Unzüchtig, nicht mehr ganz jung, aber lebendig!

»Eine wäre schon da gewesen« begann er nochmals, doch dann zögerte er. Wo hatte er denn nur wieder dieses zornige Gesicht mit den funkelnden Augen gesehen? Bei Charity Carruthers sicherlich nicht. Es muß in Coopers Bar letzte Nacht gewesen sein.

Er spürte die Enttäuschung seiner Mutter. Und nur seine große Liebe zu dieser starken, klugen Frau, die ihn, ihr einziges Kind, im Alter von beinahe vierzig Jahren geboren hatte, und die jetzt alt wurde und sich nach Enkelkindern sehnte, veranlaßte ihn zu sagen: »Ich verstehe nichts von diesen gesellschaftlichen Zwängen, Mutter. Ich rede viel lieber mit Hubert Carruthers über meine Wolle oder über Te Kootis letzte Greueltaten, aber ich gebe nach. Die ältere, Sophia, war eigentlich recht ansehnlich. Und sie tat nicht so, als hätte sie Angst, ich würde sie auf der Stelle vergewaltigen. Ich würde sie gerne einmal treffen.«

»Das erledige ich. Ich beabsichtige, Charity Carruthers nächste Woche aufzusuchen.«

Briar hatte endlich Gelegenheit, Jemima und Fred Potter zu besuchen, die in den langen Holzbaracken hausten, in denen man die neu eingetroffenen Einwanderer vorübergehend untergebracht hatte.

Jemima rannte auf sie zu und umarmte sie. Fred war sprachlos und sagte nur: »Endlich ein Gesicht, das wir kennen!« Die beiden Kinder, der siebenjährige Kimmy und die fünfjährige Lucy, lächelten scheu. Es waren schon immer stille

Kinder gewesen, aber die lange Schiffsreise und der Tod ihrer beiden Brüder hatte sie noch stiller werden lassen.

»Wie geht's dem Baby?« fragte Briar.

»Es gedeiht prächtig! Wir können gute Milch für die Kleine bekommen; du würdest sie kaum wiedererkennen. Schau!« Jemima ging voran zu dem Weidenkorb und hob den Schal von dem winzigen Gesicht.

Briars Herz schlug höher, als sie dieses kleine Wesen sah. »Sie ist reizend. Sie hat richtig rote Bäckchen bekommen. Jetzt bist du doch sicher froh, daß ihr hierhergekommen seid, Jemima?«

Jemimas Mund wurde schmal. Aber sie nickte heftig. »Ja. Wird schon alles gut, wenn Fred erst Arbeit hat und einen Platz, wo wir wohnen können.«

»Hat Fred denn noch keine Arbeit?«

Jemima sah zu ihrem wortkargen Mann hinüber. »Er hätte einen Job als Bäckergehilfe bekommen können, aber der Mehlstaub tut ihm nicht gut. Er will sein eigenes Land, Briar, und das ist richtig.« Sie stand voll zu ihrem kleinen, untersetzten und nicht besonders intelligenten Mann. Er hatte einfache Wünsche, und sie liebte ihn genug, um auf die Erfüllung dieser Wünsche zu hoffen. Es machte ihr nichts aus, dieses unbequeme und wurzellose Leben eine Weile zu ertragen.

»Er wartet darauf, einen Platz auf einer Farm zu bekommen«, fuhr sie fort. »Dann werden wir alle aufs Land ziehen. Das wird schön für die Kinder. Und jetzt, Briar, erzähl uns, was du gemacht hast. Eine Menge aufregende Dinge, nehme ich an. Du hast dich irgendwie verändert; du hast einen ganz anderen Ausdruck. Hast du dich etwa verliebt?«

Briar schüttelte den Kopf. »Nein, und ich habe es auch nicht vor. Aber ich habe den Mann gefunden, den ich heiraten werde.« Sie lachte ein bißchen. »Er hat nur einmal mit mir gesprochen. Ich hatte mich in den Finger geschnitten, und er hat ihn mir verbunden. Aber er war freundlich und sanft. Als ob es ihn wirklich kümmerte, was mir passiert war.« Unwillkürlich schwang Verwunderung in ihrer Stimme mit. Es war noch immer etwas Ungewöhnliches zu wissen, daß sich jemand – wenn auch nur flüchtig – um ihren Schmerz gekümmert hatte. »Er wird ein sehr guter Ehemann, und er wird mir das geben, was ich will«, fügte sie nüchtern hinzu.
»Aber wer ist es denn, liebe Briar?« fragte Jemima ängstlich.
»Er heißt Peter Fanshawe. Er war neulich auf der Party.«
»Du meinst, auf der Party deiner jungen Damen? Aber dann ist er …«
»Ein Mitglied der Gesellschaft«, fuhr Briar sie an. »Warum nicht?«
»Aber Briar, Liebes, selbst in diesem neuen Land gelten die alten Regeln.«
»Ja, das stimmt! Aber sie werden von dummen, snobistischen Frauen wie Mrs. Carruthers aufgestellt, und dagegen kann man kämpfen.« Briar warf stolz den Kopf in den Nacken. »Ich beabsichtige nicht, mein ganzes Leben lang Dienstmädchen zu bleiben. Und du wirst sehen, ich werde es nicht bleiben.«
»Nein, natürlich nicht. Das ist nicht deine Art. Du wirst einen netten Mann mit einem eigenen kleinen Geschäft heiraten.«
»Ich werde den Mann heiraten, den ich haben will«, erklärte Briar. »Und vielleicht werde ich dann auch ein Baby haben.« Ihr Blick glitt zu dem Körbchen. Sie berührte die weiche

Wange des Kindes. »Ich habe das Gefühl, sie gehört auch mir etwas, Jemima. Ich habe doch geholfen, sie am Leben zu erhalten, oder? Achtet gut auf sie, auch meinetwegen.«

»Das werden wir, Liebes. Und du achtest auf dich. Keine zu hochfliegenden Pläne. Wir verstehen dich ja, Fred und ich, aber andere vielleicht nicht.«

»Ich will gar nicht zu hoch hinaus, Jemima«, sagte Briar schlicht. »Ich weiß nur, was ich will, und ich beabsichtige, es auch zu bekommen.«

Jemima und Fred dachten also, sie bilde sich etwas ein. Was würden sie erst denken, wenn sie wüßten, was sie sich in den Kopf gesetzt hatte und auch auszuführen beabsichtigte? Für Sophia und Prudence war es eine Woche voller gesellschaftlicher Verpflichtungen gewesen. Dinnerpartys, Picknicks und der Ball im Regierungspalast, zu dem sie ihre beste Garderobe angelegt hatten. Sophia in weißem Brokat, Prudence in Rosa und Tante Charity sehr eindrucksvoll in schwarzem, mit Perlen besticktem Satin.

Wie üblich mußte Briar aufbleiben, bis die jungen Damen nach Hause kamen, um sie auszukleiden, ihnen aus ihren steifen Kleidern zu helfen und sie für die Nacht zurecht zu machen.

Während sie unter der Lampe saß und nähte, fragte sie sich, wie lange sie es wohl noch über sich bringen würde, demütig diese Aufgabe zu erfüllen; mit ›Ja, Ma'am‹ und ›Nein, Ma'am‹ nach Dingen zu laufen; zu waschen und zu bügeln; immer fröhlich und gehorsam zu sein und die eigene Person zu verleugnen, bis niemand mehr etwas davon bemerkte. Ganz zu Anfang hatte ihr das nichts ausgemacht. Sie hatte amüsiert und zufrieden Sophias Geschnatter über das

Heiraten und Tante Charitys snobistische Kuppelpläne mit angehört.
Aber jetzt war alles anders. Denn überall, wohin die Mädchen gingen, trafen sie Peter Fanshawe, Saul Whitmore und die anderen. Man konnte einfach nichts dafür. In einer so kleinen Gemeinde traf man andauernd die gleichen Leute. Sophia plauderte freimütig über alle, aber ganz offensichtlich schwankte ihre Zuneigung zwischen Peter und Saul.
Und sie, Briar, mußte zu Hause sitzen, Kleider nähen und Sophia helfen, sich für all diese Gelegenheiten hübsch zu machen. Von Tag zu Tag wuchs die Wut in ihr.
Sollte sie selbst Peter niemals wiedersehen?
Bevor sie wußte, was geschah, würde ihn eines von diesen dummen, einfältigen, aber gesellschaftlich ebenbürtigen jungen Mädchen geschnappt haben, und er würde niemals wissen, daß sie existierte, eine warmherzige, zärtliche und liebevolle Frau.
Sie mußte einen Plan schmieden, der ihr die Gelegenheit verschaffte, ihn wiederzusehen. Und diesmal nicht mit Dienstmädchenhäubchen und Schürze, sondern als gut gekleidete und attraktive junge Frau.
Aber das schien unmöglich. Plötzlich wurde sie von der geschwätzigen Sophia förmlich auf die Idee gestoßen; ihr Entschluß stand fest!
Wie üblich kam Sophia erhitzt und völlig aufgelöst nach Hause. Ihr Kleid war fleckig, die Handschuhe zerknüllt und schmutzig und ihr Haar unordentlich. »Es war ein wundervoller Ball! Nicht wahr, Prue? Sag bloß nicht, es hat dir nicht gefallen. Ich habe bemerkt, daß James French kein Auge von dir gelassen hat.«

»Ich wäre schon froh gewesen, wenn er wenigstens seine Füße von mir gelassen hätte«, erwiderte Prudence.
»Er war ganz verzaubert von dir, würde ich behaupten. Wir waren bei weitem am besten angezogen, Briar. Alle sahen uns an. Sogar Saul Withmore ließ sich zu einem Kompliment hinreißen, ohne daß ich ihn dazu aufgefordert hätte. Und der geliebte Peter war voller Bewunderung. Er hat mir die ungewöhnlichsten Dinge gesagt.«
»Wahrscheinlich macht er das schon jahrelang«, sagte Prudence bissig.
»Rede keinen Unsinn! Ich bin noch nicht jahrelang hier. Ich muß sagen, selbst Saul sah heute nacht ein bißchen fassungslos aus. Er wollte mich zu einem Tanz auffordern, den ich bereits an Peter vergeben hatte. Ich muß ehrlich zugeben, es ist etwas Rätselhaftes und Gefährliches an Saul, was ich sehr aufregend finde. Wie er mich mit diesen dunklen Augen ansah! Ich glaube, ich würde es niemals wagen, ihn zu betrügen. Briar, mußt du dich so ungeschickt anstellen?«
»Entschuldigung, Miß Sophia«, murmelte Briar.
»Haben wir dich zu lange wach gehalten? Es ist erst zwei Uhr. Wenn du auf dem Ball gewesen wärst, würdest du es auch nicht als spät empfinden. Saul bat mich, mit ihm in den Garten zu kommen. Selbstverständlich habe ich abgelehnt. Weißt du, diese hübsche kleine Mrs. Morgan hat acht Kinder. Und alle leben! Sie ist erst siebenundzwanzig. Ich hab die Gelegenheit verpaßt, das zu erreichen, aber ich schwöre, wenn ich so alt bin, werde ich mindestens drei Kinder haben. Was hältst du übrigens von dieser Sarah Jane Maxwell?«
»Was?« fragte Prudence desinteressiert. Sie hatte bereits ihr

Nachthemd an und bürstete sich das Haar selbst, da Sophia Briar ganz für sich in Anspruch nahm.

»Sie wird nächste Woche bei ihrem Ball den Hochzeitstanz machen.«

»Hochzeitstanz?«

»Aber hast du es denn nicht gehört? Also wirklich, Prue, du scheinst in den Wolken zu leben. Oder noch auf der ›Mary Louise‹. Das geht so: Allen Damen werden die Augen verbunden, und wenn die Musik stoppt, ist der Mann, der dann vor ihnen steht, ihr Auserwählter.«

»Du meinst, im Ernst?«

»Nun, vermutlich muß man sich nicht unbedingt daran halten. Sarah Jane sagt, die meisten Leute tun es. Bestimmt werden es Leute wie Saul und Peter tun, schon ihrer Ehre wegen. Verstehst du, es gibt in diesem Land viel mehr junge Männer als junge Frauen, und so ist das manchmal die gerechteste Art, zu einer Frau zu kommen. Sarah Jane macht den Tanz natürlich nur deshalb, weil bis jetzt noch niemand um ihre Hand angehalten hat. Sie ist geradezu gezwungen, das arme Ding. Sie ist zweiundzwanzig. Ich nehme an, sie will sich Saul Whitmore angeln.«

»Aber wie kann sie sich vornehmen, irgend jemand zu angeln, wenn sie überhaupt nichts sehen kann?«

Da war selbst Sophia verblüfft. »Ja, richtig! Es heißt, es gibt keinen Betrug. Man kann wirklich nichts sehen. Ich glaube trotzdem, die Männer können ein bißchen nachhelfen, wenn sie einen erkannt haben. Natürlich sollten sie uns nicht erkennen. Die Masken bedecken die Gesichter. Findest du das nicht schrecklich aufregend?«

»Ich mache da nicht mit«, sagte Prudence nervös.

»Oh, Prue, du bist ein kleines Dummchen, daß du dich in diesen unbemittelten Edmund verliebt hast und dir den ganzen Spaß verdirbst. Findest du nicht auch, Briar? Würdest du nicht gerne beim Hochzeitstanz mitmachen?«
Briar atmete tief durch. »Ja, Miß Sophia«, sagte sie kühl. »Das würde ich.«

6

Oriane Whitmore saß auf einem von Tante Charitys steifen Stühlen und hielt ihren Schirm umklammert. Sie sah aus wie ein alter, dünner Kranich, der seinen gebrochenen Flügel pflegt. Ihre Haut war gelb und von den Jahren unter der sengenden Sonne Indiens getrocknet. Ihr Körper schien ohne Fleisch zu sein; aber ihren wunderschönen, wachen und strahlenden Augen entging nichts.

Tante Charity flatterte herum wie ein nervöses Schulmädchen und machte viel Wesens darum, ob ihre Besucherin gerne Tee trinken würde oder lieber etwas Kühles nach dem langen Weg. Vielleicht würde sie lieber im schattigen Garten sitzen, dort sei es allerdings ziemlich windig.

»Ich hoffe immer, daß der Wind im Sommer etwas nachläßt«, schwätzte Tante Charity, »aber das passiert nie. Ich frage mich, ob der Taranaki Distrikt in dieser Beziehung weniger unangenehm ist. Mein Mann spricht allerdings viel von dem dort herrschenden Problem mit den Maori. Man hört ja, daß sie so furchterregende Krieger sein sollen, wenn sie aufgestachelt werden. Man kann das kaum glauben, wenn man sie so faul in ihren Dörfern herumsitzen und Früchte und Kumaras verkaufen sieht. Machen Sie sich etwas aus Kumaras, Mrs. Whitmore?«

»Ich ziehe die nicht süße Kartoffel vor.« Die alte Dame veränderte ihre Stellung und erklärte mit ihrer energischen Stimme: »Die Unruhen im Norden werden vorübergehen. Keine Frau, die auch nur ein bißchen Verstand hat, würde sich deshalb vor einem Leben dort fürchten.«

»Sie haben natürlich diese schreckliche Belagerung in Indien durchgemacht«, murmelte Tante Charity bewundernd.

»Man entwickelt den nötigen Mut, wenn die Umstände es erfordern. Nun, Mrs. Carruthers, wo sind Ihre beiden Nichten, von denen ich schon so viel gehört habe?«

In Tante Charitys Gesicht mischten sich Begeisterung, Abwehr und Nervosität. So stimmte es also wirklich, daß Saul Whitmore sich für Sophia interessierte. Es mußte Sophia sein, denn mit Prudence konnte man in ihrem gegenwärtigen Zustand nichts anfangen.

Welch ein Triumph wäre das, wenn sie nach England berichten könnte, daß Sophia die beste Partie der ganzen Insel gemacht hatte! Sie hatte große Hoffnungen gehegt, gewiß, aber sie hätte nicht gedacht, daß Sophia – von Prudence ganz zu schweigen – einen Mann mit dem Format und den Ansprüchen eines Saul Whitmore interessieren könnte. Allerdings auch einen Mann mit Erfahrung, das mußte man leider hinzufügen!

»Ich werde die Mädchen rufen«, flötete Tante Charity. »Sie ruhen sich etwas aus. Sie führen so ein vergnügliches Leben!«

Oriane Whitmore setzte sich aufrecht und beobachtete, wie die Mädchen hereinkamen.

Sie verneigten sich artig und hielten die Augen niedergeschlagen. Aber sie waren so, wie Oriane Whitmore sie sich vorgestellt hatte: plumpe, gesund aussehende Geschöpfe,

die unter ihrem prüfenden Blick immer linkischer wurden. Und viel zu jung!
Die jüngere konnte man sofort abschreiben. Sie hatte einen demütigen, leidenden Ausdruck, der einen Mann wie Saul rasend machen würde. Aber es war Sophia, die ältere, an der er sein Interesse bekundet hatte, also schenkte sie ihr die ganze Aufmerksamkeit. Nicht schön, aber ganz hübsch mit ihren frischen Bäckchen und den weiten blauen Augen. Vermutlich gutmütig. Ihrer übertriebenen Aufmachung nach zu schließen, war sie sehr eitel. Aber ein bißchen Eitelkeit schadete einer Frau nicht. Sie würde ihr helfen, auch unter schwierigen Bedingungen ihren Stolz zu wahren. Schwatzhaft war sie auch, sie konnte sich selbst jetzt kaum noch beherrschen. Aber Saul war manchmal zu still, und ein bißchen Geplapper würde ihm ganz gut tun.
Und ihr Verstand? Ein Mann suchte bei einer Frau keinen Verstand. Er wollte einen gesunden, schönen Körper, gute Laune und die Fähigkeit, einen bequemen, ordentlichen Haushalt zu führen.
Mrs. Whitmore nickte fast unmerklich.
»Wenn ich jetzt Ihre liebenswürdige Einladung zu einer Tasse Tee annehmen dürfte? Es war heute sehr heiß!«
»Selbstverständlich«, rief Tante Charity. »Wenn Sie mich bitte einen Augenblick entschuldigen ... Polly ... Briar ...!«
Ausgerechnet heute hatte Polly eine Stunde frei bekommen, um ihre Mutter zu besuchen, und Briar saß an der Näharbeit, weil sie mit einem Teetablett nicht umgehen konnte. Tante Charity mußte ihr zuerst Anweisungen erteilen.
Mrs. Whitmore wandte ihre ungeteilte Aufmerksamkeit Sophia zu.

Aber danach ging sie langsamer als üblich nach Hause. Die heiße Sonne hatte ihren Schritten die Geschmeidigkeit genommen. Tat sie das Richtige, wenn sie Saul die Entscheidung aufdrängte? Nun, er würde sich niemals etwas aufdrängen lassen. Aber sie würde es ihm ans Herz legen; aus purer Notwendigkeit.

Das Mädchen war ganz in Ordnung. Wenigstens war sie nicht unruhig geworden und in Tränen ausgebrochen. Sie hatte Mrs. Whitmores Blick furchtlos erwidert und all ihre Fragen in einer angenehmen, wenn auch etwas naiven Art beantwortet. Aber sie war alles andere als erwachsen. Ihre Augen waren die eines ausgelassenen Schulmädchens. Wie würde sie sich in dem einsamen, isolierten Leben einer Pioniersfrau bewähren? Wie würde sie sich während eines Angriffs der Hauhau verhalten?

Mrs. Whitmore stampfte ungeduldig die staubige Straße entlang. Man konnte auch zu kritisch sein. Saul mußte heiraten. Sie würde einen begeisterten Bericht über Sophia abgeben. Wenn sie sich auch wünschte, diese blauen Augen wären nicht gar so ausdruckslos, sondern so wie jene … wo hatte sie nur diese Augen, diese glänzenden, dunkelgrünen Augen, die sie kühl und abschätzend beobachtet hatten, schon mal gesehen?

Gütiger Himmel, es waren die des Mädchens, das den Tee serviert hatte. Wie ungewöhnlich!

Nach Mrs. Whitmores Besuch befand sich Sophia in einem Zustand ungemeiner Erregung. »Tante Charity, was soll ich tun? Ich glaube, Saul will um meine Hand anhalten.«

»Sieht ganz danach aus, meine Liebe«, sagte Tante Charity zufrieden.

»Aber was soll ich tun? Ich mag ihn schon. Er hat so einen durchdringenden Blick, richtig aufregend. Aber ich mag Peter auch. Er sagt nette Dinge, und ein Mädchen hat es gern, wenn man ihm schmeichelt. Was soll ich denn bloß machen?«

»Dich zusammennehmen!« Tante Charitys Stimme klang hart. Jetzt, nachdem diese seltsame, beunruhigende Oriane Whitmore gegangen war, war sie wieder ganz Herr ihrer selbst. »Sei nicht dumm! Saul ist eine viel bessere Partie.«

»Aber ich müßte dann in der Wildnis leben!«

»Er ist der Zweite in der Erbfolge des Grafentitels«, sagte Tante Charity. »Du bist eines Tages vielleicht Gräfin.«

»Auf dem Land ist es so langweilig. Keine Partys, nichts! Und vielleicht habe ich nicht einmal genug Dienstpersonal. Möglicherweise muß ich selbst meine Hausarbeit machen!« Sophia fühlte sich angenehm hin und her gerissen durch dieses Überangebot heiratswilliger Männer. »Aber Gräfin zu werden …« murmelte sie, und plötzlich wurde ihr Gesicht ebenso nachdenklich wie das von Tante Charity.

»Das wird dir wenig nützen, wenn sie dir mit dem Tomahawk auf den Leib rücken«, sagte Prudence, deren getrübte Liebesgeschichte sie bissig gemacht hatte. »Oder wenn du dir dein eigenes Brot backen mußt. Pioniersfrauen müssen arbeiten.«

»Selbst als Peter Fanshawes Frau mußt du das vielleicht tun«, erklärte ihr Tante Charity. »Ihr Mädchen seid bisher verwöhnt worden. Aber ihr werdet herausfinden, daß die meisten Frauen, die zu den Bällen und Partys erscheinen, direkt aus ihrer Küche kommen. Sie sind nicht alle so gut situiert wie ich. Und kaum eine von ihnen hat ein Mädchen zur persönlichen Bedienung. Ihr werdet nicht imstande sein, Briar für immer zu behalten. Keine von euch.«

»Das erwartet auch niemand«, sagte Sophia heiter. »Sie wird ja sowieso heiraten. Hast du nicht gemerkt, wie sie der Gärtnerbursche ansieht? Ich kann mir aber nicht vorstellen, was Prue und ich ohne sie anfangen sollen. Ich möchte, daß sie ein paar neue Bänder an meinen Hut näht. Ich habe sie heute morgen gekauft. Die muß ich dir zeigen.«

Sie hüpfte die Treppe hinauf und platzte ins Schlafzimmer hinein. »Briar! Was machst du mit diesem Kleid?«

Briar wurde flammend rot. Sophia war so plötzlich erschienen, daß sie keine Zeit mehr hatte, das Kleid in den Schrank zu hängen. Aber im nächsten Augenblick hatte sie die Fassung wiedergewonnen.

»Ich habe bemerkt, daß ein paar Stiche am Saum nötig sind, Miß Sophia. Sie müssen es neulich bei dem Ball zerrissen haben.« Sie hielt eine Falte des schimmernden Brokats in der Hand und achtete sorgfältig darauf, den imaginären Riß nicht zu zeigen.

»Wie schade! Einer jener ungeschickten jungen Männer muß draufgetreten sein.«

»Welches Kleid möchten Sie denn zu Miß Maxwells Ball tragen?« erkundigte sich Briar sanft.

»Das ist keine großartige Angelegenheit, und der erste Tanz wird dieser gräßliche Hochzeitstanz sein. Es muß der erste sein, denn die jungen Männer würden uns an unseren Kleidern erkennen. Wir werden alle heimlich hereingelassen. Es ist wirklich sehr gewagt. Vielleicht wird es auch mir helfen, einen Entschluß zu fassen. Obwohl man das natürlich nicht so ernst zu nehmen braucht. Ich glaube, in der Hauptsache dient es dazu, die schüchternen jungen Männer zu Heiratsanträgen zu ermutigen, die sie sich bis dahin nicht zu machen gewagt haben. Ich werde einfach mein blaues Musselinkleid anziehen, Briar.«

»Sehr gut, Miß Sophia«, sagte Briar ruhig. »Ich nehme das Brokatkleid mit in mein Zimmer, um es zu flicken. Ich mache das noch heute abend.«

»Das ist sehr lieb von dir, Briar. Was würden wir ohne dich anfangen? Ich würde mich in eine Schlampe verwandeln, da bin ich sicher. Und Prue ist schon eine. Sie schwimmt in Tränen, weil die ›Mary Louise‹ mit ihrem kostbaren Edmund abgesegelt ist. Na, vielleicht löst der Hochzeitstanz auch ihre Probleme.«

Nur wenig Bewohner von Wellington waren bis jetzt imstande gewesen, so große Häuser zu bauen, daß sie darin Bälle geben konnten. Im allgemeinen wurde für derartige Angelegenheiten die Stadthalle gemietet und verschwenderisch mit Flaggen, Farnen und buschigem *Toe Toe*-Gras dekoriert, um die Mängel zu verbergen. Die Musiker saßen auf einem Podium am Ende des Saales, und an den Wänden standen auf beiden Seiten Stühle für die Familienangehörigen und für die jungen Damen, die sich von einem Tanz ausruhen wollten. Das allerdings war selten; denn die männlichen Tanzpartner waren stark in der Überzahl.

Manchmal kam es vor, daß ein dunkles tätowiertes Gesicht neugierig am Fenster erschien und dem seltsamen Treiben der *Pakeha* – der Weißen – mit naivem Vergnügen zusah. Sie kamen zur Tür und boten in geflochtenen grünen Körben gekochten und gewürzten Schellfisch zum Verkauf an. Aber

selten wurde davon Gebrauch gemacht, denn die Gastgeber sorgten meistens für ein Überangebot an Eßwaren. Das waren sie ihrem Ruf schuldig.
Auch Sarah Jane Maxwells Ball fand hier statt.
Briar, die allein und zu Fuß kam, konnte sich – wie vorgesehen – in dem Augenblick unter die Gäste mischen, als die kichernden Mädchen, die durch ihre Masken nur wenig sehen konnten, von dem angrenzenden Umkleideraum in die Haupthalle geführt wurden.
Briar hatte ihren Plan mit militärischer Genauigkeit ausgearbeitet. Am vergangenen Tag hatte sie ausgekundschaftet, wie lange sie von Tante Charitys Haus bis zu der Halle brauchen würde, und ob sie sich im letzten Augenblick ungesehen unter die geladenen Gäste mischen konnte.
Alles hatte vorzüglich geklappt. Sie hatte Sophias und Prudence' Toilette rechtzeitig beendet. Sophia hatte sich darüber beklagt, daß Briar an diesem Abend besonders ungeschickt sei, sie am Haar ziehe und ihr Kleid in Unordnung bringe.
»Jeder könnte glauben, du gingst selbst zu dem Ball, so wie du dich aufführst«, sagte sie gutmütig. Und dann fügte sie mit unerwarteter Hellsichtigkeit hinzu: »Ich nehme an, du möchtest eines Tages auch gern einmal auf einen Ball gehen! Nun, vielleicht wirst du das auch. Du lieber Himmel, manche von den Leuten, die man dort trifft, haben herzlich wenig Hintergrund. Aber sie haben Geld gemacht oder sich sonst irgendwie klug angestellt. Sie sind ganz in Ordnung. Selbst der Gouverneur begrüßt sie. Wer weiß, eines Tages verneigst vielleicht selbst du dich vor dem Gouverneur.«

»Ja, Miß Sophia«, sagte Briar ungerührt. »Ist das alles, was Sie jetzt brauchen?«
»Ich denke schon. Aber du bist heute abend in schrecklicher Eile. Was wirst du machen, während wir weg sind? Du planst doch nicht etwa ein verstohlenes Rendezvous mit einem Mann, oder?«
»Ich werde die Arbeit an Ihrem weißen Brokatkleid beenden, Miß Sophia.«
»Ich glaube dir nicht so recht. Du siehst aus, als hättest du ein Geheimnis. Jedenfalls brauchst du nicht den ganzen Abend zu nähen. Lies doch ein Buch.«
Briar brauchte überhaupt nicht zu nähen, denn das Kleid war fertig. Sie hatte es an der Taille und den Schultern enger genäht, so daß es jetzt paßte, als sei es für sie geschneidert worden. Sie hatte es letzte Nacht in ihrem Zimmer anprobiert, als sie sicher sein konnte, nicht mehr gestört zu werden. In dem kleinen, trüben Spiegel, beim flackernden Licht einer Kerze, sah sie aus wie ein weißes Gespenst. Sie hätte vor Zorn beinahe geweint, denn sie konnte sich kaum sehen. Eigentlich hatte sie vorgehabt, an diesem Abend, wenn alle weggegangen und die anderen Dienstboten in der Küche waren, in Tante Charitys Schlafzimmer hinaufzuschleichen und sich in ihrem großen Spiegel zu betrachten.
Aber das konnte sie nicht, denn Polly lief dauernd herum, und einmal rief sogar die Köchin nach ihr. Es war zu riskant, in dem schimmernden Kleid durchs Haus zu laufen. Schließlich mußte sie mit gerafften Röcken aus dem Fenster klettern und durch den Garten schleichen. Sie hatte sich ihren dunklen Mantel umgeworfen, und als sie sich auf der Straße befand, die zur Stadt führte, wickelte sie ihn enger um sich und

betete, daß ihr niemand begegnen möge, der sie erkennen würde oder sich wunderte, daß eine junge Frau in einem Ballkleid allein unterwegs war.
Sie war nicht nervös, aber sie glühte vor Begeisterung. Das wunderschöne Kleid hatte ihr Vertrauen zu ihrer eigenen Schönheit gestärkt, und sie wußte, mit ihrem schlanken Körper und ihrem stolzen schönen Gesicht konnte sie es mit jeder anderen heute abend aufnehmen, beziehungsweise sie alle in den Schatten stellen.
Wenn Peter Fanshawe ihr die Maske abstreifte und ihr glühendes Gesicht sah, ihre schmalen, weißen Schultern, ihren von kostbaren Kleidern geschmückten Körper, mußte er sich einfach in sie verlieben oder doch zumindest von ihrer Schönheit verwirrt sein. Und wenn nicht, dann war er sicherlich viel zu höflich, um die besondere Bedeutung dieses Tanzes zu ignorieren.
Es hieß, ein junger Mann, der sich nicht an den Brauch des Hochzeitstanzes hielt, gelte als gemeiner Kerl. Denn die bloße Tatsache, daß er mitmache, hieß, daß er es ernst meinte.
Es war auch kein Schwindel möglich, denn das Maskieren der Mädchen wurde streng überwacht, und sie hielten sich an den Händen, während sie sich langsam im Kreis drehten. Beinahe alle Kerzen im Saal wurden gelöscht. Man sagte, es sei wie ein Ritual. Die sich langsam im Kreis bewegenden Mädchen, der dünne Klang der Geigen und die angespannt wartenden jungen Männer.
Aber Briar hatte nicht vor, sich von irgendwelchen Händen, außer ihren eigenen, maskieren zu lassen. Und sie wollte sich ein großzügiges Guckloch freilassen. Sie würde bei ihrer Ankunft den Mantel in die Büsche werfen, sich den Schal

über die Augen ziehen und – sobald die Mädchen in den Saal gingen – sich ihnen unauffällig anschließen.
Sie war angespannt vor Erwartung. Etwas ging in ihr vor, etwas, von dem sie wollte, daß es geschehen würde. Sie würde ihr eigenes Schicksal in die Hand nehmen, wie sie sich's schon immer gewünscht hatte.
Sie dachte auch nicht einen Augenblick daran, daß etwas schiefgehen könnte.

7

Saul hatte nicht vorgehabt, an diesem blödsinnigen Spiel teilzunehmen. Aber ehe er sich dann doch dazu entschloß, hatte er in Coopers Bar ziemlich viel getrunken und war in verwegener Stimmung.

Er brauchte eine Frau. Er mußte sich eine Frau nehmen. Seine Wahl war wohl oder übel auf Sophia Carruthers gefallen, die zwar seine Sinne angenehm erregte, aber leider sein Herz vollkommen kalt ließ. Sophia, die fröhlich und unternehmungslustig war, würde sich den Spaß an diesem kindischen und etwas gewagten Spiel sicherlich nicht entgehen lassen. Wenn ein anderer Mann Anspruch auf sie erheben würde, wer merkte schon in der Aufregung, daß sie ihn nicht nahm?

Wenn man also sichergehen wollte, daß man sie auch bekam, mußte man eben in dem fast dunklen Raum stehen und zusehen, wie die Mädchen hereinkamen.

Niemand sollte am Kleid erkannt werden, deshalb hatten sich die Mädchen an diesem Abend auch noch nicht gezeigt. Aber Saul hatte nicht nur ungewöhnlich gute Augen, er hatte auch ein gutes Gedächtnis. Er erkannte sofort das weiße Brokatkleid, das Sophia letzte Woche beim Ball getragen hatte. Es schimmerte matt im Dunkeln und war unverkennbar. Sophia, diese kleine Hexe, hatte das wohl bedacht. Sie

wollte von dem Mann erkannt werden, der sie am meisten mochte. Schließlich konnte man so etwas nicht dem Zufall überlassen.
Saul lachte vor sich hin. Das war ein Spiel, bei dem zwei mitspielen konnten. Er hatte immer den matten Schimmer des Kleides im Auge, und als die Spannung fast unerträglich wurde und eines der Mädchen schrie: »Aufhören, aufhören!«, erkannte er mit wachsamem Ohr, daß die Geigen das Spiel gleich unterbrechen würden. Er bewegte sich rasch, streckte einen Fuß aus und fing die junge Frau ab, als sie an ihm vorüber wollte. Als die Musik verstummte, zog er sie in seine Arme.
Der Lärm war chaotisch. Jemand begann, die Lampen und Kerzen anzuzünden, und es wurde wieder hell. Als Saul den Seidenschal vom Gesicht seiner Gefangenen streifte, stieß er einen erstaunten Ruf aus.
Er blickte in ein vollkommen fremdes Gesicht; ein junges, wütendes Gesicht mit glühenden Augen.
»Sie!« schrie das Mädchen fassungslos. Sie drehte den Kopf, und ihr Blick fiel auf Sophia, die hysterisch kichernd in Peter Fanshawes Armen lag. Briar schlug sich wie im Schmerz die Hand vor den Mund, und bevor Saul noch ein Wort sagen konnte, drehte sie sich um und floh.
Es war ein sehr langer Weg durch den ganzen Saal und zur offenen Tür hinaus. Vor Briars Augen verschwammen die Gesichter im gelben Kerzenlicht. Sie wußte nur, sie mußte hier raus. Weit weg, wo sie dieses dunkle Gesicht nicht mehr sehen konnte.
Sie hörte Prudence' entsetzte Stimme: »Da ist Briar!« Und dann war sie draußen in der wohltuenden kühlen Nacht. Sie

rannte die Straße hinunter, ohne sich darum zu kümmern, ob sie den Saum von Sophias Kleid beschmutzte.
Sie konnte nirgendwohin als in ihr Zimmer; die einzige Zuflucht, die sie kannte. Sie lief so schnell sie konnte. Ihr Haar löste sich, und Tränen der Angst und der Demütigung liefen ihr über die Wangen. Das Eingangstor stand wegen der Rückkehr der Ballbesucher noch offen. Briar rannte ums Haus herum und durch den Garten, in dem sich der Duft der Rosen gefangen hielt, und schleifte den Saum des Kleides durch das Gras. Man konnte es nie wieder anziehen. Sie taumelte durchs geöffnete Fenster in ihr Zimmer und zerrte sich das Kleid vom Leib, das sie für immer vergessen wollte. Sie mußte den ganzen furchtbaren Alptraum vergessen.
Nicht nur der Anblick von Sauls verblüfftem Gesicht hatte sie so erschreckt, sondern vielmehr Sophia, wie sie in Peter Fanshawes Armen gelegen hatte.
Sie hatte gespielt und verloren. Die Hindernisse für ein Mädchen ohne Namen, ohne Familie und ohne Herkunft waren zu groß. Auch in diesem Land. Alles schien zu Ende!
Sie saß noch immer zusammengekauert am Boden, als sie ein Geräusch am Fenster hörte. Es klopfte, und dann wurde der untere Fensterrahmen hochgeschoben.
In der Dunkelheit sah sie die Silhouette eines Mannes; er hatte bereits ein Bein über das Fensterbrett geschwungen. Sie hätte schreien sollen, aber selbst das war in dieser entsetzlichen Nacht nicht möglich. Aus ihrer trockenen Kehle kam kein Laut. Hilflos kroch sie zum Bett und starrte angstvoll zum Fenster.
»Darf ich Licht machen?« ertönte Saul Whitmores Stimme. Er zog das andere Bein durchs Fenster und stand direkt im

Zimmer. Sorgfältig schloß er das Fenster hinter sich, dann zündete er die Kerze auf ihrem Nachttischchen an.
Fahles Licht umgab das hilflose Gesicht, das ihn ängstlich ansah. Er bemerkte die Blässe ihrer Wangen und das zerzauste Haar und schaute ihr ruhig in die Augen.
»Na«, sagte er leichthin, »ich glaube, in Ihrem eigenen Unterrock sehen Sie besser aus als in dem Kleid Ihrer Herrin. Weshalb leihen Sie sich anderer Leute Sachen, das haben Sie doch nicht nötig!«
»Raus hier!« zischte sie. Ihre Stimme hatte zwar noch immer keine Kraft, aber ihr Zorn war spürbar. Der Eindruck der Hilflosigkeit hatte getrügt: Dieses Mädchen – das erkannte er – würde niemals hilflos sein.
Wenn das, was er vorhatte, auch der Grund für sein Kommen war, so geschah es jetzt mit viel mehr Überzeugung.
»Gleich«, sagte er, »aber zuvor möchte ich noch etwas sagen. Deshalb bin ich hierhergekommen.«
»Sie haben kein Recht, irgend etwas zu mir zu sagen! Es geht Sie nichts an, wenn ich heute abend beim Tanzen war. Das geht nur meine Herrin etwas an. Und wenn ich ihr Kleid ruiniert habe, so ist das auch nicht Ihre Angelegenheit. Gehen Sie also bitte dahin, woher Sie gekommen sind.«
»Warten Sie doch«, sagte Saul und schaute belustigt. »Ich bin nicht gekommen, um Ihnen Vorwürfe zu machen. Ich bin gekommen, um Sie zu bitten, meine Frau zu werden.«
»Ihre Frau?«
Ihre Ungläubigkeit veranlaßte ihn, sie sich noch genauer anzusehen. Vielleicht war sie erschrocken. Er hatte sich diese Situation auch ganz anders vorgestellt. Er hatte sich diese Worte schon so oft überlegt, aber er hätte niemals gedacht,

daß er sie in so seltsamer Umgebung aussprechen würde; beim Kerzenschein in einem schmalen Dienstbotenzimmer zu einem Mädchen mit wachsbleichem Gesicht, das im Unterrock vor ihm stand.

»Aber das ist vollkommen unmöglich!« sagte sie in hochmütigem Ton wie eine Dame der Gesellschaft.

»Weshalb ist es unmöglich? Sie haben doch heute abend diesen albernen Tanz mitgemacht. Sie haben das doch getan, weil Sie einen Mann haben wollten. Weshalb sehen Sie mich dann mit solcher Verachtung an?«

»Machen Sie das öfter, nachts in die Schlafzimmer fremder Damen einzusteigen?«

Trotz der Gereiztheit ihrer Stimme fiel ihm ihre gepflegte Aussprache auf. Sie sprach wesentlich kultivierter als ihre Herrschaft. Der Zorn in ihren Augen hätte jetzt selbst den kriegswütigen Te Kooti bezwungen.

»Ich bitte vielmals um Entschuldigung«, sagte Saul sehr gelassen, »aber Sie haben das selbst herausgefordert. Ich konnte doch die anderen Dienstboten nicht zu Tode erschrecken und durch das ganze Haus laufen. Übrigens sehen Sie in diesem Unterrock bezaubernd aus. Weshalb habe ich Sie nicht schon früher gesehen?«

»Sie haben!« erwiderte sie wütend. »Sie stießen mir neulich ein Tablett aus den Händen, und ein anderer Mann hat mir geholfen, die Scherben aufzuheben.«

»Oh«, sagte er langsam, »jetzt verstehe ich. Dieser kleine Zwischenfall erweckte in Ihnen den Glauben, Sie hätten sich in diesen anderen Mann verliebt. Und deshalb beschlossen Sie, sich heute abend einzuschmuggeln. Eine glänzende Idee natürlich, aber etwas unsicher.«

»Jemand hat mir ein Bein gestellt und alles verdorben«, murmelte sie.

»Und so sind Sie bei mir gelandet« – seine Stimme klang ganz sachlich –, »und ich bei Ihnen.«

Sie wich vor ihm zurück. Ihr schmaler Körper war gespannt wie der einer Katze vor dem Sprung. »Nichts dergleichen! Ich habe nicht die leiseste Absicht, Sie zu heiraten, selbst wenn es Ihnen mit diesem absurden Antrag ernst sein sollte.«

»Ich meine es ernst«, sagte Saul, »und Sie werden akzeptieren und feststellen, daß ich ein viel interessanterer Ehemann bin, als der, den Sie zu bekommen hofften. Das verspreche ich Ihnen!«

»Sie sind ekelhaft!«

Er wurde plötzlich ernst. In seiner knappen entschlossenen Art nahm er sie in seine Arme und küßte sie, noch ehe sie schreien konnte.

Er wußte übrigens nicht, ob sie wirklich geschrien hätte, denn als er sie losließ, war sie ganz ruhig. Sie stand an der Wand und sah ihn mit ihren dunklen Augen an. Plötzlich überkam ihn ein überwältigendes Verlangen, ihr auch noch diesen wenig züchtigen Unterrock vom Leib zu reißen. Aber wenn er nicht alles verderben wollte, mußte er warten. Sie würde seine Frau werden. Es lohnte sich, auf sie zu warten.

8

Bis Briar die Ankunft der Wagen und Tante Charitys laute Stimme hörte, hatte sie ihren Koffer gepackt und sich angezogen.

Sie war sehr blaß. Schatten der Erschöpfung und der Trauer lagen unter ihren Augen, und ihre Lippen bebten noch immer von Saul Whitmores Kuß. Noch niemals zuvor war sie geküßt worden, und sie hatte nichts von dem Aufruhr der Gefühle gewußt, den eine solche Erfahrung mit sich bringen würde.

Als die Tür aufgerissen wurde und Tante Charity monumental und überwältigend in ihrem schwarzen Satinkleid im Türrahmen stand, war Briar mit ihren Gedanken bereits woanders.

Aber sie verfügte über genügend Geistesgegenwart, um als erste zu sprechen; denn sie hatte nicht die Absicht, Demut an den Tag zu legen.

»Ich habe meinen Koffer gepackt, Ma'am, ich bin gerade dabei zu gehen.«

»Gehen? Und wohin hast du vor zu gehen um diese Zeit?«

»Zu den Baracken, wo Fred und Jemima Potter sind. Aber das ist Ihnen doch gleichgültig, wohin ich gehe, Ma'am.«

Tante Charity hatte offensichtlich Mühe, ihre Gefühle unter Kontrolle zu bringen. Ihr Mund zitterte, und ihre kleinen

Augen schossen wütende Blicke auf Briar. Aus dem Hintergrund ertönte Onkel Huberts ruhige Stimme.
»Bring sie raus, Charity. Wir können nicht alle in ihr Schlafzimmer, um mit ihr zu sprechen. Bring sie in den Salon, wohin sie gehört.«
»Gehört?« flüsterte seine Frau fassungslos.
»Von jetzt an!« befahl Onkel Hubert. Und seine Stimme klang sehr gut gelaunt. »Du kannst dich nicht in einem Dienstbotenzimmer mit Saul Whitmores Frau unterhalten. Schließlich könnte sie eines Tages Gräfin sein.«
»Das ist ungeheuerlich!« stammelte Tante Charity. Sie rang hilflos mit ihren Händen. Dann brachte sie es endlich fertig zu sagen: »Komm mit in den Salon, Briar. Wir möchten mit dir reden. Und zieh deinen Mantel aus. Du wirst nirgendwo hingehen. Jedenfalls nicht heute nacht, denn es gibt eine Menge zu besprechen.«
Ganz überrascht folgte Briar Tante Charitys beeindruckender Gestalt in den Salon. Onkel Hubert trat zur Seite, um sie vorbeigehen zu lassen. »Wie ich sehe, tragen Sie den Grünstein,« flüsterte er. »Sie werden ihn brauchen.«
Es war der Talisman, den sie heute unter Sophias Kleid getragen hatte. Na, der hatte ihr wirklich Glück gebracht, dachte Briar grimmig. Sie wollte ihn schon aus dem Fenster werfen, aber ein seltsamer Aberglaube an die Kraft dieses kleinen Gottes hielt sie davon ab.
»Setz dich, Briar«, befahl Tante Charity streng.
Beide Deckenlampen brannten, und das Zimmer wirkte ebenso vornehm wie düster. Briar hatte sich hier drinnen noch niemals hingesetzt, und jetzt nahm sie nervös auf der äußersten Kante eines Mahagonistuhls platz.

Onkel Hubert wirkte als einziger von den dreien gelassen. Er nahm sich ungeheuer viel Zeit, seine Pfeife in Brand zu stecken, und sagte dann im Plauderton, als sei Briar ein Gast, der unterhalten werden mußte: »Sophia und Prudence sind noch auf dem Ball. Mrs. Brown hat die Aufsichtspflicht übernommen. Sophia verlebt die großartigste Zeit ihres Lebens, aber Prue wollte diesen verdammten, blöden Tanz nicht mittanzen. Ich kann ihr deshalb keinen Vorwurf machen. Das ist für Abenteuerlustige, nicht für Schüchterne.«

Briar schaute in Onkel Huberts vergnüglich zwinkernde Augen und dann zu Tante Charity, die noch immer vor Zorn bebte. »Es tut mir leid, wenn ich Sie verärgert habe, Ma'am«, sagte sie steif.

»Verärgert!« platzte Tante Charity heraus. »Ich würde dich am liebsten aus dem Haus werfen, ganz gleichgültig, wohin du gehst. Ich bin entsetzt und angewidert von der Art, wie ihr Mädchen, kaum seid ihr in diesem Land, den Kopf voll großartiger Ideen habt und nicht mehr als bescheidene und gehorsame Dienstboten zu gebrauchen seid. Bei deinem Anblick wußte ich sofort, mit dir würde es genauso kommen.«

»Aber, meine Liebe! Das ist es doch nicht, was wir Briar sagen wollten!«

Tante Charity nahm sich zusammen und beruhigte sich schließlich. »Schon gut, Hubert. Aber das mußte ich sagen, sonst wäre ich daran erstickt. Nun, Briar, Saul Whitmore ist zu uns gekommen und hat uns gesagt, daß er dich zu seiner Frau machen möchte. Wieso er diese Entscheidung getroffen hat, entzieht sich meiner Kenntnis. Ich möchte dir nur klarmachen, welch große Ehre das ist, und ich hoffe, du wirst dich dieser Ehre würdig erweisen. Du siehst also« – sie

lächelte säuerlich –, »was immer du dir in dieser Nacht vorgenommen hast, es ist geglückt.«
»Aber das wollte ich nicht!« Briar schnappte nach Luft.
»Ich habe Saul erklärt, und er weiß es selbst, daß dieser verdammte Tanz, der in Zukunft verboten werden muß, keineswegs ernst genommen zu werden braucht. Aber Saul Whitmore ist unbeirrbar. Er sagt, er sei entschlossen, dich zu heiraten. Weil deine Eltern aber nicht hier sind, haben mein Mann und ich entschieden« – Tante Charity konnte es nicht unterlassen, ihrem grinsenden Mann einen bösen Blick zuzuwerfen –, »daß du in diesem Haus bleiben sollst, bis weitere Pläne gemacht sind. Niemand wünscht einen Skandal. Und letzten Endes muß man in einer neuen Gemeinde großzügig denken. Gesellschaftliche Gepflogenheiten haben recht oft zurückzustehen. Ich bin sicher ...«, die kalte, vorwurfsvolle Stimme hielt inne, und Onkel Hubert beendete den Satz: »Was meine Frau Ihnen sagen möchte, ist, Briar, daß Sie den echten Geist der Pioniere haben, und wir sind ganz sicher, daß Sie Saul eine vortreffliche Frau werden.«
Briar sprang auf – ihre Wangen waren dunkelrot. »Aber ich habe nicht die Absicht, Saul Whitmore zu heiraten! Sie machen alle den gleichen Fehler. Es war nicht Saul, den ich heiraten wollte! Aber nun ist alles aus!«
Schluchzend rannte sie aus dem Zimmer.
Die Mädchen kamen nach Hause, und Sophia fragte: »Wo ist Briar? Was hat sie zu sagen? Hat sie sich entschuldigt, daß sie mein Kleid getragen hat? Noch dazu mein bestes. Ich werde es nie mehr anziehen können.«
»Meine liebe Sophia«, sagte Onkel Hubert, »du scheinst ja tatsächlich nichts anderes im Kopf zu haben als Kleider.«

Sophia sah ihn verständnislos an. »Ich hatte trotz Briar einen wundervollen Abend. Ich glaube, Peter ist drauf und dran, mir einen Antrag zu machen. Natürlich werde ich ihn annehmen. Briars Benehmen hat mich eigentlich in meinem Entschluß bestätigt. Vielleicht hat sie mir sogar einen guten Dienst erwiesen. Wo ist sie?«

»Sie ist zu Bett gegangen«, sagte Tante Charity gestelzt. »Sie ist hysterisch und geht einem auf die Nerven. Aber morgen wird sie schon zur Vernunft kommen. Ich persönlich wäre froh, wenn sie mir nie mehr unter die Augen käme. Und jetzt muß ich ins Bett, oder ich klappe zusammen. Prudence, würdest du mir bitte mein Riechsalz bringen?«

»Natürlich, Tante Charity. Und möchtest du etwas Heißes zu trinken? Irgend etwas Beruhigendes, wenn du im Bett bist?«

»Hm – vielleicht etwas heiße Schokolade. Danach kann ich schlafen, falls ich jemals wieder schlafen kann.«

Als sie im Bett lag, angetan mit ihrer Nachthaube und dem alles verdeckenden Nachthemd, stieß sie einen tiefen Seufzer aus. Auch wenn Prudence nervenaufreibend dumm und langweilig war und noch immer diesem verdammten Seemann nachtrauerte, in diesem Augenblick empfand sie sie als angenehm still und beruhigend. Tante Charity nippte an ihrer heißen Schokolade und begann, sich zu entspannen.

»Ich würde dieses unverschämte Ding am liebsten auf der Stelle entlassen, aber dein Onkel hat es verboten. Er sagte, ich könnte mich entweder zum Narren der ganzen Stadt machen oder mir ob meiner Toleranz die Bewunderung der intelligenten Leute sichern. Man muß in einer so kleinen Stadt mit derart gemischter Bevölkerung ziemlich großzügig sein. Und wenn dieses Mädchen tatsächlich Saul Whitmores Frau wird, dann kann man sich einfach nicht mit den Whitmores streiten, wie dein Onkel sehr richtig erkannt hat. Aber wenn Neuseeland von diesen unverschämten kleinen Bastarden regiert werden soll, zittere ich um seine Zukunft. Außerdem hatte ich damit gerechnet, daß Sophia die Frau von Saul Whitmore werden würde.« Sie schniefte weinerlich. »Saul schien sehr von ihr eingenommen zu sein. Und jetzt das! Dein Onkel sagt, es sei nicht alles verloren. Ich wünschte wirklich, er würde diese unmögliche Situation nicht auch noch genießen!«

Prudence tätschelte ihre Hand. »Mach dir keine Sorgen, Tante Charity. Schlaf jetzt, du bist müde.«

»Ich bin zu Tode erschöpft. Du bist sehr aufmerksam, mein Liebes. Du bist ein gutes Kind. Ich mag dich sehr gern.«

»Danke, Tante Charity.«

»Manchmal frage ich mich, ob sich all die Anstrengungen, einen Mann zu ergattern, auch wirklich lohnen!«

»Was sagst du da, Tante Charity?«

Tante Charitys Gesicht sah feindselig aus. »Was ich sage? Nun, ich stelle fest, wie friedlich ein Schlafzimmer ohne Mann ist.«

Dann seufzte sie resigniert. »Lauf, Kind! Dein Onkel möchte sicher zu Bett gehen.«

Am nächsten Tag saß Briar wieder auf einem dieser Mahagonistühle im Salon.

Vielleicht war der Whisky schuld daran gewesen, den er am vergangenen Abend getrunken hatte, überlegte Saul. Wieso wäre er sonst auf die Idee gekommen, dieses Mädchen sei ein geheimnisvolles Geschöpf mit feurigem Temperament? Vielleicht waren es auch nur ihre nackten Schultern, ihre schlanke Taille und die kleinen, runden Brüste! Denn jetzt, in dem grauen Kleid, dem streng zurückgesteckten Haar und dem verschlossenen Gesicht, war sie eine Fremde. Er kannte sie nicht, und vor allem würde er sie nicht zu seiner Frau machen.

Es sei denn, er würde in ihr dieses andere Mädchen wiedererkennen, dieses zornige Geschöpf, dessen grüne Augen Feuer sprühten und dessen Körper so verdammt anziehend war.

Falls er sich das alles nicht nur eingebildet hatte. Wenn er diese abweisende Person jetzt ansah, befürchtete er das allerdings. Aber er war ein Ehrenmann, und er hatte vor, sein Wort zu halten.

»Ich danke Ihnen, daß Sie mir erlaubt haben, Sie wiederzusehen«, begann er. Er brachte es nicht fertig, bescheidener aufzutreten; die unpersönliche Höflichkeit in seiner Stimme war sein größtes Zugeständnis.

»Sie haben das gewünscht, nicht ich«, antwortete sie ebenso kalt wie höflich.

»Das stimmt! Vielleicht war ich letzte Nacht zu ...«

»Ich sitze nur hier, weil man mich dazu gezwungen hat«, unterbrach sie ihn, und er erkannte sofort, wie schwer es ihr fiel, kühl und würdevoll zu bleiben. Sie kochte noch immer vor Zorn.

Er hatte also doch recht gehabt! Er hätte am liebsten triumphiert. Er würde sie gewinnen, aber erst nach einem Kampf. Man mußte ihr zugestehen, sich auf diese Weise ihren Stolz zu bewahren.

»Es ist sehr gütig, daß Sie mich empfangen. Ich gebe zu, ich habe mich schlecht benommen. Aber was ich letzte Nacht gesagt habe, meinte ich ernst. Ich möchte, daß Sie meine Frau werden.«

Da hob sie die Augen – grün und kalt wie das Amulett der Maori, das sie um den Hals trug. »Sie sind sehr liebenswürdig, Mr. Whitmore, aber ich nehme Ihren Antrag nicht an.«

»Weshalb nicht?« fragte er geradeheraus.

»Unter anderem, weil ich Sie nicht liebe.«

»Das kann sich ändern.«

Sie hob den Kopf. »Dazu wird es keine Gelegenheit geben.«

Sie saß nur am anderen Ende des Raumes, aber zwischen ihnen hätte ebensogut ein reißender Fluß sein können oder die schneebedeckte Kette der Rimutaka Berge.

Er hatte wieder Lust, sie in die Arme zu nehmen. Verdammt, dieser eine Kuß sollte doch nicht etwa alles gewesen sein, was er von ihr bekommen sollte? Er schleuderte seine Reitpeitsche von sich und rief: »Das ist weder eine Gewohnheit von mir, noch tue ich das leichten Herzens. Sie sind die erste Frau, die ich gebeten habe, mich zu heiraten. Ich habe ein Haus, das für Sie bereitsteht. Von den Fenstern im ersten Stock kann man über den Wald hinweg zum Gipfel des Mount Egmont sehen. Die Räume sind sehr großzügig und entsprechend möbliert. Sie können sich ein Mädchen suchen und es mitnehmen. Wir werden nach New Plymouth segeln und dann landeinwärts reiten. Das Land ist wundervoll. Eine grüne Wildnis voller Vögel.« Er zögerte. »Oder fürchten Sie sich vor den Hauhaus?«

»Ich fürchte mich vor nichts!«

Aber ihre Stimme bebte, und er wußte, vor irgend etwas

hatte sie Angst. Vor den feindlichen Maoris? Vor ihm? Er dachte daran, wie glühend er sie vor seiner Mutter verteidigt hatte, und seine Stimme wurde mild, ja beinahe zärtlich.
»Ich verspreche Ihnen, ich werden Sie immer beschützen, so gut ich kann.«
Anscheinend hatte er schon wieder das Falsche gesagt, denn wenn sie bisher mit Arroganz reagiert hatte, so wurde sie jetzt geradezu hysterisch.
»Ich wünsche nicht, von Ihnen beschützt zu werden, Saul Whitmore! Ich bin sehr wohl imstande, mich selbst zu verteidigen. Ich danke Ihnen für den Besuch. Und … Ihr Angebot ehrt mich …« Sie hatte sich erhoben und rang aufgeregt die Hände. In ihrem Gesicht spiegelte sich die ganze innere Qual. »Würden Sie jetzt bitte gehen; das alles ist unmöglich! Ich kann Sie nicht heiraten.«
Er machte eine Bewegung auf sie zu, aber sie wich zurück.
»Ich bitte Sie zu gehen«, bat sie. »Sie haben das aus Höflichkeit getan, und ich weise Ihr Angebot zurück. Ihrem Ruf als Ehrenmann ist also Genüge getan. Es gibt nichts mehr zu sagen.«
»Es gibt noch eine ganze Menge zu sagen!«
»Nein. Tut mir leid! Ich mag Sie nicht, und ich wünsche nicht, daß Sie mich anrühren. Also gehen Sie!«
Er starrte sie einen Augenblick ungläubig an. Dann sah er auf seine leeren Hände. Sie wollte also, daß er sie nie mehr berührte. War ihr seine Berührung so unangenehm gewesen?
Heiß stieg es in ihm hoch; er war plötzlich ebenso wütend wie sie, hob seine Reitpeitsche auf und ging mit großen Schritten aus dem Zimmer.

Briar war klar, daß sie nicht weiter bei Tante Charity bleiben konnte. Sie saß jetzt schon zwischen zwei Stühlen. Die Köchin brachte ihr mürrisch das Essen aufs Zimmer, und Sophia entschuldigte sich, wenn sie ihre Dienste in Anspruch nehmen mußte.

»Aber wenn du Saul wirklich nicht heiraten willst, wirst du doch weiter Kammerzofe bleiben müssen, oder?« stellte Sophia fest. »Ich finde, du bist verrückt. Ich würde die Gelegenheit beim Schopf packen, besonders in deiner Situation. Bedenke doch, du hättest dein eigenes Haus!«

»Sind Sie mir denn nicht böse?« fragte Briar.

»Doch, weil du mein Kleid ruiniert hast. Aber sonst nicht«, sagte die gutmütige Sophia. »Ich bin sehr glücklich. Peter wird jeden Augenblick um meine Hand anhalten. Er ist nur ein bißchen schüchtern.«

War er das wirklich, fragte sich Briar und weigerte sich, an Sophias Worte zu glauben. Sie war keineswegs in Peter verliebt. Sie war überhaupt in niemand verliebt. Aber es verdroß sie, daß ihre Pläne fehlgeschlagen waren. Sie wollte keine Niederlage hinnehmen, und es wäre doppelt ärgerlich, wenn Sophia etwas gelänge, worin sie versagt hatte.

Nach kurzer Überlegung ging sie zu Miß Matthews, der geschickten Schneiderin, von der Tante Charity gesprochen hatte, und bot ihr an, für sie zu nähen. Sie könne sehr gut nähen, erklärte sie, und Überstunden machten ihr nichts aus, ebensowenig wie die endlosen Säume von Krinolinen und Volants.

Miß Matthews, eine kleine, affektierte Frau mit scharfen Augen, sah sie äußerst interessiert an.

»Sie sind also Saul Whitmores neuester Schwarm.«

Neuester Schwarm? Briar hob den Kopf. »Er will mich heiraten.«
»Das habe ich gehört.« Die verschlagenen Augen ließen sie nicht los. »Ich kann mir denken, warum. Sie sehen nicht aus wie eins von diesen verhätschelten Gören. Warum wollen Sie ihn nicht?«
»Weil ich ihn nicht liebe.«
»Das ist zwar ein Grund, aber nicht besonders gescheit. Ja, meine Liebe, ich gebe Ihnen einen Job, wenn Sie einen brauchen. Aber Sie werden hier zwölf Stunden täglich nähen und sich Ihre hübschen Augen kaputt machen. Im Sommer ist es hier stickig und im Winter kalt, aber immer ist es staubig und windig. Und ganz gleich, wie blöd oder stur Ihre Kundin ist, Sie müssen immer höflich sein. Möglicherweise glauben Sie, das sei leichter, als Herrin von Saul Whitmores feinem Haus zu sein! Weniger aufregend ist es ganz bestimmt. Aber ich wette, ich nähe Ihnen Ihr Hochzeitskleid, noch ehe der Sommer vorüber ist.«
Jemima Potter sprach nicht in dieser kühlen, spöttischen Art mit ihr. Sie sah Briar nur sprachlos an. »Willst du behaupten, du hast abgelehnt?« Und unvermittelt begann sie zu weinen.
Briar schlang ihre Arme um den kleinen bebenden Körper. »Jemima, was hat das mit dir zu tun, ob ich Saul Whitmore heirate oder nicht?«
»Nichts, überhaupt nichts. Ja, doch. Ich war so stolz auf dich, als ich davon hörte. Und dann Fred. Nun, es ist nicht leicht für ihn, die Arbeit zu finden, die er sucht. Er muß eine Absage nach der anderen hinnehmen. Was man ihm anbietet, ist alles nicht das, was er haben will. Und er dachte ...« Jemima

sah Briar flehend an, »... er dachte, du könntest Mr. Whitmore dazu bringen, ihm einen Job auf seiner Farm zu geben. Man sagt, er hat einen so großen Besitz, und da gibt es vielleicht ein Stück Land, wo Fred seine eigenen Kartoffeln anbauen kann. Für die Kinder wäre es so gut«, fügte sie sehnsüchtig hinzu.

»Es ist im Land der Maori«, gab Briar zu bedenken. »Hättest du denn keine Angst?«

»Nicht, wenn Fred und du da wärt, wir wären dann alle beisammen.«

Briar nahm ihre Hände. »Jemima, ich kann nicht, ich kann wirklich nicht. Bitte mich nicht darum. Ich bin ganz durcheinander und unglücklich. Ich wollte, ich wäre tot. Aber ich kann Saul nicht heiraten. Ich hasse ihn!«

»Auch nicht für ein Haus und für all die Dinge, die eine Frau gerne mag? Dinge, die zu jemandem wie dir passen. Und die kleine Rose«, fügte sie listig hinzu, »möchtest du nicht auch so ein Baby haben?«

Ein Baby von Saul Whitmore? Ein seltsames Gefühl überlief sie. Sie dachte an seinen wilden und besitzergreifenden Kuß und preßte die Hände an die Wangen.

»Jemima, das kannst du nicht von mir verlangen«, flehte sie.

Aber das, woran Briar nicht glauben wollte, geschah: Peter Fanshawe machte Sophia einen Heiratsantrag. Tante Charity war ungeheuer erleichtert, daß wenigstens ein Teil ihrer Wünsche in Erfüllung gegangen war, und machte sich sogleich geschäftig daran, Vorkehrungen für die Hochzeit zu treffen.

»Nun, Briar«, sagte sie, entschlossen, ihre Abneigung gegen

dieses seltsame, stille und schwierige Mädchen zu überwinden, »du solltest ebenso vernünftig sein und diesen Mann erhören.«
Denn es dämmerte Tante Charity, daß es eine aufregende und amüsante Situation sein müßte, zwei Hochzeiten in ihrem Haus auszurichten. Natürlich zuerst die von Sophia, später dann die Hochzeit des Aschenputtels. Nach zwanzig Jahren Ehe schien wenigstens ein bißchen Humor von Hubert abgefärbt zu haben.
Und man mußte die Dinge auch von ihrer praktischen Seite her betrachten. Wenn Briar Saul heiratete, würden der Gouverneur und seine Gemahlin sie empfangen; wie konnte da Tante Charity zurückstehen?
Am nächsten Tag machte die alte Mrs. Whitmore wieder einen Besuch.
»Ich möchte diese junge Frau sehen, an die mein Sohn sein Herz verloren hat«, erklärte sie ohne Umschweife.
So erhielt Briar zum dritten Mal die Erlaubnis, im Salon zu sitzen.
Diesmal starrte sie mit unverhüllter Feindseligkeit auf die alte Frau mit dem langen, mageren, sehr aufrechten Körper. Bildete sich diese hochnäsige Person etwa ein, sie könnte sie dazu überreden, ihren hochverehrten Sohn zu heiraten?
Aber nein, ganz im Gegenteil, erkannte Briar plötzlich erstaunt. Die haßt mich ja, dachte sie, und hofft, mich vertreiben zu können. Sie will mich davon abbringen, Saul zu heiraten. Sie findet bestimmt, ich bin nicht gut genug für ihn. Der werde ich's zeigen.
Die Idee begann zu wachsen. Weshalb sollte sie Oriane Whitmore eigentlich nicht beweisen, daß sie genauso gut

und vielleicht ein gutes Teil besser war als irgendein Fräulein der Gesellschaft? Sie hatte nichts mehr zu verlieren. Peter, der als Ehemann bei weitem vorzuziehen gewesen wäre, gehörte Sophia. Das ganze Leben lang Kammerzofe zu sein, war vielleicht noch schlimmer, als zwölf Stunden täglich für Miß Matthews zu nähen. Außerdem wäre es wundervoll, Jemima und Fred Potter glücklich zu machen. Briars Gesicht wurde bei diesem Gedanken ganz weich, aber dann verhärteten sich ihre Züge wieder. Sie erwiderte die giftigen Blicke der alten Frau ungerührt und beantwortete die Fragen nach ihrer Familie absichtlich falsch. Sie würde Saul vielleicht doch heiraten, aber nur um zu beweisen ... Was zu beweisen? Als sie an diesem Nachmittag mit einem Blatt Papier vor sich in ihrem Zimmer saß, fragte sie sich, was zu beweisen sich eigentlich lohnte: Daß sie eine gute Ehefrau und vielleicht eine gute Mutter sein konnte; daß sie kochen und nähen und mit Dienstboten umgehen konnte; daß sich niemals jemand ihrer zu schämen brauchte? War all das denn so wichtig?!

Aber sie würde schöne Dinge besitzen. Sie würde wundervolles Silber und Porzellan haben, wertvolle Möbel und Teppiche, und einen Garten, in dem sowohl die leuchtende *rata* Blüte aus Neuseeland als auch die edlen Rosen aus England gedeihen würden. Sie würde eine geachtete Frau sein, und der Gouverneur würde sie empfangen.

Sie erinnerte sich an die kalte und feindselige Stimme der alten Mrs. Whitmore: »Die Frau meines Sohnes muß jeder Situation gewachsen sein.« Ärgerlich biß sich Briar auf die Lippen und begann zu schreiben:

»Lieber Mr. Whitmore,
ich weiß, daß ich sehr unhöflich und undankbar Ihnen gegenüber war. Bitte verzeihen Sie mir, aber ich war in dieser Situation nicht imstande, über den Antrag, Ihre Frau zu werden, eine Entscheidung zu treffen. Falls Sie mich noch immer zur Frau wollen …«

Sie zögerte und dachte wieder an den beängstigenden Kuß. Entschlossen fuhr sie fort:

»würde es mich sehr freuen, Sie wiederzusehen.«

Dann warf sie plötzlich ihre Feder beiseite. Das war zu idiotisch, einen so unterwürfigen Brief zu schreiben. Sie dachte an Mrs. Whitmores durchbohrenden Blick, und ihre Lippen wurden schmal.

Falls das schon getan werden mußte, würde sie es persönlich erledigen. Sie hatte keine Angst, Saul und seiner Mutter gegenüberzutreten und zu sagen, daß sie sich geirrt hatte. Rasch begann sie, ihre Ausgehsachen anzuziehen. Die Sonne brannte, und der Wind trieb den Staub vor sich her in die goldenen Blütenstände des *Toe Toe*-Grases. In Tante Charitys Garten war das Gras ganz verbrannt. Die Rosen hatten ihre Blüten bereits verloren, und Blätter des Gummibaums lagen am Boden. Briar wäre gerne ohne Mantel gegangen, aber sie besaß außer ihrem Arbeitskleid nur noch ein gutes aus dunkelgrauer Wolle, das sie aber an einem so heißen Tag nicht tragen konnte. Sie mußte ihren Mantel über das Arbeitskleid ziehen und von dem Tag träumen, an dem sie ebenso viele Kleider besitzen würde wie Sophia und Prudence.

Als sie aus dem Fenster sah, erblickte sie Sophia und Peter im Garten. Aufmerksam lauschend hatte er ihr seinen Kopf zugewandt.
Briar war fest entschlossen: Wenn es schon nicht Peters blonder Kopf war, der sich ihr zuneigte, sollte es wenigstens Sauls dunkler sein. Liebevolle Aufmerksamkeit war das Wichtigste!
Leise schlüpfte sie hinaus. Niemand wußte etwas von ihrem Vorhaben. Sie mußte durch die ganze Stadt, die lange Geschäftsstraße hinuntergehen, an den Handelsbüros vorbei, die nach vorne überdacht waren und hinten nur einen kleinen Anbau hatten. Die Leute sahen sie neugierig an. Mittlerweile wußte jeder die Geschichte. Ihre Wangen brannten, ihr war viel zu heiß in dem Mantel, aber sie setzte ihren Weg rasch fort. Vor Coopers Bar waren Pferde angebunden, und ein Riesenlärm drang heraus. Als sie vorüberging, kam ein Mann heraus und ging zu einem großen schwarzen Pferd. Er hätte sie beinahe über den Haufen gerannt und hielt sie gerade noch am Arm fest, damit sie nicht hinfiel. »Entschuldigung, Ma'am … Briar!«
»Saul!«
Zum ersten Mal hatte sie ihn bei seinem Vornamen genannt. Es war ihr etwas zu selbstverständlich herausgerutscht, und sie sah, wie sein Gesicht aufleuchtete. Aber ob aus Freude oder Triumph, das konnte sie nicht erraten. Plötzlich schien es ihr unmöglich zu sagen, warum sie gekommen war. Es war sowieso unmöglich, diesen arroganten, unverschämten Kerl zu heiraten.
»Wohin gehen Sie?« fragte er, »zu Cooper, ein Glas Bier trinken?«

Ihre Augen wurden schwarz vor Wut. Ihn amüsierte es. »Kommen Sie, Miß Briar. Es hat Ihnen doch auch nichts ausgemacht, ohne Begleitung auf einen Ball zu gehen. Bei Ihnen wundert mich überhaupt nichts.«
»Sie machen sich über mich lustig.«
»Ich bewundere diese Art. Sie wollten einen Ehemann haben, also gingen Sie, um sich einen zu suchen. Es war Pech, daß Sie ausgerechnet jemand treffen mußten, der Ihnen so zuwider ist.«
Er ging zu seinem Pferd. »Darf ich Sie irgendwohin begleiten, oder ziehen Sie es vor, allein zu gehen?«
»N-nein.« Sie stolperte über das Wort. Warum machte er es ihr so schwer? Und wie sollte sie ihm hier auf der Straße, wo jeder sie beobachten konnte, erklären, daß sie einen Fehler begangen hatte?
»Mr. Whitmore«, sagte sie rasch, »ich habe noch einmal nachgedacht.«
Er ließ die Zügel los, drehte sich um und sah sie aus zusammengekniffenen Augen an.
»Worüber?« fragte er, als wüßte er nicht genau, was sie meinte. Er weigerte sich, ihr zu helfen. Würde er ihr jetzt sagen, daß sein Antrag nicht mehr galt?
Briar war plötzlich wie gelähmt vor Angst, es könnte so sein. Ihr war, als würde der Boden unter ihr wegsinken. Es war ganz nett gewesen, mit seinem Angebot wählerisch umzugehen, sich zu überlegen, wie man ein Leben als seine Frau wohl ertragen würde. Aber die Vorstellung, durch dumme Sentimentalität auf all die schönen Dinge zu verzichten, die er ihr angeboten hatte, entsetzte sie. Jetzt ging es nicht mehr allein darum, seiner Mutter die Stirn zu bieten, jetzt hieß es,

zur Vernunft zu kommen und die Gelegenheit zu ergreifen, die sich ihr geboten hatte.

Sie stand sehr aufrecht da und sah ihn offen an, auch wenn es Mühe kostete, ihrer Stimme einen festen Klang zu geben.

»Ich wollte es Ihnen nicht hier auf der Straße sagen. Ich war auf dem Weg zu Ihnen. Ich ...« Kam er ihr denn überhaupt nicht entgegen? Sie glaubte zu merken, daß er sie hinter seiner eisernen Maske auslachte. »Halten Sie Ihr Angebot noch immer aufrecht?« fragte sie verzweifelt.

»Sie zu heiraten?«

»Was sonst?« fragte sie eisig.

»Nun«, sagte er und musterte sie von Kopf bis Fuß, »darf ich daraus schließen, daß Sie sich über Nacht in mich verliebt haben?«

»Ich bilde mir ja auch nicht ein, daß Sie sich bei dem Tanz in mich verliebt haben«, erwiderte sie.

»Ganz im Gegenteil, ich habe Sie ungeheuer bewundert. Aber Sie haben mir deutlich genug gezeigt, wie wenig Sie mich mögen.«

»Und Sie sind es nicht gewohnt, abgewiesen zu werden?«

»Weshalb haben Sie mich letzte Woche abgewiesen und kommen jetzt zu mir?«

»Wie ich schon sagte, ich habe noch einmal nachgedacht.«

»Und jetzt finden Sie, es sei vielleicht doch nicht so schlimm, Mrs. Saul Whitmore zu werden?«

»Ich wäre eine gute Ehefrau.« Sie versuchte, mit fester Stimme zu sprechen, aber seinem wachen Blick konnte sie nicht standhalten.

Er lachte plötzlich, »Sie machen mir Spaß. Auf einmal sind Sie eine gute Ehefrau. Sie wollen es nicht nur versuchen, Sie sind sich Ihrer selbst sicher genug, das zu behaupten. Nun, das wird sich herausstellen.«

»Dann ist es also beschlossen?«

Wieder mußte er über den Eifer in ihrer Stimme schmunzeln. Aber in seinem Lächeln war weder Fröhlichkeit noch Zärtlichkeit. Er schien sie als Gegnerin einzuschätzen.

»Sie sind eine seltsame junge Frau. Ich denke, darüber dürfen wir uns keinen Illusionen hingeben. Sie haben beschlossen, sich einen Ehemann zu suchen.«

»Nicht irgendeinen Ehemann – Saul Whitmore«, hatte sie noch die Geistesgegenwart zu behaupten.

Er lächelte etwas schief. »Lassen wir das Theaterspielen. Sie brauchen einen Ehemann, und ich brauche eine Frau. Ich will nicht sagen, daß ich unbedingt Sie haben muß. Aber zufällig mag ich Sie wirklich. Auch als Frau. Und nachdem es nicht gegen die Spielregeln verstößt« – sein aufreizender Blick ließ sie nicht los –, »gilt mein Angebot noch immer.«

Innerlich kochte sie vor Wut über seine Unverschämtheit. Aber auch sie hatte einen Entschluß gefaßt und würde nicht zurückstecken.

»Jedenfalls sind Sie ehrlich«, murmelte sie.

»Ehrlicher als Sie jedenfalls. Und ich hasse Sie wenigstens nicht.«

»Glauben Sie wirklich, ich hasse Sie?«

Er konnte unglaublich überheblich sein. »Sie werden darüber hinwegkommen, meine Liebe.«

9

Charity Carruthers sonnte sich in ihrer Berühmtheit; denn jeder bewunderte ihr großzügiges und gelassenes Verhalten dieser jungen Person gegenüber, dieser Zofe, die mit dem begehrtesten Junggesellen des Landes auf und davon ging.

Natürlich gab es ein paar giftige Zungen, die sagten, was ihr denn anderes übrigbliebe? Sie könne es nicht darauf ankommen lassen, sich mit jemand zu verfeinden, der eines Tages vielleicht Gräfin ist. Aber diese bösen Klatschmäuler waren in der Minderheit. Man mußte zugeben, Charity verhielt sich einfach bewundernswert. Sie bot Briar nicht nur ein Hochzeitskleid an, sondern auch eine Mitgift.

Die Hochzeit sollte im Frühherbst stattfinden, denn Saul mußte erst nach Taranaki zurück und sich um seine Farm und um das Haus für seine Braut kümmern.

Seine Mutter lehnte Briar nach wie vor ab. Sie war davon überzeugt, daß Briar ein hinterlistiger, schlauer Emporkömmling war, der sich in den Kopf gesetzt hatte, Saul zu schnappen. Und es war ihr gelungen!

»Sie hatte nicht einmal den Anstand, sich zu schämen. Sie starrte mir ins Gesicht, als sei sie mir ebenbürtig.«

»Vielleicht ist sie das«, sagte Saul belustigt.

»Was, ein Dienstmädchen?«

»Du redest wie Charity Carruthers.«
»Wenn du meinst, ich sei nur versnobt, irrst du dich. Ich traue dem Mädchen nicht. Weshalb wird sie so aggressiv, wenn man etwas über ihre Familie wissen will? Wenn ihr Vater ein armseliger Handlanger ist, weshalb sagt sie das nicht einfach? Deshalb braucht sie sich nicht zu schämen, und deshalb würde ich sie auch nicht ablehnen. Aber ich werde keinen Betrug dulden.«
»Sie will auch jemand sein, Mutter. Wegen ihres Ehrgeizes kann man ihr doch keinen Vorwurf machen.«
»Und du läßt zu, daß sie dich für ihre ehrgeizigen Pläne ausnützt! Ich dachte, du hättest mehr Stolz.«
»Vielleicht nütze ich sie auch aus.«
»Wieso denn? Jedes Mädchen würde mit beiden Händen nach der Gelegenheit greifen, dich zu heiraten, das weißt du! Ich begreife einfach nicht, weshalb du ausgerechnet sie aussuchen mußtest. Ich glaube, sie hat dich verhext.«
Saul lachte. »Schon möglich. Ich wollte sie eigentlich nicht mehr heiraten, nachdem sie mir einen Korb gegeben hatte. Aber sie weiß, was sie will, und das gefällt mir. Die Frau, die ich in diese Wildnis mitnehme, muß zäh sein. Briar und ich werden sehr gut miteinander auskommen.«
Seine Mutter sah ihn aus zusammengekniffenen Augen an. »Ich gebe zu, sie sieht gut aus, aber ich hoffe, du hast dich nicht allein dadurch einfangen lassen.«
Saul dachte daran, wie Briar in jener Nacht ausgesehen hatte – erhitzt, lebendig, mit offenem Haar. Er hätte sie damals nehmen und sich später nach einer wohlerzogenen Frau umsehen können. Aber sein Gefühl sagte ihm, daß dieses glutvolle Geschöpf jede andere als unerträglich fad erscheinen

ließe. Wie schwer war es ihr gefallen, demütig zu erscheinen. Es war eigenartig und verwirrend, daß eine junge Frau aus diesen Verhältnissen keinerlei Unterwürfigkeit zeigte. Wenigstens war sie in diesem Punkt ehrlich.

Es mußte amüsant sein, sie zu zähmen – falls man sie zähmen wollte.

Briar selbst durchlebte diese Sommertage wie einen Traum, aus dem sie nicht aufwachen wollte. Sie hatte Angst vor der Wirklichkeit und der eigenen Courage und war froh, daß Saul nach Taranaki zurückgekehrt war. So würde es bis zur Hochzeit kein unangenehmes Zusammentreffen mehr geben. Selbst die Tatsache, daß er, um ihr einen Gefallen zu tun, Fred Potter mitgenommen hatte, rührte sie nicht sehr. Trotzdem, sie genoß es, sich als großzügig erweisen zu können.

Jemima steckte voll herrlicher Zukunftspläne. Wenn sie nur erst in einem der kleinen Häuschen in der Siedlung wohnen würde, die an Sauls Besitz grenzte. Saul hatte ihnen davon erzählt. Da gab es eine Kirche und einen Pfarrer, der viel herumreiten mußte, um zu taufen und zu beerdigen; es gab einen Arzt, der meistens weg war, wenn man ihn brauchte; einen Laden, in dem man vom Baumwollstoff bis zum Hustensaft alles kaufen konnte – und natürlich ein Wirtshaus in der Hauptstrasse, die durch den Schlamm im Winter vier oder fünf Monate beinahe unpassierbar war. Und eine kleine Getreidemühle, in der man den Weizen zum Brotbacken mahlen lassen konnte. Die übrigen Häuser gehörten den Arbeitern von benachbarten Farmen, die dort Bäume fällten und versuchten, den wuchernden Farn und die Manuka-Büsche auszurotten.

Die dreißig Meilen vom Hafen von New Plymouth bis zur Siedlung mußte man zu Pferd oder mit einem Karren zurücklegen. Das ganze Gebiet wurde überragt vom Mount Egmont, diesem eigenartigen Berg, der sich ganz plötzlich – ohne jeden Übergang – aus der Ebene erhob, und dessen kegelförmiger Gipfel den erloschenen Vulkan umschloß.

Saul hatte Briar sehr begeistert von all dem erzählt. Das Haus in »Lucknow« war noch spärlich möbliert. Die Möbel mußten die dreißig Meilen von New Plymouth mit dem Karren oder einem Ochsenwagen transportiert werden. Das Klavier dagegen hatte man tatsächlich auf Stangen gebunden und von einer Gruppe freundlicher Maoris zu Fuß tragen lassen. Alles übrige würden sie nach der Hochzeit mitnehmen. Es wäre wohl klug, meinte Saul, wenn Briar während seiner Abwesenheit nicht nur ihre Aussteuer nähte, Leintücher einsäumte und Kopfkissen, Nachthemden und Unterröcke bestickte, sondern auch reiten lernte.

Und außerdem sollte sie sich jetzt schon nach einem Hausmädchen umsehen. Zur Zeit hatte er für das Haus nur Mabel Kingi, eine Halbblutmaori, die zwar willig war, aber den Ansprüchen der Weißen nicht genügte. Briar würde sich mit einer weiteren weißen Frau im Haus wohler fühlen. Das nächste Schiff aus England würde wieder die üblichen Einwanderer bringen; zweifellos würde sie da jemanden finden.

Sie, die noch vor kurzem selbst Dienstmädchen gewesen war, sollte jetzt eine Zofe einstellen, ihr Anweisungen erteilen und ihre Herrin sein! Das alles war keine Einbildung!

Und Saul Whitmore, der schon bald ihr Ehemann werden sollte, war auch keine Einbildung. Sein dunkles, eigensinniges Gesicht verfolgte sie und raubte ihr den Schlaf, so daß sie jeden Morgen das Gefühl hatte, aus einem Alptraum zu erwachen.

Die erregende Vorahnung, die sie erfüllt hatte, als sie vor knapp einem Monat auf der »Mary Louise« in den Hafen eingelaufen waren, hatte sich wahrhaftig erfüllt, allerdings nicht ganz so, wie erhofft. Sie, die geglaubt hatte, Herrin ihres Schicksals zu sein, mußte jetzt erkennen, daß sie nur das Opfer war.

Gegen Ende des Monats segelte ein neues Schiff in den Hafen. Die »Lady Sally« kam direkt von den Londoner Docks. Außer den neuen Siedlern, ihrem Hab und Gut und dem Vieh, das die lange Reise überstanden hatte, brachte es auch die sehnlichst erwartete Post. Endlich Briefe von zu Hause. Prudence und Sophia stürzten sich begierig darauf. Dann wurde Prudence plötzlich blaß und seufzte. Sie preßte einen Brief an ihre Brust und floh in ihr Zimmer.

Später tauchte sie verlegen wieder auf und erklärte, daß sich – wie durch ein Wunder – die »Mary Louise« und die »Lady Sally« mitten auf dem Ozean begegnet seien und Briefe für ihre jeweiligen Bestimmungsorte ausgetauscht hätten. Also hatte sie Monate früher als erwartet, einen Brief von Edmund erhalten.

»Er liebt mich noch immer«, sagte sie selig.

Sophia sah sie mitleidig an. Sie konnte sich's leisten, Verständnis zu zeigen, denn sie waren ja alle in der gleichen Situation, sogar Briar.

»Wir sind alle liebeskrank«, sagte sie. »Welch ein Trio! Aber hört zu, was Mama schreibt. Es geht allen gut, und Sarah hat einen Verehrer. Mama hofft, daß wir uns hier gut eingelebt haben, und wir sollen uns mit dem Heiraten nicht zu sehr beeilen! Sie schickt uns Stoffe und Bilder der neuesten Mode, aber das wird für meine Hochzeit zu spät ankommen. Was macht das schon! Peter sagt, er würde mich auch in Lumpen lieben. Briar, wo sind deine Briefe – hast du denn keine bekommen?«

Briar murmelte: »Nein, sie scheinen dieses Schiff nicht erreicht zu haben. Ich möchte jetzt gehen, wenn es Ihnen nichts ausmacht. Ich muß mich nach einem Mädchen umsehen, das ich aufs Land mitnehmen kann. Und wenn ich zu den Baracken gehe, wo die Neuankömmlinge untergebracht werden, finde ich sicherlich jemand.«

Wenigstens war es ihr gelungen, das Thema zu wechseln, denn Sophia sah sie interessiert und amüsiert an.

»Du suchst ein Mädchen? Das ist wirklich komisch. Du solltest das lieber Tante Charity überlassen; sie hat Erfahrung mit tüchtigem und vertrauenerweckendem Personal.«

Briar band sich ihre Haube fester. »Ich denke, ich bin fähig, das selbst zu erkennen.«

»Kein Grund, beleidigt zu sein. Es kommt mir nur so komisch vor. Aber ich bin sicher, du schaffst das sehr gut. Ich glaube, wir haben dich überhaupt nicht gekannt. Du hast dich hinter diesem braven Gesicht versteckt, und wir hielten dich für so tugendhaft. Aber du bist keineswegs tugendhaft, nicht wahr?«

Nein, sie war nicht tugendhaft. Sie log und betrog und intrigierte. Sie verbreitete Lügen über eine nicht existierende Familie und ließ Saul in dem Glauben, sie wollte ihn heiraten. Das war der größte Betrug, denn noch immer erwachte sie voller Angst aus ihren Alpträumen, in denen ihr sein Bild erschien. Wie Sophia und Prudence hatte sie nicht die geringste Ahnung, wie eine Ehe wirklich vollzogen wurde. Aber was immer sonst noch geschehen mochte, die Ehe bestand doch sicherlich darin, daß man das gleiche Bett mit einem Mann teilte, und daß man schlaflos dalag und den Mann neben sich auf den Kissen betrachtete. Das bedeutete mehr von diesen Küssen und vielleicht sogar Sauls Hände auf ihrem Körper!

Bei diesen Vorstellungen hielt Briar inne und versuchte sich einzureden, daß die Ehe ja nicht ausschließlich im Bett stattfand, daß sie einen großen Teil davon sehr gut würde durchstehen können. Sie mußte es tun, denn für sie bestand das Leben nur noch aus dieser einsamen Schlacht, in der sie beweisen mußte, daß sie jemand sein konnte, der geliebt und begehrt wurde.

Wie sollten auf der »Lady Sally« Briefe für sie sein, wenn es niemand gab, der sie schreiben konnte?

Briar spürte, wie ihr Tränen in die Augen stiegen, als sie die Straße hinab zum Hafen eilte. Sie dachte an Mrs. Whitmores ewige Fragerei über ihre Familie und erkannte, daß es eine weitere Hürde zu nehmen galt, wenn sie das Fehlen von Briefen erklären mußte. Sehnsüchtig dachte sie an Andrew Gaunt. Hätte er gelebt, er hätte ihr geschrieben; lange kluge Briefe voller schöner Zitate, die jedermann beeindruckt hätten. Aber wie die Dinge standen – sie besaß nichts, um ihre Verwandtschaft mit irgend jemand zu beweisen. Nur einen Akzent, der allerdings für die untere Volksschicht sehr ungewöhnlich war.

Am Hafen ging es lebhaft zu. Alles war erfüllt von dem hastigen Hin und Her und dem Rufen und Schreien der Leute.

Briar erkannte auf vielen Gesichtern den vertrauten Ausdruck von Verwirrung und Verlorenheit. Frauen hielten ihre Kinder umklammert, andere waren nach kaum überstandener Seekrankheit noch immer leichenblaß. Und überall lag Gepäck verstreut.

Einer rief mit durchdringender Stimme: »Alle, die was zu essen oder Unterkunft brauchen, hierher!«

Neben Briar erhob sich eine junge Frau. Sie trug ein Baby und versuchte, auch noch den Reisekorb hochzuheben, auf dem sie gesessen war. An diesen Korb war etwas gebunden, was aussah wie zwei Bilder in Goldrahmen. Aber als der Korb bewegt wurde, riß die Schnur und die Bilder fielen scheppernd um.

Briar sprang hinzu, um zu helfen. »Diese verdammten Porträts. Dan hat gesagt, ich soll sie mitnehmen, und das hab ich getan, aber er ist nie da, um sie zu tragen. Und was wir mit all dem Zeug anfangen sollen, wenn wir nach Kalifornien fahren, ist mir rätselhaft.«

»Kalifornien?« fragte Briar.

»Dan hat von den Goldfeldern gehört. Man könnte doch meinen, jetzt, wo wir so weit gereist sind, könnte er vielleicht ein bißchen hier bleiben, oder? Wenigstens wegen mir und dem Baby. Aber nein, sobald er eine Passage auf einem Schiff bekommt, geht es nach Kalifornien. Ich schleppe diese Bilder um die ganze Welt. Dabei sind es nicht mal meine Eltern, es sind seine.«

»Sie sind nett«, sagte Briar langsam.

Die Fremde sah sie neugierig an. »Mögen Sie Gemälde? Man sieht es diesen netten Leuten nicht an, daß sie einen Sohn haben, der sich dauernd herumtreibt. Ich kenne seine

Eltern kaum, um ehrlich zu sein, und wenn sich mein Mann nicht um sie kümmern kann, sehe ich nicht ein, weshalb ich das tun soll.«
Das Mädchen war kaum so alt wie Briar. Sie sah Briar müde, hilflos und entrüstet an. Das Baby in ihren Armen wimmerte, und sie selbst war auch den Tränen nahe.
»Es ist alles so fremd«, sagte sie, »und ich weiß nicht, wo wir heute nacht schlafen werden.«
»Würden Sie mir diese Porträts für eine Guinee verkaufen?« fragte Briar.
»Sie meinen, Sie möchten sie haben?«
»Ja, sehr gern. Wenn Sie wirklich nach Kalifornien gehen und nicht so viel Gepäck mitnehmen wollen. Eine Guinee ist alles, was ich bei mir habe.« Es war bisher ihr einziger Lohn und alles, was sie auf der Welt besaß.
»O mein Gott!« flüsterte das Mädchen, und Tränen kugelten über ihre Wangen. »Ich weiß nicht, warum Sie sie haben wollen, aber eine ganze Guinee … das sag ich meinem Mann gar nicht. Ich heb sie auf für das Baby, falls wir in Schwierigkeiten kommen.« Durch die Träne zwinkerte sie Briar zu. »Ich sag ihm, die Bilder sind ins Wasser gefallen.«
Sie winkte munter, als sie wegging. Briar nahm die Bilder und drückte sie besitzergreifend an ihre Brust. Endlich hatte sie eine Familie. Ihre Eltern waren keine erfundenen Leute mehr. Denn hier waren sie. Sie hatten Gesichter und Namen.
»Mr. und Mrs. Johnson«, flüsterte sie. »Ich möchte euch eure Tochter vorstellen!«
Aber noch kannte sie sie nicht gut genug, um sie mit zu Tante Charity zu nehmen. Wie sollte sie außerdem diesen

plötzlichen Besitz erklären? Sie beschloß, sie bei Jemima Potter zu lassen, die gewiß keine Fragen stellen würde. Aber jetzt, dachte sie frohlockend, jetzt kann ich es dieser eingebildeten alten Frau, Sauls Mutter, zeigen!

Später erinnerte sie sich an den eigentlichen Zweck ihres Kommens und fand unter den soeben angekommenen Einwanderern ein halbes Dutzend Mädchen, die Stellungen als Hausmädchen oder Köchinnen suchten.

Sie stellte nicht viele Fragen. Ganz plötzlich hatte sie das Gefühl, selbst zu dieser verlorenen Gruppe zu gehören. Alle warteten ängstlich auf eine freundliche Herrin oder ein gutes Heim und hofften und beteten, daß niemand viele Fragen über Familie und Herkunft stellen würde. Briar wurde scheu und unsicher und deutete aufs Geratewohl auf das jüngste Mädchen; ein rothaariges Ding mit Sommersprossen. Sie war fast noch ein Kind und hieß Katie O'Toole.

Sie würde überall in Stellung gehen, besonders bei einer so hübschen Dame. »Entschuldigung, Ma'am«, sagte sie und errötete mit viel Charme. Sie konnte kochen, putzen und Brot backen, und als Briar ihr von den Angriffen der Maoris erzählte, meinte sie zuversichtlich, sie fürchte sich nicht vor diesen mörderischen Heuschrecken.

Alles in allem war Briar sehr zufrieden. Die Porträts und Katie O'Toole munterten sie etwas auf. Sie kam sich älter und selbstsicherer vor, und Katie hatte sie für eine Lady gehalten.

Vielleicht würde sie Saul doch eine gute Ehefrau werden.

10

Außer dem Gesang der Vögel war es im Wald sehr still. Nur Sauls Schritte schienen weithin hörbar. Ein brauner Kaka flog bei seinem Nahen kreischend davon, und ein Glockenvogel ließ seinen zarten melodischen Ruf ertönen, bevor er wegflatterte. Waldtauben gurrten zufrieden, und die freundliche schwarze Pfauentaube glitt kokett von Ast zu Ast, spreizte ihren Schwanz und zwitscherte.

Wenn die Vögel still gewesen wären, dann hätte er vielleicht andere Geräusche ausmachen können. Die Farne waren gebrochen, als seien vor kurzer Zeit eine oder mehrere Personen hier durchgekommen.

Saul hielt sein Gewehr schußbereit. Fred Potter, der schwitzend hinter ihm herging, befand sich nervlich in einer beklagenswerten Verfassung. Aber Saul hatte ihn absichtlich auf diesen Erkundungsgang mitgenommen. Wenn er in diesem Land, in dem feindliche Maoribanden noch immer ihr Unwesen trieben, von irgendwelchem Nutzen sein sollte, mußte er seine Feuertaufe bestehen und die Anwesenheit eines unsichtbaren Feindes ertragen lernen.

Der Grund für diesen Streifzug war der, daß man einen nach Stammesart gekleideten Maori in nächster Umgebung von »Lucknow« hatte herumlungern sehen. Als man ihn anrief, war er lautlos im Busch verschwunden.

Saul wußte, daß er vermutlich nicht allein gewesen war. Selbst jetzt konnte der Wald voll dunkler Gestalten sein, die hinter massiven *Kauri*-Bäumen und den Schirmen der Farne lauerten, bereit zu feuern oder mit hoch erhobenem Kriegsbeil hervorzuspringen.
Aber Saul war ein ebenso erfahrener Kämpfer wie sie, und das einzige Zeichen von Anspannung waren seine schmalen Augen und die spielenden Muskeln in seinem Gesicht. Alle paar Schritte gab er Fred ein Zeichen, stehen zu bleiben und lauschte in die Stille.
Er hörte nichts, außer dem ununterbrochenen Gezwitscher der Vögel. Als er glaubte, sie seien weit genug gegangen, um sicher zu sein, daß der Wilde allein gewesen war, kehrte er um. Freds Erleichterung war spürbar. Er trocknete den Schweiß vom Gesicht und murmelte: »Tut mir leid, Boß, das ist neu für mich.«
»Sie leben hier immer wie an der Front«, sagte Saul rauh. »Wenn Sie's nicht mögen, sagen Sie es, dann nehme ich Sie wieder mit nach Wellington, wenn ich zurückgehe. Aber wenn Sie bleiben, müssen Sie zumindest damit rechnen, daß Sie Ihr Haus gegen einen Angriff verteidigen müssen.«
Fred nickte. Sein Gesicht war rot vor Anstrengung und gab all seine Gefühle preis. Aber seine Augen blickten Saul fest an.
»Ich bleibe, Boß! Jemima ist drauf angewiesen. Ich seh die Sache so: Sie setzt jedesmal ihr Leben aufs Spiel, wenn sie eins von meinen Gören bekommt, also kann ich auch mal meins aufs Spiel setzen und tun, was sie will.«
»Sie sind ein guter Mann!« sagte Saul anerkennend. »Dann wollen wir mal sehen, was Mabel zum Essen gemacht hat.«

Eine halbe Stunde später kamen sie auf die Lichtung, wo wie in einem grünen Nest die Gebäude von »Lucknow« lagen.
Einer von Sauls Schafhirten sah sie kommen und rannte aufgeregt auf sie zu. »Boß, diese Teufel haben die Pferde gestohlen!«
»Verflucht!« schrie Saul.
Das war ein verdammt schlauer Trick gewesen. Der einzelne Maori hatte ihn in den Busch gelockt, während die übrigen in aller Ruhe die Pferde stahlen. Sie hatten überhaupt keine Schwierigkeiten, die drei Pferde zu stehlen. Im Haus hielt sich lediglich Mabel Kingi auf. Wahrscheinlich machte sie gerade ihren Mittagsschlaf, und draußen arbeitete nur der alte Schafhirte.
»Wie viele waren es?« fragte er.
»Ich bin nicht sicher. Ich hab sie nur gesehen, als sie davongeritten sind. Ungefähr fünf oder sechs.«
Mit zusammengekniffenen Augen schaute Saul zum Horizont über dem Wald. Alles war friedlich. Das Vieh weidete auf dem gerodeten Land, und eine blaue Rauchfahne stieg aus dem Küchenkamin empor.
Diese Raubüberfälle gehörten zur Taktik der Maoris. Dadurch wurden die Siedler nervös und fingen an, sich vor ihrem eigenen Schatten zu fürchten. Bis der Angriff dann stattfand, war ihre Verfassung – zumindest die der Frauen – auf dem Tiefstand. Oft wurden die Diebstähle auch aus purer Faulheit von Angehörigen friedlicher Stämme begangen. Der Diebstahl heute hatte möglicherweise auch keine andere Bedeutung.
Saul meldete die Angelegenheit Captain Maltby von der

örtlichen Miliz und stellte diese und die Nächte danach Wachen auf. Aber nichts geschah mehr, was den Frieden störte. Trotzdem war es Saul äußerst unangenehm, »Lucknow« zum jetzigen Zeitpunkt verlassen zu müssen und dazu noch, um eine Frau hierherzubringen. War es richtig, Frauen diesen Gefahren auszusetzen? Denn zweifellos würden die Feindseligkeiten wieder aufflackern. Wenn nicht hier, so in der Nachbarschaft. Ihn schauderte bei dem Gedanken, daß Frauen mit diesen Scheußlichkeiten konfrontiert würden. Er hatte selbst schon zu viel gesehen. Die hemmungslose Grausamkeit der kämpfenden Eingeborenen kannte keine Grenzen. Wenn an der Leiche eines Feindes jede nur erdenkliche Scheußlichkeit ausgeführt worden war, bereitete man sie oft noch für ein Festmahl zu.

Saul war einmal Zeuge einer so abscheulichen Szene gewesen, als man augenlose Köpfe auf Pfähle gespießt hatte und in einer grauenvollen Prozession mitführte. Am schlimmsten aber war der ekelhaft süßliche Geruch von geröstetem Menschenfleisch, der durch den Wald zog.

Eine Woche, bevor er abreisen wollte, besuchte Saul Reverend Peabody, diesen tapferen Mann, der bei allen einfach nur als »der Reverend« bekannt war. Er trug wie üblich seinen schäbigen, schwarzen Anzug; sein weißes Haar flatterte im Wind, und sein rundes, rosiges Gesicht war so still und friedlich, als spreche er in einer englischen Pfarrgemeinde über ein ungezogenes Kind.

Er war ein wunderbarer Mensch, dieser Reverend Peabody, und seine Frau Martha paßte ausgezeichnet zu ihm. Sie schien keine Furcht zu kennen und zitierte dauernd ihren Lieblingstext: »Du sollst dich nicht fürchten vor den

Schrecken der Nacht noch vor dem Pfeil, der bei Tag fliegt …« Man erzählte sich von ihr, sie habe diesen Spruch sogar in ein Rezept für das Backen von Brot eingeflochten. Er war ihr eine Waffe. Martha hatte nicht nur einen sanft dreinblickenden Ehemann, auch ihre eigene Weltanschauung war tolerant und friedfertig. Sie ließ jede Art menschlicher Äußerung gelten.

Die Peabodys wohnten in einem Häuschen neben der winzigen hölzernen Kirche. Ein Raum war mit Büchern vollgestopft, der andere war das Schlafzimmer. Dahinter befand sich eine Küche und nach vorne eine Veranda. Der Dachboden diente als Unterkunft für die zahlreichen Gäste. Es war ein Arbeiterhäuschen, aber die Peabodys taten, als lebten sie im Luxus und niemand sei glücklicher als sie. Wenn es sein mußte, konnten sie ein Gewehr mit tödlicher Sicherheit abfeuern, aber der Reverend war glücklicher mit seiner Bibel in der Hand und seine Frau mit dem Kochlöffel.

Sie hörten sich Sauls Problem an.

»Wie ist denn die Kleine?« fragte der Reverend.

»Sie ist keine, die vor ihrem eigenen Schatten wegrennt.«

»Und hübsch ist sie natürlich«, sagte Martha Peabody. »Bringen Sie sie her, sobald Sie können, Saul. Sie brauchen sie, und wir werden schon auf sie aufpassen.«

»Aber angenommen …«

»Sehen Sie mal«, sagte der Reverend nachdenklich, »als dieser Fanatiker Te Kooti von den Chathams Inseln entfloh, kam sein Boot in eine Flaute … Haben Sie die Geschichte schon einmal gehört? Also warf er einen alten Mann über Bord, um die Götter zu besänftigen. Und sogleich kam Wind auf und blies Te Kooti an diese Ufer. Was kann ein

Mann denn erreichen, der sich so benimmt? Er wird jeden Augenblick von einem gerechten Gott, der Menschenopfer verabscheut, niedergestreckt werden.«
»Was geschehen soll, wird geschehen«, sagte Martha mit ruhiger Stimme. »Wenn Ihre Frau sterben soll, wird sie sterben, gleichgültig, wo sie sich aufhält. Aber weshalb sollte sie sterben? Sie bringen sie hierher, Saul. Wir machen ihr Mut.«
»Den hat sie«, sagte Saul und grinste. »Das weiß ich zumindest von ihr.«
Martha war etwas verwirrt und sah ihn aufmerksam an. »Sie lieben sie doch, Saul?«
Saul zog seine schwarzen Brauen in die Höhe. »Lieben? Ich brauche eine Frau, das ist der springende Punkt. Um ehrlich zu sein, ich kenne sie kaum.«
»Aber Sie sind um ihre Sicherheit besorgt«, stellte Martha listig fest.
»Niemand sieht gerne, wenn eine Frau skalpiert wird. Übrigens, sie ist wunderschön, wenn es das ist, was Sie wissen möchten.«
»Und Sie werden sie lieben und glücklich machen!« sagte Martha ernst.
Saul meinte vergnügt: »In den Büchern steht, die Liebe kommt nach der Hochzeit.«
»Sie sollte schon davor kommen, Sie dummer Junge! Bedenken Sie doch nur, welch harte Prüfung es sonst für eine Frau ist, mit einem Fremden in dieses einsame Land zu kommen. Sie wissen so gut wie ich, was aus manchen dieser armen Frauen, die allein und ohne Verständnis waren, geworden ist. Oh, ihr Männer!« Marthas breites Gesicht war ganz aufgelöst. »Solange eure Frau euer Essen kocht und eure Kin-

der bekommt, glaubt ihr, ihr hättet eure Pflicht bei ihr erfüllt. Hören Sie mir gut zu, Saul Whitmore: Machen Sie's besser, werden Sie ein liebender Ehemann!«

»Ja, Ma'am«, sagte Saul mit glänzenden Augen. »Aber Briar muß erst gezähmt werden, bevor man sie lieben kann, und ich bin mir nicht sicher, ob ich sie gezähmt haben will. Das ist das Problem.«

Er hob die Schultern und wandte sich an Reverend Peabody. »Dann glauben Sie also, Sir, dieser Winter wird verhältnismäßig ruhig verlaufen?«

»Hier und da wird es Unruhen geben, da können Sie sicher sein. Wohl gemerkt, der Maori hat gewissermaßen recht, wenn er wütend ist: Man hat ihm sein Land weggenommen. Und manchmal für weniger als zwei Shilling pro Morgen. Er ist verbittert und voller Rache wegen dieses Verrats. Alles wurde eben doch nicht gehalten, so wie laut Vertrag von Waitangi beschlossen, als die ehrbaren alten Häuptlinge ihre Waffen niederlegten. Aber dieser teuflischen Art der Kriegsführung muß Einhalt geboten werden. Te Kooti stachelt einfach nur den wilden Kampfgeist der Maoris an. Jede Generation bringt einen wie ihn hervor, sei es nun hier oder in Europa oder in Amerika. Wir können nur versuchen, mit den Schwierigkeiten, die er heraufbeschwört, so gut es geht, fertig zu werden.«

»Soviel ich gehört habe«, sagte Saul, »wollen einige der Soldaten nicht gegen die Maoris kämpfen. Sie sagen, ihre Vorfahren könnten Männer sein, die Cromwells Verfolgung entgangen sind und nun nach zwei oder drei Generationen durch die klimatischen Verhältnisse dunkelhäutiger geworden waren.«

Der Reverend nickte zustimmend. »Gut möglich. Der Maori ist ein feiner Kerl, wenn er seine Wildheit ablegt. Eines Tages wird er vielleicht sogar Seite an Seite mit uns für das Britische Empire kämpfen. Aber das ist Zukunftsmusik. Für uns gilt es jetzt erst einmal, durch den Winter zu kommen. Im Ort gehen wir jetzt daran, eine Umzäunung zu errichten, und die Miliz ist nie weit entfernt. Wir werden schon durchkommen. Nur keine Sorge, mein Junge, Ihre Frau wird hier gebraucht. Und ob Sie sie nun lieben oder nicht«, fügte er mit einem Augenzwinkern hinzu, »darüber wird meine Frau mit Ihnen bis in alle Ewigkeit streiten. Ich kann mir allerdings vorstellen, daß Sie klug genug waren, sich weder eine verwöhnte noch eine verängstigte Frau auszusuchen. Bringen Sie sie so bald wie möglich nach ›Lucknow‹.«

11

Peter Fanshawe war ein äußerst ansehnlicher und hübscher Bräutigam. Nach der Zeremonie ging er herum und küßte kühn alle Mädchen, die zu kreischen und zu kichern anfingen. Seine Braut lachte am meisten, als sei Heiraten nichts weiter als ein Mordsspaß.

Nur Briar entzog sich seinen liebevollen Annäherungsversuchen. Wie ein Schulmädchen rannte sie aus dem Zimmer, und alle nickten verständnisvoll. Schließlich sollte sie selbst in wenigen Wochen heiraten, und diese Zurückhaltung bewies ihre Zuneigung zu Saul. Niemand konnte wissen, daß sie noch immer zutiefst enttäuscht über ihren fehlgeschlagenen Plan war. Peter wäre ein so angenehmer und taktvoller Ehemann gewesen; er wäre bestimmt auf ihre Wünsche eingegangen. Saul, das wußte sie genau, würde sich niemals nach jemand anderem richten.

Verächtlich blickte sie die versammelten Gäste an, die keinerlei Einfühlungsvermögen besaßen. Aber dann fing sie den Blick der alten Mrs. Whitmore auf, die über ihr Benehmen nachdachte, und erkannte, daß da jemand war, den sie nicht getäuscht hatte. »Sie kennt meine wahren Gefühle!« dachte Briar entsetzt. Plötzlich fürchtete sie, diese Ehe niemals eingehen zu können.

Endlich verabschiedeten sich Sophia und Peter. Sophia

nahm triumphierend Peters Arm, als er sie zum Wagen führte. Das letzte, was Briar von ihr sah, war ihr glückstrahlendes Gesicht, als Peter sich zärtlich zu ihr beugte. Sie ballte die Fäuste und murmelte: »Ich werde Saul heiraten ... Denen werd ich's zeigen!«

Vierzehn Tage später kam Sophia von ihrer Hochzeitsreise, die sie in einem Häuschen an einer geschützten Bucht verbracht hatte, zu Besuch. Sie war zu einer selbstsicheren jungen Frau aufgeblüht. Schon jetzt war sie stolzes Hausmütterchen und plante ihre erste Dinnerparty. An dem bescheidenen Haus, das Peter für sie gefunden hatte, war sie nicht sehr interessiert. Peter seinerseits war ruhelos und unzufrieden mit seiner Bankkarriere. Er wollte Land erwerben und rasch zu Geld kommen wie die unternehmungslustigen Siedler. Er wollte nach dem Norden und sich dort nach einem passenden Stück Land umsehen. Er sprach davon, sich im Taranaki Distrikt anzusiedeln, wo Saul so gut vorankam.

»Dann werden wir vielleicht in eurer Nähe wohnen, Briar«, sagte Sophia. »Wäre das nicht herrlich? Oh, Briar, komm doch mit hinauf und hilf mir mit meinem Haar. Ich komme damit einfach nicht so gut zurecht wie du.«

Sophia war jetzt in dem von Prudence bewohnten großen Schlafzimmer. Sie band ihren Hut los, ließ sich in einen Sessel vor dem Ankleidetisch fallen und sagte: »Ich möchte wirklich, daß du mir das Haar richtest, aber außerdem wollte ich dich allein sprechen.«

»Warum?« fragte Briar mit klopfendem Herzen. Hatte Peter gemerkt, daß er seine Frau doch nicht liebte?

»Weil ich dachte, man sollte dir einiges über die Ehe sagen. Soviel ich weiß, wirst du Saul in weniger als einem Monat

heiraten, oder? Und irgendwie ...«, sie war dunkelrot geworden und konnte vor Verlegenheit kaum sprechen, »... ich glaube nicht, daß Saul ebenso behutsam ist wie Peter. Ich gebe zu, er würde mich erschrecken.«
»Sie meinen im Bett?« fragte Briar provozierend.
Sophia nickte. »Verstehst du, Briar, mir hat niemand gesagt, was geschieht, und ich muß dich warnen, es ist ein großer Schock.« Sie wurde von Sekunde zu Sekunde sicherer und genoß sichtlich ihre Rolle als erfahrene Ehefrau. »Wenn man nicht verliebt ist, kann man das – glaube ich – gar nicht ertragen. Aber wenn man verliebt ist, ist es natürlich eine ganz andere Sache. Ich finde, eine junge Braut sollte ein bißchen darauf vorbereitet sein.«
»Was geschieht denn schon?« fragte Briar barsch.
»Da! Ich wußte, du hast ebenso wenig Ahnung wie ich. Ich halte es für meine Pflicht, dir etwas zu sagen. Für Prue würde ich das gleiche tun.«
Briar hatte die Bürste in die Hand genommen und begann, die Nadeln aus Sophias Haar zu lösen. Es war besser, etwas zu tun. Mit einem Mal begannen ihre Beine zu zittern. Einerseits wollte sie's hören, andererseits wehrte sie sich dagegen. Denn was immer es sein würde, auf Sophias Kissen hatte der liebenswürdige Peter gelegen, auf dem ihren wäre dieser ungebändigte Kerl, dieser abenteuerliche!
»Nur zu, erzählen Sie«, forderte Briar sie auf.
»Oh, Briar, du bist so direkt! Also gut. Wenn ich die richtigen Worte finde.«
Und Sophia fand die richtigen Worte, stolperte ein wenig, erging sich aber letztlich in lebhaften Schilderungen.
»O je, hältst du mich jetzt für unsittlich? Aber es ist ganz na-

türlich, glaube mir! Und ehrlich, nach der ersten Nacht … ich weiß, eigentlich sollte man kein Vergnügen dabei empfinden, aber … Au! Briar, du tust mir weh!«

»Entschuldigung«, sagte Briar automatisch. Am liebsten wäre sie davongelaufen und hätte sich verkrochen. Das konnte sie nicht ertragen. Sie hatte schon etwas geahnt, aber niemals hatte sie sich einen solchen Akt vorgestellt. Und jetzt konnte sie einfach nicht mit anhören, wie Sophia mit ihrer Erfahrung prahlte, viel weniger noch, sich Sophia in Peters Armen vorstellen. Vor allem aber wollte sie nicht an Saul erinnert werden, der ihr jetzt noch bedrohlicher vorkam.

»Außerdem«, sagte Sophia genüßlich, »glaube ich, daß ich ein Baby erwarte.«

»Hören Sie doch endlich mit dieser Angeberei auf!« zischte Briar sie an. »Etwas anderes ist es doch nicht.«

Sophias rundes Puppengesicht sah zutiefst beleidigt aus. »Angeben? Das wollte ich nicht. Es ist nur, weil du auch bald Braut wirst.« Ihre Augen schwammen in Tränen. »Mit wem außer dir sollte ich denn reden? Du darfst nur keine Angst haben.«

»Ich habe keine Angst!«

»Du siehst wütend und entsetzt aus. Ich weiß, es ist ein Schock. Aber du wirst froh sein, daß ich dir davon erzählt habe. Und laß dir dadurch deinen Hochzeitstag nicht verderben. Denk an andere Dinge.«

Tante Charity, die es nicht lassen konnte, sich um anderer Leute Angelegenheiten zu kümmern, erklärte, daß Katie O'Toole viel zu jung sei, verantwortungslos und unerfahren. Was hatte sich Briar bloß dabei gedacht, ein Mädchen zu engagieren, ohne vorher eine Menge Erkundigungen über ihre Fähigkeiten und ihre Zuverlässigkeit eingeholt zu haben! Und vor allem hätte es kein solches Kind sein dürfen.

Allerdings, meinte Tante Charity aufrichtig, Briar selbst sei ja auch nicht älter als ein Kind und soeben erst aus der Dienstbotenklasse aufgestiegen. Vielleicht hatte sie daher ganz klug gehandelt, ein Mädchen einzustellen, dem sie überlegen war. Aber Katie brauchte in allem eine intensive Schulung, und dafür stand weniger als ein Monat zur Verfügung. Tante Charity schüttelte den Kopf, warf die Hände verzweifelt in die Höhe und machte sich mit Begeisterung daran, die Situation zu meistern.

Katie wurde im Haus untergebracht; sie teilte das Zimmer mit der Köchin. Dann begann ein nervenaufreibender Lehrgang in Silberputzen, Bedienen bei Tisch, Waschen, Bügeln und Kochen. In ihrem unordentlichen kleinen Kopf ging alles wild durcheinander. Sie sah schon ganz verwirrt aus und fing zu weinen an, sobald Tante Charity den Raum betrat.

Nur Briar zuliebe ertrug sie diese Prozedur und lernte sogar ein bißchen dabei, das heißt, wenn der Bäckerjunge nicht gerade ihre Aufmerksamkeit auf sich lenkte.

Tante Charity war nicht mehr zu halten: Eine Hochzeit war soeben vorüber, die nächste schon in Sicht. Sie schwamm in Seligkeit. Sie verursachte noch mehr Unruhe im Haus und genoß ihre Rolle als Märchenpatin. Tag für Tag schleppte sie Ballen von Leinen nach Hause, die Briar und Prudence in Leintücher und Kopfkissen arbeiten mußten, feinen Batist für Briars Nachthemden und Batistmusselin für ihre Unterröcke.

Miß Matthews, die ausgetrocknete, kleine Schneiderin, die es in dieses fremde Land verschlagen hatte wie der Sturm eine Schwalbe unter ein fremdes Dach, war eifrig dabei, das Hochzeitskleid zu nähen. Es wurde natürlich nicht ganz so großartig wie das von Sophia, aber trotzdem sehr schön und aus reiner Seide.

Mit den Nadeln zwischen den Lippen zischte sie ihre beißenden Bemerkungen. »Als ich Sie das erstemal gesehen habe, wußte ich sofort, Sie würden nie im Leben mit einer Nadel umgehen. Diese junge Lady ist ziemlich unverschämt, hab ich mir gedacht. Die bekommt, was sie will.«

»Sie haben die Taille zu eng gemacht«, sagte Briar kühl.

Ihr hochmütiges Benehmen blieb von der empfindsamen Miß Matthews nicht unbemerkt. Aber sie ließ sich von jemand ihrer eigenen Klasse nicht einschüchtern, obwohl das Mädchen mit einem guten Akzent sprach und auch sonst tat, als sei sie eine Lady.

»Tut mir leid, Schätzchen. Wir können doch nicht zulassen, daß Sie an dem wichtigen Tag in Ohnmacht fallen, oder? Ich mach sie hier ein bißchen weiter. Ihre Taille ist ja schmal genug, da braucht man nichts zuzuziehen. Ja, ich sagte mir sofort, die bekommt, was sie haben will. Und das ist ja nun auch so, nicht wahr, Liebes?«

»Ich wäre Ihnen dankbar, Miß Matthews, wenn Sie sich um Ihre Arbeit anstatt um mich kümmern würden.«

Miß Matthews schaute unbeeindruckt in das abgewandte Gesicht ihrer Kundin. »Entschuldigung, Liebes, meine Zunge läuft mir davon, ich kann einfach nichts dafür. Machen

Sie sich nichts draus. Ich bin nur so froh, daß Sie einen so prächtigen Mann bekommen, statt sich bei mir Ihre Augen mit Nähen zu verderben. Ich hab schon immer gesagt, was es in den Kolonien für Möglichkeiten gibt; und da sehen Sie, wie wahr das ist. Ich hab eine Näherin nach der anderen verloren. Sogar Molly Perkins, die schielte. Sie hat einen Mann geheiratet, der fast genauso aussah wie sie selbst. Die beiden sind dann zum Goldgraben auf die Südinsel. Höchstwahrscheinlich haben sie mittlerweile ihr Glück gemacht. Ja, es ist ein aufregendes Land. Sie werden es niemals bedauern, daß Sie hergekommen sind. Jetzt drehen Sie sich mal langsam um, bitte, und gehen Sie zur Tür und wieder zurück. Langsam! Ah, ja sehr schön!« Das kleine Gesicht strahlte Zufriedenheit aus. »Sie werden eine wunderschöne Braut sein, meine Liebe. Viel schöner, wenn ich das sagen darf, als die neue Mrs. Fanshawe. Ihr fehlte die Haltung. Na ja, war nichts weiter als ein übermütiges Mädchen. Aber Sie … man könnte denken, Sie seien für diese Rolle geboren.«

Aber es wurde mehr als nur Schönheit verlangt, und Mrs. Whitmore machte Briar das sehr deutlich. Briar war in das zugige Häuschen oben auf dem Hügel eingeladen worden, um ein weiteres Examen über sich ergehen zu lassen. Diesmal handelte es sich nicht um ihr Vorleben, sondern um ihre praktischen hausfraulichen Fähigkeiten.

»Ich bin sicher, mein Sohn hat Ihnen nicht einmal eine Andeutung von dem gemacht, was von Ihnen erwartet wird«, sagte sie mit ihrer unfreundlichen Stimme, während sie ihre dunklen Augen abschätzend auf Briar richtete. »Man erwartet von Ihnen, daß Sie nicht nur für sich selbst, sondern auch für die Arbeiter kochen, für die Schafscherer in der Saison und für die Erntearbeiter im Sommer.«

»Aber Saul sagte, es sei eine Köchin da«, erklärte Briar.

»Diese Maorifrau? Nun, das wollen wir erst einmal sehen.« Mrs. Whitmore tat Mabel Kingi mit einer Handbewegung ab und fuhr fort: »Sie werden außerdem Kerzen und Seife aus Hammelfett anfertigen müssen, Früchte einlegen, Butter zubereiten und Brot backen. Sie müssen auf alle Notfälle gefaßt sein, wie zum Beispiel Babys, die ohne ärztliche Hilfe zur Welt kommen, und Sie müssen mit Krankheiten und Unfällen fertig werden. Sie sind im Grunde genommen eine Gutsherrin, verstehen Sie?« Ihr Blick ging prüfend über die schmale, aufrechte Gestalt ihr gegenüber. »Sie werden vielleicht sogar Kindern das Lesen und Schreiben beibringen wollen. Es wird im Umkreis von Meilen keine Schule geben, und ich denke, Sie können einwandfrei lesen und schreiben.«

»Ja, Ma'am. Aber was geschieht, wenn ich selbst krank bin, wenn ich« – für den Bruchteil einer Sekunde senkte sie den Blick – »selbst ein Baby bekomme?«

»Man erwartet von Ihnen, daß Sie den Umständen entsprechend Ihr Bestes tun.«

»Sie versuchen, mir Angst einzujagen!« brauste Briar auf.

»Nein, meine Liebe, ich will Sie nur warnen, solange noch Zeit ist.«

»Ich weiß nicht, was Sie meinen«, sagte Briar steif.

»Ich möchte nur klarstellen, daß die Ehe mit einem Pionier in diesem Land nicht nur ein leichtfertiger Spaß ist.«

Briar begann zu lächeln. »Ich habe mir das niemals als etwas besonders Vergnügliches vorgestellt, Mrs. Whitmore. Aber vielen Dank für Ihren Rat. Es wird Sie vielleicht freuen zu hören, daß ich kochen und nähen kann, auch den Boden schrubben, falls nötig, und ich werde bald lernen, Kerzen zu machen und sogar Babys auf die Welt zu bringen. Ich fürchte mich nicht.«

»Das werden wir ja sehen, meine Liebe; das werden wir sehen.«

Die gräßliche alte Frau, die so groß und stolz in ihrem verräucherten kleinen Häuschen hockte, hatte ihr nicht geglaubt, daß sie keine Angst hatte, überlegte Briar angewidert.

Und das schlimmste war, sie hatte vollkommen recht, denn sie hatte Angst. Angst vor dem einsamen Haus am Rande der Wildnis, vor den seltsamen Vogelrufen und den lauernden Schatten im Busch, vor plötzlichen Krankheiten und am allermeisten vor ihrem unbekannten Ehemann.

Endlich kam mit einem der winzigen Küstenschiffe ein Brief von Saul.

Es war der erste Brief, den Briar in ihrem Leben erhielt. Sie konnte nichts dafür, sie mußte immer wieder fasziniert ihren Namen auf dem Umschlag anschauen, und falls sich jemand über ihr Entzücken wundern sollte, dachte er bestimmt, es komme daher, weil der Brief von Saul kam und nicht, weil der Brief an sich für sie etwas vollkommen Neues war.

Sie nahm den Brief mit in ihr Zimmer, um ihn zu lesen; denn nachdem die Faszination vorüber war, erfüllte sie ein seltsames Bangen. Ihr war, als richte Saul seine schwarzen, forschenden Augen auf sie, um auch ihre leiseste Gefühlsregung zu erfassen.

»Liebe Briar,
endlich ist die ›Seagull‹ angekommen! Wir segeln am Montag, aber ich schicke diesen Brief durch Captain Browne, dessen Schiff heute abgeht, voraus. Mit ein wenig Glück und gutem Wind werden wir zur vorgesehenen Zeit ankommen.
Wir werden gezwungen sein, uns sofort nach der Trauung wieder einzuschiffen, weil die ›Seagull‹ nur zwei Tage im Hafen bleibt. Und, um ehrlich zu sein, ich möchte auch nicht länger als unbedingt nötig von ›Lucknow‹ weg sein. Bitte, halte alles – einschließlich der Dienstboten, die du mitnehmen willst – für unsere Abreise bereit. Und sorge dafür, daß Jemima Potter das gleiche tut, denn Fred erwartet sie hier.
Der letzte Posten Schurwolle ist glücklich nach London unterwegs. Sonst ist hier alles in Ordnung, nur hat man mir drei meiner Pferde gestohlen. Wenn du hier bist, möchte ich, daß du lernst, wie man ein Gewehr lädt und damit umgeht.
Wie du siehst, bin ich nicht sehr geübt im Schreiben. Aber es gibt andere Möglichkeiten, diesen Mangel auszugleichen.
Dein Saul.«

Diese kalte, fast geschäftliche Mitteilung war also der erste Brief, den sie je erhalten hatte: pack deine Koffer, halte dich bereit, lerne mit einem Gewehr umzugehen! Und nicht anders würde er über ihren Körper verfügen.
Briar riß den Brief in kleine Stückchen. Sie würde nicht weinen. Sie würde nicht einmal sich selbst für einen Augenblick eingestehen, wie sehr sie sich wenigstens nach einem liebevollen Wort gesehnt hatte, nach einem Wort, das ihr Kraft verliehen hätte. Aber wie hatte sie sich bloß eingebildet, Saul würde jemals derartige Worte schreiben oder sagen? Keiner

von beiden hegte irgendwelche Illusionen über diese Eheschließung: Er kannte ihre Gründe, und sie wußte sehr gut, daß sie nur ein weiteres Stück Eigentum für diesen dunklen Fremden war, so wie seine Pferde und Schafe, sein Haus, seine Dienstboten. Und was waren das außerdem für Möglichkeiten? Dank ihrer neuerworbenen Kenntnisse über die Ehe konnte sich Briar ein ungefähres Bild davon machen und schlang die Arme um ihren schlanken Körper, um das plötzliche Frösteln zu unterdrücken. Doch man sollte gerecht sein: Wenn Saul außer körperlicher Liebe nur wenig für sie empfand – sie haßte ihn bereits. Und trotzdem war sie einverstanden, an seiner Seite die Kirche zu betreten und zu versprechen, ihn zu ehren und ihm zu gehorchen bis an ihr Lebensende.

Welches Recht hatte sie also, ihn zu beschimpfen!

Miß Matthews kleine Gestalt erschien genau in dem Augenblick auf der Straße, als Tante Charity vom oberen Stockwerk schrie, daß die »Seagull« in der Bucht erschienen sei. So war es möglich, daß das weiße und jungfräuliche Hochzeitskleid aus reiner Seide auf Briars Bett ausgebreitet lag und ihr Mut machte, als Sauls Klopfen an der Eingangstür ertönte. Rasch berührte sie die Seide. Einst, so dachte sie, hatten ihre Babyfinger Seide umklammert, und vielleicht war es das letzte Gebet ihrer Mutter gewesen, daß ihrer kleinen Tochter eines Tages so etwas beschert sein möge. Ein schönes Hochzeitskleid, eine Trauung in der Kirche, ein geachteter Ehemann und alles andere, was ihr selbst versagt geblieben war. Und wenn sich ihre Mutter diese eine Sache auch noch versagt hätte, diesen geheimnisvollen Akt zwischen Liebenden, dann würde es jetzt keine Briar geben, die den Stoff des Hochzeitskleids fühlen konnte, die das Klopfen an der Eingangstür hörte und sich ihres lebendigen, schönen Körpers unter dem grauen Arbeitskleid bewußt war.

Erregung ergriff sie, und mit hoch erhobenem Kopf antwortete sie auf Tante Charitys Rufen und ging, um Saul zu begrüßen.

Es war eine steife und förmliche Begrüßung, denn Tante Charity blieb im Raum, und Briar dachte nur, daß Saul noch größer war, als sie ihn schon in Erinnerung hatte, und daß seine Haut von der Sonne und dem Wind noch dunkler geworden war.

Er machte ein paar höfliche Bemerkungen über das Wetter, über die Reise auf der »Seagull« und über die Hochzeitsvorbereitungen. Dann sagte er, er müsse jetzt gehen, weil er soeben erst angekommen sei und noch vieles zu erledigen habe. Seine Lippen verzogen sich zu einem Lächeln, und er fügte noch hinzu, daß sie sich das nächstemal dann vor dem Altar sehen würden. Falls Briar irgendwelche Einwände habe, sollte sie sich rasch dazu äußern.

»Einwände?« wiederholte Tante Charity ungläubig. »Sie ist das glücklichste Mädchen in ganz Neuseeland!«

Saul blickte offen und unmißverständlich auf Briar, so daß ihr ganz heiß wurde. Verlegen meinte sie: »Ich habe das schönste Hochzeitskleid. Warte nur, bis du es siehst.« Und bei sich dachte sie, daß sie genau so redete wie Sophia.

Aber er grinste plötzlich, was sowohl Freude als auch Zufriedenheit ausdrücken konnte, und verschwand. Er blieb ein Fremder.

Es war nicht Briar, die am folgenden Morgen weinte, sondern Prudence. Sie half Briar beim Ankleiden, und Tränen liefen über ihr blasses, verlorenes Gesicht.
»Es kommt mir so eigenartig vor, Briar, daß ich das für dich tue. Aber Sophia und ich wußten immer, daß du bekommen würdest, was du haben wolltest. Ich wollte, ich wäre ebenso glücklich.«
»Du wirst glücklich sein, Prue – Liebes!«
»Meinst du? Meinst du, daß Edmund zurückkommen wird? Schließlich kommt man an Bord eines Schiffes auf die dümmsten Ideen. Schon aus Langeweile. Und ich bin längst nicht so lustig und attraktiv, wie er glaubt.«
»Nicht, wenn du weinst«, sagte Briar rasch. »Bitte verdirb mir meinen Hochzeitstag nicht durch dein Weinen. Sobald ich mich auf dem Land eingelebt habe, werde ich dir schreiben und dich einladen. Es kommt mir wie eine völlig verdrehte Welt vor, daß ich die Herrin bin und Gäste einlade. Ich muß zuerst Vorräte anlegen und Kerzen machen, und ich weiß noch nicht, wie viele Schlafzimmer es in dem Haus gibt.« Sie redete viel zu viel; einerseits, um Prudence aufzuheitern, andererseits, um sich selbst am Nachdenken zu hindern.
»Wirst du auch Sophia und Peter einladen?«
»Ich denke, das Land wird Sophia langweilen.«
»Aber sie wird lernen müssen, es zu lieben; denn Peter scheint entschlossen zu sein, Land zu kaufen. Seine Meinung über seinen Beruf ändert er öfters. Aber er ist einfach reizend, Sophia ist sehr glücklich!«
Diese Vorstellung brachte wieder den verzweifelten Ausdruck auf Prudence' Gesicht, und Briar rief schnell: »Weine

nicht schon wieder. So nützt du mir überhaupt nichts. O je, Miß Matthews hat die Taille nun doch zu eng gemacht. Ich kann kaum atmen. Wenn ich am Altar in Ohnmacht falle, wird Saul sich weigern, mich zu heiraten. Er würde weder die Geduld noch das Verständnis dafür aufbringen.«

Bis jetzt war sie ganz ruhig gewesen, aber mit einem Mal geriet sie in Panik. Das Kleid war entsetzlich eng – sie glaubte zu ersticken, und ihr wurde heiß und ein wenig übel. Alle Farbe war aus ihren Wangen gewichen, und ihre Lippen waren trocken. Vor allem ihre Beine hatten nicht mehr die Kraft, sie zu tragen. Sie konnte nicht zur Kirche gehen. Sie würde es einfach nicht schaffen, das Kirchenschiff entlangzugehen, um Sauls spöttischem Blick zu begegnen.

Aber dieser innere Aufruhr zeigte sich nicht auf ihrem Gesicht, denn Prudence sagte: »Wieso weißt du, ob Saul nicht sehr verständnisvoll und geduldig ist, wenn es darauf ankommt?«

Benommenheit überkam Briar. »Ich hasse ihn!« flüsterte sie.

»Was hast du gesagt?«

»Mach den Haken auf. Es ist zu eng. So ist es besser. Einen Augenblick lang konnte ich nicht atmen.«

Prudence, der überhaupt nichts auffiel, trat einen Schritt zurück, um Briar anzuschauen. »Briar, du siehst wunderschön aus, wirklich! Wenn dich nur deine Mutter jetzt so sehen könnte!«

Ihre Mutter, die sich diesen Triumph für ihre Tochter sicherlich gewünscht hatte! Wie durch einen Zauber hörten ihre Beine zu zittern auf, und ihr Atem flatterte nicht mehr. Sie fühlte sich unendlich ruhig und beinahe glücklich.

»Danke, daß du das gesagt hast, Prue, danke!«

In der Kirche fesselten nur belanglose Dinge ihre Aufmerksamkeit. Eine Pfauentaube, die neugierig herumspazierte und im Gebälk umherflog, der sauber gescheuerte Holzboden oder das schlichte Fensterglas. Ihr Blick streifte über die Hüte der Gäste: Ganze Blumengärten schienen sich auf den Köpfen einiger Matronen zu entfalten oder wurden mit Satinbändern an runden, jungen Gesichtern festgebunden. Ich werde in »Lucknow« einen englischen Blumengarten anlegen, dachte sie geschäftig, und all die Beete werden aussehen wie die nickenden Köpfe auf meiner Hochzeit.
Angespannt konzentrierte sie sich auf dieses bunte Bild und betrachtete die Gesichter. Dann wurde sie sich plötzlich all der Hände bewußt: Onkel Huberts langer, knochiger Hände, die sie aufmunternd tätschelten, als er sie allein neben Saul ließ; die ruhigen, weißen und fast zerbrechlichen Hände des Priesters, ihre eigenen, die leicht zitterten, obwohl sie das von Sophia ausgeliehene, in Elfenbein gebundene Gebetbuch umklammerten, und Sauls Hände, als er den goldenen Ring über ihren Finger streifte. Schöne Hände, braungebrannt und kräftig von der harten Arbeit. Die Nägel waren kurz und gerade geschnitten und sehr sauber. Bei der Berührung seiner Hände durchlief sie ein Zittern. Sie sah nur auf diese Hände, nicht in Sauls Gesicht, sie sah überhaupt nicht auf.
Erschrocken bemerkte sie, daß Saul ihren Arm nahm. Die Zeremonie war vorüber, und sie hatte nicht ein Wort davon gehört und erinnerte sich auch nicht, ihr Jawort gegeben zu haben. Das übrige, das Triumphgefühl, das sie bei dem Gedanken an ihren kühnen Erfolg überflutete, schloß jeden Gedanken an das, was folgen mußte, aus.

12

Als sie in See stachen, blies ein scharfer Wind. Briar war damit beschäftigt gewesen, Jemima, die Kinder und Katie O'Toole in der Kabine unterzubringen, die ihrer gegenüberlag, so daß sie überhaupt nicht gemerkt hatte, wie der Anker gelichtet wurde und die vertraute Bucht allmählich am Horizont verschwand.

Es war nicht mehr möglich, die kleine Gruppe von Menschen am Kai zu erkennen; denn die Dämmerung war bereits hereingebrochen.

Tante Charity und Onkel Hubert waren gewiß schon lange weggefahren, und über Tante Charitys Pausbacken rollten vermutlich noch immer dicke Tränen. Für sie war es eine Märchenhochzeit gewesen, mit einem stattlichen Bräutigam und einer wunderschönen Braut. Die liebe kleine Briar; am Ende war sie ihr wie eine ihrer Nichten, oder gar wie ihre eigene Tochter gewesen.

Hochzeiten berauschten Tante Charity mehr als Alkohol. Und wenn es galt, Hochherzigkeit zu beweisen, tat sie dies aus ganzem Herzen, und Briar hatte sie letzten Endes mit fast ebensoviel Zuneigung umarmt wie Onkel Hubert und Prudence.

Onkel Hubert hatte gemurmelt: »Hast du den kleinen grünen Teufel immer noch?« Und als sie nickte, lächelte er bedeutungsvoll. »Verlier ihn nicht; du siehst, wie er schon für dich arbeitet. Sei glücklich, mein Kind, es liegt jetzt an dir.« Also wußte auch er, daß sie Saul nicht liebte. Sie hatte das schon geahnt, als er ihr dieses wundervolle Hochzeitsgeschenk machte: georgianisches Tafelsilber. »Etwas, was meine Frau und ich für eine solche Gelegenheit beiseite gelegt haben«, hatte er fast entschuldigend dazu gesagt. Aber offensichtlich hatte er ihr ehrgeiziges Streben erraten und auch um den Mangel an Liebe gewußt. Er war ein Mann, den man nicht täuschen konnte, der sich aber auch nicht zum Richter aufspielte.

Prudence hatte wieder geweint und sich an Briar geklammert, bis Sophia ungehalten gesagt hatte: »Warum heulst du? Als nächste bist du dran. Ich wette, du bringst Tante Charity dazu, daß sie dich Edmund heiraten läßt, sobald er einen Fuß auf dieses Land setzt.«

Dann hatte sie Briar herzlich umarmt und ihr zugeflüstert: »Bist du nicht froh, daß ich dir gesagt habe, was dich heute nacht erwartet? Jetzt bist du vorbereitet!« und stolz hakte sie sich bei Peter ein.

Peter hatte endlich Gelegenheit bekommen, Briar zu küssen, und zwar mit einer Fertigkeit, die Briar leicht schwanken machte, ehe sie ihn ärgerlich wegstieß. Es schien, als sähe er sie jetzt zum ersten Mal. In Wirklichkeit war es auch so. Seine Höflichkeit hatte bisher einfach einem Dienstmädchen gegolten, zu dem man zwar nett war, das man aber nicht besonders beachtete.

Das Blut stieg ihr ins Gesicht, und bereitwillig nahm sie Sauls Arm.

Saul hatte das Dienstmädchen beachtet.

Von Sauls Mutter verabschiedeten sie sich zuletzt. Die große, schlanke Frau stand in unverändert feindlicher Haltung etwas abseits von den anderen.
»Ich werde euch später besuchen«, sagte sie mit ihrer trockenen, abweisenden Stimme. »Ich erwarte, daß Kerzen da sind, um mir den Weg ins Bett zu weisen.«
»Was glaubst du denn, wo wir leben, Mutter«, fragte Saul, »im Mittelalter? Natürlich werden Kerzen da sein. Dafür wird meine Frau sorgen.«
Wie in der Kirche durchlief Briar wieder ein Zittern. »Dafür wird meine Frau sorgen.« Wenn schon keine Liebe, so wurde ihr wenigstens Vertrauen zuteil. Sie hatte eine Verantwortung, einen Platz in der Welt, sie wurde gebraucht. Sie straffte ihre jungen schmalen Schultern und sagte sehr ruhig: »Es werden genügend schöne Kerzen da sein, Mrs. Whitmore.«
Dieses plötzliche Verantwortungsgefühl veranlaßte sie, sich um Jemimas und Katies Wohl zu kümmern, denn das war ihre Aufgabe als Herrin. Aber nun war das erledigt, und sie suchte ihre eigene Kabine auf. Hier blieb ihr nichts zu tun übrig, als ein paar notwendige Dinge auszupacken und mit ihrem Mann allein zu sein …
Der Kapitän, ein geselliger, stimmgewaltiger Seemann, hatte Briar und Saul eingeladen, an diesem Abend mit ihm zu essen. Die »Seagull« war ein kleiner Schoner, der zwischen den beiden Inseln hin- und herschaukelte und außer einer Handvoll Passagiere Schafe und Vieh transportierte sowie Korn, Wolle und andere Waren.
Es komme selten vor, sagte der Kapitän mit seiner jovialen Stimme, daß er ein frisch verheiratetes Paar an Bord habe.

Briar lächelte und sagte, sie und Saul würden sehr gerne mit ihm zu Abend essen.
In der winzigen Kabine, in der kaum Platz war, um aufrecht zu stehen, mit den schmalen, übereinanderliegenden Kojen, betrachtete sie zweifelnd ihr Gepäck und fragte sich, ob sie sich überhaupt zum Essen umziehen konnte. Erwartete man das überhaupt auf einem so kleinen Schiff? Sie trug ein hübsches, graues Reisekleid aus Merinowolle, das Miß Matthews genäht hatte. Sie meinte: »Auf dem Land paßt das beinahe für jede Gelegenheit.« Aber hier befand man sich nicht auf dem Land, sondern an Bord eines Schiffes, und es war ihr Hochzeitsabend.
Würde ihr ein bißchen festliches Aussehen helfen? Und diese schmalen Kojen – konnte das, wovon Sophia ihr erzählt hatte, hier geschehen?
Sie befürchtete es, zumindest dem Blick nach zu urteilen, mit dem Saul sie angesehen hatte, als er sie in diese winzige Kabine brachte. Er hatte gesagt: »Ich gehe jetzt, damit du dich zurechtfinden kannst. Später komme ich wieder.«
Sie war so lang wie möglich bei Jemima und Katie geblieben, aber jetzt war sie wieder da und plagte sich mit den Riemen an ihren Koffern ab. Sie überlegte, was sie mit ihrem Äußeren anfangen sollte.
Wenn sie sich zum Essen umziehen wollte, mußte das schnell geschehen, ehe Saul zurückkam. Sie würde sich nicht umziehen können, wenn er ihr dabei zuschaute. Schlimm genug, daß sie sich schon wieder von ihm hatte küssen lassen müssen wie in jener Nacht in ihrem Schlafzimmer.
Ob das Schiff die ganze Nacht so schlingern würde? Wenn sie wenigstens ein anständiges, breites Doppelbett hätte, wie

das von Tante Charity, mit hohen Kissen und Leintüchern, und wenn sie sich nur, angetan mit einem der hochgeschlossenen Nachthemden, in so ein Bett legen und ergeben warten könnte!

Aber das hier war unmöglich! Das Schiff legte sich auf die Seite, und Briar stolperte über den geöffneten Koffer. Vor Wut und Schmerz schossen ihr die Tränen in die Augen. Sie merkte, daß sie unendlich müde war, und wünschte sich nichts mehr, als in die Koje zu kriechen und ihr Gesicht zur Wand zu kehren.

Aber das Schiff hörte nicht auf zu schlingern, und Briar befiel leichte Übelkeit. Sie würde doch nicht etwa seekrank werden? Die zwölf Wochen lange Seereise von England hatte sie fast ohne Beschwerden überstanden. Aber jetzt wurde ihr plötzlich dunkel vor den Augen, und die Wände der winzigen Kabine begannen sich zu drehen.

Sie zerrte an den Sachen in ihrem Koffer und förderte ein Nachthemd zutage, einen Umhang, ihre Toilettenartikel und ein Fläschchen mit Riechsalz. Eigentlich, dachte sie verärgert, sollte Katie das für sie tun. Sie war jetzt die Herrin und nicht mehr die Magd. Sie sollte in der Koje liegen, wie Mrs. Crewe das zu tun pflegte, und mit schwacher Stimme Befehle erteilen. Jetzt empfand sie Mitleid mit Mrs. Crewe, die ein dauerndes Opfer der Seekrankheit gewesen war.

Da! Sie hatte das hellbraune Kleid gefunden, das für ein zwangloses Dinner gedacht war, falls es so etwas im Busch überhaupt gab. Wenn sie das anzöge, sich ein Cape um die Schultern legte und hinauf an Deck ginge, würde sie sich bestimmt sofort erholen.

Es gelang ihr, ihr Reisekleid aufzuknöpfen und auszuziehen,

aber es lag noch am Boden, als das Schiff wieder heftig schwankte. Briar taumelte gegen die Bettkoje und schlug sich schmerzlich die Stirn an. Sie versuchte gerade, sich wieder aufzurichten, als die Tür aufging und Saul eintrat.

»Es wird rauh«, sagte er. »Ich hoffe, du bist ein guter Seemann.«

»Das bin ich«, antwortete Briar und biß die Zähne zusammen.

»Fein. Ich hoffte, du würdest keines von jenen kränklichen Frauenzimmern sein. Was machst du – ziehst du dich um?«

Er entschuldigte sich überhaupt nicht, daß er hier hereingeplatzt war und sie halb ausgezogen überrascht hatte. Aber das brauchte er ja nicht, denn er war ihr Mann. Jetzt hatte er das Recht, sie im Unterrock zu sehen.

»Ich dachte, zum Dinner mit dem Kapitän …« Briar hoffte, daß sie nicht zu blaß aussah.

»Sieht sehr hübsch aus!«

Er stand unter der Tür – ungeheuer groß – und hielt trotz des schwankenden Bodens mühelos das Gleichgewicht. Es war unverschämt, wie er sie betrachtete.

»Das hier ist kein besonders elegantes Brautgemach«, fuhr er fort. »Tut mir leid, daß es so unbequem ist.« Sein dunkles Gesicht und seine wachen, lebendigen Augen erschienen ihr so nahe, als beuge er sich bereits über sie. »Aber wir werden sehr gut zurechtkommen, Liebes. Was ist mit dir, bist du krank?«

Die Enttäuschung und die Verachtung in seiner Stimme waren unerträglich. Briar klammerte sich an die Koje. »Ich bin nur ein bißchen müde. Wenn ich mich hinlegen könnte … bitte geh und laß mich allein!«

Er ging nicht. Er knöpfte ihr rasch und geschickt die Unterröcke auf und zog sie ihr aus, dann hob er sie in die Koje und erklärte, er würde jetzt gehen und einen Eimer holen.
Briar bebte am ganzen Körper, und Tränen der Demütigung liefen ihr über die Wangen. Von allem, was sie befürchtet hatte, war das das Schrecklichste! Sie durfte nicht seekrank werden, irgendwie mußte sie darüber hinwegkommen. Sie würde das hellbraune Kleid anziehen und mit dem Kapitän zu Abend essen.
Doch sollte das wirklich nicht möglich sein, mußte sie darauf bestehen, daß Saul sie in Ruhe ließ, damit sie mit dieser Demütigung allein fertig werden konnte.
Natürlich tat er es nicht. Er kam sofort zurück mit einer Emailschüssel und einem feuchten Tuch, um ihr Gesicht abzuwischen.
Er verbarg seine Enttäuschung und sagte höflich: »Ich fürchte, ich war zu optimistisch. All die anderen Damen liegen auch in ihren Kojen. Bei dieser unruhigen See kann man auch nicht erwarten, daß du ein guter Seemann bist.«
»Das bin ich aber!« beharrte Briar kleinlaut.
Dann war sie froh, daß er sie stützte, und als sie sich wieder hinlegte, keuchte sie entrüstet: »Es ist dieses Schiff! Es ist dieser alter Pott! Ich möchte, daß du dem Kapitän sagst ... wenn du mich bei ihm entschuldigst ...« – sie blickte zu ihm hoch und sah, daß er nicht ernst blieb. Dieses unverschämte Grinsen, mit dem er sich über ihr Unwohlsein zu mokieren schien. »Was machst du hier eigentlich, was schaust du mich so an?« sagte sie ungeduldig. »Heute nacht hast du jedenfalls keine Frau, das ist sicher.«
»Mach dir nichts draus, wir haben Zeit!«

Mach dir nichts draus! Er besaß die Unverschämtheit, so zu tun, als würde sie sich danach sehnen! Hatte er wirklich so wenig Ahnung von Frauen? Merkte er denn nicht, daß sie seinen Anblick kaum ertragen konnte? Briar lag elend in der harten Koje und ließ das Schlingern des Schiffes und die Übelkeit über sich ergehen. Sie dachte, vielleicht war alles falsch, was sie gemacht hatte, und am liebsten wäre sie tot gewesen.
Sie hatte gehofft, ihre Übelkeit wäre nur vorübergehend, denn es stimmte, daß sie sich noch niemals zuvor so elend gefühlt hatte. Entweder war die »Seagull« ein so unbequemes Schiff, oder ihr eigener angespannter Nervenzustand verursachte die Übelkeit. Jedenfalls dauerte es zwei Tage, bis sie sich wieder rühren konnte. Mittlerweile hatte man fast die Küste und damit ihren Bestimmungsort erreicht.
Jemima und den Kindern erging es ähnlich, aber die junge Katie O'Toole hatte sich rasch von ihrer Seekrankheit erholt und war emsig als Pflegerin zugange, sofern sie nicht mit den Matrosen flirtete. Sie war ungeschickt, gedankenlos und unerfahren, aber Briar mochte ihr fröhliches, sommersprossiges Gesicht mit dem breiten Lachen. Man mußte Katie scharf auf die Finger sehen, aber sie besaß den frischen Unternehmungsgeist, den sie von sich selbst kannte. Sie war sehr froh, das Mädchen bei sich zu haben.
Als sie schließlich wieder aufstehen konnte, war es Katie, die ihr beim Anziehen half. Sie war noch schwach und wackelig, stand aber aufrecht da, als Saul eintrat und ihr mitteilte, sie würden gleich von Bord gehen.
»Komm bitte an Deck, Liebes. Ich muß dich warnen, es ist ziemlich hoher Seegang, und es wird schwieriger, als

ich dachte, ins Ruderboot zu gelangen. Man muß richtig springen.«

»Springen?«

»Es ist nicht so schlimm. Komm, ich werde es dir zeigen.«

Der frische Wind und der Sonnenschein waren wunderbar belebend und brachten nach der langen Gefangenschaft in der stickigen Kabine Leben und Kraft zurück. Aber was sie als nächstes tun sollte, war einfach grauenvoll!

Es war ganz einfach unmöglich, in das lächerlich kleine Boot zu springen, das da auf den Wellen herumhüpfte. Briar sah voller Entsetzen hinunter.

»Aber ich bin doch kein Zirkuskünstler!« rief sie.

»Es ist ganz einfach, Mrs. Whitmore, ganz einfach«, dröhnte hinter ihr die Stimme des Kapitäns. »Springen Sie genau dann, wenn wir es sagen. Ich nehme an, es geht Ihnen wieder gut«, fügte er etwas spät hinzu.

»Es ging mir vorher besser!« Briar schaute wieder entsetzt auf das hin und her schaukelnde Boot. »Saul, ich kann das nicht. Du wirst mich zurückbringen müssen.«

Sauls Finger umklammerten ihren Arm. »Du kannst es, Liebes. Du mußt, denn keine der anderen Frauen wird springen, wenn du nicht springst.«

Die völlig gelassene Stimme brachte sie zur Vernunft: Sie war jetzt die Herrin! Sie konnte sich zwar bedienen lassen, aber sie mußte immer mit gutem Beispiel vorangehen. Und wenn sie versagte, würde Saul sie noch mehr verachten, als er es ohnehin schon tat.

»Ich gehe zuerst«, sagte er ruhig. »Dann werden dir die Seeleute helfen, und ich bin im Boot, um dich aufzufangen. Es ist überhaupt nichts dabei. Paß auf!«

Er ließ sie los, kletterte die freischwebende Strickleiter hinunter bis zur Wasseroberfläche, dann hielt er sich im Gleichgewicht und wartete den richtigen Moment ab, um in das unruhig tänzelnde Boot zu springen.
Die Seeleute waren wirklich sehr erfahren und geschickt. Sie gaben das Zeichen genau im richtigen Augenblick, und Sauls Sprung war leicht und geschmeidig wie der einer Katze.
»Nun, Mrs. Whitmore«, sagte der Kapitän, »Ihr Mann wartet auf Sie.«
Jemima drückte das Baby an sich, während sich die beiden älteren Kinder an ihrem Rock festhielten. Sie starrte mit weit aufgerissenen Augen um sich. »Oh, Briar, das kann ich nicht tun!« japste sie. Und Katie hinter ihr schrie: »Ich bin nicht den ganzen Weg hierhergekommen, um zu ertrinken!«
Briar nahm all ihre Kraft zusammen, und energisch wandte sie sich an die kleine Gruppe: »So ein Unsinn! Was kann denn schon passieren? Jemima, bitte, Fred steht sicher da drüben und sieht zu. Und du, Katie, rettest dich am besten selbst, sonst mußt du untergehen. Ich springe jetzt.«
Auf halbem Weg die schlüpfrige, schwankende Leiter hinunter mußte sie für einen Moment die Augen schließen, und leichte Übelkeit befiel sie. Einer der Seeleute hielt sie fest, dann war der schwarze Augenblick vorüber. Sie wandte sich nach dem hüpfenden Boot um und rief mit klarer Stimme: »Ich komme, bist du fertig?«
Einen Augenblick später wurde sie naß und zitternd von Saul aufgefangen. Kühl und ungerührt, als handle es sich um eine alltägliche Sache, sagte er: »Setz dich und mach Platz für die anderen. So, wer kommt als nächster?«

In der Ferne, hinter der aufgewühlten See, stand ein Pferd mit einem Wagen. Ein großes, graues Zugpferd aus Schottland, das ruhig und sicher bis zu den Flanken im Wasser stand und wartete.
»Hier wechseln wir wieder das Fahrzeug«, sagte Saul, als das Ruderboot den kleinen, kompakten Wagen erreichte.
»In den Wagen mit euch, und ihr seid in weniger als zehn Minuten an Land.«
Katie begann zu kichern, und Jemimas Kinder, Jimmy und Lucy, verloren ein wenig ihre Blässe. Sie fingen langsam an, sich zu freuen. Jemima hielt das Baby im Arm und schaute unentwegt zum Ufer. Sie versuchte, in der kleinen Gruppe der Wartenden die Gestalt ihres Mannes auszumachen.
Einen Augenblick lang war Briar, die neben Saul saß, von großem Stolz erfüllt. Von ihr, die nichts hatte, hingen plötzlich all diese Menschen ab. Es war wie ein großer Neuanfang. Sie blickte landeinwärts, wo sich der wolkenbedeckte Himmel über dem weiten grünen Land und den dunklen Wäldern verlor. Dann begegnete sie Sauls forschendem Blick.
»Ao-tea-roa«, sagte er fast zärtlich. »Das Land der langen, weißen Wolke. Hier ist es, Liebes. Unser Land.«

13

Diesmal schwankte der Boden nicht, die Wände legten sich nicht auf die Seite, und sie mußte nicht einmal ihre Koffer auspacken; denn das hatte Katie für sie getan. Katie hatte auch ihr Haar gebürstet und die glänzenden Locken mit einem roten Band nach hinten gebunden.

Danach wollte Katie offensichtlich so rasch wie möglich weg, aber nicht, um sich diskret in ihr eigenes Schlafzimmer zurückzuziehen, sondern um in die Bar zu schlüpfen, wo sie sich bereits mit der Bardame angefreundet hatte. Unter dem Vorwand, Gläser abspülen zu helfen, wollte sie zuhören, was die Männer redeten, während sie ihr Bier tranken. Katie war voller Aufregung und Neugier über all das, was vor ihr lag; sie war ganz aufgewühlt. Denn für Katie hatte das Leben nur dann einen Sinn, wenn Männer dabei eine Rolle spielten. Und wenn es im Busch nicht genügend weiße Männer geben sollte, dann waren da noch immer diese wundervollen, wilden Maoris, die angeblich ihren Körper mit überhaupt nichts bedeckten! Aber sie bewahrte ihr sündiges Interesse an diesen Exoten als tiefes Geheimnis.

Im Gegensatz zu Katie hatte Briar, die im größten und besten Zimmer des »Ship Inn« einquartiert war, nur einen einzigen Mann im Sinn, und auch den nur, weil er gleich bei ihr sein würde. Sonst hätte sie ihn gern vergessen.

Sie hatte sich bereits ausgezogen, denn dann mußte sie wenigstens das nicht mehr unter Sauls neugierigen Blicken tun. Jetzt trug sie eines der wallenden Batistnachthemden mit der hohen Halskrause und den an den Handgelenken eingelassenen Ärmeln. Sie kletterte sogar ins Bett und hüpfte auf der Matratze herum, denn es war ihr unmöglich, ruhig zu bleiben. Sie war von den Ereignissen des Tages ganz überdreht. Zuerst die Landung, dann der Gang in die kleine Stadt New Plymouth, wo sie mit den Leuten reden mußte, die neugierig auf Sauls Frau gewartet hatten, und jetzt dieses Zimmer im »Ship Inn«. Davor hatte sie mit Saul in einem düsteren und schmutzigen Eßzimmer gesessen, wo ihr der Appetit auf gebratenes Hammelfleisch und Kartoffeln schnell vergangen war. Und nun wartete sie im Schlafzimmer, während Saul noch damit beschäftigt war, den Transport für den kommenden Tag zu organisieren.
Es war unmöglich, sich zu entspannen. Sie dachte an Jemimas Zusammentreffen mit Fred, wie glücklich die beiden mit ihren Kindern davongegangen waren. Fast neidisch hatte sie ihnen nachgesehen. Nachdem die beiden weg waren, hatte sie sich sehr einsam gefühlt, denn Saul steckte bereits mitten in Diskussionen und Verhandlungen mit Männern, die er kannte, und Katie mußte ihre eigene Neugier befriedigen.
Sie jedoch hatte noch nie eine richtige Freundin gehabt, der sie sich hätte anvertrauen können. Immer wieder machte sie sich selbst klar, daß das Alleinsein in dem großen Zimmer mit dem kahlen Fußboden und den unpersönlichen Möbeln nicht schlimmer war als viele andere Situationen ihres bisherigen Lebens. Da fiel ihr plötzlich ein, daß sie ja nicht

völlig allein zu sein brauchte. Sie hatte ja die Porträts in ihrem Reisekorb. Sie hatte sie dort versteckt und noch niemandem gezeigt. Sie wollte sie als Überraschung für ihre Ankunft in »Lucknow« aufheben.

Aber jetzt war es an der Zeit, sie hervorzuholen, sie brauchte ihren Halt, denn jeden Augenblick konnte dieser Mann kommen, um den Preis für ihren neuen, ehrbaren Namen zu kassieren.

Aufgeregt sprang sie aus dem Bett, ging barfuß zu ihrem Koffer und wühlte alles durcheinander, bis sie auf dem Boden die beiden goldgerahmten Bilder fand.

Sie nahm sie heraus und stellte sie nebeneinander auf den Kamin. Die beiden Augenpaare, die sie anstarrten, waren ihr vollkommen fremd.

In einem Augenblick der Panik dachte Briar, das sei genauso, als habe sie den Wirt des »Ship Inn« und seine Frau eingeladen, Zeuge ihrer Hochzeitsnacht zu werden.

Aber das war Unsinn! Sie mußte sich nur an diese beiden Gesichter gewöhnen. Sie sahen wirklich recht freundlich aus. Wenn sie die Kerze noch zwischen die beiden stellte, schienen ihre Augen etwas weniger zu starren. Der Mund der Frau war sanft geschwungen, und der Mann sah recht intelligent aus. Es waren gewiß ehrbare Leute. Das erkannte man nicht nur an ihrem ernsten Gesichtsausdruck, sondern auch an ihren Kleidern; an der Brosche der Frau und der dezenten Krawatte des Mannes.

»Guten Abend, Mrs. und Mr. Johnson.« Briar machte vor jedem eine kleine Verbeugung, dann hörte sie Sauls Schritte auf der Treppe. Mit einem Satz sprang sie ins Bett und zog die Decke bis ans Kinn.

So saß sie da, als Saul die Tür öffnete – außer Atem und mit Wangen, die so rot waren wie ihre Haarschleife.
Einen Augenblick blieb er stehen und sah sie an, dann schloß er die Tür hinter sich.
»So«, murmelte er, ging zum Schaukelstuhl und begann, seine Schuhe auszuziehen. Er hatte Schwierigkeiten mit den Schuhbändern, denn er ließ dabei kein Auge von Briars Gesicht. Die Schuhe polterten zu Boden, und der Stuhl knarrte, als Saul wieder aufstand und sich seines Jacketts und seiner Krawatte entledigte. Im unsteten Licht der Kerze tanzten Schatten auf seinem Gesicht, einem hageren, stolzen Gesicht, das Angst einflößen konnte. Gleich würde er sich über sie beugen …
»Du hast noch nichts bemerkt«, sagte sie atemlos.
»Was außer dir hätte ich bemerken sollen?«
»Die Porträts auf dem Kamin. Meine Eltern. Du wolltest sie doch kennenlernen.«
»Mein Gott, doch nicht heute abend!« Er drehte sich nicht einmal danach um.
Mit einem Griff zog er ihr die Decke runter. »Tu bitte dieses Ding weg!«
»Doch nicht mein Nachthemd!« kreischte sie.
»Ich möchte dich sehen.«
»Du wirst nichts derartiges tun!«
»Um Himmels willen, ich habe keinen Nerv für falsche Scham, du bist meine Frau! Und bisher hatte ich eigentlich nicht den Eindruck, daß Zimperlichkeit zu deinen stärksten Charakterzügen gehört.«
Es hatte keinen Sinn, sich zu sträuben – im Handumdrehen war sie ihr Hemd los. Seine Hände waren nicht nur kräftig,

sondern auch geschickt. Wenigstens wurden so diese hübschen Sachen nicht zerrissen.
Steif und vor Wut und Angst zitternd lag sie nackt vor ihm. Er holte die Kerze vom Kaminsims und ging zu ihr ans Bett. So sah er sie lange an. Sie konnte seinen Gesichtsausdruck nicht erkennen. Dann stellte er die Kerze ab und löschte die Flamme mit den Fingern. Im Dunkeln konnte sie hören, wie er den Rest seiner Kleider auszog. Bevor er sich ins Bett legte, stieß er einen ungeduldigen Laut aus und drehte die sorgfältig aufgestellten Porträts mit dem Gesicht zur Wand.
Briar lag stocksteif an seiner Seite und versuchte, ihre Tränen zu unterdrücken. Sie war wütend auf sich selbst, weil sie weinte. Was hatten Tränen jetzt noch für einen Sinn? Sie war mit offenen Augen in diese Ehe gegangen. Selbst nachdem Saul sie auf der Straße vor Coopers Bar so gedemütigt hatte, war sie entschlossen gewesen, ihren Plan weiter zu verfolgen.
Aber sie hatte nicht gedacht, daß es so sein würde, daß Saul mit ihr umgehen würde wie ein Sieger mit seiner Beute. Wenn man diese Intimitäten Nacht für Nacht ertragen sollte – wie viele Nächte hatte ein Leben –, dann bedurfte es der Liebe oder zumindest der Zärtlichkeit.
»Warum weinst du?« erklang seine verhaßte Stimme aus der Dunkelheit.
»Ich weine nicht!«
Er legte seinen kräftigen Arm um sie. »Mach dir nichts draus, Liebes, das tun die Frauen meistens – glaube ich wenigstens.« Seine Stimme hatte weich geklungen, aber seine Schlußbemerkung war der Gipfel. Nicht einmal diesem Arm

konnte sie entkommen; er war wie ein Riegel zu ihrem Gefängnis.

Aber sie hatte es freiwillig betreten; also würde es keine weiteren Tränen mehr geben, falls sie es verhindern konnte.

Überraschenderweise schlief sie schnell ein und erwachte erst, als die Dämmerung das große, kahle Schlafzimmer erhellte und die frische Luft und das Geräusch des Meeres in ihr Bewußtsein drangen. Vorsichtig setzte sie sich auf, um sich zu erinnern. Sie warf einen verstohlenen Blick auf das Gesicht ihres schlafenden Ehemannes, und dann sah sie, daß ihr Nachthemd ganz außer Reichweite auf dem Boden lag. Die Decke glitt von ihren Schultern, und sie fröstelte in der kalten Morgenluft. Auch er schlief nicht mehr. Seine Augen wurden noch dunkler, und sie erschrak vor dem glühenden Blick.

»Saul«, sagte sie gebieterisch, »hol mir bitte mein Nachthemd.«

Aber Saul rührte sich nicht. Seine Augen waren auf ihre unbedeckten Schultern gerichtet. Wütend schlang sie die Decke um sich, aber es hatte keinen Sinn.

Genau wie letzte Nacht, als er hereinkam und ihr Gesicht im Kerzenlicht sah, ihre grünen Augen und das seidige Haar, wuchs seine Erregung ins schier Unerträgliche. Die hübschen Schultern und der Ansatz der zarten Brüste machten ihn fast wahnsinnig.

Schließlich war sie seine Frau, und niemand hatte sie gezwungen, ihn zu heiraten. Vielleicht war sie diesmal nicht so steif und abweisend; vielleicht fand er diesmal die ersehnte Hingabe. Aber nein! – Er würde sie einfach nehmen müssen!

Danach weinte sie nicht. Das war der einzige Unterschied. Sie lag da und biß sich auf die Lippen. Ihre Augen waren schwarz und erloschen, und sie war ganz von einem unerklärlichen Gefühl durchdrungen. Liebe war es nicht, das stand fest.

Er versuchte, seinen Ärger und seine Enttäuschung zu unterdrücken. »Komm, Briar. Du bist doch nicht an Bord der ›Seagull‹ oder seekrank.«

Als sie ihn daraufhin mit glühendem Blick anstarrte, begann er zu glauben, daß sie ihre Seekrankheit nur vorgetäuscht hatte. Plötzlich fand er das alles sehr komisch! Eine etwas verdrehte Heiterkeit packte ihn, wenngleich er wenig Grund zum Lachen hatte.

»Wenn du damit ausdrücken willst, wie du dich als Mrs. Whitmore fühlst«, sagte er weich, aber nicht ohne schlimme Vorahnung, »stehen uns stürmische Zeiten bevor.«

14

Während sie beim Frühstück saßen, hörten sie, wie ein Pferd in rasendem Galopp die Straße herauf kam und vor dem Hotel stehen blieb. Aufgeregtes Stimmengewirr veranlaßte Saul aufzuspringen, um nachzusehen. »Entschuldige mich, ich bin sofort wieder zurück.«

Als Saul nach einigen Minuten nicht wieder erschien, ging auch Briar auf die Straße und sah eine Gruppe von Männern um einen jungen Mann geschart, der die rote Uniform der Miliz trug. Sein erschöpftes und schweißbedecktes Pferd wurde soeben weggeführt. Er selbst redete hastig und aufgeregt.

Briar sah Saul und rannte zu ihm. »Was ist los?«

»Es hat ein Scharmützel gegeben. Nichts, worüber du dir Sorgen zu machen brauchst – meilenweit von hier entfernt.«

Aber sein Gesicht sah grimmig aus. Sie kannte ihn noch nicht sehr gut, aber gut genug, um zu wissen, wenn ihn etwas störte.

Der junge Mann berichtete mit hoher Stimme, die Hysterie und unerträglich Spannung verriet: »Sie haben ihn nicht verzehrt, Gott sei Dank! Da war nur dieses ungeheure Feuerwerk, und der *Tohunga* mit seinem schwarz tätowierten Gesicht stach mit einem langen Pfahl nach ihm und sang sein grausames Todeslied. Und dann, am Ende, als Rauch auf-

stieg, trat dieser verschlagene alte Häuptling Titokowaru vor und stimmte den Grabgesang an.
»Saul«, flüsterte Briar, »von wem spricht er, wer ist getötet worden?«
»Major von Tempsky.«
»Der Mann, von dem Onkel Hubert mir erzählt hat, der das Sonderkommando leitet?«
»Die Maoris nannten ihn *Manu-rau,* was ›Viele Vögel‹ bedeutet«, sagte Saul abwesend. »Sie verglichen ihn mit den flinken Vögeln des Waldes.«
Briar sah die scharfe Linie um seinen Mund. »Du hast ihn gekannt?«
»Ja, ich habe ihn gekannt. Er war ein tapferer Mann. Er und seine Männer haben mehr weiße Siedlungen gerettet, als ich ahnte.«
»Und jetzt ist er verbrannt worden?«
»Nein, er fiel im Kampf. Der Fähnrich hat uns von dem Begräbnis auf dem Scheiterhaufen erzählt. Er wurde von seinen Feinden respektiert – der Maori bewundert einen tapferen Kämpfer. Und der alte Häuptling hielt eine große Rede zu Ehren von Major Tempsky.«
»Was hat er gesagt?«
Saul sah in ihr angespanntes Gesicht. Er wirkte ungewöhnlich besorgt. »Du solltest das überhaupt nicht hören.«
»Aber ich muß. Man muß seinen Feind doch kennen.«
»Ich hoffe, du wirst diesem Feind niemals begegnen.«
Denn Saul konnte im Geist sehr deutlich die Szene vor sich sehen, die sich da abgespielt hatte.
Die Schlacht war vorüber, die Toten lagen verstreut herum, und die Sieger waren verrückt vor Begeisterung. Alle Vögel

hatten vor den tanzenden Wilden die Flucht ergriffen, die nackt und mit geschwärzten Gesichtern den *Haka* tanzten und dabei ihren markerschütternden Kriegsgesang anstimmten.

Und die Toten blieben nicht ungestört liegen, denn auch die Frauen spielten ihre Rolle bei diesem entsetzlichen Fest. Mit Tomahawks hieben sie auf die blutüberströmten Leichen ein. Zwanzig weiße Männer lagen da, hatte der Fähnrich gesagt, und alle waren verstümmelt. Er selbst war Stunden später aus seinem Versteck in einem hohen Ngaio Baum gekrochen und entkommen, wo ihm der Rauch des Scheiterhaufens das Gesicht geschwärzt und die Flammen ihn beinahe versengt hätten.

Aber er konnte wenigstens berichten, daß bei dieser Gelegenheit keine Opfer verzehrt worden waren. Dem tapferen Major und seinen Männern war ein großartiges und schreckliches Lebewohl zuteil geworden.

Denn der alte Häuptling Titokowaru hatte mit seiner würdevollen Stimme zu seinem gefallenen Feind gesagt: »In den Tagen der Vergangenheit hast du hier gekämpft und dort gekämpft, und du hast damit geprahlt, daß du aus jeder Schlacht in die strahlende Welt des Lebens zurückkehren würdest. Aber als du mir begegnet bist, hast du deine Augen zum letzten Schlaf geschlossen. Du hast den Tod durch meine Hand empfangen. *Ka moe koe.*«

Am Ende, sagte der Soldat – und seine Wangen wurden wieder blaß, als er das Geschehen noch einmal durchlebte –, wurde das Feuer gelegt, und die Luft war erfüllt mit dem unaussprechlichen Geruch von verbranntem Fleisch.

Trotzdem hatte die schreckliche Szene etwas Beeindrucken-

des und war kein unwürdiger Abschied für die gefallenen Männer.
Briar packte Sauls Arm. »Wo genau ist das passiert?«
»Zu weit weg, um uns zu stören. Und Te Kooti hält sich Berichten zufolge an den alten Kriegspfad in den Ureweras. Das ist eine wilde, unbegehbare Gegend auf der anderen Seite der Bergkette.«
Briar betrachtete forschend sein Gesicht. »Aber da ist noch etwas, nicht nur der Tod dieses tapferen Majors, nicht wahr?«
»Wieso weißt du das?«
»Das kann ich dir vom Gesicht ablesen.«
»Ich wußte nicht, daß du mein Gesicht so gut kennst.«
»Nicht mit diesem Ausdruck. Was ist los, Saul?«
»Keine zwanzig Meilen von hier entfernt wurden ein Mann, seine Frau und zwei Kinder ermordet. Sie hatten direkt an der Straße, die nach ›Lucknow‹ führte, eine Farm. Es ist eine einsame Gegend, sie hatten keinerlei Nachbarn. Der Hund muß Alarm geschlagen haben, denn er wurde mit durchschnittener Kehle gefunden. Entschuldige, ich wollte dir das nicht erzählen.«
»Du hast mich hierhergebracht, um mit dir hier zu leben, also muß ich das wissen. Erzähl weiter.« Ihr Gesicht war kalkweiß, doch ihre Stimme klang fest. Auch wenn sie letzte Nacht geweint hatte, so wollte sie ihm jetzt nicht zeigen, daß sie sich vor einer ganz anderen Prüfung ebenfalls fürchtete.
»Es gibt nichts weiter zu erzählen. Wer immer das getan hat, und man nimmt an, es war eine umherstreifende Bande der Hauhaus, kam unter dem Vorwand, Kartoffeln zu verkaufen, denn einer dieser Bastkörbe, wie sie die Eingeborenen

verwenden, lag samt der verstreuten Kartoffeln noch da. John, Marthe und die Kinder sind einen sehr raschen Tod gestorben«, fügte er hinzu und gab ihr wenigstens diesen kleinen Trost.

Briar preßte die Hände gegeneinander und versuchte, sich aufzurichten. »Wir sind noch nicht mit dem Frühstück fertig, und wir hatten vor, um acht Uhr aufzubrechen. Würdest du bitte die Koffer hinunterbringen, während ich nachsehe, ob Katie fertig ist. Ich schlage vor, weder Jemima noch Katie von diesen Dingen etwas zu sagen. Es reicht, wenn wir damit konfrontiert werden.«

»Warte einen Moment!« sagte Saul scharf. »Ich möchte Frauen dieser Gefahr nicht aussetzen. Ich dachte, alles hätte sich inzwischen beruhigt. In unserem Distrikt ist schon seit langer Zeit kein Siedler mehr angegriffen worden. Aber wie die Dinge jetzt stehen, ist es besser, du bleibst für eine Weile hier. Ich denke, das ›Ship Inn‹ ist nicht so schlecht. Ich sorge dafür, daß auch Jemima und die Kinder hierherziehen. Fred brauche ich, den nehme ich mit. Wir holen euch dann sobald wie möglich.«

»Und wann wäre das?« fragte Briar höflich.

»Im Frühjahr, hoffe ich.«

»Im Frühjahr? Ich soll hier herumsitzen und mir vier Monate lang das Meer ansehen? So ein Unsinn! Bitte hol unsere Koffer herunter und bezahle die Rechnung. Dann können wir abfahren.«

Er blickte in ihr unerschrockenes Gesicht. Du lieber Himmel, heute früh hatte sie in seinen Armen geweint und gezittert, und jetzt tat sie, als sei die Begegnung mit einer Bande mordgieriger Hauhaus nebensächlich.

Sein schiefes Lächeln drückte eine gewisse Bewunderung aus.
»Haben wir genügend Musketen und Munition?« fragte sie noch. »So oft das unterwegs möglich ist, sollte ich Schießübungen machen.«

Sie hatte ihm nicht gezeigt, daß sie sich fürchtete, oder? Ihre Stimme war ruhig geblieben, und ihre Hände hatten nicht gezittert. Aber unter ihrem grauen Reisekleid und den verschiedenen Unterröcken war ihr Körper steif vor Angst. Die dunklen Flecken an ihrem Halsansatz, die ihr Saul letzte Nacht zugefügt hatte, waren jetzt keine solche Ungeheuerlichkeit mehr. Das gehörte anscheinend zu diesem Leben und mußte eben ertragen werden. Sie hoffte nur, das Schlafzimmer in »Lucknow«, das Saul ihr versprochen hatte, ohne schlimmere Wundmale zu erreichen.
Sie mußten eine Straße benutzen, die streckenweise nicht breiter war als ein Pfad durch Büsche und Dornensträucher. Sie, Saul und Katie fuhren im ersten Ochsenkarren, die Familie Potter mit ihrem Gepäck und einigen Möbelstücken folgte im zweiten. Sie würden eine Nacht am Straßenrand kampieren müssen. Unter den Wagen würden sie Schutz finden. Obwohl das Wetter noch mild war, regnete es häufig.
Katie und die beiden Kinder, Jimmy und Lucy, betrachteten alles als großartiges Abenteuer. Jemima sah ängstlich drein, denn sie machte sich Sorgen, wie sie das Baby füttern sollte. Das ist im Vergleich zu allem anderen kein großes Problem, dachte Briar. Denn sie, Saul und Fred würden überhaupt nicht schlafen, und wenn, nur abwechselnd, während die

anderen Wache hielten. Außerdem hatte man der kleinen Rose wegen eigens eine Kuh mitgenommen und an den hinteren Wagen gebunden. Es war eine zweijährige Jersey-Kuh in sehr gutem Zustand. Saul sagte, wenn sie wohlbehalten ankäme, sollte sie Fred gehören, ebenso wie die beiden Mutterschafe, die er ihm schon versprochen hatte. Es war der bescheidene Anfang einer Farm, und Briar fühlte sich glücklich, als sie Jemimas Gesicht aufleuchten sah. Ohne sie hätten Fred und Jemima das nicht so bald erreicht.

Und ohne Saul hätte sie niemals diese schöne Rolle einer guten Fee spielen können. Sie mußte gerecht sein und das eingestehen, so schwer es ihr auch fiel. Sie würde sich sogar überwinden und sich wieder in seine Arme legen. Vielleicht würde sie alles Fremde sowie seinen harten, leidenschaftlichen Körper eher ertragen, wenn sie die Augen schloß.

Vorausgesetzt, daß sie das Ende dieser Reise erlebten.

Als sie holpernd aus der kleinen Stadt hinausfuhren, drehte sich Jemima um und warf einen letzten Blick auf das Meer. Ihr trauriges Gesicht wurde ganz ruhig.

»Jetzt werde ich wieder schlafen können«, sagte sie. »Das Meer hat mich immer wach gehalten. Ich hoffe, ich muß es niemals mehr sehen.«

»Dafür erwartet dich anderes«, sagte Fred unglücklich.

»Was zum Beispiel?«

»Du mußt es wissen, Jemima. Du wirst auf einem Feldherd im Freien kochen müssen. Das Haus besteht nur aus einem einzigen Raum und einem Dachgeschoß. Das Dach leckt, und viel Möbel sind auch nicht da.« Und rundherum ist nichts als Wald, dachte er für sich, und der Baumfarn gibt für jeden, der sich anschleichen will, eine wundervolle

Deckung. Wenn die Vögel kreischend auffliegen, mußt du nach dem Gewehr greifen und auf alles gefaßt sein. Schon der bloße Gedanke daran trieb ihm den Schweiß auf die Stirn. Er war nicht tapfer und gestand es sich ein. Er konnte nur so tun als ob, und zwar für Mr. Whitmore, den er bereits verehrte, und für Jemima und die Kinder und nicht zuletzt für dieses Fleckchen Erde, das er für die erste Kartoffelernte vorbereitet hatte.

Jemima lachte. Ihr schmales, vorzeitig gealtertes Gesicht strahlte Optimismus aus.

»Du glaubst, mir macht ein leckes Dach etwas aus, Fred Potter?«

Sie warf noch einmal einen verstohlenen Blick zurück auf das Meer, das als grauer Streifen am Horizont verschwand wie ein böser Alptraum. Dann sagte sie scharf zu den beiden Kindern, die hinten auf dem Wagen herumhopsten: »Jimmy! Lucy! Ihr dürft niemals eure Brüder vergessen.«

Während der ersten zehn Meilen der Reise wurde die kleine Karawane von etwa einem Dutzend Milizsoldaten zu Pferd begleitet. Sie ritten vornweg durch das Gestrüpp, das in der Hauptsache aus dem zähen Tussockgras und ein paar niederen Manukabüschen bestand. Als sich die Straße gabelte – ein Weg führte über die Ebene, der andere in Richtung Wald –, verabschiedeten sich die Soldaten.

Katie seufzte hörbar, und Saul sagte, es sei Zeit anzuhalten, um zu essen und ein paar Schießübungen zu machen. Während Fred ein Feuer anzündete und Tee kochte, bekamen die Frauen ihre erste Unterrichtsstunde im Schießen.

Es war kein besonders erfolgreicher Versuch. Jemima war

ein ziemlich hoffnungsloser Fall, außerdem hatte sie Angst davor. Saul befürchtete, daß sie für ihre Freunde weitaus gefährlicher sei als für einen möglichen Feind und sagte ihr geradeheraus, sie solle sich lieber um die Kinder kümmern und das Schießen Briar und Katie überlassen. Katie hatte zwar keine Angst, aber sie war unberechenbar und schrie jedesmal vor Begeisterung, wenn das Gewehr losging. Briar verabscheute das Gefühl der kalten, schweren Waffe in ihrer Hand. Aber sie wußte als einzige von den drei Frauen, daß dies kein Spiel war. Irgendwann, vielleicht schon heute nacht, würde sie gezwungen sein, die Waffe auf einen Menschen zu richten. Also konzentrierte sie sich ganz auf die Unterweisung und war am Ende zufrieden, als sie Saul sagen hörte, daß sie für eine Anfängerin gar nicht so schlecht sei. Als er zu ihr trat, um ihr das Gewehr abzunehmen, flüsterte sie: »Wie weit sind wir von der Stelle weg?«

»Die Miliz wird jetzt dort sein; wir kommen nicht daran vorbei. Komm jetzt und iß!«

Fred hatte die Kuh gemolken, und Jemima wärmte Milch für das Baby. Auch für Jimmy und Lucy war noch genügend Milch vorhanden, die übrigen bekamen heißen Tee. Es war wie bei einem Picknick. Die Sonne schien, der Tee schmeckte rauchig und duftete herrlich, das Baby schlief ein, und die Frauen, die durch das Rütteln der Wagen ermüdet waren, hätten es ihm gern gleichgetan.

Aber Saul drängte zum Aufbruch. »Wir müssen noch fünfzehn Meilen hinter uns bringen, ehe wir unser Lager für die Nacht aufschlagen können. Machen wir uns auf den Weg!«

Jetzt änderte sich die Landschaft. Die vom Seewind aufgeworfenen, von hartem Gras bedeckten Dünen gingen in dichtes Gestrüpp über. Der Weg führte zwischen Baumstümpfen und wucherndem Farnkraut in niederes Buschland. Das Fortkommen war beschwerlich und ermüdend. Die Karren knarrten und knirschten, wenn sie durch Schlammlöcher und über niedergewalzte Farne fuhren. Vögel flatterten auf, stießen ihre Warnschreie aus und verschwanden in den Zweigen. Lucy hatte Angst und begann zu schluchzen.

Saul drehte sich um. »Bringt das Kind zum Schweigen!« stieß er hervor. Briar bemerkte Katies erschrockenen Blick.

»Lauscht jemand?« fragte sie.

»Wenn jemand lauscht, kann er uns meilenweit hören«, sagte Saul zornig. »Aber wir brauchen unsere Anwesenheit schließlich nicht unbedingt zu verraten.«

Dann fügte er ermutigend hinzu: »Ich habe diese Reise schon öfter gemacht, als ich zählen kann, und mir ist noch nie etwas passiert. Habt also keine Angst.«

Aber die Fröhlichkeit war von der kleinen Gesellschaft gewichen, und Spannung war an ihre Stelle getreten. Außerdem wurden alle müde. Briar war bis auf die Knochen durchgerüttelt. Ein überhängender Zweig hatte ihr den Hut vom Kopf gerissen, und ihr Haar löste sich. Es erschien ihr alles etwas unwirklich. Gleich würde sie aufwachen und wieder in Tante Charitys Haus in Wellington sein und Sophias Geplapper über Kleider, Ehemänner und Partys hören. Wenn sie nur dort wäre!

Sie spürte, wie ihr eine Träne die Wange herunterlief, und Saul sagte mit seiner barschen Stimme: »Doch nicht du auch noch, Liebes. Es genügt schon, wenn die Kinder heulen.«

Briar wischte sich hastig über die Wange. »Ich weine nicht!«

»Nein, und du wirst auch nicht weinen.«
Sie haßte seine kühle, überlegene Art.
»Vielleicht hättest du Sophia heiraten sollen.«
»Vielleicht.«
»Die hätte dich ebenso leicht genommen wie Peter.«
»Und du?«
Unter seinem neugierigen Blick kehrte ihr Humor zurück. »Du weißt sehr gut, daß ich dir nicht gerade freiwillig in die Arme gesunken bin.«
Er mußte plötzlich lachen. »Laß uns darüber morgen sprechen, wenn wir die Nacht gut überstanden haben. Man braucht die Gewißheit, daß es eine Zukunft gibt, um über so etwas überhaupt streiten zu können. Wir kommen bald in offenes Gelände, wo wir einen Platz zum Kampieren suchen werden.«
Katie, die hinten im Wagen auf einem Berg Gepäck gelegen und gedöst hatte, erwachte mit einem schrillen Schrei, als ein brauner Kaka laut krächzend über sie hinwegflog.
»Oh, ich habe nicht gewußt, daß es so sein würde!«
»Benimm dich doch nicht wie ein Baby!« fuhr Briar sie an. »Ein fremder Vogel, und du schreist wie am Spieß.«
Sie bemerkte Sauls kurzen Blick und setzte sich stolz auf. Und wenn ihr Kreuz bräche, sie würde kein Zeichen der Schwäche mehr zeigen.
Endlich lichtete sich der Busch, und sie kamen wieder auf offenes Land. Die Ebene wurde von dem hohen, schneebedeckten Gipfel des Mount Egmont überragt. In der Ferne stieg Rauch aus dem Kamin eines Farmhauses. Die Aussicht zu einer Siedlung von Weißen zu gelangen, belebte die müden Geister. Aber schon nach kurzer Rast setzten sie ihre

langsame, eintönige Reise fort, bis zum Einbruch der Dunkelheit.
Saul wählte den Lagerplatz in der Nähe eines Flusses und auf offener Strecke. Zwar waren sie schon von weitem zu sehen, vor allem bei Mondlicht, aber ebenso würde man jeden Feind erkennen, noch ehe er angreifen konnte.
Saul legte seine Gründe vorsichtshalber nicht dar, und die Frauen waren zu müde, um sich über irgendwelche Gefahren Gedanken zu machen. Nach dem Abendessen legte sich Jemima mit den Kindern in Decken gewickelt zum Schlafen unter den Wagen. Katie, deren Augen bei jedem Vogelschrei und jedem Rascheln im Farn größer wurden, kroch schnell zu ihnen. Saul reichte Briar eine Decke und riet ihr, sich unter den anderen Wagen zu legen.
Steif vor Müdigkeit blieb Briar aufrecht am flackernden Feuer sitzen. »Ich möchte lieber hier bleiben«, sagte sie.
»Wie du willst, aber etwas mußt du schlafen.«
Der Waldrand und die niedere Linie der Büsche hoben sich schwarz gegen den Himmel ab. Die an Baumstümpfen festgebundenen stämmigen Ochsen schimmerten weiß im Mondlicht und waren gut sichtbar. Wenn ein lauernder Feind von diesem kleinen Lager auch nicht viel zu sehen bekam, so konnte er ohne weiteres die Tiere ausmachen und wußte, daß weiße Männer in der Nähe waren. Es nützte Saul nichts, wenn er sich gelassen und heiter gab und so tat, als gäbe es keine Gefahr. Er hatte sein Gewehr in Reichweite.
»Du solltest mir auch ein Gewehr geben«, sagte Briar. »Aber lade es zuerst. Ich habe noch nicht so viel Übung, es im Dunkeln zu laden.«

»Gut«, stimmte Saul ihr zu. »Aber es hat keinen Sinn, wenn wir alle Wache halten. Fred, Sie sollten lieber sehen, daß Sie etwas schlafen. Ich wecke Sie um Mitternacht.«

»Ja, Sir.« Fred sah unsicher auf Briars aufrechte Gestalt. Saul, dem nichts entging, fügte kühl hinzu: »Meine Frau wird später schlafen. Versuchen Sie, die anderen nicht zu stören, wenn ich Sie wecke.«

Und dann waren sie allein, so allein, wie sie noch niemals gewesen waren, nicht einmal letzte Nacht im Schlafzimmer des »Ship Inn«. Sie hätten ebensogut die einzigen Menschen auf der Welt sein können, dachte Briar, dieser fremde, dunkle Mann auf der anderen Seite des Feuers und sie selbst. Sie war zu müde, um viel darüber nachzudenken. Wenn das Peter Fanshawe wäre, dachte sie schuldbewußt, würde sie hinübergehen und ihren Kopf an seine Schulter lehnen. Doch in diesem Fall mußte sie ihre Würde wahren und den Anschein von Mut erwecken. Denn Saul hatte nichts übrig für Zärtlichkeit und Schwäche. Er war hart und leidenschaftlich, und er erwartete von ihr, daß sie sich dem anpaßte. Letzte Nacht … Wie hätte Sophia geschrien, dachte sie und mußte etwas lachen. Zu ihrem Entsetzen drohte die Heiterkeit in Schluchzen umzuschlagen. Aber sie riß sich sofort zusammen. Wenn sie hier in der Wildnis neben einem Mann saß, den sie mehr fürchtete als liebte, war das einzig und allein ihre Schuld.

»Nun«, ertönte seine Stimme über das Feuer hinweg, »gefallen dir diese südlichen Sterne?«

»Im Augenblick habe ich nicht viel für ihre Schönheit übrig.«

»Wer hat dich eigentlich gelehrt, so zu sprechen?«

Ihre Stimme wurde trocken. »Mein Vater.«

Und zögernd fügte sie hinzu: »Er war Schulmeister.«
»War?«
»Jetzt ist er zu alt.«
»Du mußt mir eine Menge über dich erzählen. Aber dafür haben wir noch den ganzen Winter Zeit.«
Sie fröstelte und zog ihr Cape enger um sich. »Es kommt mir vor, als sei jetzt schon Winter. Können wir das Feuer nicht noch etwas schüren?«
»Ich will nicht ganz Taranaki beleuchten. Ich habe dir ja gesagt, du sollst dich in die Decke einwickeln und schlafen.«
Zum ersten Mal bebte ihre Stimme. »Ich könnte nicht schlafen.« Sie sah zu der dunklen Linie des Waldes hinüber. Bäume schienen sich zu lösen und steif und lautlos auf sie zuzukommen. Aber das war eine Täuschung. Ihre müden Augen spielten ihr einen Streich, selbst die Sterne schienen im Himmel hin und her zu schwimmen.
»Erzähle mir noch etwas von deiner Familie, Briar.«
Aber sie war zu müde, um etwas zu erfinden. Sie wußte nur, daß sie jene zwei Betrüger haßte, die letzte Nacht mit dem Gesicht zur Wand als stumme Zeugen auf dem Kaminsims gestanden hatten. Ernst, humorlos und langweilig. Ihre Eltern waren nicht langweilig oder lieblos gewesen, das wußte sie.
»Weshalb ließen sie dich nach Neuseeland kommen?« Saul ließ nicht nach.
»Sie dachten, es sei zu meinem Besten.«
»Hast du Brüder oder Schwestern?«
»Nein.«
»Trotzdem ließen sie dich gehen?«
»Ich bin hier; oder etwa nicht?« sagte sie etwas ungeduldig.

»Macht es dir etwas aus, wenn ich jetzt nichts mehr erzähle – ich lausche lieber.«
»Es wäre besser, du würdest etwas schlafen.«
»Wie spät ist es?«
Saul hielt seine Uhr in den Schein des Feuers. »Beinahe Zeit, um Fred zu wecken.«
»Hast du so etwas schon oft gemacht?«
»Ja, sehr oft; früher.«
»Und du bist ... angegriffen worden?«
Er nickte kurz. Er wäre gerne zu ihr hinübergegangen und hätte sich neben sie gesetzt, denn ihre kleine, aufrechte Gestalt wirkte seltsam verloren. Aber das hätte seine Wachsamkeit gemindert. Heute nacht mußte er an andere Dinge als an seine Frau denken. Und er war nicht in der Stimmung, gegen die Feindseligkeit anzukämpfen, die seine Nähe bei ihr hervorzurufen schien.
Der Mond stieg höher. Die Ochsen hatten sich endlich zum Schlafen niedergelegt und wirkten in der Dunkelheit wie riesige Pilze. Das Baby wimmerte leise und Jemima bemühte sich, es zu beruhigen. Ein Wind hatte sich erhoben und rauschte wie das Meer. Saul warf noch ein paar von den trockenen, stacheligen Manukaästen aufs Feuer, so daß Funken in die Höhe stoben. Die kleine Gruppe wurde sekundenlang hell erleuchtet, dann war es wieder dunkel. Briar schwankte ein bißchen.
Unvermittelt, wie alle Nachttiere, stieß ein Kiwi seinen garstigen Schrei aus. Briar fuhr hoch und taumelte auf Saul zu.
»Die Gewehre! Schnell!«
Er schmunzelte. »Es ist nur ein Kiwi.«
»Mein Gott, was für ein Land!«

»Du bist vollkommen fertig, leg dich doch etwas hin.«
»Ich kann nicht.« Aber ihr Widerstand schmolz unter ihrer Müdigkeit dahin. »Meine Krinoline …«
»Dann zieh das verdammte Ding doch aus!«
»Saul Whitmore« – ihre entrüstete Stimme klang hellwach –, »dies hier ist kein Schlafzimmer!«
»Ja, leider.« Aber er unterdrückte seine Wünsche, denn dies war wirklich nicht der geeignete Zeitpunkt. »Ich werde jetzt Fred wecken. Um Himmels willen, zieh dieses alberne Kleidungsstück aus und leg dich hin, sonst bist du morgen überhaupt nicht zu gebrauchen.«
»Ich hatte die Absicht, die ganze Nacht wach zu bleiben. Ich habe doch jetzt die Verantwortung …«, murmelte sie noch vor sich hin. Bevor Fred gähnend unter seiner Decke hervorgekrochen kam, hatte sie sich schon hingelegt und die Augen geschlossen.
Das Mondlicht, das flackernde Feuer, die lautlosen Schatten – alles verschwand in einem Traum. Der Wind hörte auf, durch das trockene Gras zu rascheln. Briar war steif vor Kälte und Erschöpfung, aber später durchströmte wohlige Wärme ihren Körper, und sie bildete sich ein, zärtlich umhegt und umsorgt zu sein. Beim ersten Tageslicht erwachte sie. Saul lag neben ihr, und sein Körper wärmte sie. Eben ging die Sonne auf, die Vögel begannen zu singen, und alle waren am Leben.
Der Tag war wie ein Wunder.

15

Spät nachmittags kamen sie zu der kleinen Siedlung in der Nähe von »Lucknow«. Als sie den Rauch am Horizont entdeckten, waren sie nicht mehr zu halten; selbst das Baby, das den ganzen Tag unruhig und quengelig gewesen war, saugte nun zufrieden an seinem Fäustchen.

Holpernd bogen sie in den schmalen, mit Schlamm bedeckten Weg ein, der offensichtlich die Hauptstraße war. Briar und Jemima konnten ihren Schreck kaum unterdrücken.

Die blühende Siedlung, von der Saul ihnen erzählt hatte, bestand nur aus etwa einem Dutzend Hütten aus Flechtwerk und Lehm mit Strohdächern und Blechkaminen. Überall wuchsen Baumfarn und kleinere Farnkräuter oder die zerzausten *Raupo*büsche. Am Ende der Straße stand die Kirche, ein Holzgebäude, kaum größer als Tante Charitys Wohnzimmer, mit einer Tür aus festem Kauriholz und einer winzigen Treppe.

Dann gab es ein Gasthaus, das wie ein Wellblechschuppen aussah und vor dem ein Pferd angebunden war. Daneben war ein Laden mit einem Schild, das großartig verkündete, daß hier Elisha Trott Waren aller Art vorrätig habe.

Eine Handvoll Leute hatte sich auf der schlammigen Straße versammelt. Sie alle wurden überragt von einer großen, weißhaarigen Frau in einem knallroten Baumwollkleid, die jetzt auf die Ankömmlinge zukam und Briar ohne große Umstände die Hand entgegenstreckte. Ihr Gesicht strahlte. »Ich bin ja so froh, Sie kennenzulernen, meine Liebe. Ich bin Martha Peabody, die Pfarrersfrau. Ich habe einen Pflaumenkuchen gebacken und schon den Wasserkessel auf dem Feuer. Also machen Sie mir die Freude und trinken Sie einen Tee mit mir. Hatten Sie eine gute Reise? Saul, es ist schön, Sie zu sehen!«

Saul sprang ab. »Wenn Sie mir Gelegenheit dazu gelassen hätten, hätte ich Ihnen meine Frau vorgestellt, Martha. Wieso wußten Sie, daß wir heute kommen würden?«

»Ich habe das Wetter beobachtet. Oh, da ist ein Baby! Du meine Güte!«

Sie stürzte vor, um Jemima das Baby abzunehmen und es gleich an ihrem ungeheuren, mütterlichen Busen zu bergen. »Nun, das Kleine braucht Ruhe. Kommt alle herein, es ist genügend vorhanden. Auch die Kinder. Ja, euch Kinder brauchen wir. Wir beginnen mit einer Schule, und bis jetzt haben wir nur vier Schüler. Saul, es stimmt, was Sie gesagt haben, Sie haben sich eine hübsche Frau geholt. Aber sie sieht erschöpft aus. Wollt ihr heute abend noch nach ›Lucknow‹?«

»Natürlich. Es sind ja nur vier Meilen.« Er bemerkte etwas in ihrem Gesicht und senkte die Stimme. »Wo ist der Reverend?«

»Er ist unterwegs zu einer Beerdigung. Er wird in Kürze zurück sein.«

»Sie meinen …«

Martha nickte knapp. Sie drehte sich um und nahm Briars Hand. »Es tut uns allen gut, neue Gesichter zu sehen. Wir sind eine sehr kleine Gemeinschaft, wie Sie sehen.«

»Mrs. Peabody«, fragte Briar erregt, »ist Ihr Mann weggegangen, um diese armen Menschen zu beerdigen, die von den Hauhaus ermordet worden sind?«
»Ja, meine Liebe. Aber haben Sie keine Angst. ›Du sollst dich nicht fürchten vor den Schrecken der Nacht noch vor dem Pfeil, der bei Tag fliegt!‹«
Sie lächelte gelassen. »Das ist meine Waffe. Ist mir lieber, als mit dem Gewehr umzugehen. Obwohl, ich kann auch das, wenn es nötig wird. Mein Mann meint, es war nur ein einzelner Zwischenfall, es bestehe kein Grund zur Angst. Aber Saul sagte uns, Sie seien überhaupt nicht ängstlich.«
Briars Stimme klang gedrückt: »Ich weiß nicht, woher er das wissen will.«
»Er ist kein Narr. Nun kommt schon alle herein und eßt den Pflaumenkuchen.«
Irgendwie hatten alle Platz in dem winzigen, mit Büchern vollgestopften Studierzimmer, aßen Kuchen und tranken heißen, starken Tee. Dann nahm Martha die Frauen in den nach hinten gelegenen Garten mit und erklärte ihnen, wie ein Feldherd funktionierte.
»Seht«, sagte sie und zeigte das kleine Gebilde aus Backsteinen her, »ihr heizt den Ofen mit diesen Bündeln aus Manukagras an, das mit Flachs zusammengebunden ist. Die Bündel müssen genau die richtige Länge haben. Wenn die Ziegelsteine weiß glühen, holt man die Asche mit einem Kratzer wie diesem hier heraus und fegt den Ofen mit einem nassen Manukazweig aus. Dann hinein mit eurem Brot und dem Fleisch, und zwar ganz nach hinten. Vorne kommt Gebäck oder Kuchen hin. Wenn das Brot gebacken ist, genügt die Hitze noch immer, um Äpfel, Quitten oder Kartoffeln darin

zu braten. Mrs. Whitmore wird in ›Lucknow‹ natürlich einen richtigen Herd haben, aber Sie, Mrs. Potter, werden mit dieser Erfindung auskommen müssen. Es ist aber sehr einfach. Außer wenn es regnet und einem das Wasser den Rücken hinabrinnt.« Sie lachte breit und fröhlich. »Aber wir sind alle Pioniere, nicht wahr?«

Das war eine gesunde Einstellung, aber Briar wurde einen Moment von tiefen Zweifeln geplagt, als sie Jemima in der kleinen Hütte zurückließ, die ihr Heim sein sollte.

Die Hütte war in der bekannten Art gebaut; man rammte junge, biegsame Baumstämme in die Erde, die man oben horizontal mit anderen Zweigen verflocht. Dieses Flechtwerk wurde dann mit Lehm befestigt und abgedichtet. Das Dach war lediglich mit hartem Gras gedeckt. Innen bestand das Haus aus einem einzigen Raum mit einem Lehmfußboden, und eine Leiter führte zu einem durchgehenden Vorratsspeicher.

Fred hatte offensichtlich versucht, das Ganze ein bißchen zu verschönern. Aus Kisten hatte er Möbel gemacht, unter anderem einen Toilettentisch, der mit Chintz bezogen war. In einer Ecke stand ein Eisenbett, und davor lag ein Flickenteppich.

Jimmy und Lucy hielten das alles für einen großartigen Spaß. Sie konnten es kaum erwarten, bis sie die Leiter hinaufklettern durften, um auf dem winzigen Dachboden zu schlafen. Jemima faßte sich nach einem Augenblick der Verzweiflung und lächelte. »Mit den Dingen, die ich mitgebracht habe, kann ich das hier sehr nett einrichten. Ich habe Vorhänge für das Fenster, und meine Töpfe und Pfannen hänge ich dort drüben auf.«

Fred warf ihr einen dankbaren Blick zu. »Komm und sieh dir meinen Kartoffelacker an«, sagte er eifrig.
»Jemima, möchtest du nicht mitkommen und in ›Lucknow‹ leben? Saul sagt, es sei eine Menge Platz dort.«
Jemima sah Briar liebevoll an, aber ihr junges und gleichzeitig altes Gesicht wirkte sehr entschlossen.
»Fred wird hier seine Kartoffeln anbauen. Auf dem Boden eines anderen wäre es nicht das Gleiche, oder? Und wir werden eine Kuh haben und die Schafe. Nein, wir haben es hier gut, Briar. Vielen Dank! Gehen Sie jetzt ruhig zu Ihrem eigenen Heim. Wir werden später kommen und Sie besuchen.«
Briar dachte voller Verzweiflung daran, Jemima und die Kinder zu verlassen und nur in Begleitung von Saul und Katie die Reise fortzusetzen.
»Lucy ist zu klein, um so weit zu laufen«, protestierte sie.
»Sie wird es lernen müssen«, sagte Fred. »Sie hat gesunde Beine und gute, feste Schuhe. Machen Sie sich keine Sorgen, Briar. Jemima wird zu Ihnen kommen und beim Einrichten helfen.«
Das gehörte also auch dazu, wenn man die Herrin war, dachte Briar. Jemima, dünn, blaß und überfordert, mit drei kleinen Kindern, konnte vier Meilen zu Fuß gehen, um ihr, einer jungen gesunden Frau von neunzehn Jahren zu helfen, sich in einem Haus einzurichten, das vermutlich sechsmal so groß war wie diese elende Hütte.
Aber letzte Nacht hatten sie und Saul gemeinsam das Wissen um die Gefahr und die Verantwortung getragen, während Jemima und die Kinder schliefen.
Schließlich drehte sich alles um Geben und Nehmen. Außerdem plante Briar, Jimmy und Lucy das Lesen beizubringen.

Auch sie konnte ihren Fähigkeiten entsprechend geben, genau wie Jemima. Das Leben war voller Gefahren und schwieriger Situationen, aber es bedeutete auch eine Herausforderung. Vielleicht, dachte Briar nicht ohne Schreck, hatte sie bereits das Kind empfangen, das in dieser grünen Wildnis geboren werden sollte.

Als Briar wieder zurück auf den Wagen stieg, um den letzten Teil ihrer Reise anzutreten, hatte sich der ganze Ort versammelt, um ihnen nachzuwinken. Eine Frau, die ein kleines Kind auf dem Arm hielt, deutete dauernd auf Briar, so daß ihr die Bemerkung entschlüpfte: »Ich nehme an, die haben weit weg von jeder Zivilisation ihre guten Manieren vergessen.«

»Sie deutet nicht auf dich, sondern auf deinen Hut«, erklärte Saul. »Möglicherweise hat sie seit fünf oder sechs Jahren keinen neuen mehr gehabt.«

»Du meinst, das ist alles?« Impulsiv band Briar die Hutbänder los und warf den Hut zu der Frau hinunter. »Bitte, nehmen Sie ihn«, sagte sie.

»Oh, ich danke Ihnen, Ma'am, er ist wundervoll!«

Die Frau strahlte. So kam es, daß sie lachend ihre Reise fortsetzten.

»Das arme Ding«, sagte Briar, »keinen neuen Hut seit fünf Jahren! Sogar ...« Sie biß sich auf die Zunge. Sie wollte sagen, daß sie sogar als Dienstmädchen ab und zu von ihrer Herrin einen abgelegten Hut oder wenigstens neue Bänder bekommen hatte.

»Wo soll sie ihn schon anziehen, außer in der Kirche«, sagte Saul nüchtern. »Und dafür tut es auch ein Schal.«

»Du meine Güte«, rief Briar, »was für ein Glück, daß du Sophia nicht geheiratet hast; das kann ich dir sagen! Sie würde eher aus Mangel an Garderobe sterben als aus Mangel an Nahrungsmitteln.«

»Und du?«

»Ich?« Sie senkte die Augen. »Ich bin nicht sehr verwöhnt.«

»Dann mußt du sofort an deine Mutter schreiben und sie bitten, daß sie dir die neuen Modelle schickt. Ich kann es so einrichten, daß sie das Geld dafür in englischer Währung erhält.«

»Danke, Saul«, erwiderte sie steif. Sie hatte nicht bedacht, daß es ebenso schwer sein würde, seine Freundlichkeit anzunehmen, wie seine Überlegenheit zu ertragen. »Aber ich werde erst das tragen, was ich habe. Wenn jeder Hut fünf Jahre halten soll, reicht mein Vorrat, bis ich vierzig bin.«

»Das ist ja großartig! Aber ich habe nicht die Absicht, meine Frau der Gesellschaft von Wellington in einem zwanzig Jahre alten Hut vorzustellen. Nicht einmal in einem vom vergangenen Jahr, um genau zu sein. Sobald wir uns eingerichtet haben, erwarte ich, daß du Gäste einlädst.«

»Ich?« flüsterte sie und dachte an die vielen Tabletts, die sie getragen, das Haar, das sie gebürstet und frisiert, die Kleider, die sie ausgebessert hatte; an die vielen jungen Damen, für die sie Dinge geholt und gemacht hatte.

»Ja, du, meine Liebe. Und warum nicht? Du bist mehr als jede andere dazu in der Lage. Außerdem besitzt du schauspielerische Fähigkeiten.«

»Du meinst, ich kann mich verstellen?«

Entweder hatte er die eisige Kälte in ihrer Stimme nicht bemerkt, oder er beachtete sie absichtlich nicht. »Ganz ausgezeichnet sogar. Und wir sind nicht ganz in der Wildnis. Du wirst überrascht sein, welche Ballkleider die Frauen hier hervorzaubern. Natürlich nicht Leute wie Amy Perkins, der du deinen Hut geschenkt hast. Ihr Mann ist ein Taugenichts. Aber es gibt andere Häuser wie ›Lucknow‹, und gar nicht so weit entfernt. Am Wochenende gibt es oft Gesellschaften; wir sind hier nicht am Ende der Zivilisation.«

»Warum hast du mir das nicht früher gesagt? Sophia wollte, daß ich noch ein Ballkleid mitnehme, aber ich habe gesagt, das nimmt nur unnötig Platz weg.«

»Sophia kann es mitbringen, wenn sie zu Besuch kommt, was sie ganz sicher tun wird.«

Und so hatte Saul vielleicht absichtlich, obwohl man ihm eine solche Aufmerksamkeit kaum zutraute, ein Bild unbeschwerten Vergnügens heraufbeschworen. Die Bedrohung, die gestern und während der Nacht über ihnen gehangen hatte, war verschwunden.

Das Haus war zu neu. Es hatte noch keinen Charakter und war kalt und unpersönlich. Man würde es erst beleben müssen. Aber verglichen mit der Hütte, in der Jemima leben mußte, war es ein Palast. Für Briars Begriffe war es auf jeden Fall ein Palast, denn sie hatte noch nie mehr besessen als eine Ecke im Dienstbotenzimmer eines Dachgeschosses oder, wie in Wellington, eine winzige Kammer hinter der Küche. Aber hier gab es einen Salon, ein Eßzimmer, eine geräumige Halle, ein Arbeitszimmer und eine große, herrliche Küche. Im oberen Stock gab es nicht weniger als sechs Schlafzimmer, und das Glanzstück war das Badezimmer mit einer übergroßen geblümten Porzellanwanne, über die die Maori, die beim Transport geholfen hatten, sehr erstaunt gewesen waren.

Die Möblierung war bis jetzt recht sparsam, aber im Salon stand ein Klavier, im Eßzimmer ein solider Eichentisch mit Stühlen, und auf den Fußböden lagen Teppiche aus Opossum- und Schaffell. Im Salon befand sich sogar ein echter Orientteppich. Eine weiße Porzellanvase mit grünem Farn stand in der Halle neben einer Vitrine voller Bücher. Zahlreiche Jagdtrophäen, Speere, Schwerter und ein schöner ausgestopfter Hirschkopf schmückten die Wände.

Das Doppelbett in dem großen Schlafzimmer hatte Knöpfe aus Messing und war mit einem schneeweißen Baumwollüberwurf bedeckt. Wie Saul es beschrieben hatte, sah man von hier aus auf den Gipfel des Mount Egmont.

Selbst der Toilettentisch war nicht ganz leer. Irgendwo hatte sich ein Nadelkissen gefunden, ein Porzellantablett und ein alter, silberner Spiegel. In einer kleinen Vase standen ein paar Fuchsien, die jemand frisch gepflückt hatte.

Fast schweigend war Briar durch das ganze Haus gegangen. Es war ihr unmöglich, ihre Gefühle zu äußern. Alles schien wie ein Traum. Sie sollte die Herrin eines solchen Besitzes sein! Selbst Sophia besaß nur zwei Schlafzimmer und ein schmales, dunkles Wohnzimmer, aber nichts, was dem gleich kam. Erregung und Stolz ließen ihr Herz höher schlagen, und ihre Augen leuchteten.

Dann wandte sie sich um und erblickte die hohe Gestalt ihres Mannes unter der Tür.

Einen schrecklichen Augenblick lang befiel sie wieder Angst, die wie ein Schatten über diesem funkelnden neuen Leben lag.

Er wartete darauf, daß sie etwas sagte. Was gab es zu sagen, außer daß sie wünschte, er wäre nicht da?
»Wer hat die hübschen Blumen gepflückt?« fragte sie aufs Geratewohl.
»Mabel Kingi, nehme ich an. Aber du mußt sie noch als Dienstmädchen anlernen; sie ist faul und frech.«
Er durchquerte das Zimmer und trat zu ihr. »Nun, wie gefällt dir unser Haus?«
Mein Haus! hätte sie am liebsten gesagt. Sie war bis hierher gekommen, sie wollte nicht aufgeben. Sie verdiente eine Belohnung ganz für sich allein, die sie mit niemandem teilen wollte.
»Es ist sehr schön«, murmelte sie und vermied es, in sein Gesicht zu sehen, das voller Stolz auf etwas sein mußte, das er geschaffen hatte. Aber sie wollte, daß es ihr Werk war, nicht das seine.
Dann wich sie zurück. »Nein, Saul, nicht jetzt!«
»Ich werde dich küssen, wann ich will«, erklärte er ruhig, nahm sie in den Arm und erstickte sie fast mit seinen Liebkosungen. Sie mußte nachgeben, schließlich war das der Preis, dachte sie. Nichts erhielt man, ohne dafür zu bezahlen.
Als sie später in dem großen Bett lagen, war es überflüssig zu fragen: »Was ist mit den Hauhaus? Hast du heute nacht keine Angst vor ihnen? Solltest du nicht wachen?«
Denn er antwortete: »Die Hunde werden bellen, und meine Männer schlafen mit dem Ohr am Boden. Komm, Liebes, du hast deine Belohnung erhalten. Nun will ich meine haben.«
»Meine Belohnung?« keuchte sie.
»Die Stellung im Leben, deretwegen du mich geheiratet hast; du hast doch nie einen Hehl daraus gemacht.«

Der alles beherrschende Ausdruck seines Gesichts – bar jeder Zärtlichkeit – war ihr unerträglich. Wenn er aus seinen Gefühlen kein Geheimnis machte, würde sie das auch nicht tun. Voller Angst und innerer Abwehr, gab sie sich ihm hin. Es bestand keine Gefahr, daß sie schwach würde.
Aus purer Müdigkeit fiel sie schließlich bei den Rufen der kleinen braunen Eulen in Schlaf. Dieser verlorene Ton begleitete sie bis in ihre Träume. Er schien nicht nur wie ein Symbol ihres Lebens, sondern auch dieses seltsamen neuen Landes zu sein.
Mondlicht fiel ins Zimmer, und der Berggipfel schimmerte geisterhaft am blassen Himmel. Der Vollmond glitt über die Wälder, Flüße und Seen, und schien gleichermaßen auf Farmhaus und Eingeborenensiedlung.
Jenseits der Rimutaka Berge hatte sich der Rauch des großen Holzstoßes außerhalb des Lagers von Titokowaru verzogen. Noch weiter entfernt, in den einsamen und wilden Hügeln der Urewera, hielt der besessene Te Kooti Kriegsrat. Feuer wurden entfacht, und rund um den hohen Totempfahl mit seinem grausigen Schmuck aus abgeschlagenen Köpfen drehten sich die nackten, herrlichen Gestalten der Urewera-, Waikato- und Taranakikrieger in einem rituellen Tanz.
Viel näher bei »Lucknow«, nicht mehr als dreißig Meilen entfernt, beschien der Mond mit seinem mitleidlosen Licht vier frische Gräber. Und unter den Trümmern des zerstörten Hauses lagen Dinge verstreut, die mit Liebe und Wehmut dreizehntausend Meilen über den Ozean gebracht worden waren – ein Kupferkessel; ein Krug aus feinem englischen Porzellan; ein silberner Handspiegel; der abgetrennte

Porzellankopf einer Puppe und die feuchten, verdreckten Überreste eines wohlgehüteten Festkleides aus grüner Seide mit Samtbesatz.
Zur gleichen Zeit schmückten sich in den anderen Lagern der Eingeborenen die Stammeshäuptlinge mit dem Zeichen ihrer Würde, der weißen Huia-Feder, und berieten, ob sie sich dem weißen Mann gegenüber friedlich verhalten oder den Krieg beschließen und dem großen Te Kooti folgen sollten.
Denn nun, wo Manu Rau, der schlaue weiße Soldat, tot war, schien ihnen die Zeit gekommen, um sich an den *Pakeha* zu rächen, weil sie ihnen das Land genommen und ihre jungen Männer getötet und auf dem Schlachtfeld liegengelassen hatten wie zerbrochene Kanus.

Noch bevor der Morgen dämmerte, schlug ein Hund an. Es klang unheilschwanger, als speie der friedvolle Gipfel des Mount Egmont plötzlich Feuer und Rauch.
Saul sprang aus dem Bett und war mit einem Satz am Fenster. Dann packte er seine Büchse, die in Reichweite an der Wand lehnte, und ging die Treppe hinunter.
Er schien eine Ewigkeit wegzubleiben. Briar saß kerzengerade im Bett und überlegte, ob sie sich lieber im Nachthemd in der trügerischen Sicherheit ihres großen Bettes überfallen ließe, oder ob sie schnell ein paar Röcke anziehen sollte, damit es wenigstens ein anständig bekleideter Körper war, der da ohne Kopf auf der Erde lag.
Aber sie hörte keine weiteren Geräusche mehr, und schließlich kehrte Saul zurück.
»Alles in Ordnung?« japste sie.

»Ich denke schon. Der Hund hat möglicherweise wegen eines Wildschweins oder eines Opossums gebellt.«

In dem zunehmenden Licht des Morgens sah sie Sauls große Gestalt vor sich. Ihrem müden und verwirrten Geist erschien er beinahe ebenso schrecklich wie der lauernde Feind dort draußen.

»Müssen wir uns jedesmal fürchten, wenn ein Hund bellt?«

»Wir müssen nur vorsichtig sein. Aber mach dir keine Sorgen, das wird nicht immer so sein. Vielleicht noch ein, zwei Jahre.«

War diese arme Frau, die vor zwei Nächten ermordet worden war, jedesmal entsetzt aufgesprungen, wenn sie das Rascheln eines Zweiges oder einen Vogelruf gehört hatte?

»Zwei Jahre!« erwiderte sie erschrocken. Denn schon diese eine Nacht war ihr wie eine Ewigkeit vorgekommen.

»Sehnst du dich nach Wellington zurück?«

Im Dämmerlicht konnte sie diesen großen, wohlproportionierten, hohen Raum nicht genau sehen. Aber sie erinnerte sich an alle Einzelheiten, auch an die Zimmer unten, an das Klavier, das Bad mit den rosigen Blüten, an das Treppenhaus und an den Perserteppich.

Absichtlich verbannte sie alle Gedanken an die unangenehmen Seiten ihres Lebens. Außerdem würde sie ihrem Mann diesen Triumph niemals gönnen.

»Ich möchte nirgendwo anders hin«, sagte sie ruhig.

Im vollen Licht des Morgens kehrten ihre Lebensgeister wieder zurück. Nachdem Saul sie verlassen hatte, war sie noch einmal eingeschlafen und erwachte jetzt durch Katies fröhliche Stimme.

»Es ist acht Uhr, Ma'am, hier ist Tee, ich habe ihn selbst

gemacht, denn diese schwarze Heidin da unten hat keine blasse Ahnung vom Teekochen. In dem, was die Männer trinken, bleibt der Löffel stecken. Haben Sie gut geschlafen, Ma'am?«

»Ja, danke, Katie. Es sieht nach einem wundervollen Morgen aus.«

»Er ist wundervoll, Ma'am. Und ich habe noch niemals solche Vögel gehört. Sie gurren und zwitschern und machen mehr Krach als Mabel Kingi. Sie singt die ganze Zeit diese traurigen Heidenlieder. Ich weiß nicht, wie ich mit ihr auskommen werde, Ma'am.«

»Du mußt«, sagte Briar kühl. »Wir leben hier sehr isoliert. Es ist daher wichtig, in Frieden miteinander auszukommen. Denk daran, ich will keine Streitereien!«

Mabel Kingi war die Tochter eines schwarzen Häuptlings und einer weißen Frau. Ein Weißer, Thomas King, hatte das Mädchen zunächst mißbraucht und dann geheiratet. Kurz darauf war er bei dem Versuch, einen reißenden Fluß zu überqueren, ertrunken. Mabel hatte mitttlerweile genug von der Lebensweise der *Pakeha* gelernt, um bei den Weißen zu bleiben.

Als ihr Mann noch lebte, hatte sie aus Liebe zu ihm kochen und den Haushalt führen gelernt. Aber das war keineswegs eine Selbstverständlichkeit, und danach zog sie es vor, fett und träge zu werden, auf ihrem dicken Hinterteil zu sitzen, ihre Lehmpfeife zu rauchen und die Lieder ihres Volkes zu singen. Sie begriff nicht, wozu es gut sein sollte, Fußböden zu schrubben und Staub zu wischen.

Aber essen konnte sie, und sie konnte Kartoffeln kochen und die süßen Kumaras zubereiten. Sie briet ungeheure

Stücke Hammelfleisch am Spieß und brachte sogar feste Brocken von zu lange gebackenem Brot zustande. Aber Blumen pflücken, um sie in Krüge zu stellen, die großen Betten machen, die auf vier Eisenfüßen standen, und Leinen bleichen, nein, das war keine angemessene Beschäftigung für die Tochter eines Häuptlings.

Wußten diese weißen Leute denn nicht, daß der große, sie alle überragende Berg, der Mount Egmont, ihr Ahnherr war? Einst hatte er gesprochen mit Donner und Blitz und Feuer und Rauch. Obgleich er seit vielen Jahren schwieg, konnte man niemals wissen, an welchem Tag er seine gewaltige Stimme wieder erheben würde.

Wenn zum Beispiel die neue weiße Herrin zu viel von ihr verlangte und ihr keine Zeit mehr ließe, sich hinzusetzen und ihre Lieder zu singen, war es möglich, daß der Berg erbebte und man seine Stimme wieder hörte.

Oder wenn dieses *Pakeha*-Mädchen mit dem seltsamen roten Haar und dem unverschämten Grinsen sich seiner selbst zu sicher war und ihr, Mabel Kingi, der Tochter eines Häuptlings, dies und das befahl, dann würde der wachsame Ahnherr ganz bestimmt wieder sprechen.

So brachte die dicke, schlampige Maorifrau, die ein abgelegtes Baumwollkleid einer früheren Herrin trug, grinsend ihre Genugtuung zum Ausdruck. Sie rollte ihre enormen dunklen Augen und sang mit hoher, klarer Stimme die alten Lieder ihres Volkes. Und wenn jemand ihre Würde verletzte, verteidigte sie sich mit königlichem Gebaren und jagte sogar ihrer Herrin einen leichten Schauer den Rücken hinunter.

In der ersten Woche war Briar ständig damit beschäftigt, zwischen Mabel Kingi und Katie Frieden zu stiften.

So kam Katie nach oben gerannt und schrie: »Dieses schwarze Lu… Entschuldigung, Ma'am, diese Maorifrau macht mit ihren großen nackten Füßen absichtlich schmutzige Abdrücke auf meinen sauberen Boden.«
Und dann kam Mabel Kingi anstolziert mit verschränkten Armen und hoch erhobenem Haupt – Zorn sprach aus ihren Augen, und das schwarze Haar floß ihr über den Rücken –, jeder Zoll eine *Rangatira,* eine Häuptlingsfrau. *»Pi korry!* Mit Mabel Kingi darf man nicht wie mit einem beliebigen Dienstboten sprechen. Ich werde meinen Ahnen rufen, der in dem Berg wohnt. Er wird euch mit Rauch und Feuer bedecken!«
Briar dachte an Tante Charity und sagte kühl: »Wenn ihr beide weiter streitet, wird eine von euch gehen müssen. Das steht fest.«
Katie wollte jedenfalls nicht gehen. Denn wenn hier auch nicht viel los war, abgesehen von den zwitschernden Vögeln, gab es doch viel mehr Männer, als sie angenommen hatte. Und die Schafhirten interessierten sich bereits für ihr vorwitziges rotes Köpfchen.
Auch Mabel hatte nicht die Absicht zu gehen. Sie verabscheute und haßte jede Art von Arbeit, aber es war immer noch besser, ein bißchen was zu tun, als hinausgeworfen zu werden und sich den Lebensunterhalt mit Korbflechten und Verkaufen verdienen zu müssen. Wenn diese Weißen auch unbedingt ihre Fußböden scheuern und eine Menge Unterröcke waschen mußten, so konnte man wenigstens die Annehmlichkeiten ihrer Häuser genießen. Mabel war nicht nur frech, sie war auch berechnend: Sie wollte den kleinen Raum neben der Waschküche behalten, wo sie auf einer ge-

flochtenen Binsenmatte schlief und ihre beiden Baumwollkleider aufbewahrte.

Auf diese Weise herrschte Waffenstillstand, und Briar, die unerbittliche Entschlossenheit zur Schau stellte, um ihre eigene Unsicherheit und den Mangel an Erfahrung zu vertuschen, konnte endlich das Haus in Ordnung bringen.

Die beiden Porträts hing sie im Salon zu beiden Seiten des Kamins auf und verbrachte einen geschlagenen Morgen damit, sie zu bewundern. Ihr kam der kühne Wunsch, die alte Mrs. Whitmore würde plötzlich neben ihr stehen, so daß sie sagen könnte: »Sehen Sie: Schämen Sie sich nun immer noch, daß ich die Frau Ihres Sohnes bin?«

Aber ehe man Mrs. Whitmore einladen konnte, mußte Briar noch eine Menge lernen, zum Beispiel, wie man Kerzen machte und Dinnerpartys gab, sie mußte reiten lernen und besser schießen, vor allem aber mußte sie lernen, vor den Dienstboten ihre Feindseligkeit gegenüber ihrem Mann zu verbergen.

Allerdings sah sie keinen Grund, ihre Feindseligkeit vor Saul selbst zu verheimlichen; denn er zeigte ihr gegenüber die gleiche und beinahe teuflische Mißachtung ihrer Gefühle.

16

Jemima ließ das Baby bei Martha Peabody und machte sich auf den langen Weg, um in dem großen Haus ihre Dienste anzubieten, um es zu bestaunen und zu bewundern. Briar freute sich so sehr, sie zu sehen, daß sie fast ebenso viel plapperte wie Sophia.

»Ich lerne gerade Brot backen; ich kann es jetzt schon besser als Mabel. Saul sagt, wir sollten bald eine Einladung zum Dinner geben. Da kann ich dann mein Hochzeitssilber verwenden, und Saul hat ein Speiseservice aus Meissner Porzellan, das seiner Großmutter gehörte.«

»Jetzt gehört es dir«, sagte Jemima weich.

So war es: ein Speiseservice wie für eine Gräfin! Noch eine ihrer Belohnungen.

»Saul hat zahlreiche Familienerbstücke«, sagte sie hochnäsig. »Das ist hier bei den meisten guten Familien so. Aber man muß natürlich sehr vorsichtig damit umgehen, denn man kann nichts ersetzen. Das Abwaschen und Abtrocknen kann ich niemandem anvertrauen, das muß ich selbst machen.«

Jemima klatschte in die Hände. »Ich bin ja so froh für dich. Du hast das gut gemacht. Und du hast deine Freunde nicht vergessen.«

»Dich und Fred jedenfalls nicht.« Briars Stimme wurde

weich. »Und die kleine Rose. Geht es euch gut in dieser Hütte?«

»Ja, es geht uns gut. Das Dach leckt ein bißchen, aber Fred hat es repariert. Und das Baby war erkältet. Aber jetzt, nachdem alles wieder trocken ist, erholt es sich wieder. Jimmy und Lucy sind glücklich. Sie betrachten es als Spiel. Es machte ihnen nicht einmal was aus, als anfangs alles, was ich gekocht habe, entweder verbrannt oder nicht gar war.«

Jemima war sehr dünn und blaß. Nichts als Haut und Knochen. Ein Vogelgesicht mit viel zu großen, eingesunkenen Augen. Sie hatte sich von den Schrecken der Schiffsreise noch immer nicht erholt. Aber ihre Augen blickten Briar froh an.

»Wenn Rose ihre Erkältung los ist und wir die Kartoffeln ernten können«, sagte sie fröhlich, »geht's uns glänzend. Fred sagt, im Winter regnet es viel, aber er macht alles dicht, damit wir im Haus ein Feuer haben können.«

»Jemima, ich wünschte, du würdest den Winter über hier wohnen.«

»O nein, das kann ich nicht. Fred ist so stolz auf das erste Stückchen Land, das wirklich ihm gehört. Er bleibt die halbe Nacht wach und lauscht, ob auch kein Wildschwein seinen Kartoffelacker umgräbt.«

»Auch Saul liegt auf der Lauer«, sagte Briar unwillkürlich.

Jemimas Augen flackerten angstvoll. »Um was geht es denn wirklich, um Wildschweine? Oder ist es wegen der Hauhaus? Wir haben von den armen Leuten gehört, die da ermordet worden sind.«

»Ich weiß«, sagte Briar. »Aber Saul sagt, das sei ein Einzelfall gewesen. Er hat mit der Miliz gesprochen, und da hat man ihm gesagt, der Wald sei im Umkreis von vielen Meilen durchsucht worden. Alles ist in Ordnung. Sie glauben, wenn es zu einem Aufstand oder Krieg kommt, dann nur im Gebiet von Waikato oder der Poverty Bay. Natürlich müssen wir immer wachsam sein, aber wenn sich irgendwelche Mörderbanden herumtreiben, dann greifen sie einsame Farmen an und keine Siedlungen. Ihr seid also wirklich sicher, Jemima. Und ich muß kommen und mir das Baby ansehen. Es ist doch nicht wirklich krank, oder?«

»Dr. MacTavish sagt, nein. Ich bin nur nervös, weil ich meine anderen Kinder verloren habe.« Jemimas Lippen zitterten plötzlich. Sie griff nach Briars Hand. »Briar, ich bekomme schon wieder ein Baby!«

»So bald!« rief Briar aus.

»Ich weiß, so war es immer! Eins beginnt gerade zu laufen, da kommt schon das nächste. Normalerweise würde ich mich darüber freuen, aber diesmal ...«, verstört blickte sie Briar an, »diesmal habe ich Angst. Hier, in der Wildnis, wo Dr. MacTavish möglicherweise meilenweit weg ist. Manchmal fährt er mit seinem Wagen zwanzig Meilen am Tag.«

»Jetzt schau doch«, sagte Briar, nachdem sie sich von ihrem ersten Schock erholt hatte, »so schlimm wie an Bord der ›Mary Louise‹ kann es kaum sein. Überhaupt nichts kann so schlimm sein. Wenn Dr. MacTavish weg ist, hast du immer noch Martha, mich und andere Frauen, die alle wissen, was zu tun ist. Sauls Mutter hat mir gesagt, ich müßte wissen, was da zu tun ist«, fügte sie hinzu, »da hätte ich dann gleich Gelegenheit, ihr zu beweisen, daß ich's kann.«

Jemima entging ihre Gereiztheit nicht, deshalb lachte sie etwas gezwungen. »Wenn es dazu beiträgt, daß deine

Schwiegermutter dich mag, dann bin ich ja froh. Aber sie wird dich sowieso mögen.«

»Genausowenig, wie ich sie mag«, erwiderte Briar.

»Vielleicht, wenn du ein Baby hast«, meinte Jemima.

Aber Briar schauderte. Es war ganz schön und gut, Jemima Mut zu machen; wie aber würde sie sich unter solchen Umständen aufführen? Jemima hatte schließlich schon fünf Kinder und wußte wenigstens, was sie erwartete. Aber angenommen, Dr. MacTavish wäre abwesend oder würde auf irgendeiner einsamen Straße aus dem Hinterhalt überfallen, beziehungsweise die Hauhaus griffen gerade an, und es wäre niemand da außer Saul, der ihr beistehen könnte.

»Es ist noch zu früh, um über mein Baby zu sprechen«, sagte sie rasch. »Zuerst wollen wir deins bekommen. Du mußt auf dich aufpassen, Jemima. Vor allem keine Wanderungen mehr hierher. Ich werde dich besuchen.«

Aber als sie Jemima nachsah, die mit ihren Kindern an der Hand über die Wiese davonging, befiel Briar für kurze Zeit tiefe Niedergeschlagenheit. Sie war so neidisch gewesen auf Freds Zärtlichkeit seiner Frau gegenüber, auf ihr gemeinsames Glück; aber wohin brachte das eine Frau? Sechs Kinder und noch nicht einmal siebenundzwanzig. Zwei davon waren tot, eines kränklich. Dann diese schreckliche feuchte Hütte in der Wildnis, nur weil ihr Mann die verrückte Idee hatte, einen Kartoffelacker anzulegen und eine Kuh aufzuziehen. Mußte eine Frau so viele Opfer bringen, um die Zärtlichkeit eines Mannes zu erringen? Sie würde das jedenfalls nicht tun. Oder vielleicht doch, wenn es Peter Fanshawe wäre, der sie zärtlich anblickte?

Sie hoffte, daß sie noch lange Zeit kein Baby haben würde,

noch nicht einmal, um es der alten Mrs. Whitmore zu zeigen. Aber woher sollte sie wissen, dachte sie ängstlich, daß nicht jetzt schon eines in ihr zu wachsen begann?
Am nächsten Tag zog sie feste Schuhe an und wanderte die vier Meilen bis zum Ort, um Jemimas Baby anzuschauen. Der Besuch war erfreulich. Sie lernte den Reverend Peabody kennen mit seinem buschigen weißen Haar und den lebhaften blauen Augen. Er hielt ihre Hand fest und sagte: »Meine Frau hat mir schon von Ihnen erzählt. Kommen Sie, schauen Sie sich meine Schule an.«
Er führte sie in die winzige Kirche, wo man Platz gemacht hatte für ein Lehrerpult und eine Tafel. Auf einer langen Bank saßen sieben Kinder. Eines davon war ein brauner Maorijunge mit schwarzem Haar, und Jimmy und Lucy Potter waren auch da.
»Hier«, sagte er mit einer ausholenden Geste, »die ganze Klasse. Sie sind zwischen fünf und elf Jahre alt; man muß also eine ganze Menge Stoff durchnehmen. Ich rechne mit Ihrer Hilfe, Mrs. Whitmore. Wenn Sie ebenso reizend lesen und schreiben, wie Sie sprechen, werden Sie mir unentbehrlich sein.«
Einst hatte Andrew Gaunt sie angesehen und beschlossen, ihr Lesen und Schreiben beizubringen, ganz gleichgültig, ob sie nun den nötigen Verstand dazu besaß oder nicht. Er hatte aber entdeckt, daß sie bemerkenswert intelligent war, und sie war ein kleiner Mensch, den er formen konnte. Jetzt bekam sie die Gelegenheit, in seine Fußstapfen zu treten. Das bewegte sie tief.
»Aber können die anderen Leute hier nicht lesen und schreiben?«

»Meine Frau ist zu beschäftigt, und Elisha Trott weiß nur, wie man Zahlen zusammenzählt. Die anderen können zum größten Teil nur ihren Namen schreiben. Aber das ist nicht ihre Schuld. Sie hatten einfach keine Gelegenheit.«
Briar wußte plötzlich, daß sie diesen Mann nicht anlügen konnte.
»Ich war mein ganzes Leben lang nur Dienstmädchen«, sagte sie.
»Mein liebes Kind, nicht deine Stellung im Leben zählt, sondern das, was du in dir hast.« Plötzlich zwinkerte er. »Und nicht nur das! Kinder mögen hübsche Gesichter. Sie werden ungemein beliebt sein.«
Ein rascher Blick zu den Kindern bestätigte das. Jimmy und Lucy verneigten sich, und über das Gesicht des Maorikindes huschte ein freundliches Lächeln.
Ihre Augen füllten sich plötzlich mit Tränen. Der Reverend schien es nicht zu bemerken. Mit seiner sanften Stimme sagte er: »Zwei Nachmittage wöchentlich, ginge das? Wir haben Schulbücher aus England bekommen. Ich sehe, Sie schauen Honi an. Seine Mutter arbeitet im Gasthaus. Wenn er zur Schule geht, macht er wenigstens keine Dummheiten. Sie werden sehen, er ist ein reizender Kerl. Ich hoffe, daß wir bald mehr Maorikinder hier haben. Das wäre die beste Art, den Krieg zu beenden.«
Jemima schien heute glücklicher. Sie entschuldigte sich, daß sie am Vortag so schwach und feige gewesen war, und sagte, sie freue sich nun doch auf das neue Baby. Und Rose ginge es auch viel besser.
Briar sah in das Holzbettchen und war nicht so ganz davon überzeugt. Das kleine Wesen lächelte zwar und spielte leb-

haft mit den winzigen Händchen, aber es sah viel zu durchsichtig aus.
»Geht es ihr wirklich besser, Jemima?«
»O ja, sie atmet jetzt viel leichter. Und sie ißt auch wieder. Der Arzt sagt, sobald die Sonne ein bißchen scheint, wird man sie in einer Woche nicht mehr wiedererkennen. Aber sieh doch, wie hübsch ich das Haus gemacht habe!«
Das stimmte. Dieses dunkle kleine Zimmer wirkte viel fröhlicher. Jemima hatte Vorhänge am Fenster angebracht und die Wände mit Bildern aus einem Kinderbuch geschmückt. Über dem Bett lag eine große, bunte Fleckendecke, und der Lehmfußboden war mit einer Schicht trockener Binsen bedeckt. Jemimas geliebte Töpfe und Pfannen hingen rund um die Feuerstelle, die Fred gebaut hatte. Sogar ein Schaukelstuhl stand da, den Martha Peabody ihr gegeben hatte.
»Wir werden es hier im Winter sehr gemütlich haben«, sagte Jemima heiter. »Wenn du das nächste Mal kommst, geht es auch dem Baby schon viel besser.«
Es war ein erfreulicher Besuch gewesen, und beim Abendessen konnte sie mit Saul über verschiedene Dinge sprechen. Im allgemeinen fiel ihnen die Unterhaltung etwas schwer, und sie redeten auch nur, um vor den Dienstboten den Schein zu wahren. Das schlimmste war, jeder Satz schien eine Doppelbedeutung zu bekommen. Selbst die einfache Feststellung, daß sie die Kinder unterrichten sollte, ließ Sauls Augen mißtrauisch aufblitzen. Warum machte sie das – um seiner Gesellschaft zu entfliehen? Konnte sie ihn so wenig ertragen?
Gerne hätte er ihre Gedanken ebenso erforscht wie ihren Körper, aber das war wenigstens ein Teil, den sie als Ge-

heimnis bewahren wollte. Man tauschte daher bei Tisch nichtssagende Bemerkungen aus, und jeder sehnte sich nach dem Ende der Mahlzeit.
An diesem Abend hatten sie jedoch einen unerwarteten Gast, Tom Galloway, der die nächstliegende Farm besaß und die Post vorbeigebracht hatte. Er kam soeben von einer Reise nach Wellington zurück, und man hatte ihm nicht nur Briefe von Sophia und Tante Charity anvertraut, sondern auch die kürzlich mit der »Dauntless« aus England eingetroffene Post.
Er blieb zum Dinner und redete bis spät über lokale Angelegenheiten, vor allem darüber, welche Bedeutung der Tod von Major von Tempsky haben könnte, und prophezeite mehr Überfälle von seiten der Hauhaus. Es waren abergläubische Kerle, und nachdem von Tempsky nicht unsterblich war, wie sie gedacht hatten, konnten sie die anderen weißen Männer noch leichter töten.
Plötzlich wurde sich Tom Briars Gegenwart bewußt. Er entschuldigte sich und versuchte, sie zu beruhigen. »Es ist unwahrscheinlich, daß sie hierher kommen, Mrs. Whitmore. Aber Ihr Mann wird möglicherweise einmal abgerufen, um sich bei der Miliz zu melden. Wir Siedler müssen hin und wieder ein bißchen kämpfen. Sie müssen uns besuchen, Mrs. Whitmore. Meine Frau wird sich sehr freuen, ein neues Gesicht zu sehen und ein so reizendes dazu«, meinte er galant. »Wo haben Sie Ihre Frau kennengelernt, Saul?«
Bevor Saul antworten konnte, sagte Briar verschmitzt: »Er hat mich auf einem Einwandererschiff entdeckt. Er ist davon überzeugt, daß ich den ganzen Weg von England hierhergekommen bin, um ihm in die Arme zu laufen.«

Saul beugte sich leicht vor, seine Augen brannten. »Die Bemühungen waren auf beiden Seiten die gleichen. Ein glückliches Zusammentreffen, finden Sie nicht, Tom?«

Toms ehrliches Gesicht wirkte verwirrt. Er hatte sich von Saul immer ein bißchen einschüchtern lassen, und jetzt hatte er eine Frau, die es ihm gleichtat. Das schien ein Familiensport der beiden zu sein, sich in der Öffentlichkeit zu verhöhnen, aber unter sich, nun ja, man brauchte sie nur anzusehen. Tom seufzte ein bißchen und dachte an seine eigene Ehe, der Unglück und Mühsal längst das Romantische genommen hatten. Er verabschiedete sich und nahm sich vor, seine Frau sofort zu wecken, wenn er nach Hause kam, und ihr von dieser neuen Frau mit den klaren Augen zu erzählen, die so ausgezeichnet zu Saul Whitmore paßte.

Als Tom gegangen war, sagte Saul ganz ruhig zu Briar: »Laß uns unsere Unstimmigkeiten bitte nicht in Anwesenheit der Nachbarn austragen, Liebste.«

Briar, die den Grund für ihr schlechtes Benehmen nicht hätte erklären können, blickte von dem Brief auf, den sie sofort, nachdem Tom gegangen war, gierig geöffnet hatte. »Fürchtest du einen Skandal, Saul?« fragte sie ungerührt. »Daran hättest du denken sollen, bevor du so überstürzt geheiratet hast. Du hast noch nicht einmal angefangen, mich kennenzulernen.«

»Ganz im Gegenteil! Ich kann jeden Gedanken in diesem berechnenden kleinen Kopf lesen. Und denke einmal nach: Du kannst dir einen Skandal weniger leisten als ich. Aber mach dir keine Sorgen, Tom Galloway geht jetzt nach Hause, um seiner Frau zu erzählen, wie reizend du bist. Und ich bin sicher, du wirst ihm nie Gelegenheit geben, irgend etwas anderes zu denken.« Unter seinem eindringlichen Blick erstarben ihr die Worte im Mund.

Wütend wandte sie ihre Aufmerksamkeit Sophias Brief zu, obwohl es ihr nicht gelang, sich auf seinen Inhalt zu konzentrieren. Sie wollte einfach nicht immer als die Unterlegene aus einem Wortgefecht mit Saul hervorgehen. Die Zeit der Rache würde schon noch kommen.

Sophias Brief war ebenso geschwätzig wie sie selbst.

> *»Peter ist ganz verrückt nach einer Farm. Er bildet sich ein, Saul macht ein Vermögen, während er wie ein Sklave in Onkel Huberts Bank schuftet. Er möchte, daß wir euch besuchen, während er sich ein bißchen umsieht und sich von Saul beraten läßt. Welch ein Spaß, wenn wir kommen könnten! Nur weiß ich nicht, wie ich die Reise überstehen soll, denn ich erwarte ein Kind. Ist das nicht aufregend? Und es würde mich gar nicht überraschen, wenn du im gleichen Zustand wärst. Du machst dir ja keinen Begriff, wie wir dich alle vermißt haben, vor allem – ob du's glaubst oder nicht – Tante Charity. Sie war so mutlos und niedergeschlagen. Sie sagt, Wellingtons Gesellschaft langweile sie zu Tode. Prue verzehrt sich noch immer nach Edmund, der ihr bestimmt nicht treu sein wird. Wenn Peter und ich nach ›Lucknow‹ kommen, bringen wir vielleicht Prue mit, um sie ein bißchen aufzuheitern. Schreib mir und erzähle, ob es in Taranaki irgendwelche Bälle gibt und welche Kleider ich mitbringen soll. Bald werde ich allerdings in nichts mehr hübsch aussehen.«*

»Nun, so vertieft in deine Briefe?«

Einen Augenblick hatte sie vergessen, daß Saul noch immer da war. Sie blickte hoch und begegnete seinem forschenden

Blick. Ganz plötzlich, ohne jeden Grund, wollte sie nicht über Sophias Brief und die Neuigkeiten sprechen, die er enthielt.

Sie widerstand dem Wunsch, ihn in kleine Fetzen zu zerreißen und ins Feuer zu werfen. Als wenn sie dadurch die Tatsachen verändern könnte.

Sophia bekam Peters Kind! Sie würde hierherkommen und hübsch, zufrieden und verwöhnt aussehen.

»Meine Mutter wird uns besuchen«, verkündete Saul.

»O nein!«

Er zog die Augenbrauen hoch. »Erschreckt dich dieser Gedanke?«

»Natürlich erschreckt er mich nicht. Aber Sophia und Peter möchten auch kommen und möglicherweise auch Prue. Peter will Farmer werden.«

»Will er?« bemerkte Saul mit einer Spur von Sarkasmus, der sie sofort in die Defensive lockte.

»Und weshalb sollte er nicht, wenn du und andere es auch können?«

»Dieses Land braucht Arbeiter, keine Dilettanten.«

»Du nennst Sophias Mann einen Dilettanten?«

Interessiert sah er, wie sie rot wurde. Aber alles, was er sagte, war: »Ich weiß sehr gut, er ist ein Typ, den Frauen mögen. Dann sieht es ja ganz danach aus, als hätten wir bald eine Hausparty. Du freust dich doch, Sophia wiederzusehen, nicht wahr? Du wirst mit deiner Haushaltführung glänzen können.«

Er redete so höflich, als seien die Dienstboten oder Nachbarn zugegen. Briar versuchte, in der gleichen Art zu antworten.

»Im Gegenteil, es wird Sophia sein, die glänzt.« Und dann begann zu ihrem Entsetzen ihre Stimme zu zittern, und ihre Augen füllten sich mit Tränen.
Saul sah sie überrascht an. »Was ist? Hast du auch schlechte Nachrichten erhalten? Macht dir der Gedanke an die Gäste Sorgen? Und weshalb wird Sophia glänzen? Oh, ich glaube, ich kann es erraten. Sie bekommt ein Baby. Ist es das?«
Er hatte ihr Gesicht in seine Hände genommen und hielt es ans Licht.
Ärgerlich wischte sie ihre Tränen weg. Was würde er jetzt denken?
Zu ihrer Erleichterung kam etwas ganz anderes:
»Mein Liebes, ich glaube, du bist eifersüchtig. Da müssen wir Abhilfe schaffen. Sofort.«
Seine Augen waren den ihren sehr nahe. Er strahlte und schien sehr verständnisvoll. Leise mußte sie lachen. Sie verhöhnte ihn. »Glaubst du vielleicht, ich will ein Baby? Bestimmt nicht! Das ist das letzte, was ich möchte – das allerletzte! Und sieh mich nicht so an, ich bin nicht eifersüchtig auf Sophia, ich bin nur ziemlich müde. Vielleicht habe ich auch ein wenig Heimweh. Das ist alles.«
Er wich zurück. Seine Stimme war unpersönlich und kalt. »Meine Mutter wird enttäuscht sein über deine Gefühle.«
Er hätte seine Mutter nicht erwähnen sollen. »Was geht das sie an?« fuhr Briar hoch. »Das ist nicht ihr Leben. Es ist meines.«
»Und meines.« Er sah sie scharf an. »Ich hatte auf Kinder gehofft, wenn auch nicht sofort. Wir haben noch eine Menge Zeit. Und wenn du müde bist, warum gehst du dann nicht zu Bett?«

Er redete so, als gehörten Bett und Schlafzimmer ihr, als könnte sie die Tür schließen und allein sein.
Aber das konnte sie nicht. Sie war verheiratet. Es war ihre Pflicht, ihren Mann jede Nacht bei sich zu haben, bis zum Ende ihres Lebens. Dunkelheit schien sich bis in alle Ewigkeit vor ihr auszubreiten.
Außerdem wollte sie nicht weggeschickt werden wie ein ungehorsames Kind. Herausfordernd begegnete sie seinem Blick. »Dann kann ich also schreiben und Sophia und Peter einladen?«
»Sie werden hier sehr willkommen sein.«
»Du glaubst, ich werde mich als Gastgeberin bewähren?«
»Es besteht keine Veranlassung, so unterwürfig zu tun. Du weißt sehr gut, daß du das ausgezeichnet kannst.«
»Heißt das, daß ich andere Dinge weniger ausgezeichnet kann?« Eine perverse Lust drängte sie, so zu sprechen.
»Ist es nötig zu fragen?«
»Ich frage eben.«
»Warum versagst du dich mir dann? Oder willst du das abstreiten?«
»Ich tue meine Pflicht«, brauste sie auf.
»Mein Gott! Entsetzlich! Ich hatte gehofft, eine Frau aus Fleisch und Blut zu heiraten. Statt dessen halte ich jede Nacht eine wächserne Figur in den Armen.«
Sie war sehr blaß geworden. »Vielleicht bist du an dieser Kälte nicht ganz unschuldig.«
»Nein«, erklärte er böse, »das glaube ich nicht! Du versteckst dich vor mir. Wer bist du, Briar? Erzähle mir von dir. Das dort sind deine Eltern.« Er deutete auf die rosigen Gesichter der beiden Fremden, die neben dem Kamin hingen. »Du bist

als Kammerzofe aus England gekommen, um dir die Überfahrt zu verdienen. Aus irgendeinem Grund wolltest du von zu Hause weg. Aber du hast mir noch nie gesagt, warum. Wieso waren heute keine Briefe aus England für dich dabei? Schreiben deine Eltern nicht? Ich bekam Briefe aus London und Devonshire. Warum waren für dich keine dabei?«
Zum ersten Mal hatte ihre Stimme keine Kraft. »Sie müssen das Schiff verpaßt haben.«
»Sagst du mir die Wahrheit? Bist du von zu Hause weggelaufen? Hast du dich deshalb geweigert, an deine Eltern zu schreiben? Und warum bestehst du dann darauf, daß sie hier hängen? Weshalb sollten sie sogar unsere Hochzeitsnacht mit uns teilen?«
Fragen über Fragen prasselten auf sie nieder. Sie hätte es sich denken können, daß er sehr bald draufkommen würde. Sie konnte den Schein nicht für immer aufrechthalten. Sie hatte ihm sowieso nur damit imponieren und sich selbst Mut einflößen wollen. Jetzt kümmerte sie das nicht mehr. Sie überließ sich vollkommen ihrer seltsamen Stimmung.
»Ich bekam keine Briefe aus England, weil es niemand gibt, der sie mir schreiben könnte.« Jetzt, nachdem es ausgesprochen war, erschien es ihr ein armseliges und trauriges Geständnis. Tränen erstickten ihre Worte. Und wenn es sie das Leben kosten sollte, sie würde nicht weinen, solange sein zweifelnder Blick auf ihr ruhte.
Trotzig hob sie den Kopf. Sie konnte mit seiner Arroganz mithalten. Sie war nicht mit einem Grafen verwandt wie er, sie war eine Waise, ein namenloses Findelkind, aber niemand sollte sie verachten!
»Du meinst, das dort sind nicht deine Eltern?«

Briar betrachtete die ordentlichen, dummen Gesichter und merkte, wie sehr sie sie haßte. »Ich habe nicht die leiseste Ahnung, wer sie sind. Ich habe die Bilder für eine Guinee von einer Einwanderin gekauft. Wenn du dir nichts draus machst, kannst du sie ins Feuer werfen. Und wenn du mir böse bist, weil ich dich angelogen habe, kannst du mich schlagen. Ich bin deine Frau, und wie ich dir schon sagte, ich tue meine Pflicht.«

»Ich werde dich nicht schlagen«, sagte er langsam, »warum sollte ich! Du scheinst nichts weiter als eine kleine Betrügerin zu sein und hast alles getan, um einen reichen Mann zu bekommen. Ich mache dir deswegen nicht einmal einen Vorwurf. In deiner Situation hätte ich vielleicht das gleiche getan. Aber da du es getan hast, nachdem du dich mir bei diesem Tanz in die Arme geworfen hast, könntest du wenigstens fair bleiben.«

»Ich habe mich dir nicht in die Arme geworfen«, fuhr sie ihn an. »Du hast mir ein Bein gestellt. Du hast alles verdorben.«

»Allerdings, denn ich dachte, du wärst Sophia. Du hattest ihr Kleid an. Und wenn du es genau wissen willst, ich wollte dich überhaupt nicht haben.« Plötzlich erkannte er die grausame Komik und mußte lachen.

Briar wurde dunkelrot vor Ärger. »Und was findest du daran so komisch?«

»Nun, du mußt doch zugeben, Liebste, daß dies eine amüsante Situation ist.«

»So nennst du das also, amüsant! Ich bin neunzehn. Vielleicht werde ich siebzig oder achtzig. Ich muß gestehen, ich begreife dich nicht, Saul. Ich kann nicht lachen, wenn ich an die nächsten fünfzig Jahre denke.«

Ihm war das Lachen längst vergangen; sein Gesicht wirkte sehr ruhig. »Das Ganze ist eine Tragödie!« sagte er ganz still. Dann drehte er sich um und ging aus dem Zimmer, ohne sie zu berühren. Hätte er sie in den Arm genommen, jetzt, nachdem seine Arroganz dahin war und sein Gesicht eigenartig verhärmt wirkte, wäre sie ihm entgegengekommen, wenn auch nur aus Mitleid und Reue. Fast hatte sie Verlangen danach.

Aber er war gegangen. Ihr blieb also nichts anderes übrig, als die Lampe auszublasen und nach oben ins Bett zu gehen. Wenn er dann nach oben kommen würde und die Kerze löschte, würde sie ihren Stolz hinunterschlucken und zugeben, daß sie nicht ganz fair gehandelt hatte. Aber sie war noch sehr jung, sie hatte noch keine Erfahrung in der Ehe. Wenn er nur etwas Geduld haben würde ...

Es bot sich jedoch keine Gelegenheit für diese selbstaufopfernde Ansprache; denn Saul kam nicht zu Bett. Sie hatte das große Schlafzimmer schließlich doch für sich allein, als wäre sie wieder ein Mädchen.

Am Morgen hatte sie keineswegs die Absicht oder den Wunsch, sich zu entschuldigen.

17

Als sie herunterkam, saß Saul bereits am Frühstückstisch. In unbeschwertem Unterhaltungston sagte sie: »Guten Morgen! Hast du letzte Nacht einen Angriff der Hauhaus befürchtet, weil du nicht zu Bett gegangen bist?«
Er schaute sie kühl und gleichgültig an. »Nein, ein Füllen war krank. Ich blieb bei ihm.«
»Doch nichts Ernstes, hoffe ich?«
»Nein, es scheint ihm heute morgen besser zu gehen. Es hat vermutlich etwas gefressen, was ihm nicht bekommen ist. Von den Pflanzen hier wissen wir nur sehr wenig. Die *Tutu*-Pflanze zum Beispiel tötet ein Tier innerhalb weniger Stunden.«
»Wie schrecklich!«
»Aber sie wächst hauptsächlich auf der Südinsel, zu unserem Glück.«
Katie hatte eine Kanne mit frischem Tee gebracht. Briar sagte Guten Morgen zu ihr und setzte sich ihrem Mann gegenüber. Sicherlich, überlegte sie spöttisch, boten sie das Bild eines wohlerzogenen, glücklich verheirateten Paars, das sich am Frühstückstisch höflich miteinander unterhielt. Niemand merkte, daß sie ihrem Mann plötzlich so zuwider war, daß er nicht mehr das Bett mit ihr teilen mochte.
»Briar, sobald du mit dem Frühstück fertig bist, schreib bitte

an Sophia und meine Mutter und lade sie ein, hierherzukommen, wann immer sie wollen. Kannst du bis in einer Stunde damit fertig sein?«

»Ja. Aber weshalb diese Eile?«

»Ich reite nach New Plymouth und nehme die Briefe mit. Die ›Seagull‹ befördert sie dann gleich weiter.«

Jetzt war sie erschrocken. »Du gehst weg?«

»Nur über Nacht. Ich bin morgen vermutlich vor Mitternacht wieder zurück. Es sind Waren für mich angekommen, deren Transport ich in die Wege leiten muß, und ich habe auch noch andere Geschäfte zu besorgen.«

»Davon hast du mir gestern abend nichts gesagt.«

»Da sprachen wir von anderen Dingen.« Seine Stimme klang unbeteiligt und unpersönlich.

Plötzlich geriet sie in Panik. Hatten sie denn so ernsthaft gestritten? Und was geschah nun? Obwohl sie den nächsten fünfzig Jahren nicht mit Gleichmut entgegensehen konnte, wäre es noch viel schrecklicher, diese Jahre unverheiratet verbringen zu müssen.

»Mußt du denn selbst reisen?«

»Ich könnte Fred Potter schicken.«

»Nein, er darf Jemima jetzt nicht verlassen, wo das Baby krank ist und so.«

»Ich dachte mir schon, du würdest das sagen.« War in seinem Blick ein bißchen Zustimmung? Sie konnte nicht sicher sein.

Er fuhr fort: »Wenn du die Briefe geschrieben hast, möchte ich, daß du und Katie euch fertigmacht und bis zur Stadt mit mir kommt. Du kannst bei den Peabodys bleiben, und ich nehme an, Jemima wird Katie unterbringen können.«

»Warum können wir nicht hierbleiben?«
»Das will ich nicht.«
»Aber ich kann inzwischen ausgezeichnet mit einer Flinte umgehen, und außerdem gibt es keine Anzeichen für einen Überfall. Für eine Nacht besteht doch bestimmt …«
»Ich will nicht, daß du hierbleibst«, wiederholte er ungeduldig. »Ich weiß, es war hier bisher ganz sicher, aber in der Stadt ist es sicherer. Also beeil dich bitte!«
»In Ordnung«, sagte Briar langsam. »Ich werde jetzt die Briefe schreiben. Aber du brauchst nicht auf Katie und mich zu warten. Fred kann uns später mit dem Wägelchen hinbringen. Du kommst viel schneller vorwärts ohne uns.«
Er überlegte. »Das ist eine gute Idee. Aber ich möchte, daß ihr so bald wie möglich geht, verstehst du. Noch vor Mittag.«
Eine Stunde später verabschiedete er sich von ihr. Früher, ja sogar noch gestern, hätte er sie lange und herzhaft umarmt. Aber jetzt war seine Umarmung sehr flüchtig und diente nur dazu, vor dem Personal den Schein zu wahren. Einen kurzen Augenblick schien er ihr Gesicht mit einem Ausdruck der Entfremdung zu studieren, aber dann sprang er aufs Pferd und war verschwunden.
Briar wandte ihren Blick von der hohen geschmeidigen Gestalt, die davonritt. Sie zuckte mit der Schulter und ging ins Haus. Jetzt, nachdem er gegangen war, empfand sie keine Reue mehr über ihr Betragen. Eine große Erleichterung überkam sie. Zum ersten Mal gehörte das Haus vollkommen ihr. Am liebsten wäre sie durch alle Zimmer gerannt und hätte in ihrem Besitzerstolz geschwelgt. Sie plante Erneuerungen und Änderungen, die sie Besuchern zeigen könnte,

und tat ganz so, als gäbe es keinen Saul, der hier hereinkommen und Besitzerrechte geltend machen könnte. Dieser ganze Tag, die kommende Nacht und der folgende Tag gehörten ihr. Sie beabsichtigte, diese Zeit voll und ganz zu genießen.

»Katie«, sagte sie, »geh und sage Fred, er soll die Pferde wieder ausspannen. Ich habe mich entschlossen, nicht in die Stadt zu fahren.«

»Aber Ma'am, ich dachte, der Herr hat gesagt ...«

»Was der Herr gesagt hat, geht dich nichts an. Ich habe einfach nicht die Zeit, vierundzwanzig Stunden vom Haus weg zu sein. Bald werden Gäste kommen, um hier zu wohnen, und das Haus ist noch nicht annähernd dazu bereit. Heute werden wir Kerzen und Seife machen und Marmelade einkochen. Später müssen wir Vorhänge abmessen und nähen.«

»Aber, Ma'am, angenommen ...«

Briar sah Katies weit aufgerissene Augen und sagte ungeduldig: »Wir werden viel zu beschäftigt sein, um uns zu ängstigen. Und außerdem besteht überhaupt kein Grund zur Aufregung. Nichts ist passiert, während mein Mann hier war, oder? Weshalb sollte gerade jetzt, wenn er weg ist, etwas geschehen? Sag jetzt Mabel, daß wir ihre Hilfe brauchen. Sie soll die Töpfe für die Marmelade herrichten. Nein, das machst besser du, Katie. Mabel hat keine Ahnung, was sie machen muß. Sie kann schon mal Äpfel zum Einkochen einsammeln. Ich habe ein Rezept, das mir Mrs. Carruthers gegeben hat.«

Tante Charity hatte gestern in ihrem Brief geschrieben: »Bist du streng mit deinem Personal? Das erste, was sie lernen müssen, ist zu gehorchen, ohne zu fragen. Und dulde keine Faulheit. Wenn du ihnen den kleinen Finger gibst, nehmen sie gleich die ganze Hand.«

Ein Feuer knisterte im Herd, und es roch angenehm nach gebranntem Zucker und geschälten Äpfeln. Die Küche war sehr gemütlich. Da steckte Fred seinen Kopf zur Tür herein.

»Ma'am, stimmt das, was Katie mir gesagt hat? Sie fahren nicht in die Stadt?«

»Ganz recht, Fred. Wir sind sehr beschäftigt, wie Sie sehen. Spannen Sie die Pferde aus und machen Sie Ihre Arbeit weiter.«

»Aber Mr. Whitmore hat mir ausdrücklich aufgetragen, Sie in die Stadt zu fahren.«

Er war genauso schwierig wie Katie. Er sah direkt ängstlich aus. Sein Gesicht war ganz bleich vor Sorge. Womöglich fürchtete er sich immer, dachte Briar, und sogleich wurde ihre Stimme weicher. »Ich übernehme schon die Verantwortung für meine Entscheidung. Sie trifft keine Schuld.«

Widerstrebend ging er. Mabel, die plump am Tisch saß und ein Küchenmesser in der Hand hielt, blickte wild um sich mit ihren riesigen Augen und sagte: »Ho! Wenn irgendeiner von den bösen Maoris kommt, rufe ich meinen Ahnherrn. Er wird sie schon erledigen, mit viel Rauch und Feuer!« Lachend schaukelte sie hin und her. Heute war sie keine hochmütige *Rangatira,* sondern nur eine dicke, dunkelhäutige Frau, die all das Fremdartige genoß, was heute in der Küche vor sich ging. Da wurde Schmalz so lange erhitzt, bis es einen in den Finger biß, wenn man ihn hineinsteckte. Dann wurde es ganz vorsichtig in Formen gegossen, und es entstanden die langen, gelben Kerzen, die das Licht für den

Haushalt gaben. Anschließend mußte ein Berg von Äpfeln geschält werden, die in einem großen Kupfertopf gekocht wurden und herrlich dufteten. Heute machte Mabel alles Spaß, und sie war sogar vorübergehend dazu bereit, ihre Abneigung gegen die rothaarige Katie zu unterdrücken. In der Tat waren die drei nicht Herrin und Dienstmädchen, nicht weißhäutig und braunhäutig, sondern einfach drei Frauen, die ihrer Hausarbeit nachgingen wie die Frauen seit Jahrhunderten vor ihnen.

Erst bei Einbruch der Dämmerung wurde Briar etwas nervös. Sie hatte Fred zu Jemima nach Hause geschickt, und jetzt waren nur die drei Frauen im Haus. Die beiden Schafhirten, die nachts in Hütten neben den Stallgebäuden schliefen, arbeiteten noch draußen.

Ganz plötzlich schien das große Haus voll seltsamer Geräusche zu sein. Der Wind blies einen Vorhang ins Zimmer, ein Vogel, vermutlich ein Buschpapagei, kratzte auf dem Dach, die Treppe knarrte – und so weiter. Briar wäre gerne bei Katie und Mabel in der Küche geblieben, aber die beiden waren eifrig damit beschäftigt, das Abendessen vorzubereiten, und außerdem mußte sie die Vorhänge für das Zimmer, in dem Mrs. Whitmore wohnen sollte, zuschneiden und säumen. Es war dumm, so nervös zu sein, denn andere Abende waren ganz genauso gewesen wie dieser. Saul war draußen und rodete den Busch oder ritt zu seinen Schafherden. Er kam nie vor Einbruch der Dunkelheit ins Haus.

Alles heute abend war wie sonst auch, außer daß sie die Eingangstür verriegelt und ein geladenes Gewehr neben sich an die Wand gelehnt hatte. Voller Abscheu sah sie das Gewehr an. Die Schießübungen hatten ja Spaß gemacht, aber der

Gedanke, damit tatsächlich auf ein menschliches Wesen zielen zu müssen, erfüllte sie mit Grauen.
Der Sonnenuntergang schien heute besonders lange zu dauern, und noch eine ganze Weile, nachdem die Sonne verschwunden war, leuchtete der Himmel in einem zarten Gold. Briar schob es immer weiter hinaus, die Lampe anzuzünden, aber dann mußte sie es doch tun, damit sie ihre Nähnadel sehen konnte.
Sie hatte sich gerade zur Arbeit niedergesetzt, als einer der Hunde anschlug. Erschrocken fuhr sie hoch, zwang sich aber schnell, ruhig und vernünftig nachzudenken. Hunde bellten aus verschiedenen Gründen. Das hatte sie während der letzten Wochen gelernt, als sie jeden Ton erforschte. Jetzt geschah es vermutlich, weil die Schafhirten nach Hause kamen, oder ein Wildschwein wühlte im Unterholz. Sie hob ihre Röcke und ging zum Fenster, um in die wachsende Dämmerung hinauszuspähen. Alles war normal. Nichts regte sich außer den Zweigen im Wind. Sie wollte die Frauen in der Küche nicht stören, nur weil sie sich durch Hundegebell aus der Fassung bringen ließ.
Sie ging hinaus und fragte ganz nebenbei: »Sind die Männer schon zu Hause?«
»Nein, Ma'am. Es ist jetzt sechs Uhr, sie kommen erst in einer halben Stunde.«
Katie, die mit einem schweren, flachen Bügeleisen beschäftigt war, das sie auf dem Herd erhitzte, war nicht beunruhigt und hatte dem Hundegebell offensichtlich keine Beachtung geschenkt. Briar sah aus dem Fenster zu den Schuppen hinüber. Auch hier regte sich nichts, und der Hund war jetzt still.

Mabel Kingi lachte tief und dröhnend. »Der Herr hat den halben Weg schon hinter sich, Missus.«

Ihre glänzenden braunen Augen hatten einen rätselhaften Ausdruck, und ihr Lächeln war voller Mitgefühl. Tante Charity hätte gesagt, sie sei viel zu aufdringlich und zu frech, aber wie brachte man einer einfachen Maorifrau diese feinen Unterschiede bei? Briar war durch Mabel irgendwie beruhigt und nahm sich insgeheim vor, ihr einiges an Faulheit und Hochmut nachzusehen. Denn sie war warmherzig, und wenn es Schwierigkeiten gäbe, würde sie bestimmt eine ungeheure Hilfe sein.

Sie kehrte in das von der Lampe erhellte Wohnzimmer zurück und setzte sich an ihre Arbeit.

Fünf Minuten später schaute sie zum Fenster und sah das schwarze Gesicht.

Sie wußte nicht, weshalb sie nicht schrie. Langsam stand sie auf; ihre Näharbeit fiel zu Boden. Das Gewehr lehnte an der anderen Seite des Zimmers an der Wand. Bis sie es erreicht hatte, konnte diese Gestalt mit dem Tomahawk längst das Fenster eingeschlagen haben und hereingesprungen sein.

Sie durfte nichts tun, was ihn provozieren würde. Sie mußte ihren Platz behaupten und seinem Blick standhalten. Sie konnte nur hoffen, daß Katie nicht hereinkäme und zu schreien anfangen würde, vor allem aber hoffte sie, daß dieser Maori ein Einzelgänger war, den die bald heimkehrenden Schafhirten abfangen oder vertreiben würden.

Sie konnte sich sowieso nicht rühren, denn der Blick aus diesem dunklen, von Tätowierungen bedecktem Gesicht mit der weißen Feder im langen Haar, der stolzen Nase und den

blitzenden Zähnen hypnotisierte sie, wie es ein zum Sprung geduckter Leopard getan haben würde.
Sie hatte den Eindruck, stundenlang wie festgenagelt dagestanden zu sein. Dann verschwand das dunkle Gesicht ebenso rasch, wie es aufgetaucht war. Einen Augenblick später dröhnten Faustschläge gegen die Eingangstür.
Katie schrie und kam in die Halle gestürzt. »Wer ist das, Ma'am?«
Briar hatte das Gewehr ergriffen, aber jetzt wußte sie nicht, was sie tun sollte. Wenn die Tür nachgäbe, würde sie schießen. Sie konnte aber höchstens einen töten; und dem Geräusch nach zu urteilen, war der Späher nicht alleine.
Es war Mabel, die zwar zitterte, aber vernünftig blieb. »Machen Sie die Tür auf, Missus. Die wollen nicht kämpfen. Wenn sie kämpfen wollen, zerschlagen sie die Fenster und reißen die Türen ein. Sie wollen irgend etwas, Sie werden sehen! Aber legen Sie das Gewehr weg, Missus.«
Sie konnte einer Horde von Wilden doch nicht die Tür öffnen. Sie würden ihr den Kopf abschlagen, die Augen ausdrücken und sie dann am Spieß braten wie ein Wildschwein, dachte sie voller Entsetzen. Sie sah nur noch das fürchterliche Gesicht am Fenster vor sich und fürchtete, ohnmächtig zu werden.
»Oh, Ma'am!« flüsterte Katie und klammerte sich an sie, während das Hämmern an der Tür lauter wurde und wilde Stimmen unverständliche Laute von sich gaben. »Was sollen wir bloß tun?«
Seltsamerweise führte Katies Verhalten dazu, daß Briar ihre eigene Angst vergaß und sich zu klarem Denken zwang. Sie war die Herrin. Sie war verantwortlich. Ihretwegen waren

sie noch immer in »Lucknow« und nicht in der Stadt in Sicherheit. Wenn also jemand sterben mußte, dann war sie es. »Geh in die Küche, Katie«, befahl sie barsch. »Du bleibst hier, Mabel. Wenn sie etwas wollen, brauche ich dich, um zu dolmetschen. Jetzt werde ich die Tür öffnen.«
Tapfer ging sie vorwärts, hantierte mit den Riegeln und riß die Tür auf.
Es mußten ungefähr acht Krieger sein, die dort im Dunkeln standen. Sie waren auf dem Kriegspfad, denn ihre Körper waren geölt und ihre Gesichter mit roter Farbe bemalt. Sie waren mit Musketen und Tomahawks bewaffnet. Ihr Anführer, der ins Fenster gespäht hatte und den Briar an der Feder im Haar wiedererkannte, trug einen schönen Mantel aus Kiwifedern und, wie sie aufgeregt bemerkte, einen Grünstein, einen *Tiki*, am Hals.
Er begann schnell und unverständlich zu reden. Er winkte einem seiner Männer, der hervortrat und ihm ein zusammengerolltes Stück Stoff in die Hand legte. Der Anführer, der noch sehr jung war, schüttelte es aus, und Briar blickte verständnislos auf ein langes, schmales Stück roter Seide mit eingestickten seltsamen Symbolen. Dann sah sie, daß der Anführer auf eine Stelle deutete, die zerrissen war. Es war ein schlimmer Riß, der ihn sehr zu stören schien. Er schüttelte seinen Kopf und deutete von dem Riß zu ihr.
»Was will er, Mabel?« fragte Briar ganz ruhig.
»Er will, daß Sie die Fahne flicken, Missus.«
Das war es also. Er hatte durchs Fenster geschaut und gesehen, daß sie nähte. Aber war diese wild aussehende Gesellschaft wirklich nur deshalb gekommen, damit man ein Stückchen Seide flickte?

»Frage ihn, was für eine Fahne das ist, Mabel.«
Der Anführer redete aufgeregt und lange, und als Mabel übersetzte, schien sie sowohl verängstigt als auch beeindruckt zu sein. »Es ist *Te Wepu,* Missus, Te Kootis Kampffahne. Er geht niemals ohne diese Fahne in einen Kampf. Sie wurde bei dem letzten Kampf beschädigt. Er denkt, er verliert den Kampf, wenn sie nicht geflickt ist. Er muß eine weiße Frau finden, die sie flickt.«
Wieder sprach der Anführer, und Mabel übersetzte: »Die Fahne wurde von Missionaren gemacht, von weiblichen Missionaren, die in einer Kirche gewohnt haben. Weiße Frauen, Missus. Und darum kann nur eine weiße Frau sie nähen.«
Rasch wurde die ganze Fahne entrollt, und ein dunkler Finger zeigte auf die in die rote Seide eingestickten Symbole: eine Mondsichel, ein Kreuz, ein Berg, ein Stern und ein blutendes Herz. Es war eine ungeheuer lange Fahne, ungefähr fünfzig Fuß, schätzte Briar. Und plötzlich wurde ihr klar, weshalb dieses Stück Tuch den Aberglauben in den Herzen der Krieger erweckte. Die weißen Frauen in der Kirche mußten Nonnen gewesen sein, und die in Tagen des Friedens bestickte Fahne zeigte Motive, die etwas mit den Leuten hier und dem Land zu tun hatten.
»Frage sie, wo Te Kooti ist«, sagte Briar.
Auf diese Frage folgte allgemeines Murmeln, Stirnrunzeln und heftiges Kopfschütteln. Wieder sprach der Anführer, und Mabel übersetzte: »Er sagt, Sie nähen Te Wepu, Missus. Te Kooti nicht hier. Weit weg.«
Briar sah sich die verwegenen Gesichter an. Wenn sie leben wollte, mußte sie tun, was diese Wilden verlangten. Das war

ihr ganz klar. Sie betete, daß ihre Hände nicht zu sehr zittern würden und sie die Nadel halten konnte.
»Bring mir meinen Arbeitskorb, Mabel, und die Lampe. Ich mache das hier in der Halle. Ich will diese Heiden nicht in meinem Haus haben.«
Sie setzte sich auf den geschnitzten Sessel in der Halle. Saul hatte ihr gesagt, er käme aus seiner englischen Heimat Norfolk. Der Stuhl stammte aus dem sechzehnten Jahrhundert und war von vielen Generationen der Whitmores in ihrem Stammhaus benutzt worden. Wie Briar so dasaß, das Licht der Lampe auf ihrem Haar, ihre Hände ohne Eile mit einer Näharbeit beschäftigt, hätte sie ebensogut in jenem beschützten englischen Heim sitzen können. Es war einfach unglaublich, daß sie in der Wildnis war, daß sich auf ihrer Türschwelle ein halbes Dutzend bewaffnete und bemalte Wilde drängten, während der kalte Nachtwind hereinblies.
Nicht nur Andrew Gaunt hatte sie vieles gelehrt, auch seine Frau. Briar mußte damals eine Menge nähen und flicken, und jeder Stich hatte sauber und ordentlich zu sein. Die Gewohnheit blieb ihr auch jetzt treu, und ihre Stiche waren genauso fein wie die der Nonnen im Kloster, die sich eingebildet hatten, den friedlichen Eingeborenen Neuseelands mit dieser Fahne eine Freude zu bereiten. Niemand konnte wissen, daß sie einmal über so entsetzlichen Schlachtfeldern wehen würde oder daß eine bedrohte Frau eines Tages gezwungen sein würde, sie zu flicken.
Während sie arbeitete, hörte sie plötzlich ein eigenartiges scharrendes Geräusch an der Rückseite des Hauses. Katie kam hereingeschlichen und berichtete, daß zwei der Maorikrieger ihre Äxte am Schleifstein neben der Hintertür schärf-

ten. »Sie wollen uns umbringen, wenn Sie hiermit fertig sind!« flüsterte sie.

Briar hob die Augen und begegnete dem feindseligen Blick des Anführers.

Mit einer lässigen Bewegung griff sie sich an den Hals und holte den *Tiki* aus dem Ausschnitt. Er war dem des Anführers beinahe zum Verwechseln ähnlich.

Ein kurzes Aufleuchten ging über das Gesicht des Maoris, und einen Augenblick später sagte er etwas zu seinen Männern, worauf einer von ihnen verschwand. Sofort hörte das scharrende Geräusch auf. Briar bemerkte, daß zwei der anderen Krieger ihre Tomahawks wieder wegsteckten. Ihre Hände zitterten nicht; ihr Wille ließ das nicht zu. Vor den Augen dieser Wilden Angst zu zeigen, wäre wahrhaft erniedrigend gewesen.

Endlich war die Arbeit getan. Sie reichte Mabel die Fahne. »Gib sie ihnen.«

Mabel schlurfte durch die Halle und warf in einer plötzlichen Aufwallung von Ekel den Wilden die Fahne zu.

Einer der Krieger stieß einen scharfen, ärgerlichen Laut aus, aber der Anführer hob beschwichtigend die Hand. Sein Gesicht war völlig ausdruckslos. Briar fiel jetzt auf, daß er eigentlich recht gut aussah, mit seinem dunklen Haar, einer hohen Stirn und einer edlen Nase. Er hätte ebensogut am Hofe Cäsars sein können oder in der Armee von Hector oder Agamemnon auf einem Schlachtfeld Griechenlands. Die Sonne hatte seine Haut gebräunt, und er trug andere Kleidung; das war alles. Die königliche Erscheinung war geblieben.

Er gab einen kurzen, scharfen Befehl, drehte sich um, und

plötzlich waren sie alle verschwunden. Der Eingang war leer, nur der kalte Wind wehte herein.
Katie bekam prompt einen hysterischen Anfall. Sie lachte und schluchzte, dann erklärte sie, daß sie vor Angst beinahe gestorben sei. Briar befahl ihr, ruhig zu sein, ging selbst zur Tür, um sie zu schließen und zu verriegeln. Sie bemühte sich mit aller Kraft, nicht selbst hysterisch zu werden. Ihre Handflächen waren naß, und in ihrem Kopf drehte sich alles.
»Weshalb haben sie uns nicht getötet, Mabel? Das hatten sie doch vor, sobald ich ihre Fahne geflickt hatte. Warum nicht?«
Mabel berührte den Grünstein auf Briars Brust. »Sie haben gesagt, Sie sind *tapu,* Missus.«
»Tapu?«
»Unberührbar. Durch Zauber. Das war Ihr Glück, Missus. Es waren sehr schlechte Männer vom Waikato Stamm.«
»Und jetzt habe ich ihnen ihre Flagge geflickt, jetzt können sie wieder kämpfen«, sagte Briar reuevoll. Aber die Angst fiel von ihr ab. Eine ungeheure Erleichterung, daß sie noch lebte, daß niemand verletzt war, daß ihr schönes Haus noch stand, erfüllte sie.
Sie sagte kühl: »Reiß dich zusammen, Katie. Du bist nicht verletzt. Ich denke, wir können jetzt alle ein bißchen was von dem Brandy meines Mannes vertragen, der für aufregende Ereignisse aufgehoben wird. Um Gottes willen, was ist mit den Schäfern? Haben sie die etwa getötet?«
»Das werde ich sofort herausfinden«, sagte Mabel. »Aber ich glaube nicht, daß sie tot sind. Ich glaube, die verstecken sich im Busch.«
Ihre Vermutung traf offensichtlich zu, denn kurz danach

vernahm man in der Küche ungeheures Geschrei, und die zwei Männer rannten, gefolgt von Mabel, die einen Stock schwang und wütend schrie: »Ich bringe euch um, ihr Feiglinge! Im Farn habt ihr euch versteckt! *Pi korry,* ich bring euch um!«, ins Haus.

Sie vergingen fast vor Scham, aber sie hatten keine Waffen und hatten geglaubt, das Haus sei von kriegerischen Eingeborenen umstellt. Sie hatten jeden Augenblick darauf gewartet, das Haus in Flammen aufgehen zu sehen. Ganz so feig, wie Mabel meinte, waren sie nicht, aber unfähig, irgend etwas zu tun.

»Werden Sie jetzt für die Nacht in die Stadt fahren, Mrs. Whitmore?«

»Jetzt, nachdem die Gefahr vorüber ist? O nein, ich bleibe hier. Wenn Katie gehen möchte, kann sie einer von euch hinbringen. Und ich möchte, daß wir sofort jemanden über den Vorfall in Kenntnis setzen. Es könnte bedeuten, daß Te Kooti in der Nähe ist. Man muß Alarm geben. Aber ich werde hier in meinem eigenen Haus bleiben.«

Katie war einen Augenblick unschlüssig, dann aber stellte sie sich neben Briar. »Ich bleibe auch«, erklärte sie. »Ich habe mich zu Tode geängstigt, aber jetzt macht es mir schon nicht mehr so viel aus. Ich hätte niemals gedacht, daß ich echte Hauhaus aus nächster Nähe sehen würde.« Der Brandy, den sie nicht gewohnt war, war ihr zu Kopf gestiegen. Sie hatte schon vergessen, wie sehr sie sich gefürchtet hatte, und jetzt dachte sie nur noch an die dunklen, muskulösen Gestalten mit den funkelnden Augen.

Diese schwarzen Männer brachten sie noch ganz durcheinander.

18

Die Eindringlinge verschwanden wie Nebel im Wind. Obwohl man alle verfügbaren Männer zusammenrief und einen Suchtrupp bildete, fand man keine Spur der kleinen Bande. Selbst ihre Fußabdrücke waren nicht mehr auszumachen. Sie schienen die Fähigkeit zu besitzen, sich in Luft aufzulösen.

Nur Dr. MacTavish, der spät von einer abgelegenen Farm zurückkehrte, wo er ein Kind versorgt hatte, glaubte eine Bewegung im Busch zu sehen und gab von seinem Wagen aus einen Schuß ab. Ohne weiter nachzuforschen, denn der Schatten im Gebüsch konnte viele Gefährten haben, gab er seinem Pferd die Peitsche und beeilte sich, nach Hause zu kommen.

Briar ging am nächsten Tag in die Stadt, um ihre erste Lesestunde zu halten. Obwohl sie noch immer vor ihrem eigenen Schatten erschrak, versuchte sie, Ruhe auszustrahlen. Es war die Pflicht der Pioniersfrauen, nicht in Panik zu geraten. Niemals würde sie zugeben, daß sie mit diesem Stolz auch ihr Schuldgefühl beschwichtigen wollte, weil sie Saul nicht gehorcht und dadurch andere Menschen in Gefahr gebracht hatte.

In der Stadt hatte die Geschichte von ihrer kühlen Besonnenheit bereits die Runde gemacht und wurde mächtig

übertrieben. Die Frauen umdrängten sie und stellten Fragen. Leicht konnte man die Angst erkennen.
»Mrs. Whitmore, wie konnten Sie bloß dasitzen und nähen! Ich wäre aus Angst ohnmächtig geworden.«
»Natürlich, wenn man kleine Kinder hat, die man beschützen muß.«
»Haben sie wirklich Tomahawks über Ihrem Kopf geschwungen?«
»Wissen Sie, daß es ›*Te Wepu*‹ war, was Sie da geflickt haben, die Flagge? Man sagt, Te Kooti geht niemals ohne diese Fahne in den Kampf. Hätten Sie sie nicht ins Feuer werfen können?«
»Damit man ihr den Kopf abschlägt? Reden Sie doch keinen solchen Blödsinn, Amy Perkins! Wenn ich unter solchen Bedingungen auch nur einen Nadelstich gemacht haben würde, wäre ich mächtig stolz auf mich.«
Nur eine Person war nicht voller Bewunderung. Das war Martha Peabody. Als die anderen in ihre Hütten zurückgegangen waren, sprach sie ernst mit Briar.
»Ich dachte, Saul hätte Ihnen aufgetragen, in die Stadt zu kommen, sobald er weg ist. Was hätte er wohl empfunden, wenn er Sie bei seiner Rückkehr mit gespaltenem Schädel oder erschossen aufgefunden hätte?«
Briar hatte die Bewunderung der anderen Frauen genossen, und Marthas vorwurfsvoller Blick paßte ihr nicht. Sie wurde gescholten wie ein Dienstbote, und dazu hatte niemand das Recht. Sie hob ihren Kopf. »Aber ich bin weder das eine noch das andere. Ich bin nicht einmal verletzt.«
»Es hätte aber sehr leicht sein können, und dann würde Saul sich sein ganzes Leben lang Vorwürfe machen.«

Briars Augen funkelten. »Sie denken nur an Saul!«
»Ich denke an euch beide, meine Liebe. Sie sind jung. Es liegt noch so vieles vor Ihnen. Niemand von uns kann sich Risiken erlauben, und manche lassen sich ganz vermeiden. Das ist eine Tatsache. Wenigstens haben Sie einen kühlen Kopf bewahrt«, fügte sie gerechterweise hinzu. »Saul wird stolz darauf sein.«
Tränen schossen Briar in die Augen. Das waren die Nachwehen, sagte sie zu sich selbst. Sie hatte zwei Nächte lang nur sehr wenig geschlafen, und irgendwie war sie ständig dabei zu lauschen. Saul würde keineswegs stolz auf sie sein; wahrscheinlich wäre er noch mehr verärgert als bei seiner Abreise. Er würde der Tatsache kaum Rechnung tragen, daß sie sich kühl und klug benommen hatte, als es darauf ankam; er würde nur wissen, daß sie ihm nicht gehorcht hatte. Vielleicht würde es ihm sogar leid tun, daß sie nicht von den Maoris umgebracht worden war, und er auf diese Art eine schwierige und unbequeme Frau losgeworden wäre. Es war ein fürchterlicher Gedanke, daß er möglicherweise ihren Tod wünschte.
Saul, der im Licht der Sterne nach Hause ritt, erhielt die Nachricht, lange bevor er nach »Lucknow« kam. Er traf auf einen müden Suchtrupp, der seit vierundzwanzig Stunden unterwegs war. Die Leute erzählten ihm von der Heimsuchung seiner Frau und schilderten in leuchtenden Farben, wie sie sich dabei verhalten hatte.
Saul war allerdings nicht in der Stimmung, Briars Mut zu bewundern. Wie sie vermutet hatte, war er wütend, daß sie ihm nicht gehorcht hatte. Er bereute auch sein eigenes Verhalten. Er hatte gewußt, er hätte »Lucknow« nicht verlassen dürfen,

nicht einmal für eine Nacht. Er hatte geschäftlich in New Plymouth zu tun, aber er hätte ebensogut auch jemand anders schicken können. Einer der Schafhirten hätte es ohne weiteres erledigen können. Aber es hatte ihn zutiefst getroffen und entsetzt, als er herausfand, wie seine Frau über ein Kind dachte. Er hatte geglaubt, jede Frau sehne sich nach einem Kind, selbst wenn sie den Vater nicht liebt. Briar offensichtlich nicht. Dieses ungeheuerliche, unberechenbare Weib.

Er hatte das Gefühl, in eine Falle getappt zu sein. Warum hatte er sich von den glänzenden Augen eines Mädchens einfangen lassen, von dem puren Schein von Geist und Leidenschaft? Seine Mutter hatte recht. Er war zum Narren gehalten worden und mußte den Preis bezahlen – bis ans Ende seines Lebens! Jeden Morgen sollte er neben der kühlen, abweisenden Gestalt seiner Frau erwachen, jeden Abend seinen Groll auf ihre verdammte Unberührbarkeit und ihre Leidensmiene unterdrücken, mit der sie seine Umarmungen ertrug, weil es ihre Pflicht war.

Er wußte, bald würde er es nicht mehr fertigbringen, sie überhaupt anzurühren, und was lag dann vor ihnen? Endlose Nächte, in denen jeder auf seiner Seite des Bettes lag und nicht wagte, sich zu bewegen, aus Angst, die Bewegung könnte falsch verstanden werden. In welch schrecklichem Gefängnis würden sie dann leben? Und wer, um Himmels willen, hatte die segensreiche Erfindung des Doppelbettes gemacht? Skandal hin oder her, er würde in ein anderes Zimmer ziehen. Und wenn die Maoriunruhen vorüber waren, würde er Reisen nach New Plymouth und Wellington unternehmen. Er hatte nicht die Absicht, sich hier festnageln zu lassen.

Aber es war deprimierend, zugeben zu müssen, daß seine Mutter in bezug auf Briar recht gehabt hatte. Sie war nichts weiter als ein hinterhältiges Dienstmädchen, das Sicherheit und Anerkennung suchte, auch wenn sich ihre strahlenden Augen auf mitleiderregende Weise mit Tränen füllen konnten. Sie war eine geschickte Schauspielerin. Selbst ihre Sittsamkeit und Angst in der Hochzeitsnacht waren sicherlich nur gespielt, um ihren Abscheu vor ihm zu vertuschen, denn er könnte schwören, daß sie sich anderen Männern gegenüber nicht so verhielt.

Trotz allem – Mut hatte sie! Er konnte sich sehr gut vorstellen, wie sie stolz und kühl den Kopf gehoben hatte, als sie die Befehle von diesem Wilden entgegennahm. Aber das entschuldigte nicht die Mißachtung seiner Anweisung. Er wäre niemals verreist, hätte er gewußt, sie würde in »Lucknow« bleiben.

Was würde man von einem Mann halten, der seine Frau unbeschützt zurückließ, während er sechsunddreißig Stunden abwesend war?

Das war der Zorn, der an ihm nagte und ihn noch finsterer als gewöhnlich aussehen ließ. Außerdem war er zwölf Stunden lang ohne Unterbrechung geritten. Er war einfach zu müde, um mit diesem neuen Vorfall fertig zu werden. Zudem litt er an der verrückten Vorstellung, seine Frau würde zu Hause auf ihn warten, um ihm in die Arme zu stürzen.

Natürlich stürzte sie ihm nicht entgegen. Sie erhob sich nicht einmal von ihrem Stuhl, sondern beugte sich weiter über ihre Näharbeit. So ruhig wie sie am vergangenen Abend dagesessen haben mußte, als sie von weitaus feindseligeren Augen beobachtet worden war. Er konnte nicht wissen, daß

sie trotz ihrer äußeren Ruhe und Gelassenheit gespannt auf das leiseste Geräusch hörte, daß sie versuchte, ihr Zittern zu unterdrücken, und soweit war, beim Rütteln eines Fensters oder dem unerwarteten Schrei eines Vogels aufzuspringen wie in jeder Sekunde seit der vergangenen Nacht.
»Schön, Saul, da bist du ja«, sagte sie ruhig.
Er stand neben ihr, dreckbespritzt, müde, verwirrt und verärgert. Er hätte ihr gerne gesagt, wie dankbar er war, daß sie noch lebte, aber ihr abweisendes Gesicht ließ ihn ebenso steif werden wie sie.
»Du hast nicht getan, was ich dir befohlen hatte.«
Sie riß einen Faden ab und schüttelte leicht den Kopf. »Ich hatte keine Angst hierzubleiben.«
»Ist dir klar, daß du hättest umkommen können? Und Katie auch?«
Etwas wie Reue huschte über ihr Gesicht. »Doch, Saul. Wegen Katie tut es mir leid. Ich hätte darauf bestehen sollen, daß sie geht.«
»Und du nicht?«
»Ich zog es vor, in meinem Haus zu bleiben.«
Also war es doch so, wie seine Mutter behauptet hatte. Sie war habsüchtig, käuflich und ehrgeizig. Sie wollte lediglich ein Haus besitzen, das nach örtlichen Verhältnissen einmalig war. Mrs. Saul Whitmore zu sein, die sehnsüchtig und ängstlich auf die Rückkehr ihres Mannes wartete, das schien außerhalb ihrer Vorstellungskraft zu liegen.
»Es tut mir leid, wenn du ärgerlich bist, weil ich dir nicht gehorcht habe«, fuhr sie fort.
»Das ist der Gipfel! Verstehst du denn nicht, wie nahe du dem Tod warst? Hattest du denn keine Angst?«

»Natürlich hatte ich Angst. Aber wenn niemand hier gewesen wäre, hätten sie höchst wahrscheinlich das Haus niedergebrannt. Und so habe ich eben getan, was sie wollten, und alles war in Ordnung.«

Er erhaschte einen kurzen Blick aus ihren großen Augen, ehe sie die Lider senkte. Er erkannte, daß sie sich sehr gefürchtet hatte, daß sie sich noch immer fürchtete, und gegen seinen Willen erwachte Bewunderung in ihm.

»Ich hätte dich nicht verlassen dürfen«, gestand er brummend.

»Aber es ist doch alles in Ordnung, Saul. Es würde mich nicht wundern, wenn Te Kooti oder seine Männer niemals mehr in die Nähe dieses Hauses kämen. Es könnte jetzt *tapu* sein. Dann hätte ich doch wenigstens etwas erreicht, oder? Und ich muß dir sagen, diese dumme Katie ist seitdem auch nicht mehr die alte. Sie trödelt herum und vergißt alles, als ob sie verliebt wäre. Aber du willst sicher etwas zu essen, und ich sitze da und plaudere. Hattest du eine gute Reise?«

»Es gab nichts Außergewöhnliches.«

»Du bist schnell zurückgekommen.«

Er nickte. Er würde dieser seltsamen Frau, die plötzlich ebenso geschwätzig war wie diese einfältigen Mädchen in Wellington, niemals eingestehen, daß er sich besonders beeilt hatte. Ihre Schwatzhaftigkeit hatte ihn vorübergehend irritiert und beinahe unvorsichtig werden lassen.

»Und deine Geschäfte konntest du zufriedenstellend abwickeln?«

Wieder nickte er, dann fügte er knapp hinzu: »Ich habe etwas Stoff mitgebracht, Chintz und Spitze. Du willst sicher das Haus für die Gäste hübsch machen.«

»Das ist wundervoll! Kann ich die Sachen jetzt sehen?«

Bei der Erwähnung von Geschenken hatte ihr Gesicht wie das eines Kindes aufgeleuchtet. Sauls weiche Stimmung verschwand sofort wieder. In Zukunft würde er sich immer daran erinnern, daß ihre Freude und ihr strahlender Ausdruck, den er so falsch gedeutet hatte, nur gekauft werden konnten.

Aber anscheinend hatte sie auch ihre Vorstellungen über die Bezahlung.

Denn als er schließlich hundemüde und so spät die Treppe nach oben ging, daß er hoffen konnte, sie sei bereits eingeschlafen, brannten die Kerzen noch, und Briar lag nicht im Bett, sondern saß vor dem Toilettentisch und bürstete ihr Haar.

Dunkel und seidig fielen die Locken über ihre Schultern und ließen ihr Gesicht sehr zart und sehr jung erscheinen. Sie trug ihr hochgeschlossenes, langärmliges Nachthemd.

Die Ärmel waren von ihren schlanken Armen zurückgerutscht, und der feine Stoff ihres Hemdes zeichnete weich die Konturen ihres Körpers.

Dieses kleine, stille Gesicht, das im Kerzenlicht schimmerte, würde ihn sein ganzes Leben lang verfolgen, dachte er, bevor ihn Ärger und Verachtung überkamen.

Sie verlegte sich anscheinend aufs Kokettieren. Nicht nur der Besuch der Maoris, auch seine überstürzte Abreise hatten sie erschreckt. Sie hatte die ehrbare Fassade ihrer Ehe einstürzen sehen. Aber hielt sie ihn wirklich für so blöd, daß er sich durch das kokette Gehabe einer liebenden Ehefrau einwickeln ließe? Er hätte sie für intelligenter gehalten. Nachdem sie kürzlich nur ihren Abscheu demonstriert hatte, erwartete sie wohl nicht im Ernst, daß er sich jetzt täuschen ließ, nur weil sie ihm in die Arme sank!

Dieses Spiel konnte er genausogut spielen. Er warf seine Kleider ab und gähnte. »Ich habe seit sechsunddreißig Stunden nicht geschlafen. Beeil dich bitte und blase die Kerzen aus.« Er bemerkte ihren Seitenblick, obgleich er so tat, als sei er voll und ganz damit beschäftigt, ins Bett zu steigen.

»Zuerst muß ich mein Haar zurückbinden«, sagte sie gefaßt, und während der nächsten fünf Minuten bewegte sich ihr Schatten in quälender Deutlichkeit an der Wand. Kleines Luder, dachte Saul wütend.

Er schloß die Augen und war dem Anschein nach fest eingeschlafen, als sie endlich die Kerzen löschte und ins Bett schlüpftc.

Seine Verachtung für ihre Falschheit lähmte ihn. Das Bild einer verführerischen Frau vor dem Spiegel war ein Traum und würde bei der leisesten Bewegung verschwinden.

Er konnte nicht wissen, wie bestürzt und zutiefst gedemütigt sie durch seine Zurückweisung war. Ihr Instinkt hatte ihr gesagt, daß dies die einzige Möglichkeit sei, sich für den Streit zu entschuldigen, und obgleich sie sich wie eine Hure vorgekommen war, hatte sie sich bei Kerzenschein hingesetzt und ihr Haar gebürstet.

Aber er hatte sie nicht gewollt. Entweder war er tatsächlich müde, oder seine Leidenschaft für sie war abgekühlt, beziehungsweise er hatte ihr noch immer nicht vergeben.

Und jetzt lagen sie da, Seite an Seite, wie zwei Gefangene.

19

Es stimmte, Katie war mit einem Mal verträumt und unzuverlässig, ließ Dinge fallen, die sie gerade in der Hand hielt, und lauschte oder ging zum Fenster, um über die grünen Wiesen zum Rand des Busches hinüberzuspähen. Briar sprach öfters mit ihr und fragte, was in sie gefahren sei. Sie befürchtete manchmal, die Angst vor den Maoris habe ihren Geist verwirrt. Mabel Kingi machte sich ganz offen über Katies Vergeßlichkeit lustig, und was die beiden Schafhirten betraf, um deren Gunst Katie bisher gebuhlt hatte, so wurden sie nur noch mit verächtlichen Blicken bedacht.
Aber Katie lebte nur in einem seltsamen Traum. Die Wirklichkeit kam erst zwei Tage später.
Es war mitten am Nachmittag, und sie hatte heißen Tee zu den Männern hinausgebracht, die den Busch rodeten. Mit der Sichel rückten sie dem zähen Farnkraut, dem Unterholz und den Wurzeln zuleibe, um mehr guten und fetten Boden zu gewinnen. Auf dem Heimweg hatte sie eine gute halbe Meile vom Arbeitsplatz der Männer entfernt im dämmrigen Busch einen leuchtenden Zweig der *Rata*-Blume entdeckt.
Sie war fasziniert von der Farbe und beschloß, die Blüten mitzunehmen, um das Haus damit zu schmücken. Ohne auch nur an Gefahr zu denken, stapfte sie in den Wald außer Sichtweite des Hauses und der Wiesen. Plötzlich packte sie

etwas am Knöchel, und sie fiel hin. Eine dieser zähen, verzweigten Farnwurzeln, dachte sie und wollte wieder aufstehen. Einen Augenblick lang hatte sie Angst gehabt. Es war fast so, als hätte sie jemand gepackt. Sie kicherte, wenn auch etwas unsicher. Und dann fiel sie abermals. Etwas hielt ihren Knöchel fest umschlossen.

Eine Schlange, dachte sie entsetzt, und Panik ergriff sie, als sie etwas Dunkles im Unterholz sah. Sie schrie, und von irgendwo kam eine tiefe Stimme: »Nicht schreien bitte!«

Katie richtete sich verblüfft auf, stieß die Farne beiseite und sah direkt in ein schwarzes Gesicht mit großen, dunklen Augen. Diesem sehnigen Arm, der ihren Knöchel umklammert hielt, würde sie kaum entkommen können.

»Was … was willst du?« japste sie.

»Essen!«

Katie wurde fast schwarz vor den Augen: Wollte er etwa sie fressen? »Warum … holst du dir dann nichts?« fragte sie und nahm all ihren Mut zusammen.

Der Maori rutschte ein bißchen näher und deutete auf sein Bein. »Verletzt«, sagte er rauh. »Hunger. Hol Essen.«

Er war also verwundet und konnte sich nicht bewegen! Katies Erleichterung war ungeheuer. Von ihr war im Augenblick also nicht die Rede.

»Ich kann aber nichts tun, wenn du meinen Knöchel festhältst.«

Der Maori bewegte sich wieder, was ihm große Schmerzen zu bereiten schien, und stützte sich auf den Ellbogen. Sein kaum tätowiertes Gesicht sah gar nicht so fürchterlich aus. Sie sah seinen nackten, muskulösen Oberkörper, der sehr angespannt zu sein schien.

Sie verspürte eine seltsame Erregung, die ihr den Atem raubte. »Ich bringe dir Essen, wenn du mich losläßt. Aber wie willst du wissen, ob ich allein wiederkomme? Woher willst du wissen, ob ich nicht Mr. Whitmore und Gewehre mitbringe? Du bist einer von denen, die neulich im Haus waren, nicht wahr? Man hätte dich erschießen sollen.«

»Niemand wurde verletzt«, sagte der Mann. »Und ich sage dir, wenn du nicht allein wiederkommst, werden alle meine Leute hierherkommen. Sie werden brennen und morden. Diesmal wird niemand entkommen. *Te Wepu* wird fliegen. Te Kooti wird kommen.«

Katie schrak zurück, die wilde Besessenheit, die dieses Gesicht plötzlich verändert hatte, jagte ihr Angst ein. Sie glaubte ihm jedes Wort. Te Kooti würde kommen, und sie würden alle sterben. Es sei denn, sie brachte diesem verwundeten Mann etwas zu essen, kümmerte sich um seine Wunde und sah zu, daß er sich wieder entfernte.

»Dann laß mein Bein los«, sagte sie.

»Du kommst allein zurück?«

»Ja, aber ich muß Essen stehlen. Das kann eine Weile dauern. Ist dein Bein schlimm?«

»Es wird heilen.«

»Ich werde einen Verband mitbringen.« Der Kopf des Mannes war ins Farnkraut gesunken. Katie merkte, wie schwach er war. Er war fast tot, nicht der Verletzung wegen, sondern vor Hunger.

»O je«, flüsterte sie. »Ich werde dich mit Farn zudecken, dann sieht dich niemand. Ich komme so schnell zurück, wie ich kann.«

Sie rannte über die Wiesen, aber in Sichtweite des Hauses

ging sie langsam und überquerte lässig den Hof, um in die Küche zu gelangen. Mit ein wenig Glück war Mrs. Whitmore im Wohnzimmer und nähte, und Mabel saß auf ihrem dicken Hintern in der Küche und schlief.

Katie wußte, draußen in der Vorratskammer hing eine gekochte Lammkeule, aber sie brauchte auch Brot und Verbandszeug.

Nach der Drohung des gefangenen Maori hatte sie nicht die Absicht, ihn zu hintergehen. Sie hatte ihn gefunden, und sie würde sich um ihn kümmern, wie man sich um ein Tier kümmerte, das sich in einer Falle gefangen hatte. Kein Tier allerdings hatte so große, feurige Augen und einen so schönen Körper.

Mabel schlief, wie Katie gehofft hatte, aber Mrs. Whitmore hörte sie und rief: »Katie, bist du das?«

»Ja, Ma'am.«

»Wann sind die Männer mit der Arbeit fertig?«

»Wenn es dunkel wird, nehme ich an.«

»Dann haben wir noch genügend Zeit, diese Vorhänge aufzuhängen. Komm und hilf mir.«

»Oh, Ma'am, ich sollte ... Kartoffeln ausgraben.«

»Das kann Mabel machen. Seit wann läßt sie dich Kartoffeln ausgraben? Komm jetzt. Wohin starrst du denn?«

Hilflos schaute sie aus dem Fenster zum Wald hinüber. Wenn sie nicht zurückkam, würde er denken, sie hätte ihn im Stich gelassen. Oder ihr Versprechen gebrochen und Männer mit Gewehren geholt.

»Also wirklich, Katie, man könnte denken, du hast den Verstand verloren. Komm mit mir hinauf, damit wir diese Arbeit hinter uns bringen. Mr. Whitmores Mutter kann jeden

Tag hier erscheinen, und was würde sie wohl sagen, wenn ihr Zimmer nicht ordentlich eingerichtet ist?«

»Ja, Ma'am«, sagte Katie gehorsam und folgte ihrer Herrin die Treppe hinauf.

Das bedeutete, sie mußte nach Einbruch der Dunkelheit in den Wald gehen. Sie bezweifelte, ob sie dazu den Mut aufbringen würde. Und wie sollte sie den Platz wiederfinden? Die ganze Geschichte schien hoffnungslos zu sein.

Wenn sie ein paar Kerzenstummel und Streichhölzer mitnähme, würde sie es vielleicht schaffen. Oder noch besser, sie lieh sich die Wagenlaterne aus dem Stall. Sie konnte gehen, während dic Männer mit Mabel in der Küche aßen. Normalerweise aß sie mit ihnen, nachdem sie den Herrn und die Herrin im Eßzimmer bedient hatte. Aber heute abend würde sie sagen, sie hätte keinen Appetit und wollte früh zu Bett gehen. Ihr Zimmer lag hinter der Küche, und eine Tür führte auf die Veranda hinaus. Es würde ganz einfach sein, wenn sie nur ihren Weg in der Dunkelheit fände.

Sie brauchte trotzdem viel Mut, aber dann dachte sie wieder an den armen dunkelhäutigen Mann, der hilflos auf dem Waldboden lag. Außerdem hatte er nicht ganz wie ein Eingeborener ausgesehen. Er sprach zu gut Englisch, und seine Haut war heller als die der anderen Maori.

Beladen mit Lebensmitteln, Verbandszeug, einer Tasche voller Kerzenstummeln und der schweren Stallaterne, schaffte Katie irgendwie den schwierigen Weg. Als sie den dunklen Waldsaum erreicht hatte, brauchte sie mehr als eine halbe Stunde, um den Pfad wiederzufinden, wo die *Rata*-Blume geleuchtet hatte. Eine Eule rief, und der Wind hatte sich erhoben. Es war schrecklich einsam.

»He, du!« rief sie immer wieder mit gedämpfter Stimme. »Wo bist du?«
Endlich erhielt sie Antwort und tastete sich vorwärts.
»Da bist du ja, ich dachte, ich würde dich nicht wiederfinden!« Ihre lustige irische Stimme trotzte den unheimlichen Geräuschen des Waldes und den dunklen Schatten.
»Hier«, sagte die Stimme noch einmal, und das Licht der Lampe fiel auf das dunkle Gesicht. Er saß gegen einen Baum gelehnt.
Sie packte das Essen aus, und er stürzte sich darauf wie ein hungriger Wolf. Katie empfand eine eigenartige Befriedigung, als er sich schließlich zufrieden und satt zurücklehnte.
»Und jetzt zum Bein«, sagte sie. »Ich habe Salbe und Verbände mitgebracht. Ich verstehe ein bißchen etwas von Krankenpflege, denn ich habe das während der Überfahrt auf dem Schiff gemacht. Was hast du denn für eine Wunde?«
»Kugel.«
»Wie kommt es, daß du so gut Englisch sprichst?« fragte Katie. Sie hatte einen Blick auf die offene Wunde getan, und was sie sah, gefiel ihr nicht. Wenn das der Mann war, dem Dr. MacTavish eine Kugel nachgejagt hatte, so wollte sie, er wäre jetzt da, um den Schaden wiedergutzumachen. Aber was Krankheiten betraf, so war sie nicht zimperlich. Sie stellte die Lampe nieder und machte sich an die Arbeit.
»Meine Mutter war eine Weiße«, erklärte er.
»Dann bist du ja ein Halbblut. Wie heißt du?«
»Rangi.«
»Was bedeutet das?«
»Es bedeutet ›die Sonne‹.«
Im Schein der Laterne betrachtete Katie sein Gesicht. Er

sieht aus wie ein heidnischer Gott, dachte sie. Diese schöne, gerade Nase und das schwarze, auf dem Kopf zusammengebundene Haar. Und er hieß »die Sonne«. Sie fühlte sich ein bißchen verzaubert.

»Du haßt die Weißen, nicht wahr, Rangi?«

»Nein, wir waren gute Freunde, bis der Krieg anfing.«

»Du verzehrst sie auch nicht?«

Finster blickte er sie an und antwortete mit trauriger Stimme: »Das ist ein unwürdiger Brauch, man hätte ihn für immer vergessen müssen.«

»Trotzdem folgst du Te Kooti?«

»Meine Leute haben viele Fehler gemacht; jetzt müssen wir versuchen, wenigstens etwas noch zu retten. Aber das Volk ist geschwächt und setzt sich nicht mehr zur Wehr. *›Ka whawhai tonu! Ake! Ake! Ake!‹«*

»Was um Himmels willen heißt dieses Kauderwelsch?«

»Wir werden kämpfen bis in alle Ewigkeit.«

Katie sah ihn nüchtern an. »Du aber nicht, jedenfalls nicht mit diesem Bein, das steht fest. Aber ich glaube nicht, daß die Kugel drinsteckt. Die Wunde sieht sauber aus. Wenn du dich noch ein paar Tage verstecken kannst, kommst du vielleicht davon. Ich bringe dir noch mehr zum Essen, wenn ich kann.«

»Du bist gut.«

»Laß nur!« sagte Katie mit rauher Stimme, denn sie konnte den Gedanken an seinen nackten, sehnigen Körper, seine breiten Schultern und seine glühenden Augen kaum ertragen. »Warum wollen die Menschen kämpfen?«

»Sie sind falsch, sie können nicht im Frieden zusammenleben. Dein Haar ist wie die *Rata*-Blume.«

Katie lachte. »So rot auch wieder nicht. Nun, Rangi, wenn du dich ruhig hältst, müßte die Schwellung rasch zurückgehen. Aber du darfst dich nicht sehen lassen. Ich bringe dir morgen wieder etwas zu essen.«

»In diesem Baum hier ist ein Loch; da krieche ich hinein.«

»Das ist ja phantastisch. Und ich weiß, wo ich dich finde. Ich muß jetzt gehen, sonst sucht noch jemand die Stallaterne und macht sich Sorgen. Aber ich komme zurück. Es sind doch keine von deinen Freunden in der Nähe, oder?«

»Nein. Ich war allein, als ich angeschossen wurde.«

»Was hast du eigentlich hier gemacht?«

»Neue Leute für Te Kooti geholt.«

»Und wollt ihr kämpfen?«

»Vielleicht nicht hier. Vielleicht weit weg.«

»Sorge dafür, daß es weit weg ist!« bat Katie. »Wenn ihr hierher zurückkommt und eure Tomahawks schwingt, werde ich selbst dich erschießen, Mr. Rangi – die Sonne!«

Sie wußte, eigentlich sollte sie jemandem von ihm erzählen, vor allem müßte sie die Information weitergeben, daß Te Kooti seine Leute zusammenruft. Aber sie hätte es nicht ertragen, wenn man Rangi getötet hätte. Und schließlich hatte er gesagt, der Kampf würde weit weg stattfinden. Er hatte es gewissermaßen versprochen. Das heißt, wenn Te Kooti oder irgendeiner seiner blutrünstigen Krieger überhaupt auf ein Halbblut hörte. Wenn nicht, konnte man sowieso nichts ändern. Es schadete also nichts, Rangi entkommen zu lassen.

Am dritten Tag gab Katie ihrem drängenden Verlangen nach, kroch zu Rangi in das Baumloch und legte sich neben ihn.

Und am vierten Tag war er verschwunden.
Und das war auch gut so, denn Saul hatte an der Vorratskammer ein Schloß angebracht, um Opossums oder andere Diebe fernzuhalten, die dauernd Fleisch stahlen. Es wäre recht schwierig geworden, weiterhin Eßbares in den Wald zu schmuggeln.
Aber Katie hielt nach Rangi Ausschau, bis die Winterregen einsetzten und sie nicht mehr über die Wiesen gehen konnte, ohne Gefahr zu laufen, im Morast zu versinken. Sie mußte ihre Sehnsucht verbergen, und niemand durfte wissen, wie sehr das neu entdeckte Verlangen ihres Körpers sie quälte. Er wird zurückkommen, sagte sie sich verzweifelt.

20

Nach einer Woche Dauerregen war der Weg ins Dorf unpassierbar geworden; man versank bis über die Knöchel im Schlamm. Briar war zu einer trostlosen Woche im Haus verdammt, die durch Katies Dahindämmern und Sauls vollkommene Zurückgezogenheit auch nicht besser wurde. Was Saul betraf, verhielt sie sich sehr klug. Nach außen benahm sie sich höflich und korrekt, aber sonst verweigerte sie ihm jeglichen Einfluß. Sie konnte nicht anders nach jener demütigenden Nacht, wo er sie abgewiesen hatte. Das würde sie ihm niemals verzeihen, niemals! Sie konnte nichts tun, als neben ihm liegen, und nur ihr fester Entschluß, die Herrin von »Lucknow« zu bleiben, hielt sie da. Wenn Saul dickköpfig sein konnte, sie konnte es ebenso.

Jetzt machte sie sich Sorgen um die Vorgänge im Dorf, denn sie wußte, die meisten der Häuschen hatten Dächer, durch die es hineinregnete. Endlich überredete sie Saul, wenigstens die Familie Potter nach »Lucknow« zu bringen.

Kurz nachdem er gegangen war, wurde Mabel plötzlich verrückt. Sie begann in der Küche zu schreien und umherzurennen, und als Briar hinauseilte, konnte Mabel kaum sprechen. Ihre Augen traten hervor, und ihre Lippen waren ganz weiß. Mit zitternder Hand deutete sie zum Fenster.

»Oh, Missus, ein schlimmes Zeichen! Jemand wird sterben.«

Alles, was Briar sehen konnte, war eine der hübschen kleinen Pfauentauben, die beinahe so zahm wie Katzen waren und gelegentlich ins Haus kamen und sich neugierig umschauten.

»Mabel, stell dich doch nicht so an! Es ist nur eine Pfauentaube. Ich öffne das Fenster, dann fliegt sie wieder hinaus.«

Mabel kauerte an der Wand und sah aus, als würde sie selbst am liebsten wegfliegen.

»Es bedeutet Tod, Missus, wenn sie reinkommen.«

»So ein Unsinn, Mabel! Niemand wird sterben.«

Trotzdem wartete sie etwas ängstlich auf Sauls Rückkehr, und als er allein wiederkam, erfaßte sie eine böse Vorahnung. Es stellte sich aber heraus, daß Jemina und die Kinder nichts weiter als eine böse Erkältung hatten.

»Martha und Dr. MacTavish kümmern sich um sie«, beruhigte er Briar. »Sobald die Sonne scheint, wird es ihnen wieder gutgehen.«

»Aber was ist mit dem Baby? Es ist ohnehin so zart; es kann noch eine schwere Erkältung nicht überstehen. Ich hätte sie niemals in diese Gegend kommen lassen dürfen. In Wellington hätten sie es viel besser gehabt. Oh, dieser entsetzliche Regen! Hört er denn niemals auf?«

»Wenigstens macht er für uns die Situation verhältnismäßig sicher«, stellte Saul fest. »Ich habe zuverläßige Berichte, nach denen sich Te Kooti auf der anderen Seite der Berge aufhält. Der Schnee liegt den ganzen Winter über. Wir können also etwas ausspannen.«

»Immer nur die Maori«, sagte Briar abschätzig. »Ich mache mir viel mehr Sorgen um die kleine Rose.«

»Hoffen wir, daß du auch weiterhin in solchem Ton von den

Maoris sprechen kannst«, sagte Saul spöttisch. »Ich kann dir versichern, sie verdienen eine ganze Menge mehr Respekt.«
Aber Briar hörte ihm gar nicht zu. Plötzlich sagte sie: »Ich werde Jemima besuchen, und wenn ich schwimmen muß.«
Saul sah sie an, dann machte er sich nicht einmal die Mühe, sie davon abzuhalten. »Wir werden die Pferde nehmen. Aber es ist schon spät; in einer Stunde ist es dunkel.«
»Ich bleibe über Nacht. Ich packe nur meine Tasche. Und morgen bestehe ich darauf, daß sie mit mir hierherkommen. Man muß sie nur gut zudecken, dann wird ihnen die Reise nicht mehr schaden als dieses feuchte Haus.«
Sie war froh, daß sie gegangen war, denn wenn es Jemima und den beiden älteren Kindern verhältnismäßig gutging, so schien das Baby doch sehr krank zu sein. Sein Gesicht war beängstigend blau, und es atmete sehr schwer.
Briar sah, daß es sterben würde.
In dieser feuchten Hütte kam der Tod schnell. Sie konnte nichts tun, als der anderen Kinder wegen fröhlich sein.
Sie stellte ihre Tasche ab und sagte: »Ich bleibe. Hole mich bitte morgen wieder ab, Saul. Jemima, geh sofort wieder ins Bett zurück. Was tun die Kinder dort oben?«
»Oh, die werden allmählich unruhig im Bett. Jimmy steht auf, und natürlich muß Lucy das gleiche tun.«
»Ich gehe gleich zu ihnen und werde ihnen eine Geschichte erzählen. Wie lange seid ihr schon so erkältet?«
»Seit zwei Tagen. Mit dem Baby steht es schlecht. Der Arzt sagt, es ist Diphtherie.«
»Nun, wir kriegen es schon wieder hin.«
Briars Stimme schien mehr Zuversicht auszudrücken, als sie empfand, denn Jemima sank mit einem zufriedenen Seufzer

zurück. »Alle sind so freundlich, aber Sie machen sich die meisten Sorgen um uns, Briar. Lachen Sie nicht über den Schirm, wir haben ihn aufgespannt, weil es dauernd aufs Bettende tropft.«

Was für ein Ort, dachte Briar ärgerlich. Kalt, feucht und voller Qualm von dem lustlosen Feuer. Wasser lief an den Wänden hinab und warf die so liebevoll aufgehängten Bilder auf, und auf dem Boden wuchs Schwamm. Hier ließ Fred Potter seine Frau und seine Kinder leben wegen eines verdammten Kartoffelackers und ein bißchen Unabhängigkeit.

Briar eilte aufgebracht hin und her, fachte das Feuer neu an, kletterte die Leiter hinauf in die niedere Dachkammer, um die begeisterten Kinder zu besuchen, hing den Kessel über das Feuer, um Essen zu kochen, und versuchte, das unordentliche Zimmer aufzuräumen.

Aber als Fred hereinkam, vergaß sie ihren Ärger. Er sah so verloren und verängstigt aus, daß sie alle Mühe hatte, auch ihn zu beruhigen. Und später, nach dem Tee, holte sie Jimmy und Lucy aus der Dachkammer herunter und erzählte ihnen Geschichten, während sie das Baby auf dem Schoß hielt, wo es zufriedener zu sein schien.

Die Lampe brannte mit gelbem Licht, und das *Manuka*-Holz verbreitete einen würzigen Geruch. Jemimas geliebte Kupferpfannen glänzten, die Chintz-Vorhänge waren zugezogen und schlossen die kalte, nasse Nacht aus. Nur hin und wieder fiel ein Tropfen schwer auf den aufgespannten Schirm. Für eine kleine Weile schien es, als seien sie alle Kinder, die nicht in einer feuchten Wildnis lebten, sondern in einem Märchenpalast. Jimmys rundes Gesicht glühte vor Entzükken, und Lucy lehnte sich an Briars Schulter.

»... und so lebten sie glücklich bis an ihr Lebensende.« schloß Briar, und sie wunderte sich, weshalb Tränen in ihren Augen standen.

Sie brachte den Kindern Brot und Milch und steckte sie wieder in ihr Bett.

Jemima wollte das Baby in ihr Bett nehmen, aber Briar erlaubte es nicht. Jemima sollte heute nacht schlafen und Fred auch. Als Doktor MacTavish um zehn Uhr leise klopfte, schliefen alle, außer Briar, die noch immer dasaß und das Baby in ihrem Schoß hielt.

»Geht es ihr sehr schlecht?« flüsterte sie und warf dabei einen wachsamen Blick auf die Vorhänge, die vor Jemimas und Freds Bett gezogen waren.

»Hm. Keine Widerstandskraft, das arme, kleine Ding. Halten Sie sie warm und trocken. Schicken Sie Fred, wenn Sie mich in der Nacht brauchen. Sonst schaue ich morgen als erstes wieder vorbei. Und Sie sollten sich auch um Mrs. Potter kümmern. Sie ist selbst nicht bei bester Gesundheit. Gott segne dich, Mädchen. Gute Nacht!«

Es war eine lange Nacht. Und früh am Morgen, gerade nachdem sich das Kleine bewegte und es den Anschein hatte, als wollte es lächeln, starb es.

Briar hatte nicht einmal Zeit, Fred zu wecken. Sie saß vollkommen regungslos da. Das kleine Wesen in ihrem Schoß mit seinem schneeweißen Gesicht war so lautlos wie die Zeit.

Schwaches Morgenlicht sickerte durch die Fenster. Es hatte aufgehört zu regnen, und die Vögel fingen an zu singen. Plötzlich haßte sie das Zwitschern. Am liebsten hätte sie geschrien, sie sollten aufhören.

Und als sie vom Dachboden Poltern und unterdrücktes Kichern hörte, hätte sie die Kinder fast zurechtgewiesen.
Aber die beiden Köpfe waren schon oben an der Treppe erschienen. Die Kinder blickten neugierig herunter. Briar wußte, daß sie sich ihr ganzes Leben an diese Szene erinnern würden: das dämmrige Zimmer und sie selbst im Schaukelstuhl mit dem toten Baby auf dem Schoß.
Auch in ihr schien etwas gestorben zu sein. Aber in den folgenden Stunden hatte sie keine Zeit, darüber nachzudenken, denn Jemimas Kummer beschwor ein neues Unglück herauf.
Bis zum Abend stand fest, daß es zum gegenwärtigen Zeitpunkt kein sechstes Baby geben würde.
»Es ist am besten so«, sagte Doktor MacTavish rasch. »Sie sollte vorerst kein Kind mehr bekommen.«
»Du sollst dich nicht fürchten vor den Schrecken der Nacht …«, kam Martha Peabodys ruhige Stimme. »Ich kümmere mich jetzt um Jemima, Briar, wenn Sie und Saul Jimmy und Lucy für ein paar Tage zu sich nehmen würden. Für die beiden wird es ein Fest sein.«
»Es war Rose, mein Liebling«, sagte Briar wie betäubt. »Sie hat immer mir gehört.«
»Und dem Herrn«, fügte Martha sanft hinzu. »Gehen Sie jetzt mit Saul nach Hause. Er wird auf Sie aufpassen.«
Sie wollte weinen, aber sie konnte nicht. Als Saul sie ungewohnt zärtlich in die Arme nahm, entwand sie sich ihm und schrie: »Ich will nach Hause.«
»Wir gehen ja nach Hause, Liebes.«
»Nein, ich meine nicht ›Lucknow‹, ich meine nach England. Ich hasse dieses Land. Ich hasse den Regen und den Wald

und die Gefahr und die Einsamkeit!« Ihr Gesicht war vor Schmerz ganz verkrampft. »Hier sterben die Kinder.«

»Dein Kind wird nicht sterben, Briar.«

»Rose war mein Kind, sie hatte meinen Namen. Ein anderes will ich nicht, das habe ich dir gesagt.«

Er nahm ihre Hand, aber sie entzog sie ihm wütend. »Rühr mich nicht an! Ich sage die Wahrheit! Ich will kein anderes Kind!«

»Du bist müde, meine Liebe. Komm nach Hause und schlaf dich aus.«

»Aber ich meine, was ich sage, Saul.«

Verzweiflung und Hoffnungslosigkeit schlugen über ihr zusammen. Wie haßte sie den grauen Himmel und den Regen und den Schlamm und die grünen, triefenden Bäume! Aber am meisten haßte sie sein dunkles Gesicht, das sie dauernd beobachtete, das ihr nicht einmal in Gedanken ihre eigene Welt ließ. Eigentlich hätte sie in seinen Armen Schutz und Zuflucht suchen müssen, statt dessen haßte und fürchtete sie ihn. Denn er wollte ihr das antun, was Fred Jemima angetan hatte, und sie Schmerzen oder gar dem Tod aussetzen.

»Wir werden ein andermal darüber sprechen«, sagte Saul schließlich.

»Ich will nach Hause«, murmelte sie wieder.

»Und wo in England ist dein Zuhause?«

Sie sah ihm ins Gesicht. In der Gosse, hätte sie ihm am liebsten geantwortet. Sie senkte die Augen. Es blieb ihr nichts anderes übrig, als nach »Lucknow« zurückzukehren.

21

Die zehn Schachteln, wohl verschnürt und ordentlich beschriftet, standen in der Halle. Tante Charity zählte sie noch einmal.
»Ich wußte doch, daß ich recht hatte, da fehlt eine. Hubert! Steht oben an der Treppe noch ein Reisekorb?«
»Da steht einer, meine Liebe.«
»Na also, siehst du, so vergißt man die Sachen. Also wirklich, diese Dienstboten heutzutage! Man darf sie keinen Moment aus den Augen lassen. Polly!«
»Ich bringe ihn hinunter«, rief Onkel Hubert. »Ich werde mir schon nicht den Arm dabei brechen. Ist der Inhalt denn so unentbehrlich?«
»Selbstverständlich. Jedes Stück ist unentbehrlich.«
Onkel Hubert kam die Treppe herunter und stellte den Korb neben die übrigen Gepäckstücke. »Und die hier?«
»Drei davon gehören Prudence. Die übrigen enthalten nur notwendige Dinge. Ich denke nicht daran, aufs Land zu reisen, ohne entsprechend ausgerüstet zu sein.«
»Ich werde mir merken, daß ich in Zukunft Elefanten für solche Transporte bestelle«, murmelte Onkel Hubert.
Tante Charity, prächtig anzusehen in ihrem bestickten Reisekleid aus schwarzem Samt und brauner Seide, sagte streng: »Dies ist nicht der richtige Moment, um Witze zu

machen, Hubert. Wir müssen in fünf Minuten abfahren, und der Wagen steht nicht an der Tür. Wo ist Tom? Und was macht Prudence denn noch? Wirklich, wie dieses Mädchen herumbummelt und trödelt! Wenn der Aufenthalt auf dem Land sie nicht kuriert, schicke ich sie zu ihrer Mutter zurück. Hat sich der Wind denn gelegt?«

»Bläst munter weiter«, verkündete ihr Mann genüßlich.

»Dann kann ich mich auf eine qualvolle Nacht vorbereiten.« Tante Charity zuckte ergeben mit ihren rundlichen Schultern.

Sehr beunruhigt war sie jedoch nicht. Dazu war sie viel zu neugierig und aufgeregt. Sie hatte sich wieder eine Menge vorgenommen und war ganz in ihrem Element.

»Nun, Hubert, du wirst die Dienstboten nicht zu sehr verhätscheln, während wir weg sind. Und falls du vorhast, Leute zum Dinner einzuladen, auch wenn ich nicht wüßte wen, benütze nicht das wertvolle Porzellan. Niemand außer mir kann damit umgehen. Und schreibe mir, wann immer es möglich ist. Sollten wichtige neue Leute aus England ankommen, versteht es sich von selbst, daß ich umgehend zurückkomme.«

»Aber es könnte ja sein, daß du mitten in den Vorbereitungen für einen großen Ball steckst«, gab ihr Mann zu bedenken.

Mißtrauisch sah sie ihn an, ob sie in seinem freundlichen, großen Gesicht etwas Spott entdecken würde. »Es ist unwahrscheinlich, daß zwei solche Ereignisse zusammenfallen«, sagte sie eisig. »Aber es stimmt, ich muß etwas für Briars gesellschaftliches Leben unternehmen. Ihr letzter Brief klang so, als ob sich das liebe Kind in der Wildnis befände.«

»Genau da befindet sie sich auch.«
»Unsinn! Irgend etwas kann man arrangieren, gleichgültig unter welchen Umständen. Sophia, Peter und ich werden unser Bestes tun, auch wenn Prudence und Oriane Whitmore nicht gerade eine dankbare Gesellschaft abgeben. Aber wir werden das trotzdem sehr gut schaffen.«
»Falls man euch nicht alle in den Kochtopf wirft«, meinte Onkel Hubert.
»Fang doch nicht wieder mit diesem Unsinn an! Es besteht doch kaum Gefahr. Als Briar schrieb, hatte sie bis dahin noch nicht einmal einen feindlichen Maori gesehen.«

Nach all den Aufregungen von Sophias und Briars Hochzeit fand Tante Charity das Leben recht langweilig.
Nichts geschah in der Stadt: Keine wichtigen Leute waren angekommen, und der Gouverneur war mit seinem ganzen Haushalt in seine Residenz nach Auckland zurückgekehrt.
Das gesellschaftliche Leben war tot. Nachdem sowohl Sophia als auch Briar das Haus verlassen hatten, wurde Prudence schwermütig. Die meiste Zeit des Tages verbrachte sie damit, an ihrem Fenster zu stehen und nach Schiffen Ausschau zu halten. Nachdem das letzte Schiff aus England wieder keinen Brief von Edmund gebracht hatte, war sie von einem kurzen, heftigen Fieber befallen worden. Nach ihrer Genesung war sie nur noch schwermütiger und blasser geworden.
Tante Charity hatte das alles fast zum Wahnsinn getrieben. Nicht einmal die Nachricht von Sophias Schwangerschaft konnte sie groß aufheitern, denn es stand fest, daß Peter über kurz oder lang aufs Land ziehen würde. Und das

bedeutete, daß sie von all dem Wirbel um die Geburt des Babys ausgeschlossen sein würde. Es sei denn, sie begleitete die beiden.

So begann die Idee in ihr zu reifen. Eines Nachts fuhr sie so ungestüm im Bett hoch, daß ihr Mann erschrocken aufwachte und rief: »Te Kooti!«

»Mach dich doch nicht lächerlich, Hubert. Wir sind in Wellington. Aber mir ist soeben eine wundervolle Idee gekommen.«

Onkel Hubert legte sich verdrießlich wieder hin. »Doch nicht wieder ein Wohltätigkeitsball?«

»Vielleicht doch, aber nicht hier, sondern auf dem Land. In Sauls Haus. Er und Briar müssen eine Einladung zur Einweihung des Hauses geben. Und wir«, schloß sie dramatisch, »werden alle dasein.«

Der Wind peitschte gegen das Haus und verkündete den nahen Winter. Onkel Hubert vergrub sein Gesicht im Kissen und zog die Decke schützend über seine kalten Schultern. Er hatte all die Bälle und Empfänge, die Teegesellschaften und Dinnerpartys, Hochzeiten und Picknicks satt. Es gab weiß Gott Wichtigeres zu tun, und seine Frau hatte überhaupt nichts anderes im Kopf. Sie beschäftigte sich nur mit Mode, gesellschaftlichen Erfolgen und damit, anderen Leuten ihren Willen aufzuzwingen.

»Du vielleicht«, sagte er unfreundlich. »Ich werde jedenfalls nicht dort sein.«

Und nun standen die zehn Gepäckstücke in der Halle. Prudence kam langsam die Treppe herunter, und gleichzeitig fuhr der Wagen vor. Eine neue Epoche in der Geschichte

Neuseelands, dachte Onkel Hubert spöttisch, als er seiner beleibten Frau die Stufen zum Wagen hinaufhalf.
Wegen der ungünstigen Winde brauchte die »Seagull« sieben Tage für die Reise. Zerschlagen und seekrank, wie Mehlsäcke in die schaukelnden Boote geworfen, von Gischt und Regen durchnäßt, erreichten die Reisenden endlich das Ufer.
Die zähe alte Oriane Whitmore hatte die Reise am besten überstanden. Um sie in die Knie zu zwingen, bedurfte es mehr als nur seekrank zu werden. Es amüsierte sie, Charity Carruthers auf einen grünen Schatten reduziert zu sehen. Dieser Überfall auf Briar und Saul war eigentlich eine Zumutung. Aber offensichtlich konnte man Prudence mit ihrem beleidigten Gesicht nicht zu Hause lassen, wenn ihre Schwester ging. Und Charity Carruthers wollte nicht zu Hause bleiben, wenn sich etwas ereignete. Der junge Mann, Peter Fanshawe, hielt sich so gut er konnte in den Fängen dieser Frauen. Aber hin und wieder konnte man in seinen Augen einen verzweifelten Ausdruck bemerken. Alles in allem war die Reise nicht langweilig gewesen, und der zahlreiche Besuch würde Briars Fähigkeiten als Gastgeberin auf die Probe stellen. Und wenn sie tatsächlich jämmerlich versagen sollte, konnte man auch nichts tun.
Mrs. Whitmore betete, daß Saul nicht zu enttäuscht und ernüchtert sein würde und daß Briar sich inzwischen im selben Zustand befand wie Sophia.
Als man wieder auf sicherem Boden war, erholte sich Tante Charity rasch. Sie wischte die erstaunten Proteste gegen einen derart weiten Transport ins Landesinnere um diese Jahreszeit beiseite und sagte: »Es interessiert mich nicht, wie

lange es dauert, noch wie viele Fahrzeuge wir brauchen, wir müssen einfach dorthin gelangen.«

Sie waren zu fünft, und dazu kam das Gepäck. Das Gepäck aber war ungeheuerlich. Tante Charity beabsichtigte nicht, diesen Bauerntölpeln zu erklären, wieviel Platz ein Ballkleid und eine Krinoline in einem Koffer beanspruchten oder wie viele Hüte und Hauben für eine modebewußte Frau nötig waren.

»Wir erwarten, daß all dies sicher und trocken transportiert wird. Wir werden eine angemessene Summe bezahlen, und wenn ihr behauptet, es sei unmöglich zu reisen, dann solltet ihr Pioniere euch schämen!«

Endlich traf man eine Abmachung über drei Ochsenkarren und zwei Fahrer. Den dritten Wagen fuhr Peter selbst. Sie wurden darauf aufmerksam gemacht, daß die Straßen stellenweise unpassierbar seien, daß sich durch das Hochwasser die Bäche in reißende Flüsse verwandelt haben könnten und daß die Gefahr vor umherstreifenden Hauhaus keineswegs vorüber war. Tante Charity ließ sich von ihrem Vorhaben nicht abbringen. Sie weigerte sich, irgendwelche Hindernisse zur Kenntnis zu nehmen.

Als sie endlich beim Tee im »Ship Inn« saßen, fragte sie nur: »Was hättet ihr alle ohne mich angefangen?«

»Du hast ja niemand eine Gelegenheit dazu gegeben, etwas zu tun«, erwiderte Sophia schlecht gelaunt. Sie fühlte sich noch immer krank von der entsetzlichen Reise und wollte den Seitenhieb nicht auf ihrem Mann sitzenlassen.

»Wir werden uns jedenfalls öfters umziehen müssen«, bemerkte Mrs. Whitmore trocken und dachte dabei an den Berg von Gepäckstücken. Sie selbst reiste mit einer leichten

Stofftasche, die ein seidenes Nachmittagskleid enthielt, Nachtzeug und Unterwäsche. Sie hatte es schon vor langer Zeit abgelehnt, sich als kultiviertes Wesen von Ballast und unnötigen Besitztümern abhängig zu machen.

»Ich werde den ganzen Weg meinen Regenschirm aufgespannt halten«, erklärte Tante Charity fröhlich. »Ich wette, daß ich vollkommen trocken ankomme.«

Dieser vielversprechende Entschluß erwies sich bereits am zweiten Tag als wenig erfolgreich; denn der Wagen, in dem Tante Charity und Oriane Whitmore saßen, kippte an einer gefährlichen Steigung zur Seite, und beide Damen landeten voll im Schlamm.

Sophia, die vor Müdigkeit und Unbehagen einem hysterischen Anfall nahe war, brach in haltloses Lachen aus, und Peter stimmte mit ein, nachdem er einen Augenblick erschrocken war und gefürchtet hatte, die beiden Damen seien ernstlich verletzt. Selbst die blasse Prudence brachte ein nervöses Lächeln zustande.

Niemand war verletzt, und das Gefährt war bald aufgerichtet und wieder fahrbereit. Das Abenteuer dieser Reise, in das sich alle etwas unbesonnen gestürzt hatten, entbehrte nicht der Komik.

Tante Charity, die sich vorgenommen hatte, den vertrottelten Hinterwäldlern zu zeigen, was es mit dem gesellschaftlichen Leben so auf sich hat, befand sich in einem bedauernswerten Zustand.

»Jetzt fehlen uns nur noch die Hauhaus!« erklärte sie grimmig und spannte ihren Schirm wieder auf. Dreckbespritzt, aber unerschüttert setzte sie ihre Reise fort.

»Die trauen sich nicht!« kicherte Sophia.

»Hab Ihnen ja gesagt, das mit der Reise ist verrückt«, meldete sich der Fahrer.
»Sie halten den Mund und fahren weiter. Ich beabsichtige nicht, noch eine weitere Nacht unter diesem Wagen zu verbringen. Mrs. Whitmore, ich verstehe nicht, wie Sie das alles durchhalten.«
Mrs. Whitmore wischte sich gelassen den Schmutz aus dem Gesicht und lächelte schwach.
»Es ist nicht so schlimm wie in Indien, Mrs. Carruthers. Dort hatten wir Hitze und kein Wasser.«
Tante Charity blickte auf die triefenden Bäume und das tropfnasse Gras.
»Es könnte sich ja alles etwas in Grenzen halten. Peter, sobald wir in Reichweite von ›Lucknow‹ sind, gehst du voraus und bereitest Briar und Saul auf unsere Ankunft vor. Sage ihnen, daß wir am dringendsten ein heißes Bad benötigen.«
So kam es, daß Peter Briar vollkommen überrascht antraf. Sie dachte, es sei eine Erscheinung, die da auf der Schwelle stand, nur daß die weniger gespenstisch ausgesehen hätte.
»Peter! Peter Fanshawe!«
»Ja, ich bin's. Wir sind alle hierher unterwegs. Wir hatten eine scheußliche Reise, gelinde ausgedrückt. Können Sie uns überhaupt alle aufnehmen?«
»Alle?« fragte Briar geradeheraus.
»Mrs. Whitmore, Tante Charity, Prudence und Sophia.«
»Ihr seid alle da?«
»Ja, ist das nicht verrückt?«
Er stand da und lachte auf seine unbeschwerte Art, die sie seit den Tagen in Wellington nicht mehr gehört hatte. In

den vierzehn Tagen, die seit dem Tod der kleinen Rose vergangen waren, hatte sie nicht mehr gelächelt. Aber jetzt strahlte sie über das ganze Gesicht und war von einem Augenblick auf den andern wie ausgewechselt.
»Oh, Peter, es ist wundervoll, euch alle wiederzusehen. Wir wußten, Sie und Sophia würden eines Tages kommen, aber Sie hatten nicht geschrieben.«
»Es gab kein Schiff, das den Brief hätte mitnehmen können, und dann hatte Tante Charity diese verrückte Idee, auch mitzukommen. Mrs. Whitmore wäre sowieso gefahren. Nun ja – und Prue konnten wir auch nicht allein zu Hause lassen.«
»Natürlich nicht. Ich bin ja so glücklich, euch zu sehen!«
Sie hatte das Gesicht zu ihm emporgehoben; ihre Wangen glühten, und ihre Augen glänzten. Sie ist erwachsen geworden, dachte Peter. Schon einmal hatte ihn diese begehrenswerte junge Frau betört, damals, nach seiner Hochzeit, als er sie küßte. Vorher hatte er sie nie richtig bemerkt. Sie war nur ein Dienstmädchen gewesen.
Aber jetzt ... Und Sophia war durch ihre Schwangerschaft dick, etwas schwammig und sehr launisch geworden.
Er merkte, daß Saul in die Halle gekommen war, und sagte: »Mein Gott, Saul, Sie wissen gar nicht, wie gut es tut, Sie nach dieser Reise zu sehen. Wir dachten, Sie leben am Ende der Welt. Sie wissen noch gar nicht, was auf Sie zukommt: Ganz Wellington ist nach hier unterwegs.«
»Ausgezeichnet!« sagte Saul herzlich. »Genau das, was wir brauchen. Nicht wahr, Briar?«
»Und ob! Ich kann es noch gar nicht glauben. Es ist so wundervoll! Ich muß gehen und Mabel sagen, daß sie eine

Menge Wasser heiß macht. Saul, gehst du vielleicht dem Wagen entgegen? Oh, ist das nicht aufregend?«

Ich hatte ganz vergessen, wie Briar sein konnte, dachte Saul bitter; dieses lebendige, heitere junge Mädchen mit den glühenden Wangen. Seit dem Tod von Jemimas Baby hatte sie sich nicht mehr von ihm berühren lassen. Er hatte gedacht, der Schock sei daran schuld, und beschloß, ihr Zeit zu lassen, um darüber hinwegzukommen. Auf einmal war es wieder da, dieses Mädchen, das er so selten sah. Lachend und fröhlich, voller Wärme und Leidenschaft, wie es schien. Was immer es war, was sie so verwandelt hatte, dieser gutaussehende Peter Fanshawe wußte es offensichtlich. Vielleicht aber galt ihre Freude nur der Ankunft ihrer alten Freunde. Schließlich war es hier sehr einsam und fremd für sie gewesen. Was erwartete er eigentlich?

Würde dieses strahlende Geschöpf heute nacht zu ihm kommen? Aber das war so unvorstellbar, daß sich seine Lippen bei dem Gedanken bitter verzogen.

Mit einem Mal herrschte im Haus eine ungeheure Geschäftigkeit. In den Zimmern wurde Feuer gemacht, und die Betten wurden hergerichtet. Es war, als wenn ein Schiff ankäme, dachte Briar, mit Menschen und Neuigkeiten aus einer anderen Welt.

Briar hatte sich aus ihrer starren Haltung gelöst und brannte vor Aufregung. Sie spürte, jetzt endlich war ein Traum wahr geworden. Sie hatte Geburtstag, und viele Leute waren gekommen, die sie liebten und ihr Geschenke brachten.

Aber als der Rest der Gesellschaft eintraf und sie Sophias gerundeten Leib sah, fühlte sie sich nicht mehr wie ein Kind. Die Farbe ihrer Wangen vertiefte sich. Sie flog aus einer

Umarmung in die andere. Als letzte begrüßte sie die alte Mrs. Whitmore und spürte sofort die forschenden Blicke auf ihrer schmalen Taille.

Ich bekomme kein Baby, hätte sie am liebsten gesagt.

Aber sie biß sich auf die Lippen und hieß Mrs. Whitmore artig willkommen. War es eine schreckliche Reise? Wie tapfer sie doch alle waren! Das Feuer brannte schon überall in den Kaminen, und Katie würde ihnen helfen, auszupacken und sich umzuziehen.

»Wir haben ein richtiges Badezimmer«, sagte sie mit ungeheurem Stolz. Dann fiel ihr ein, daß sie die Gastgeberin war und sich würdevoll und erwachsen zu benehmen hatte.

»Ihr wollt heute abend sicher alle das Abendessen auf einem Tablett ans Bett gebracht haben. Ihr müßt ja ganz erschöpft sein. Ich werde euch jetzt die Zimmer zeigen.«

»Ich muß zu Bett gehen«, sagte Sophia, »mein Rücken bricht auseinander.«

Natürlich mußte sie die Aufmerksamkeit auf sich und ihren Zustand lenken. Sie war kein Mensch, der im Hintergrund blieb. Wenn sie hier ihr Baby bekommen wollte, mußte Briar ihre Empfindlichkeit unterdrücken.

Aber da war die alte Mrs. Whitmore, die sie schon wieder beäugte. Sie zog ihre Taille noch enger und sagte: »Natürlich, liebste Sophia, du mußt dich sofort ausruhen. Komm mit hinauf.«

Sophia lag gleich im Bett und hielt ihre Hände zufrieden über ihrem Bauch gefaltet.

»Briar, bleib hier und erzähl mir. Wir haben tausend Dinge zu besprechen.«

»Ich weiß, aber ...«

»Stell dir einfach vor, du seist wieder mein Mädchen und ich hätte dir befohlen, hierzubleiben.« Sophia ließ ihre Augen durch den großen Raum wandern und war ehrlich genug, Bewunderung und Neid erkennen zu lassen. »Das ist doch für dich, als sei ein Märchen Wirklichkeit geworden, oder? Tante Charity fühlte sich schon immer wie eine Märchenfee und fand es gräßlich, daß alles mit einemmal vorbei war. Deshalb war sie entschlossen, hierherzukommen und dich zu besuchen. Sie will sehen, ob sie auch weiterhin die Fee spielen kann. Sie ist auf dich viel stolzer als auf mich oder Prue.«
Briar war froh, ein anderes Thema anschneiden zu können. »Trauert Prue noch immer ihrem Edmund nach?«
»Ja, diese kleine Närrin! Wir wissen inzwischen alle, daß er sie vergessen hat, sonst hätte er längst geschrieben. Es waren zwei Schiffe da, die Briefe hätten bringen können. Wir hofften, ein Besuch bei dir würde ihr guttun. Sie weiß, wie selig Peter und ich sind, und wenn sie sieht, daß du mit Saul auch glücklich bist ... du bist doch glücklich, Briar, nicht wahr?«
»Natürlich bin ich glücklich. Was glaubst du denn? Schau dich doch nur um.«
»Ich weiß, es ist für dieses Land ein ungeheuer großes Haus, aber Häuser sind schließlich nicht alles. Bekommst du noch kein Baby?«
»Ich habe keine Eile«, sagte Briar steif.
»Das hat doch damit nichts zu tun, ob es dir eilt oder nicht; es passiert einfach. Du liebst Saul doch, oder?«
»Was hat Liebe denn damit zu tun?«
Sophia bekam vor Entsetzen ganz große Augen. »Alles! Wenn ich Peter nicht liebte, könnte ich mich nicht von ihm berühren lassen!«

»Ach, heuchle doch nicht so, Sophia! Du wärst dem ersten besten Mann in die Arme gefallen, der dich hätte haben wollen.«

Sophia sah ein bißchen verletzt aus, gestand aber widerstrebend: »Nun, vielleicht. Liebe kommt später. Hast du das noch nicht herausgefunden, Briar?«

Briar starrte sie verärgert an. Jetzt war sie da, Sophia, und sie sollte sie um ihr Haus, ihre Dienstboten, um ihre ausgesuchten Möbel und den Komfort beneiden, statt dessen bemitleidete sie sie! Mit diesen runden, blaßblauen Augen, dem hübschen, vollen Gesicht und dem runden Bauch, der sich unter der Bettdecke abzeichnete.

»Natürlich liebe ich meinen Mann.«

Aber Sophia sah sie noch immer mißtrauisch an. »Das glaube ich dir nicht. Ich glaube, du fürchtest dich vor ihm.«

»Fürchten?«

»Na ja, ich würde mich vor ihm fürchten, das gebe ich offen zu.«

»Ich fürchte mich vor niemandem«, sagte Briar böse. »Als die Hauhaus kamen ...«

»Hauhaus? Um Himmels willen, erzähle!« Sophia stieß einen erwartungsvollen Seufzer aus und legte sich gemütlich hin, um zuzuhören.

Als Briar geendet hatte, sagte sie zufrieden: »Wie tapfer du warst! Ich wäre gestorben. Ich hätte niemals gedacht, daß solche Dinge wirklich geschehen, trotz allem, was Onkel Hubert gesagt hat. Oh, Briar, laß mich nicht allein! Nicht allein in diesem Zimmer!«

Briar lachte; jetzt war sie wieder obenauf.

»Sei doch nicht dumm, wir sind alle in der Nähe. Außerdem

wenn du in deinem Zustand diese lange Reise machen konntest, brauchst du dich vor ein paar Maoris auch nicht zu fürchten.«

Sophia seufzte. »Ich weiß, was man von einer Pioniersfrau erwartet. Peter hat es mir gesagt. Er ist ganz verrückt danach, Land zu erwerben und sein Glück zu machen. Ich glaube nicht, daß man sein Glück so rasch machen kann. Also muß ich mein Baby in der Wildnis bekommen. Aber wenn wir so ein Haus wie dieses hier hätten ...«

»Saul hat Jahre gebraucht, um es zu bauen.«

»Ja, ich weiß, ich muß geduldig sein. Wir werden zuerst nur ein Häuschen haben, aber das wird auch nicht schlimmer sein als das Haus in Wellington. Wie dieser Kamin rauchte! Ich war noch nie so froh, einen Ort zu verlassen. Seit der Gouverneur nach Auckland gegangen ist, war gesellschaftlich nichts mehr los. Aber Miß Matthews hat mir zwei neue Kleider genäht. Ich werde sie dir morgen zeigen. Es heißt, die Krinoline kommt aus der Mode. Das finde ich sehr schade; denn sie eignet sich wundervoll, einen Zustand wie meinen zu verbergen. Und ich bezweifle nicht, daß ich öfters in diesem Zustand sein werde.«

In dem nächsten Zimmer, das Tante Charity mit Prudence teilte, machte sich die Lady gerade zum Schlafengehen zurecht und zog beinahe ebenso viele Kleidungsstücke an, wie sie vorher abgelegt hatte. Aber sie war wieder sauber, hatte rosige Wangen und war um eine Erfahrung reicher. Sie strahlte in der Tat vor Fröhlichkeit.

»Tja, Prudence, da kannst du sehen, was Briar erreicht hat, weil sie vernünftig war. Du kannst das ebenso oder besser, wenn du dir nur diesen Tunichtgut von einem Seemann aus dem Kopf schlagen würdest.«

»Ja, Tante Charity.«

»Sei doch nicht so unterwürfig, Kind! Zeig ein bißchen Unternehmungsgeist. Möchtest du kein solches Haus wie dieses hier haben?«

Prudence stand am Fenster und sagte leise: »Es ist einsam und düster. Ich habe mich die ganze Zeit gefürchtet. Immer mußte ich an die Dinge denken, die Onkel Hubert von den Hauhaus erzählt hat. Das stimmt nämlich alles, nicht wahr?«

»Man sagt es. Aber ich muß solche Dinge zuerst mit eigenen Augen sehen.« Tante Charity verwarf damit das Thema und ließ sich nicht weiter ablenken. »Du siehst, wie gut es Briar geht, wie glücklich sie ist. Obwohl ich nicht glaube …«

»Was glaubst du nicht, Tante Charity?«

Tante Charity spitzte den Mund. »Egal, Liebes. Oriane Whitmore ist allerdings sehr enttäuscht, wenn ich mich nicht irre. Reich mir bitte mein Riechsalz herüber. Was war das für eine Reise! Dein Onkel Hubert wird uns das nie glauben. Aber wir sind jetzt Pioniersfrauen, Prudence. Das ist etwas, worauf man stolz sein kann. Und ich glaube, das Wohnzimmer ist groß genug, um einen richtigen Ball darin geben zu können. Wir müssen Katie dazu bringen, daß sie morgen unsere Koffer auspackt. Ein faules Stück, dieses Mädchen! Ich werde sie ordentlich an die Kandare nehmen müssen.«

Prudence kletterte endlich neben die mächtige Gestalt ihrer Tante ins Bett.

»Soll ich die Kerzen ausblasen, Tante Charity?«

»Ja, bitte, wir müssen uns ausruhen. Dieses Bett ist sehr

bequem.« Plötzlich schoß Tante Charity hoch und hätte beinahe ihre schlanke Nichte aus dem Bett katapultiert. »Weißt du, Prudence, das ist das erste Mal seit meiner Hochzeit, daß ich getrennt von deinem Onkel Hubert schlafe. Und ich habe vor, jede Minute zu genießen!«

Von den Gästen blieben nur Peter und Mrs. Whitmore zum Abendessen auf. Die Unterhaltung verlief ganz allgemein und nichtssagend, bis Peter sich entschuldigte, um nachzusehen, wie es seiner Frau gehe. Auch Briar ging nach oben, um gute Nacht zu sagen. Als sie zurückkam, hörte sie, wie Mrs. Whitmore sagte: »Du hast ein schönes Haus gebaut, Saul.«
»Ich bin froh, daß es dir gefällt, Mutter. Ich habe mich schon darauf gefreut, es dir zu zeigen.«
»Was sind das dort für Leute?« Sie deutete auf die Bilder über dem Kamin. Briar blieb wie festgefroren an der Tür stehen.
»Das sind Briars Eltern.«
»Oh! Ich wußte gar nicht, daß sie Bilder von ihnen hat. Als ich mit ihr sprach, war sie sehr zurückhaltend.«
»Sie wollte dich damit überraschen.«
»Sie sehen ja ganz respektabel aus. Ich hoffte, du hättest inzwischen einige Neuigkeiten für mich.«
»Laß uns Zeit, Mutter.«
»Ja, ich weiß, ich bin ungeduldig. Wenn irgend etwas schiefgehen sollte – es ist doch nichts schiefgegangen, oder?«
»Was sollte schiefgegangen sein?«
Briar hörte aus Sauls Stimme die Ungehaltenheit heraus. Plötzlich schlug Briar die Hände vors Gesicht und schlich

sich davon. Sie hätte nicht lauschen dürfen. Sie hatte nicht Zeuge seiner Loyalität sein wollen, ob das nun die scheußlichen Bilder betraf, die sie vergessen hatte zu entfernen, oder die Tatsache, daß sie noch kein Kind erwartete.

Sie hatte sich schließlich nicht dagegen gewehrt, oder? fragte sie sich entrüstet. Jedenfalls nicht bis zu dem Tag, an dem Jemimas Kind gestorben war und sie das kleine, stille Gesicht überallhin verfolgt hatte. Damals hatte sie aufgeschrien, als Saul seine Hände auf sie gelegt hatte. Er hatte sich mit dunklem, steinernem Gesicht zurückgezogen. Seitdem hatte er sie nicht wieder berührt.

Jetzt aber hatte er ihretwegen gelogen. Sie wünschte, sie hätte das nicht gehört.

Saul kam erst sehr spät zu Bett wie immer während der letzten vierzehn Tage. Leise trat er ins Zimmer, denn er nahm an, daß sie schlief, und hoffte, sie nicht zu stören.

Aber heute abend hatte sie die Kerzen nicht gelöscht, obwohl es schon so spät war. Sie spürte, sie hatte eine Schuld zu begleichen.

»Du schläfst noch nicht?«

»Nein.«

»Das war zu viel Aufregung für dich.« Seine Stimme klang sanft, als rede er mit einem Kind. »Meine Mutter meint, du kommst sehr gut zurecht.«

»Was geht das deine Mutter an?« fragte Briar schmollend.

»Es interessiert sie natürlich.«

»Warum hast du sie wegen dieser Bilder angelogen?«

»Eine kleine Höflichkeitsgeste gegenüber meiner Frau.«

Sie hätte ihm dafür gedankt, wenn er nicht so getan hätte, als bedeute ihm diese Lüge nichts. Durch halb geschlossene

Lider sah sie ihm beim Auskleiden zu. Er hatte kein Gramm Fett an seinem sehnigen Körper; schlank, muskulös und hart – und einen stolzen Kopf. Kein sanfter Mann. Kein Peter mit veilchenblauen Augen.

»Wenn die Hauhaus heute nacht angreifen, bin ich gespannt, wer am lautesten schreit. Ich nehme an, ihr Frauen plant ein paar Feste. Das wird dir Spaß machen, nicht wahr?« sagte er.

»Natürlich«, erwiderte Briar höflich.

Er schlug die Decke zurück. Briar wurde ganz klein, ohne daß sie es wollte. Er hatte es vermutlich gar nicht bemerkt und hob die Kerze, um sie auszublasen. Dann schien ihm etwas einzufallen, denn er hielt sie so, daß der Schein Briars Gesicht beleuchtete. »Was suchst du?«

»Das Mädchen, das ich heute nachmittag gesehen habe.« Sein Gesicht beugte sich über sie. Es sah düster aus im Kerzenlicht. »Sie ist nicht oft bei mir. Es wäre nach diesem langen Tag auch zuviel erwartet, oder?«

»Saul, sei doch nicht so wunderlich.«

»Was ich sonst noch bin, magst du auch nicht!«

Er sah sie noch einen Augenblick an – seine Augen schienen schwer vor Müdigkeit. Dann blies er entschlossen die Kerze aus und stellte sie auf das Nachttischchen. Mit einer raschen Bewegung drehte er sich um und schlief offensichtlich sofort ein.

Briar lag steif und regungslos da. Ungerechterweise war sie wütend auf seinen enttäuschten Gesichtsausdruck.

22

Am Morgen übernahm Tante Charity, die nach einer geruhsamen Nacht wieder vollständig hergestellt war, in der Küche das Kommando. Nach einer Stunde bereits, nachdem Mabel Kingi vergebens ihren Ahnherrn im Berg angerufen hatte, erklärte sie, sie würde jetzt ihre Sachen packen und gehen. Mit hoch erhobenem Haupt und unnachahmlicher Grandezza zog sie ab in ihr Zimmer, nahm ihre zwei verblaßten Baumwollkleider vom Haken, wickelte sie in einen alten Kartoffelsack und war bereit.

Tante Charity erklärte Briar folgendes: »Diese unerträglich faule, schmutzige und unverschämte Maorifrau geht. Je eher wir sie los sind, um so besser. Jetzt kannst du dir eine ordentliche Hilfe nehmen.«

Briar zügelte ihren Ärger. »Und woher, bitte schön?«

»Natürlich aus dem Ort. Ich weiß, es ist ein jämmerliches Dorf; wir sind gestern durchgekommen. Aber es muß doch ein paar anständige weiße Mädchen geben.«

Tante Charitys Stimme wurde unter Briars wütenden Blicken immer unsicherer.

»Wir werden später in den Ort gehen, Tante Charity. Du wirst alle kennenlernen und sehen, wie viele junge Mädchen sich um Jobs reißen. In der Zwischenzeit entschuldige mich bitte, ich muß Mabel beruhigen.«

»Du meinst, du willst dich bei einer Eingeborenen entschuldigen?«
Aber Briar hielt sich nicht damit auf, Tante Charitys Entsetzen weiter zu beachten, und eilte in Mabels Zimmer. Die runde Maorifrau saß auf dem Boden und umklammerte ihre Habseligkeiten, während ihr dicke Tränen über die Wangen rollten.
»Ich will Sie nicht verlassen, Missus, aber diese dicke *Pakeha* will ich nicht in meiner Küche haben. Sie hat einen sehr großen Mund. Und sie hebt Teppiche hoch. Warum hebt sie die Teppiche hoch? Glaubt sie, darunter versteckt sich ein Teufel?«
»Sie schaut, ob Staub darunter ist«, sagte Briar und fragte sich, ob sie vielleicht auch ab und zu hätte unter die Fleckenteppiche schauen sollen.
»Staub? Davor fürchtet sie sich?« fragte Mabel, und ihre braunen Augen traten ihr fast aus dem Kopf.
»Sie ist nicht daran gewöhnt, Schmutz im Haus zu haben«, erklärte Briar. »Mabel, bitte häng deine Kleider wieder auf und geh zurück an die Arbeit. Es ist Zeit, das Gemüse zuzubereiten. Außerdem ist es ein sehr langer und nasser Weg bis ins Dorf, und niemand wird dir einen Job oder ein Bett geben. Bei diesem Wetter kannst du auch nicht bis nach New Plymouth laufen, ganz abgesehen davon, daß sich noch immer diese kriegslüsternen Maoris dort herumtreiben. Es ist wirklich besser, du bleibst hier.«
Mabel war unsicher. Sie packte das lose Ende des Kartoffelsacks mit beiden Händen und überlegte.
»Wo sonst bekommst du ein Zimmer wie dieses hier?« schmeichelte Briar. Die Wände waren nicht tapeziert, und

der Boden war kahl, aber sie wußte, Mabel war unendlich stolz auf ihr warmes, trockenes Zimmer in einem *Pakeha*-Haus. »Und arbeitest du denn nicht gern für mich?«

Mabel nickte heftig. »Oh, doch, Missus. Ich habe Sie sehr gern. Sie sind freundlich und tapfer. Ich rufe meinen Ahnherrn an, damit er Sie beschützt. Aber diese andere … die wird er mit Feuer und Rauch bespucken.«

»Dann solltest du doch auf jeden Fall hierbleiben und sehen, ob das auch geschieht, nicht wahr? So, und jetzt keinen Unsinn mehr. Häng deine Kleider zurück und mach dich an die Arbeit.«

Mabel kramte in dem Sack herum. »Ja, Missus, ich komme.« Dann hob sie den Kopf. Ihre Augen glänzten, und in ihrem Gesicht erschien ein Respekt gebietender Ausdruck, als sie sagte: »Aber kein Teppich wird mehr hochgehoben! Machen Sie ihr das begreiflich, Missus.«

Briar kehrte von dieser Unterhaltung zurück und fand Tante Charity im ersten Stock gerade dabei, Katie Unterricht im Bettenmachen zu erteilen. Katie, listig wie sie war, nahm die Unterweisung gelassen hin, denn in ihrem Eifer erledigte Tante Charity den Löwenanteil der Arbeit selbst.

»Dieses Mädchen«, sagte sie später zu Briar, »ist ein Luder.«

»O nein, Katie doch nicht.«

»Sie ist zu frech. Und sie vernachlässigt ihre Arbeit. Ihre Gedanken sind dauernd bei anderen Dingen, und ich könnte wetten, wo. Ich hoffe, du läßt ihr nicht zu viel Freiheit.«

»Sie kann tun, was sie will, wenn sie mit ihrer Arbeit fertig ist.«

»Dann müssen wir ihr eben sehr viel zu tun geben.«

Briar schluckte ihren Zorn hinunter. Aber als Tante Charity

später begann, mit großer Begeisterung Pläne für einen Ball zu schmieden, versuchte sie doch, sich wieder zu behaupten. Hatte Tante Charity vergessen, wer die Herrin dieses Hauses war?

»Wen gibt es, den man einladen könnte?« fragte Tante Charity strahlend. »Saul, Sie müssen mir helfen, eine Liste aufzustellen. Welche Leute in dieser Gegend sind gesellschaftsfähig?«

»Was meinst du damit?« erkundigte sich Briar sanft.

»Nun, vielleicht muß man in so entlegenen Gegenden ein bißchen flexibler sein, meine Liebe. Man könnte zum Beispiel den Geistlichen und seine Frau einladen sowie die beiden MacTavishs. Auch die Gutsbesitzer. Es muß in dieser Gegend mehr Familien geben.«

Saul, der gelangweilt dreinsah, meinte, die Galloways würden kommen und die Masefields, wenn sie ihr Baby oben schlafenlegen könnten, und die Familie Cranby-Smith. Allerdings war das Wetter schlecht, und alle fürchteten sich ein bißchen vor einem unvorhergesehenen Angriff der Hauhaus.

»Ich glaube, am Abend vor der Schlacht von Waterloo gab es einen großen Ball«, sagte Tante Charity ungerührt. »Ein viel bedeutenderer Krieg, wenn ich so sagen darf. Machen wir uns jetzt keine Gedanken über Dinge, die vielleicht niemals geschehen. Mein Mann hat auch diese pessimistischen Anwandlungen. Gebt mir ein paar Namen für meine Liste.«

»Ich gebe dir welche«, sagte Briar verräterisch ruhig.

»Ausgezeichnet, Liebes. Also, wen?«

»Fangen wir mit Fred und Jemima Potter an. Ich glaube nicht, daß Jemima jemals in ihrem Leben auf einem Ball war, und wenn es einen Menschen gibt, der etwas Ablenkung verdient hat, dann ist sie es.«

»Briar!«

»Es wird Jemima aufheitern«, sagte Briar und dachte, das wird Tante Charity nie verstehen.

»Dann ist da Amy Perkins«, fuhr sie fort. »Ich habe ihr einen meiner Hüte geschenkt. Sie hatte seit fünf Jahren keinen neuen mehr bekommen. Amy wäre sicher hingerissen, wenn sie die letzte Mode sehen könnte.«

»Aber, Briar!«

Briar hatte hochrote Wangen. Sie merkte, daß alle sie anstarrten.

Tante Charity glaubte, sie könnte an ihren Dienstboten herumnörgeln und über ihre Freunde die Nase rümpfen! Sie würde ihr schon zeigen, wer hier den Ton angab!

»Und Elisha Trott; ihm gehört der Dorfladen. Er ist beinahe sechzig und noch Junggeselle. Er wird einen sehr passenden Partner für dich abgeben, Tante Charity. Ich bin sicher, er tanzt eine sehr schwungvolle Polka.« Sie ignorierte Tante Charitys Entsetzen. »Dann sind da Tom und Joe Brown und ihre Frauen; das sind die, die das Korn mahlen. Nicht zu vergessen Rima Ludlow, eine vollblütige Maori. Ich bringe ihrem kleinen Sohn Honi das Lesen bei. Da wäre noch Amos O'Brien vom Wirtshaus. Hast du sie alle aufgeschrieben, Tante Charity?«

»Meine liebe Briar, ich hoffe sehr, daß das ein Scherz ist.«

Briar war sich der Blicke der alten Mrs. Whitmore nur zu bewußt. Was sie wohl dachte? Aber was spielte das schon für eine Rolle!

»Ich mache keine Scherze, Tante Charity. Diese Leute sind

meine Freunde. Ich sehe sie, wann immer ich in den Ort gehe.«

»Das ist doch etwas ganz anderes. Es gibt gesellschaftliche Spielregeln auch in diesem Land! Ist es nicht so, Saul? Mrs. Whitmore?«

Sauls Augen waren ganz schmal und verheimlichten nicht ein gewisses Vergnügen.

Seine Mutter sagte sehr geschickt: »Das ist der Ball meiner Schwiegertochter.«

Tante Charitys Augen glitzerten böse. »Briar, das ist wirklich ganz unsinnig. Was sollen denn all diese Leute für einen Ball anziehen?«

»Es spielt doch keine Rolle, was sie anhaben. Sie finden es unterhaltsam genug, unsere modischen Ballkleider anzuschauen.« Sie hatte sich amüsiert, das war ihre Rache für Tante Charitys Einmischung in ihre Haushaltsangelegenheiten. Aber jetzt war es ihr vollkommen ernst.

»Begreifst du nicht, Tante Charity, daß einige dieser Frauen seit einer Ewigkeit nicht mehr in einer Stadt waren? Sie haben seit Jahren kein neues Kleid bekommen. Sie haben keinerlei Spaß, außer dem, den sie selbst machen, und das ist herzlich wenig. Sie leben unter extremen Bedingungen, und neuerdings kommt noch die ständige Angst vor einem Maoriüberfall hinzu. Dieser Ball wäre ein wundervolles Ereignis für sie. Und du wärst überrascht, wie geschickt sie sind, wenn es darum geht, festlich auszusehen.«

»Aber, mein liebes Kind …« Tante Charity erhielt keinerlei Unterstützung und machte einen letzten, verzweifelten Versuch: »Du weißt nicht, wie wichtig es für gebildete Menschen wie uns ist, in diesem Land ein gesellschaftliches

Leben zu kultivieren. Wir brauchen eine gewisse Lebensführung. Wir dürfen nicht alle zu Barbaren werden.«

»Ich glaube, du richtest dich da an die falsche Person, Tante Charity. Ich kann mir nicht vorstellen, daß mich der Umgang mit Jemima Potter und Elisha Trott in eine Barbarin verwandelt. Außerdem sind diese Leute meine Freunde, und wenn wir einen Ball geben, dann kommen sie. Wenn sie nicht eingeladen werden, wird es auch keinen Ball geben.«

»Saul …«

Saul hob die Schultern. »Tut mir leid, Mrs. Carruthers. Das ist ganz die Angelegenheit meiner Frau.«

Er sagte nicht, ob er damit einverstanden war oder nicht. Aber Briar bildete sich ein, daß ein wenig von der frostigen Enttäuschung der vergangenen Nacht aus seinem Gesicht verschwunden war. Machte das etwas aus? Nicht nur, daß sie sich prächtig amüsiert hatte, sie hatte auch bewiesen, daß sie Herrin ihres Hauses war, ohne sich darum zu kümmern, was hinter Mrs. Whitmores rätselhaften Blicken vor sich ging. Und sie hatte einen Ausdruck zärtlicher Bewunderung auf Peter Fanshawes Gesicht wahrgenommen.

Sophia teilte natürlich Tante Charitys Entrüstung, und Prudence' weißes, in sich gekehrtes Gesicht zeigte überhaupt keine Reaktion.

»Saul«, beklagte sich Briar, als sie allein waren, »du sagst gar nicht, ob es dir recht ist, wenn ich all diese Leute einlade.«

Sein Gesichtsausdruck war unergründlich. »Du wirst in den Kolonien Geschichte machen.«

»Du denkst, das ist einfach für mich, nachdem ich vor kurzem selbst noch Dienstmädchen war!«

»Ganz im Gegenteil; nur große Damen handeln so.«
So wußte sie wieder nicht, was er dachte.

Während der zwei Wochen vor dem Ball war sie glücklich. Sie liebte es, das Haus voller Leute zu haben. Es machte ihr nicht einmal etwas aus, daß Tante Charity sich überall einmischte und nicht unterzukriegen war, und sie hatte auch nichts gegen die stille, große Mrs. Whitmore, die selten sprach, der aber nichts entging und von der man nie wußte, ob sie einer Sache zustimmte oder nicht.
Es war wundervoll, Sophia und Prudence zum Plaudern zu haben. Und der kindische Ärger über Peter hatte sich in die Genugtuung verwandelt, ihm zeigen zu können, wie gut sie sich es eingerichtet hatte.
Sie gönnte sich tatsächlich das Vergnügen, ein wenig mit ihm zu flirten, ihn ahnen zu lassen, was er hätte haben können, wenn er seine Augen nur weiter aufgemacht hätte. Dummer Peter. Sie hätte viel mehr aus ihm machen können, als Sophia jemals fertigbringen würde.
Saul nahm Peter die meiste Zeit mit hinaus. Als zukünftiger Farmer mußte er lernen, was das für ein Leben war. Und wenn er in dieser Gegend Land kaufen wollte, sollte er nach dem besten und vielversprechendsten Stück Ausschau halten und seinen Anspruch anmelden. Eine Menge Buschland wurde durch die Regierung verkauft, die es zu einem beschämend niedrigen Preis von den Taranaki Maori erworben hatte. Man wußte, daß die Eingeborenen dabei übervorteilt worden waren, sagte Saul, aber die weißen Siedler würden das Land wenigstens fruchtbar machen. Darum kümmerten sich die Maori nicht. Vielleicht erkannten sie,

daß das Land unter dem weißen Mann gedieh und daß Platz für sie alle da war.
Sophia war es, die ganz unerwartet ihre guten Manieren vergaß. Sie stimmte mit Tante Charity darin überein, daß es ganz idiotisch sei, all diese Dorfleute zum Ball einzuladen. Briar setzte sich selbst herab. Oder wollte sie nur angeben? Sie war ja mächtig von sich selbst eingenommen, wie sie mit glühenden Wangen und glänzenden Augen so geschäftig hin und her eilte, als wäre sie noch nie in ihrem Leben auf einem Ball gewesen.
Aber möglicherweise war sie ja wirklich noch auf keinem Ball gewesen. Es sei denn auf jenem Ball, bei dem sie sich eingeschlichen und klugerweise Saul geschnappt hatte. Es mußte für sie nicht nur ein Erlebnis sein, an einem Ball teilzunehmen, sondern vor allem selbst einen Ball zu geben. Und natürlich war sie freundlich zu den Dorfbewohnern. Sie gehörte zu ihnen, das durfte man nie vergessen, auch wenn sie ihre Rolle so gut spielte.
Sophia war sonst nicht so boshaft. Aber es störte sie, daß Briar so leichtfüßig durchs Haus eilte, das Treppengeländer hinunterrutschte – sie hatte sie eines Tages dabei erwischt – und mit ihrer aufreizend schlanken Taille wirklich reizend aussah.
Sie selbst war schwerfällig geworden, und obwohl das an sich nicht weiter schlimm war, wenn man an das Resultat dachte, konnte es einen verrückt machen, ausgerechnet jetzt in diesem Zustand zu sein, wenn man sich amüsieren wollte. Außerdem war sie zu dick geworden, um ihr schönstes Ballkleid anziehen zu können.
Insgeheim gestand sie sich selbst ein, daß die gesellschaft-

lichen Ereignisse viel von ihrem Reiz und ihrer Aufregung verloren hatten, wenn man erst einmal verheiratet war. Denn mit so viel Diskretion läßt es sich schlecht flirten.

So brütete Sophia vor sich hin und beklagte sich: »Ich werde mein graues Seidenkleid tragen müssen.«

»Ach, Sophia, das ist was für alte Damen. Wir haben doch beschlossen, ganz groß Toilette zu machen; für Jemima, Amy Perkins und die anderen. Hast du das vergessen?«

»Für dich ist das alles schön und gut«, jammerte Sophia, »aber wie würde ich in blaßblauem Brokat aussehen?«

»Hinreißend«, sagte Briar. »Bitte, Sophia, ich will, daß du es trägst.«

Wenn sie mit Saul auch so sprach, überlegte Sophia und betrachtete Briars leidenschaftliche Augen, mußte er doch ganz verrückt nach ihr sein. Auch dieser dunkle, arrogante Mann würde dem nicht widerstehen. Allerdings gingen zwischen den beiden niemals zärtliche Blicke hin und her. Sie benahmen sich eigentlich mehr wie höfliche Fremde.

»Ich werde nie wieder in mein Brokatkleid reinkommen«, murmelte sie. »Und der Arzt sagt, ich darf meine Taille nicht mehr schnüren, bis das Baby da ist. Warte nur, bis du in dem gleichen Zustand bist.«

»Wenn ich so bin, werde ich bis zum letzten Augenblick tanzen. Sophia, bitte sei fröhlich. Weißt du, daß dies mein allererster Ball ist?«

Sophia lächelte gequält. »Du komisches Ding! Und ich habe mich gefragt, ob ihr glücklich seid, Saul und du. Und jetzt siehst du aus, als wäre Weihnachten und Geburtstag zusammen.«

»Genauso ist es«, sagte Briar plötzlich ernst. Dann strahlte ihr Gesicht wieder. »Komm bitte mit hinunter, Sophia. Du liegst zuviel. Doktor MacTavish sagt, wenn du das tust, wird dein Baby zu groß, das erschwert die Geburt.«

»Briar!«

»Findest du das etwa anstößig? Es ist nur eine vernünftige Überlegung. Du mußt praktisch und vernünftig denken, wenn du in diesem Land überleben willst.«

»Briar, wie komisch du sprichst!«

»Wirklich? Vielleicht bin ich erwachsen geworden. Und jetzt komm doch mit hinunter. Peter und ich werden Polka üben.«

Am Abend des Balls leuchtete das Haus wie eine chinesische Laterne. »Man kann es meilenweit sehen«, brummte Saul. Aber nicht einmal er sträubte sich sehr dagegen, denn alles schien voller Fröhlichkeit zu sein. Ein Pianist und ein Violinspieler waren angekommen, und in der Ferne sah man auf der holprigen Straße die Wagenlichter der ersten Gäste. Es war eine ruhige, kühle Nacht, und der Himmel war voller Sterne. Der Rauch von Holzfeuern hing in der Luft, und von weitem hörte man schon die Stimmen und das Trappeln der Hufe, bevor die Karren, Einspänner und Kutschen vor der Tür anhielten.

In der Küche stand Mabel in ihrem besten Baumwollkleid über die Platten mit den aufgelegten Speisen gebeugt. Sie verstand die Art der Weißen nicht. Essen zuerst in einem Ofen zu kochen, es dann auf Platten zu legen, um es kalt zu verspeisen. Das war nicht die Art der Maori. Und auch die lebhafte Musik, die der Geiger in dem mit Farn geschmückten Wohnzimmer spielte, glich überhaupt nicht

den traurigen und wehmütigen Melodien ihres Volkes. Aber sie würde sich trotzdem amüsieren.
Auch Katie erlebte hektische Stunden, bis sie all die Damen angezogen hatte. Zuerst schnürte sie Tante Charity so eng, daß die alte Dame ganz rot im Gesicht wurde, dafür aber zufrieden war mit dem Resultat. Dann frisierte sie Sophia und half der alten Mrs. Whitmore in ihr dezentes schwarzes Seidenkleid. Vergnügt bewunderte sie die Garderobe ihrer Herrin. Sie hatte sie noch nie so lebhaft und strahlend gesehen, und daran schien nicht nur das schöne rosa Seidenkleid mit dem tiefen Ausschnitt schuld zu sein.
Nachdem all das erledigt war, war Katie trotzdem nicht zu müde, um selbst ihr bestes Kleid anzuziehen, auch wenn sie eine frisch gestärkte Schürze darüber binden mußte. Aber die konnte sie später vielleicht ablegen. Wenn alle Gäste sich ihrer Umhänge und Mäntel entledigt hatten, wenn die Kinder, die oben schlafen sollten, ruhig waren, würde sie dem Fest zusehen und die Tanzmusik hören können.
Hauptsächlich war es Briars Abend. Als die ersten Gäste eintrafen, stand sie im erleuchteten Eingang und ihr Herz klopfte vor Erregung.
Das also war das unwichtige Dienstmädchen, die Waise ohne Namen, die hier in einem wunderschönen Kleid auf der Schwelle ihres prächtigen Hauses stand, um ihre Gäste zum Ball willkommen zu heißen.
Der Geiger spielte eine irische Volksweise, und das ganze Haus war von unzähligen Kerzen festlich beleuchtet. Überall hörte man die Gäste lachen und fröhlich miteinander plaudern.
Sophia kam als letzte herunter. Peter, der schon ungeduldig

wartete, sagte: »So komm doch, Liebste. Du siehst wirklich sehr gut aus.«
»Ich sehe aus wie ein Elefant. Und es hat überhaupt keinen Sinn, wenn du versuchst, mich vom Gegenteil zu überzeugen.«
Er trat zu ihr und küßte sie auf die Stirn. »Ich mag es, wenn du wie ein Elefant aussiehst. Ein niedlicher, kleiner Elefant.«
»Du bist sehr lieb, mein Schatz, und es muß schrecklich für dich sein. Natürlich werde ich nicht tanzen können.«
»Ein Walzer wird dir nicht schaden.«
»Tante Charity wäre entsetzt.«
»Kümmere dich doch nicht darum. Briar ist es auch gleichgültig, ob sie entsetzt ist, und sieh nur, wie weit sie damit kommt.«
»Ja, Briar! Wenn wir in England geblieben wären, wäre ihr all das nicht widerfahren.«
»Aber ihr seid nicht in England geblieben, mein Liebes; und mißgönne Briar nicht ihren Triumph!«
»Ich mißgönne ihr überhaupt nichts. Aber tanze heute abend ja nicht zu oft mit ihr, Peter.«
»Warum nicht?«
»Es wäre höflicher, sich um andere Gäste zu kümmern«, sagte Sophia ausweichend. »Um diese gräßlichen Dorfleute, zum Beispiel. Hoffentlich findest du es nicht zu schlimm!«
»Ich werde mich großartig amüsieren«, versicherte er, »falls wir jemals hinunterkommen.«
»O je, mein Haar! Es löst sich. Ich sage es immer wieder, niemand kann so gut frisieren wie Briar. Aber sie war heute abend zu beschäftigt, um sie darum bitten zu können. Warte nicht auf mich, Peter, schick mir nur Katie sofort herauf.«

Als Katie kam, stand Sophia am Fenster und blickte hinaus. Das Fenster war an der Seitenfront des Hauses und hatte die Aussicht über den verwilderten Garten und auf die dunkle Linie des Buschlandes dahinter.

Erschrocken zuckte Sophia zusammen, als Katie eintrat. »O Katie, hast du mich jetzt erschreckt!«

»Stimmt irgend etwas nicht, Ma'am?«

»Ich dachte, ich hätte jemand im Garten gesehen. Hinter diesem Busch … kannst du was sehen?«

Katie spähte nervös hinaus. »Ich kann gar nichts sehen, Ma'am.«

»Nein, jetzt sehe ich auch nichts mehr. Ich muß es mir eingebildet haben. Vielleicht war es einer der Gäste.« Sie fröstelte leicht. »Zieh die Vorhänge zu, Katie. Und dann steck mir das Haar fester. Bitte, beeil dich, ich muß hinuntergehen. Sind viele Leute gekommen?«

»Eine Menge, Ma'am.« Katie kicherte. »Auch ein Baby ist dabei.«

»Dann wirst du ja zu beschäftigt sein, um Dummheiten zu machen. So, jetzt ist es besser. Nun muß ich hinunter.«

Nachdem sie gegangen war, trat Katie zum Fenster und starrte hinaus. Sie blies die Kerzen aus, um ihre Augen an die Dunkelheit zu gewöhnen. Aber sie konnte hinter dem Schatten der Büsche und Bäume nichts entdecken. Einen Augenblick lang, als Sophia ihre Vermutung geäußert hatte, waren Hoffnung und Angst in ihr aufgestiegen.

Aber da draußen regte sich nichts. Sie zündete die Kerzen wieder an, blieb einen Augenblick stehen und betrachtete im Spiegel ihr keckes Gesicht mit dem wuscheligen roten Haar. Bei all den Leuten, die sie anziehen mußte, hatte sie wirklich keine Zeit, selbst ordentlich auszusehen. Hastig steckte sie ein paar Haarspangen hinein. Es spielte keine Rolle, wie sie aussah, denn niemand würde ihr besondere Beachtung schenken. Außerdem wollte sie das gar nicht. Sie war nicht in der Stimmung, über die schwachen Witze der Schafhirten zu lachen oder ihre vielsagenden Blicke zu erwidern. Dazu war sie schon lange nicht mehr in Stimmung. Weiße Männer – die waren langweilig!

Das Wohnzimmer wirkte nicht mehr so riesig. An den Wänden entlang standen Stühle, und am Ende des Raums war das Klavier, so daß in der Mitte Platz zum Tanzen blieb. Etwa dreißig Leute tanzten oder standen herum.

Die Gäste waren in ausgelassener Stimmung. Irgendwie hatten es die Frauen fertiggebracht, auch die von den ganz kleinen und entlegenen Farmen, festlich und hübsch auszusehen, sei es durch neue Bänder oder einen sorgsam gehüteten Elfenbeinfächer beziehungsweise durch kunstvolle Lokkenfrisuren. Sie redeten mehr, als sie tanzten, denn Geselligkeit war selten in diesem Land und Gesellschaften noch seltener. Die ungewohnte Nähe so vieler Menschen wirkte anregend. Jemima Potter saß neben ihrem Mann. Auf ihrem schmalen Gesicht lag ein zuversichtliches Lächeln. Jimmy und Lucy spähten durch die Stäbe des Treppengeländers und waren überwältigt von der Pracht und Fröhlichkeit, die sie sahen. Amy Perkins hatte offensichtlich die grünen Samtbänder von Briars Hut benutzt, um damit ihr armseliges, schäbiges Kleid zu verschönern. Für den Kirchgang am Morgen würde sie die Bänder sicher wieder an dem geliebten Hut anbringen.

Martha Peabody, sehr stattlich in ihrem guten schwarzen

Seidenkleid, plauderte interessiert und angeregt mit allen, und der Reverend, der auf galante Weise seiner Pflicht nachkam, tanzte einen langsamen Walzer mit Tante Charity.
Peter bat Briar, mit ihm zu tanzen, sobald sie sich von ihren Gästen freimachen konnte. Sie gab ihm die Ehre, drehte sich in seinen Armen und bemerkte zufrieden die Bewunderung in seinen Augen. Am liebsten hätte sie ihn geschüttelt und gefragt, weshalb er nicht gesehen hatte, daß sie eine viel bessere Frau geworden wäre als Sophia.
»Briar, wieso ist mir nicht früher aufgefallen, wie hübsch Sie sind?«
»Ja, wieso?«
»Aber Sie haben sich verstellt, nicht wahr? Sie haben darauf gewartet, plötzlich zu erscheinen und uns alle zu verwirren.« Er drückte ihre Hand. »Sie sind sanft und weich, trotz Ihres strengen Namens.«
Es war berauschend. Sie hatte viel zu wenig Bewunderung gehabt, um das nicht schmeichelhaft zu finden. Außerdem linderte es die unangenehme Erinnerung an ihren ehemaligen Mißerfolg bei Peter.
Die Musik klang verführerisch, und Briar gab sich ihr ganz hin.
Sie drehte sich mit Peter beim Tanz, sah ihn mit ihren strahlenden Augen an, war hinreißend und unwiderstehlich.
Saul tanzte mit Prudence. Als die beiden vorüberglitten, sah Briar einen Moment das schmale, sanfte Gesicht von Prudence, das ungewöhnlich belebt wirkte. Sophia saß auf der Couch am anderen Ende des Raums, und trotz der Gelegenheit, jetzt vor Jemima und den anderen die große Dame

spielen zu können, hatte ihr Gesicht einen beleidigten und schmollenden Ausdruck.
Die Musik machte eine kleine Pause, und der Geiger wischte sich über die Stirn. Von Beruf war Harry Jones Handwerker und arbeitete bei Tom Galloway. Der bärtige Herr, der mit bewundernswerter Hingabe Klavier spielte, war ein reisender Händler, der mit einem betagten Pferd und einem Wagen voll der unterschiedlichsten Dinge über Land trottete. Er hatte außer Stoffen, Bändern und Spitzen auch Glasbehälter mit Zuckerbonbons, Tee und Gewürzen sowie Tabak, Töpfe und Pfannen. Nebenbei bot er seine Dienste als Musikant an, und für eine Mahlzeit und ein Bett veranstaltete er in jedem Haus ein rauschendes Konzert, falls der Hausherr das Glück hatte, ein Klavier zu besitzen.
Kaum war die Musik verstummt, erhob sich ein ungeheures Stimmengewirr.
»Lassen Sie uns etwas Luft schöpfen«, sagte Peter zu Briar.
Der Mond schien, das wußte sie. Es wäre angenehm gewesen, mit Peter draußen umherzugehen, die kalte Nachtluft auf dem Gesicht zu spüren und das berauschende Gefühl der Bewunderung zu genießen.
Briar spürte, wie Saul sie ansah.
Aber nicht deshalb, sondern weil sie nicht die Absicht hatte, etwas so Unbesonnenes zu tun, wie nach draußen zu verschwinden, sagte sie leichthin: »Ich muß mich um meine Gäste kümmern, Peter, bitte entschuldige mich. Vielleicht möchtest du mit Amy Perkins tanzen, sie würde sich sicher freuen!« Die Musik setzte wieder ein.
Eine feste Hand legte sich um Briars Arm.
»Darf ich mit meiner Frau tanzen?«

Lächelnd, aber kühl willigte sie ein; als stünde ihr ein Fremder gegenüber.

»Das Kleid habe ich noch nie gesehen.«

»Natürlich nicht. Es gab noch keine Gelegenheit dazu.« Seine Stimme hatte einen seltsamen Klang. Das machte sie nervös, und sie begann zu quasseln. »Sophia hat mir den Stoff geschenkt, und Miß Matthews hat das Kleid genäht. Sie kann sehr geschickt mit der Nadel umgehen.«

»Die Leute waren nett zu dir, nicht wahr?«

»Ja, sehr nett. Als ich vor der Heirat stand ...« Sie zögerte, denn sie wußte sehr wohl, daß ihr ein Großteil der Freundlichkeiten nur ihrer eindrucksvollen Partie wegen zuteil geworden war.

»Weshalb hast du mich geheiratet, Briar?«

Sie sah ihn scharf an. »Saul, das ist doch kein Gesprächsthema für einen Ball! Wir haben Gäste. Es ist ein sehr gelungenes Fest, nicht wahr? Ich bin sicher, alle amüsieren sich großartig. Es ist die erste Einladung, die ich gebe, weißt du? Mache ich meine Sache gut?«

»Mußt du kokettieren? Du weißt, du übertriffst dich selbst.« Die Ironie in seiner Stimme störte sie ebenso wie sein verhaltenes Grinsen und seine aufmerksamen schwarzen Augen, die bis in ihr Innerstes zu dringen schienen. Aber sie konnte nichts mehr sagen, denn er hatte zu tanzen aufgehört und meinte leichthin: »Sophia ist ganz allein, geh und kümmere dich um sie. Und über diese Frage sprechen wir später.«

Katie war allein in der Küche, als es ans Fenster klopfte. Sie fuhr herum und sah ein dunkles Gesicht ans Fenster gepreßt. Wie versteinert stand sie da und unterdrückte einen Schrei. Wer war das?

Dann erkannte sie ihn. Eine Hand winkte, und sie flog zur Tür.
»Rangi!«
»Ich komme zu dir, kleine *Rata*-Blume.«
»Du kannst jetzt nicht zu mir kommen, wir haben ein Fest!«
Auf dem Gang waren Schritte zu hören. Mabel, die die Tabletts ins Eßzimmer gebracht hatte, kam zurück.
»Schnell«, zischte Katie ihrem Besucher zu, »geh ums Haus herum auf die andere Seite; ich treffe dich dort.«
Er verschwand wie ein Schatten. Sie hatte die Tür geschlossen und stand schwer atmend davor. Hoffentlich hatte Mabel nichts bemerkt, dachte sie. Mabel war jedoch viel zu sehr an den Vorgängen im Haus interessiert, um sich darum zu kümmern, was draußen geschah.
»Das ganze Essen ist weg«, sagte sie erstaunt. »Missus sagt, bring mehr.«
»Ich höre das Baby oben weinen«, log Katie, »ich kann dir jetzt nicht helfen, Mabel.«
Sie huschte den Gang entlang und in ihr eigenes Zimmer. Dort schloß sie die Tür und ging zu den Fenstern, die glücklicherweise auf die Veranda hinausgingen. Dieser Teil des Hauses war von dem Festsaal aus nicht zu sehen. Auf Zehenspitzen ging sie über die Veranda und spähte in die Nacht.
Eine dunkle Gestalt löste sich vom Ngaio-Baum und kam rasch auf sie zu. Im Mondlicht sah sie die breiten, nackten Schultern glänzen. An seiner Hüfte trug Rangi etwas Hartes, das sie erst bemerkte, als er sie an sich zog. Ein Tomahawk! Na gut, ein Maorikrieger war schließlich immer bewaffnet, nicht wahr? Und sie konnte nicht zusammenhängend

denken, denn dieses berauschende Schwindelgefühl überkam sie wieder. Sie roch das Öl auf seiner Haut, und weil ihr dieser Geruch bereits vertraut war und sie an das Schäferstündchen in dem hohlen Baum erinnerte, war sie verloren. Sie ließ sich von ihm durch das hohe, naße Gras tragen, den Pfad hinunter und außer Sichtweite. In einem kleinen Wäldchen auf einem Lager aus raschelnden, nach Harz riechenden Blättern liebkosten und liebten sie sich.

Sie war verloren, das wußte sie. Aber es kümmerte sie nicht. Es gab nichts auf der Welt, außer diesem wendigen, glatten Körper und den geschickten Händen. Und danach vergrub er sein Gesicht in ihrem gelösten Haar, als fasziniere es ihn, obgleich er in der Dunkelheit die Farbe nicht sehen konnte.

»Was tust du hier, Rangi?« konnte sie endlich fragen.

»Ich kam, um nach dir zu sehen.«

»Ganz allein? Sind deine Freunde nicht bei dir?«

»Nein. Ich kam allein.«

Bei Nacht schien sein Gesicht unnahbar, dunkel und furchterregend. Doch als er sie wieder an sich zog, versank sie von neuem in Verzauberung.

Dann sprang er unvermittelt auf. Er schien zu lauschen und hob die Hand, als würde er grüßen.

»Ich komme eines Tages wieder.«

»Rangi! Du kannst doch nicht einfach so gehen!«

»Ich muß. Aber dir wird nichts geschehen, kleine *Rata*-Blume, auch nicht deinem Haus.«

Dann sprang er mit langen Schritten über das hohe Gras auf den Busch zu und war verschwunden.

Ihr Kleid und die Schürze waren völlig zerknüllt, feucht und voller Grasflecken. Von ihrem Haar ganz zu schweigen.

Wie im Traum erreichte sie ihr Zimmer, zündete eine Kerze an und versuchte zu begreifen, was soeben geschehen war. Nach einer Weile erreichte sie der Klang der Musik. O Gott, dachte sie flüchtig, die Party ist immer noch in Gang. Für sie hatte diese Welt in der Zwischenzeit aufgehört zu existieren. Was sollte sie tun? Sie konnte sich in diesem aufgelösten Zustand nicht zeigen. Aber schon im nächsten Augenblick würde Mabel oder sonst jemand nach ihr suchen. Sollte sie ins Bett klettern und behaupten, ihr sei plötzlich übel geworden? Oder sollte sie ihr Arbeitskleid anziehen und vorgeben, sie habe sich etwas über ihr gutes Kleid geschüttet?

Ja, das war die bessere Idee. Wie sie es allerdings fertigbringen sollte, volle Platten mit ruhigen Händen herumzureichen, wußte sie nicht.

Trotzdem schaffte sie es. Irgendwie kam sie mit ihrem aufgelösten Haar und einem Lächeln auf den Lippen über die letzte Runde des Abends. Zwei Platten waren zerbrochen, aber Mrs. Whitmore hatte das einkalkuliert und war deshalb nicht böse. Und die Ungeschicklichkeit, mit der sie den Gästen in die Mäntel half, wurde damit entschuldigt, daß sie den ganzen Abend wie eine Sklavin geschuftet hatte und erschöpft war.

Endlich konnte sie in ihr Bett. In der Dunkelheit begann ihr Kopf wieder normal zu funktionieren. Was hatte Rangi in dieser Gegend zu suchen? Weshalb hatte er gesagt, ihr und diesem Haus würde nichts geschehen? Hieß das, daß anderen Häusern etwas geschehen würde? War er mit anderen Kriegern unterwegs, die sich auf dem Kriegspfad befanden? Er hatte einen Tomahawk bei sich gehabt, aber kein Gewehr. Weshalb hatte er sich so rasch und lautlos entfernt?

Waren für diese Nacht schreckliche Dinge geplant? Hätte sie Mr. Whitmore und den anderen Siedlern etwas davon sagen sollen, damit sie vorbereitet waren?

Sollte sie jetzt etwas sagen? Die quälende Frage hämmerte in ihrem müden Kopf.

Aber wenn sie eine Suchmannschaft zusammenstellten und mit Gewehren losgingen, würde Rangi vielleicht getötet werden. Das könnte sie nicht ertragen. Sie hatte ihn gerettet, sie konnte ihn jetzt nicht ins Verderben stürzen. Außerdem liebte sie ihn. Er erfüllte sie mit dieser beängstigenden, wundervollen Erregung. Sie könnte es nicht ertragen, ihn niemals wiederzusehen.

Sie durfte niemand von seinem Besuch erzählen. Wie hätte sie das auch erklären sollen? Es würde schon alles gutgehen. Außerdem war sie plötzlich ganz einfach zu müde, um sich Sorgen zu machen.

23

Auch Briar war müde. In dem Augenblick, als sie ihr Schlafzimmer betrat, merkte sie es. Zuvor war sie noch voller Energie gewesen: Sie wollte weder, daß die Musik aufhörte zu spielen, noch daß irgend jemand nach Hause ging. Aber irgendwann mußte ja der Spaß aufhören, und jetzt war er eben zu Ende. Überraschenderweise war Saul vor ihr im Schlafzimmer. Es sah aus, als würde er auf sie warten.

Ihr war recht unbehaglich zumute, als sie sich an die noch immer unbeantwortete Frage erinnerte, die er ihr während des Tanzes gestellt hatte. Aber gewiß würde er sie nicht ausgerechnet jetzt einem Kreuzverhör unterziehen. Es war spät, beinahe drei Uhr, und sie war wirklich sehr müde und erschöpft. Sie gähnte etwas übertrieben. »O je, ich bin halbtot!«

Saul antwortete nicht. Ihr ganzer Körper reagierte plötzlich auf seine Gegenwart.

»Hat dir unsere erste Party gefallen, Saul?«

Er ging nicht darauf ein, statt dessen wiederholte er seine Frage: »Warum hast du mich geheiratet, Briar?«

Es war, als würden sie noch immer in dem überfüllten Saal tanzen und als sei inzwischen nichts geschehen, als hätte er nichts anderes getan, als ungeduldig auf ihre Antwort gewartet.

»Saul, ich bitte dich, es ist so spät!«

»Hör auf mit dem Theater, falls du das überhaupt fertigbringst, und hör auf, dir selbst etwas vorzumachen. Sei endlich du selbst!«

Briars Augen funkelten. »Ich selbst? Nun, da bliebe nichts als ein Dienstmädchen. Ich bezweifle, ob du willst, daß sich deine Frau wie ein Dienstmädchen verhält.«

»Ich bitte dich nicht, dich deiner früheren Stellung entsprechend zu benehmen, sondern natürlich zu sein. Du bist eine Frau, Briar, und du hast ein Herz. Manchmal spüre sogar ich das. Nicht oft. Wenn andere Menschen da sind.«

»Saul, wirklich ...« In seinem Gesicht war weder Humor noch Zärtlichkeit. Es war hart und angespannt; sogar ein bißchen beängstigend. »Ich verstehe nicht, was du sagen willst«, beendete sie vorsichtig ihren Satz.

»Warum hast du mich geheiratet, Briar? Mach schon, sag es mir. Ich will es von dir hören. Sag mir, daß du mich, zum Beispiel, dieses Hauses wegen geheiratet hast, damit du Partys geben kannst wie heute abend.«

»Ich hatte dieses Haus nicht gesehen, als ich versprach, dich zu heiraten«, unterbrach sie ihn.

»Aber du hast gewußt, daß es da ist. Und die anderen Sachen auch.«

Ihr wurde heiß, und sie spürte, wie sie rot wurde. Jetzt fing auch sie an, ärgerlich zu werden. Angst vor ihm? Niemals! Niemals würde sie es dazu kommen lassen, daß sie sich vor einem Mann fürchtete.

»Was wußte ich denn von dir?« fuhr sie ihn an. »Du warst ein vollkommen Fremder. Du warst schließlich damit einverstanden, mich unter diesen Bedingungen zu heiraten.«

»Ich bin mir nicht bewußt, irgendwelche Bedingungen gestellt zu haben. Ich habe eine Frau geheiratet, von der ich sehr wohl eine Vorstellung hatte: jemand voller Wärme und Liebe. Und mit etwas Geist. Ich war sicher, daß ich mich in dir nicht täuschte, obwohl mir meine Mutter sagte, daß ich mich irre. Sie sagte, du seist nur ein kleiner Niemand, der sein Glück sucht. Ich habe das auch gespürt und sogar verstanden, aber darüber hinaus glaubte ich an einen natürlichen, warmherzigen Menschen in dir. Und mehr!«

»Du hättest deiner Mutter glauben sollen, nicht wahr? Denn jetzt hast du entdeckt, daß sie recht hatte.«

Er war zu ihr gegangen und schaute ihr offen in die Augen. Im Kerzenlicht sah sein Gesicht schroff aus; voll tiefer Falten und Schatten.

»War es wirklich nur das, Briar?«

»Sophia hat mir gesagt, die Liebe käme nach der Hochzeit«, stammelte sie.

»Aber nicht für dich, oder?« Er legte seine Hände auf ihre Schultern. »In Gesellschaft anderer Männer strahlst du. Peter Fanshawe war der Mann, den du heiraten wolltest. Nun, wenn du ihn bekommen hättest, hätte ich ihm viel Spaß gewünscht. Und dir auch. Er ist ein sentimentaler Waschlappen, und nach einer Woche hättest du ihn verachtet.«

»Und dich, glaubst du, verachte ich nicht?« fragte sie eisig.

»Nein. Vielleicht haßt du mich, aber das ist etwas ganz anderes. Das kann der Liebe sehr ähnlich sein.«

»Du schmeichelst dir selbst!« schrie sie erbost.

»Ich weiß um dein damenhaftes Getue, und ich kenne deine Schliche. Aber ich werde dich hindern, das mit ins Bett zu bringen!«

»Saul, sprich nicht so mit mir!«
Seine Augen funkelten gefährlich. »Ich spreche mit dir genauso, wie es mir paßt. Du bist meine Frau, du gehörst zu mir! Weiß Gott, ich werde dich dazu bringen, daran zu denken!«
»Saul, du zerreißt mein Kleid!«
Sie war ebenso wütend wie er; ihre Wangen glühten, und ihre Augen funkelten vor Haß. Sie versuchte, sich ihm zu entwinden. »Ich bitte dich, mich nicht anzurühren, wenn du ein Gentleman bist.«
»Hier gibt es keine Lady und keinen Gentleman heute nacht«, entgegnete Saul barsch und zerrte an den Haken ihres Kleides. Als sie unter seinen ungeduldigen Fingern nicht nachgaben, riß er mit einem scharfen Ruck den Stoff entzwei. »Hier gibt es nur einen Mann und eine Frau. Und keine falsche Scham. Du bist nicht entsetzt, so bist du nicht. Du bist aus Fleisch und Blut, das werde ich dir beweisen!«
»Saul, bitte … Ich schreie!«
»Meinetwegen.« Er hatte sie hochgehoben und aufs Bett geworfen. Die Bewegung ließ die Kerzen flackern und hätte sie beinahe gelöscht. Sie hatte keine Zeit mehr, sich auf etwas anderes zu besinnen, als er sie mit einem Griff der vielen Röcke entledigte. Und dann war es natürlich zu spät. Aber sie wollte auch nicht mehr protestieren, selbst wenn sie genügend Atem dazu gehabt hätte.
Als wäre ein Hurrikan über sie hinweggefegt: Kleinlaut und benommen lag sie da und fragte sich, was nun Schmerz und was Wonne gewesen war. Jedenfalls wußte sie, daß sie niemals wieder dieses Bett verlassen wollte.

24

Der Morgen schien anzubrechen, ehe sie ihre Augen geschlossen hatte. Anscheinend war Saul aufgestanden und beobachtete die aufgehende Sonne. Es mußte nach sieben Uhr sein.

Sie wollte aber im Augenblick weder den Tag noch das Gesicht ihres Mannes sehen, deshalb drehte sie sich um und kuschelte sich tief in die warmen Decken.

»Steh auf!« ertönte seine Stimme.

Wollte er denn jetzt immer noch so mit ihr sprechen?

»Briar, steh auf!«

Ungehalten schälte sie sich aus den Kissen. »Ist die Sonne schon aufgegangen?«

»Es ist noch nicht einmal fünf Uhr. Das ist keine Sonne, das ist ein Feuer.«

»Ein Feuer – wo?«

Jetzt war sie hellwach. Sie sprang aus dem Bett und rannte ans Fenster.

Ja, es war noch Nacht. Die Bäume hoben sich dunkel vom Himmel ab, und der Boden verschmolz mit den Schatten. Aber das unheimliche Glühen am Horizont wurde zusehends stärker.

»Hauhaus?« flüsterte sie.

»Ich weiß nicht. Zieh dich an, ich werde alle wecken. Geh du in die Halle hinunter und sorge dafür, daß in spätestens zehn Minuten alle unten sind. Ich sehe mich unterdessen um.«

Er war bereits halb angezogen und schlüpfte gerade in seine Stiefel.

»Aber man hat doch überhaupt nichts gehört! Ich dachte ...« Ihre Stimme versagte.

Als sie das erste Mal in diese fürchterliche Situation kam, hatte sie keine Zeit gehabt, sich zu ängstigen. Aber jetzt, wo sie stundenlang warten und lauschen mußten, wußte sie nicht, wie sie sich benehmen würde.

»Sie schreien beim Angriff«, erklärte Saul ihr kurz. »Wenn sie in kleinen Gruppen umherziehen und brandschatzen, sind sie lautlos. Nur die Vögel und die Hunde melden es. Beeil dich und zieh dich an.«

Er hatte sein Gewehr genommen, das immer neben dem Bett stand.

»Bleib ganz ruhig«, sagte er etwas verspätet. »Es müssen nicht unbedingt die Hauhaus sein. Vielleicht ist es ein ganz harmloses Feuer.«

Dann war er weg, und sie hörte, wie er den Gang entlangging und an den anderen Türen klopfte.

Im Nu war das Haus voller Lärm und aufgeregter Stimmen. Dann hörte man einen spitzen Schrei, der nur von Sophia kommen konnte. Himmel – Sophias Baby! Als nächstes kam bestimmt seine vorzeitige Geburt.

Briar war überrascht, daß sie noch normal denken konnte. Ihre Hände zitterten so sehr, daß sie kaum mit den Knöpfen zurechtkam. Sie schlüpfte hastig in einen warmen Unterrock und ein Wollkleid, dann sah sie wieder zum Fenster und betrachtete den unheilverkündenden Schein am Himmel.

Waren das Schreie, die sie weit entfernt hören konnte, oder bildete sie sich das alles nur ein?
Der Helligkeit nach zu schließen, breitete sich das Feuer schnell aus. Aber dann sah sie, daß es ein zweites Feuer war. Etwa eine Meile von dem ersten entfernt. Der Himmel flakkerte orange und rot.
Briar klammerte sich ans Fensterbrett. Die Hauhaus! Sie waren schließlich doch gekommen, wie Onkel Hubert und Saul es immer vorausgesehen hatten. Die trügerische Sicherheit war vorüber. Sie fröstelte.
»Briar!«
Das war Sauls drängende Stimme an der Tür. Sie wandte sich um und verspürte zum ersten Mal den Wunsch, sich in seine Arme zu stürzen, nicht der Liebe wegen, sondern um Schutz zu suchen; denn er war stark und tapfer und der einzige, der wußte, wie man gegen diese Teufel kämpfte.
»Du bist noch nicht angezogen? Geh und hilf meiner Mutter. Sie ist ganz steif vor Rheumatismus. Beeil dich!«
»Saul, es sind die Hauhaus. Es sind zwei Feuer. Ich fürchte mich zu Tode!«
Im Schein der Kerze, die er in der Hand hielt, konnte sie sein Gesicht sehen und den unwilligen Ausdruck darin.
»Du hast keine Zeit, dich zu fürchten. Meine Mutter ist eine alte Frau und braucht Hilfe. Und Sophia in ihrem Zustand ebenfalls.«
Für Briar hatte er keine Worte übrig. Schon war er die Treppe hinuntergerannt und rief durch die offene Tür nach den Schäfern.
Aber er hatte die Wahrheit gesprochen: Es blieb keine Zeit, sich zu fürchten; denn die anderen Frauen kamen mit ihren

Kleidern nicht zurecht und brauchten Hilfe. Sophia zitterte am ganzen Körper, schwor, daß sie viel zu aufgeregt sei, um irgendwelche Kleider anzuziehen, daß sie sich krank fühle und bestimmt jeden Augenblick ihr Baby bekommen würde. Tante Charity hatte sich in das großartige dunkelrote Samtkleid mit Spitzenbesatz und Rüschen gezwängt, das sie zum Ball getragen hatte, und stand benommen und bebend da. Die bleiche und zitternde Prudence versuchte, energisch zu protestieren: »Das Kleid paßt nicht, Tante Charity!«

»Weshalb nicht? Weshalb sollte ich zum Sterben nicht mein bestes Kleid anziehen?«

»Aber du wirst nicht sterben. Wir versammeln uns nur im Haus der Miliz.«

»Als ob das nicht das gleiche wäre. Vorausgesetzt es stimmt, was mir dein Onkel gesagt hat.«

»Rede keinen Unsinn, Tante Charity«, sagte Briar mit einer Ruhe, die sie selbst überraschte. »Bis Saul zurückkommt, werden wir in die Halle hinuntergehen. Er hat so etwas schon öfters mitgemacht. Er weiß, was zu tun ist. Bring Tante Charity hinunter, Prue, und nehmt warme Mäntel mit. Es wird draußen kalt sein.«

Die alte Mrs. Whitmore war ein Fall für sich. Da gab es weder Panik noch Hysterie. Aber die Nacht hatte ihre rheumatischen Knochen so steif werden lassen, daß jede rasche Bewegung unmöglich war. Briar hatte das nicht gewußt und bewunderte im stillen die Haltung der alten Dame.

»Ich helfe Ihnen mit Ihrem Kleid, Mrs. Whitmore.«

Die dunklen, tiefliegenden Augen starrten sie an. »Wieso schreien Sie nicht auch?«

Prompt antwortete Briar: »Saul würde das nicht gutheißen.«

Und dabei fragte sie sich, was sie im Augenblick mehr beschäftigte – die Hauhaus oder das Erlebnis mit Saul in der vergangenen Nacht.

War das erst zwei Stunden her?

»Ich würde ja schreien«, sagte sie schlotternd. »Ist das Ihr wärmster Mantel, Mrs. Whitmore? Wir müssen uns vielleicht im Wald verstecken.«

»Geben Sie mir meinen Stock. So, das ist besser. Und nun machen Sie sich meinetwegen keine Sorgen. Ich habe schon früher heulende Derwische gesehen. Kümmern Sie sich um Sophia. Sie ist die einzige, die Fürsorge braucht. Gehen Sie schon!«

Ihre gebieterische Stimme war wie die ihres Sohnes. Die beiden benahmen sich, als wäre sie eine Sklavin, dachte Briar bitter. Also gut, sollte die alte Dame sehen, wie sie allein zurechtkam. Sie, Briar, würde inzwischen hinuntergehen und Mabel und Katie wecken.

Auf der Treppe traf sie Peter Fanshawe. Auch er trug eine brennende Kerze, denn die Stunde vor dem Morgengrauen war sehr dunkel. Flüchtig bemerkte sie, daß seine Hand mit der Kerze heftig zitterte.

»Ist es wirklich ein Angriff der Hauhaus?«

Sein Gesicht war blaß, aber seine Augen flackerten vor Erregung. Vielleicht zitterten seine Hände nur vor Kälte und Anspannung, und er hatte gar keine Angst.

»Saul wird Ihnen sagen, was zu tun ist«, sagte sie kurz. »Bringen Sie Sophia hinunter und sorgen Sie dafür, daß sie warm angezogen ist.«

Als Saul zurückkam, waren sie alle in der Halle versammelt. Ein Reiter kam den Pfad entlang auf das Haus zugaloppiert.

In der frühen Morgendämmerung konnte keiner erkennen, wer es war, bis er sein Pferd an der Tür zum Stehen brachte. Es war Tom Galloway.

»Hauhaus!« schrie er. »Sie haben den Masefield-Besitz niedergebrannt und ein weiteres Feuer gelegt. Arthur Masefield und seine Frau sind tot. Sie wurden überfallen, als sie letzte Nacht von hier nach Hause fuhren. Die Teufel hatten Tomahawks ...« Er hielt inne, als er erkannte, daß die meisten seiner Zuhörer Frauen waren. Sein Gesicht war entstellt und verzerrt. »Ich versuche, alle zu warnen. Bringt die Frauen zum Haus der Miliz, Saul, da sind sie in Sicherheit. Wir sind alle dahin unterwegs.«

»Hat irgend jemand nach der Miliz geschickt?« fragte Saul kurz.

»Dazu war noch keine Zeit.«

»Ich schicke sofort einen Boten. Vielleicht haben sie ohnehin die Feuer inzwischen gesehen. Hast du irgendeine Vorstellung, wie viele Hauhaus es sind?«

»Ungefähr fünfzig. Nehmt alle Gewehre und Munition mit, die ihr habt.«

Briar drängte sich nach vorn. »Tom, geht es deiner Frau und dem Baby gut?«

»Sie sind auf dem Weg zum Dorf; ihr werdet sie vermutlich treffen. Viel Glück!«

Dann ritt er davon – eine schmale Gestalt, die im aufsteigenden Nebel verschwand. Einer der Schafhirten kam mit Pferd und Wagen um das Haus.

Sophia fing plötzlich zu lamentieren an: »Ich muß Gepäck mitnehmen! Ich kann nicht all meine Kleider hierlassen! Sie werden verbrennen.«

»In den Wagen!« kommandierte Saul ungerührt.
»Aber es sind meine besten Kleider! Ich kann sie nie wieder ersetzen. Und worin soll ich mein Baby wickeln?«
»In deinen Unterrock! Mutter, gib mir deinen Arm. Tante Charity.«
Sauls Blick fiel einen Moment auf Tante Charitys ungeheure Erscheinung. »Das nenne ich gekonnt! Selbst ein Überfall in der Wildnis wird zur Party!«
Tante Charity lächelte schwach.
»Saul!« schrie Briar und klammerte sich plötzlich an seinen Arm. »Werden sie unser Haus niederbrennen?«
»Vielleicht.« Sein Blick war unergründlich. »Was macht das schon, wenn wir noch am Leben sind?«
Alle saßen schon im Wagen. Briar zögerte noch und wandte sich nach dem Haus um, das in der vergangenen Nacht so voller Licht und Fröhlichkeit gewesen war und das sie so mit Stolz erfüllt hatte. In ihren Augen standen Tränen. Mit dem Haus würde sie ihr gerade gefundenes Zuhause wieder verlieren, dachte sie. Lieber würde sie bleiben und das Haus verteidigen.
Entschlossen hob Saul sie in den Wagen.
»Sei ein andermal sentimental«, sagte er barsch.
Die Wagentür schwang hin und her, als sie losfuhren. Man vergaß das Haus schnell.
Aber Saul, der zurückgegangen war, um sein Pferd zu besteigen, blieb stehen und schloß die Tür. Briar fühlte sich gleich ein bißchen besser.
Dann war keine Zeit mehr, darüber nachzudenken, denn Katie wurde hysterisch.
»Bringt dieses Mädchen zum Schweigen!« zischte Mrs. Whit-

more, und Briar erinnerte sich plötzlich daran, wie die winzige Rose gewimmert und Saul Ruhe befohlen hatte.
Jetzt lag das Baby in seinem winzigen Grab auf dem neuen Friedhof. Der Lärm, den Katie machte, spielte auch keine besondere Rolle mehr, denn wo immer der Feind auch sein mochte, er würde sich nicht ruhig verhalten.
Trotzdem war Katies lautes Schluchzen nervenaufreibend, und Briar sagte scharf: »Sei still, Katie, nimm dich doch zusammen!«
»O Ma'am, das ist alles meine Schuld. Wenn ich nur etwas gesagt hätte!«
»Wenn du was gesagt hättest?«
Aber bei dieser klaren Frage brach Katie erneut in lautes Schluchzen aus, und Mabel antwortete an ihrer Stelle.
»Die Geister müssen zu ihr gesprochen haben, Missus.«
»Geister?« wiederholte Tante Charity ungläubig. »Zu Katie? Was hätte ein Geist wohl zu diesem kleinen Hohlkopf zu sagen!«
»Die Eulen, Missus, und die Käuzchen, durch sie sprechen Geister.«
Briar überlief ein Schauer, und sie dachte an den verlorenen, klagenden Schrei des Käuzchens in der Nacht und war geneigt zu glauben, daß der Tod durch diese kleinen gefiederten Körper mit den großen seelenlosen Augen sprechen konnte. Aber wie Tante Charity richtig sagte, weshalb sollten sie ausgerechnet zu Katie sprechen?
Katie hatte Schluckauf und murmelte: »Diese armen Leute hätten vielleicht nicht sterben müssen, wenn ich etwas gesagt hätte.«
Aber sie ließ sich nicht dazu bringen, mehr zu erklären, und

verbarg sich hinter der Ehre, die Empfängerin geheimnisvoller Nachrichten zu sein.

Das Haus der Miliz, das eher ein Schutzwall war, hatte man auf einem Hügel erbaut, von wo aus man das Dorf überblicken konnte. Es war nach einem Maoridorf, einem *Pa*, konstruiert, mit einer doppelten Palisadenreihe aus *Totara*-Holz, um die man einen drei Fuß breiten Graben gezogen hatte. Innerhalb des Palisadenzauns standen niedere, mit Baumfarn gedeckte Hütten, deren Seiten aus Lehm bestanden, um Schutz vor Kugeln zu bieten.

Tom Galloway war vor ihnen da. Die meisten Dorfbewohner drängten sich hinter der Umzäunung in kleinen Gruppen zusammen, frierend und zähneklappernd im ersten Morgenlicht. Das Glühen am Horizont war stärker geworden, und es schien, als höre man das entsetzliche Heulen der Hauhaus.

Jemima Potter war da mit Jimmy und Lucy, die sich an ihre Röcke klammerten. Ihr mageres Gesicht war von Angst gezeichnet. Sollte sie auch noch diese beiden Kinder verlieren? Die Sorge um ihre Freundin ließ Briar ihre eigene Angst vergessen. Sie kniete sich nieder, um die beiden Kinder in die Arme zu schließen.

»Habt keine Angst, ihr kleinen Schätzchen, bald werden wir ein Feuer anmachen und im Freien frühstücken. Und heute braucht ihr nicht zur Schule zu gehen. Ist das nicht schön?«

Jimmy lächelte gequält. Er war ein untersetzter kleiner Junge, der die Dinge gelassen hinnahm. Aber Lucy war sehr still. Sie stand da mit ihren großen Augen und ihrem langen Wollkleid, die kleinen abgetragenen Schuhe voller

Schlamm, und sah fragend in Briars Gesicht. Sie hatte für eine Fünfjährige schon zu viel gesehen. Und jetzt stand vielleicht noch Schlimmeres bevor.

Briar blinzelte, um die Tränen zurückzudrängen. Erleichtert merkte sie, daß Martha Peabody kam.

»Na, da seid ihr ja alle! Die ganze Nacht tanzen und dann schon im Morgengrauen wieder auf den Beinen: eine ausgezeichnete Pioniersfrau! Kommen Sie, Briar, helfen Sie mir, Tee zu kochen. Den können wir alle brauchen. Mein Mann meint, wir sollten kein Feuer anzünden, aber was bedeutet schon ein bißchen Rauch mehr oder weniger? Du sollst dich nicht fürchten vor den Schrecken der Nacht, noch vor dem Pfeil …«

»Martha, haben Sie so etwas früher schon einmal mitgemacht?«

»Nicht hinter einem so großen Schutzwall. Das letzte Mal sind wir auf dem Bauch in den Wald gekrochen und haben uns unter dem Farn versteckt. Keine sehr bequeme Lage!«

Die große, ruhige Frau übte einen erstaunlichen Einfluß auf die zusammengedrängten Zuhörer aus. Sie hörten auf zu zittern und sich zu beklagen. Sie holten Holz für das Feuer und verteilten Tassen, die die umsichtige Martha mitgebracht hatte. Auch an Milch, Zucker, Brot und Kekse hatte sie gedacht.

Mabel Kingi übernahm es, das Feuer zu schüren. Sie hatte die bösen Taten der Hauhaus niemals gutgeheißen und betrachtete sie als Teufel, die man ausrotten sollte. Wenn es sein mußte, würde sie verbissen mitkämpfen. Als sich der Nebel lichtete und der Gipfel des Mount Egmont weiß und rein über dem Wald erschien, fixierte Mabel ihn scharf mit ihren dunklen, feuchten Augen und bewegte ihre dicken Lippen in einem lautlosen Bittgesang. Danach glich ihre Ruhe der von Martha, als ob der Mut ihrer Ahnen auf sie übergegangen wäre. Offensichtlich verloren die Frauen in diesem kleinen Fort mitten im Wald nicht so rasch den Kopf.

Saul organisierte die Männer. Sein Plan war, innerhalb der Umzäunung zu bleiben und den Angriffen so lange standzuhalten, bis die Miliz eintraf. Das konnte noch vor dem Abend sein, wenn sie die Feuer gesehen hatten oder sich ein Trupp Waldarbeiter zufällig in der Gegend aufgehalten hatte. Aber wenn die Soldaten meilenweit entfernt waren, konnte es nötig sein, bis zum folgenden Morgen auszuharren.

Die Stärke des Feindes war unbekannt, aber man wußte über die eigene Schwäche Bescheid. Bestenfalls standen zehn fähige Männer bereit, die Schießscharten zu besetzen. Einschließlich Reverend Peabody, dessen weißes Haar schon von weitem als Zielscheibe zu sehen war. Da er etwas tollkühn war, hätte Saul ihn gern aus der Schußlinie gehalten, aber er wußte, das war unmöglich. Man konnte sowieso nur auf Marthas Gebete vertrauen. Die Frauen, auf die Verlaß war – Saul konnte sie an einer Hand abzählen –, mußten hinter den Männern die Gewehre nachladen. Wenn ein Mann fiel, mußte die Frau seinen Platz einnehmen.

Martha Peabody würde ihre Sache ausgezeichnet machen. Er hatte sie bei einer anderen Gelegenheit kämpfen sehen. Ebenso Rima, die vollblütige Awara Maori aus dem Gasthaus, und Mabel Kingi. Auch seine Mutter, Mrs. Whitmore, falls man einer Frau von siebzig Jahren erlauben durfte, sich

in die Schußlinie zu begeben. In diesem Fall aber würde man sie nicht daran hindern können.
Seine eigene Frau? Ja, sagte er sich ohne Zögern. Sie mochte klein und zart aussehen, aber sie war standhaft. Sie würde ihn nicht im Stich lassen, sie würde um ihn und um ihr Haus kämpfen.
Und was die anderen betraf, da war Tom Galloways Frau Mary, die ein Baby hatte, um das sie sich kümmern mußte, und Jemima Potter wäre resolut genug gewesen, wenn man sie nur hätte dazu bringen können, einigermaßen mit einem Gewehr umzugehen, aber das war unmöglich. Sie sollte lieber bei Sophia und den Kindern in der Hütte bleiben. Und dann waren da noch Tante Charity und Prudence, die Sauls Meinung nach in einem Kampf nutzlos waren.
Amy Perkins war noch da, eine dumme, geistlose Person, die mit ihrem versoffenen Ehemann auch kein erfolgversprechendes Team abgab. Aber noch hatte sie so viel von einer Pioniersfrau an sich, daß sie nicht unnütz in Panik geraten würde. Außer ihr gab es noch ein oder zwei andere, im Kampf unerfahrene Frauen und schließlich Katie, die, abgesehen von ihrer Unfähigkeit, einen gezielten Schuß abzugeben, den ganzen Morgen geschluchzt und geweint hatte und dabei war, vollkommen durchzudrehen. Sie war ebensowenig zu gebrauchen wie die durch ihre Schwangerschaft verhinderte Sophia.
Das war das Endergebnis seiner Bestandsaufnahme: diese Handvoll Leute und ein unzureichender Vorrat an Munition. Aber er selbst, der Reverend, Elisha Trott, Fred Potter, Peter Fanshawe, Doktor MacTavish und die anderen würden zuverlässig kämpfen, wenn es sein mußte, bis zum Tod.

Man konnte nur beten, daß von den Frauen nicht Gleiches verlangt wurde.
Die Sonne ging auf, und in der Palisadenburg wurde es warm. Der dampfende Tee und die Kekse munterten die kleine Gruppe der Belagerten etwas auf. Saul hatte Wachen postiert und unterwies jeden in seinen Pflichten. Er versuchte sie zu trösten und sagte, wenn sie Glück hätten, könnte in wenigen Stunden alles vorüber sein. Die Miliz würde bald dasein und den Feind zurückschlagen. Möglicherweise gäbe es überhaupt keinen Überfall. Aber man müsse jeden Augenblick wachsam sein, und die Männer dürften ihre Plätze nicht verlassen. Die Frauen kümmerten sich um die Kinder und versuchten tapfer, den Mut nicht zu verlieren.
Der Reverend stand mit zerzaustem Haar und zuversichtlichem Gesicht in ihrer Mitte und sprach ein kurzes Gebet.
»O Gott, erbarme dich unser in diesem fremden Land. Gib uns die Kraft, unsere Leiden zu tragen, hilf uns, stark und barmherzig zu sein gegenüber unseren Nächsten. Gewähre uns zu leben und nicht in diesen Wäldern zu schlafen, außer es ist Dein Wille. Wenn wir sterben müssen, laß es uns tapfer und im Vertrauen auf Dich tun. Amen.«
Die Vögel sangen wie jeden Morgen, die Tauben gurrten, und zwei Pfauentauben spielten zwischen den Rispen eines hohen Farns und spreizten graziös ihre Schwänze. In einer Umzäunung stampften und schnauften unruhig die Pferde. Die Kinder hatten den ersten Schreck überwunden und begannen schüchtern zu spielen, während die Frauen ihre Mäntel ablegten und sich ein wenig entspannten. Tante Charity saß mit ihrem prächtigen dunkelroten Samtkleid auf einem Holzklotz. Nachdem die Ruhe anhielt, hatte sie

einen Teil ihrer Sicherheit wiedergewonnen und redete sich offensichtlich selbst ein, daß dies alles nur viel Lärm um nichts gewesen sei. Und sie hatte sich vollkommen grundlos ihr Kleid ruiniert; die Röcke waren feucht und voller Schlamm.

Ziemlich verächtlich beobachtete sie Oriane Whitmore, die ruhelos zwischen den Hütten umherwanderte. Mit einem Gewehr unter dem Arm zog sie eine große Schau von Mut und Kampfgeist ab. Sie, Tante Charity, beabsichtigte nicht, auch nur einen Schuß abzufeuern. Majestätisch saß sie auf ihrem Holzklotz, bereit zu tun, was sie konnte, wenn Gefahr drohte, aber auch entschlossen, sich nicht zum Narren zu machen.

Und Sophia würde sich auch beherrschen und nicht gerade heute ihr Baby bekommen. Trotz ihres ständigen Jammerns und Stöhnens fehlte ihr nämlich im Augenblick nichts.

Aber wenn irgend jemand Tante Charity danach fragen sollte, mit Katie stimmte etwas nicht. Und wenn ihr untrüglicher Instinkt sie nicht täuschte, war es wieder einmal das Übliche. Briar muß dieses kleine Luder loswerden, das stand fest. Sie würde mit ihr darüber sprechen, sobald sie wieder zu Hause waren. Falls sie jemals wieder nach Hause gehen würden.

Welch ein Tag! Und all die Fröhlichkeit der letzten Nacht war erst ein paar Stunden her.

Briar dachte das gleiche. Sie lebte in einem Traum. Es konnte einfach nicht sein, daß all die Leute, die letzte Nacht gelacht und getanzt hatten, jetzt verängstigt hier zusammengedrängt waren. Es konnte nicht sein, daß die Masefields tot

und vielleicht schrecklich entstellt auf der Straße lagen, die zu ihrem Heim führte.
Und es konnte nicht wahr sein, daß sie vielleicht jetzt schon kein schönes Haus mehr besaß, voller Dinge, um die jedermann sie beneidete: Vielleicht hatte sie nur noch diesen wortkargen Ehemann. Daß seine Leidenschaft sie vergangene Nacht wie eine Flamme ergriffen hatte, die sie für kurze Zeit alles vergessen ließ ... Wie konnte das geschehen?
Es war eine Ironie des Schicksals, daß ausgerechnet die Hauhaus sie heute morgen davor bewahrt hatten, mit Saul zu sprechen. Denn was hätte sie gesagt? Oder was hätte er zu ihr gesagt?
Es war Mittag. Die Sonne stand hoch am Himmel, und der Boden dampfte. Dieser kriechende Nebel war das einzige Rauchzeichen, und der Tag war – abgesehen von dem Gesang der Vögel – still und friedlich.
Die Langeweile, die auf die Anspannung folgte, machte alle reizbar und kribbelig. Tante Charity fuhr Prudence an, sie solle ihren Hut aufsetzen. Wußte sie denn nicht, daß sie sich ihr Aussehen bewahren mußte, wenn sie jemals einen Mann bekommen wollte? Niedergeschlagen mußte Prudence zugeben, daß sie keinen Hut mitgenommen hatte. In der frühen Morgendämmerung dachte niemand an Sonnenschein und Langeweile. Aber Prudence' sanftes Gesicht hatte einen neuen Zug von Entschlossenheit, und Briar wußte plötzlich, daß sie nicht zusammenbrechen würde. Sie würde den treulosen Edmund vergessen, und das würde sie stark machen.
Sophia lag in einer der dunklen, kühlen Hütten und erklärte, sie habe entsetzliche Kopf- und Rückenschmerzen, und wenn Peter in dieser Gegend zu leben wünschte, müßte er

das ohne sie tun. Sie würde ihr Baby nehmen, falls es jemals gesund auf die Welt käme, und zurück nach Wellington gehen. Sie haßte das Land. Wenn sie hierbliebe, würde sie vor Langeweile sterben, denn sie beabsichtige bestimmt nicht, Vorräte einzukochen, Fleckenteppiche zu weben oder Kindern das Lesen beizubringen. Es gab im Leben interessantere Dinge als das. Sie wünschte, sie wären niemals hierhergekommen. Jetzt hatte sie all ihre Garderobe verloren, ganz abgesehen davon, daß sie möglicherweise ihr Baby verlieren würde.

Da rief Amy Perkins plötzlich: »Mein Hut ... mein bester Hut, den Mrs. Whitmore mir gegeben hat! Ich habe ihn zu Hause gelassen.«

»Da liegt er gut«, sagte Briar etwas ungeduldig. »Und da ist er auch morgen noch.«

»Aber nein. Die Hauhaus werden kommen und alles niederbrennen.«

»Dann gebe ich Ihnen einen anderen.«

»Du wirst keinen haben, den du ihr geben kannst«, bemerkte Sophia gehässig. »Deine werden auch weg sein.«

»Er war so wunderschön«, seufzte Amy, »ich habe ihn immer nachts an den Bettpfosten gehängt, damit ich ihn sehen konnte.« Sie sprang auf. »Ich möchte nicht, daß er verlorengeht.«

»Amy, was haben Sie vor?« fragte Martha Peabody.

»Nur nach Hause zu gehen und meinen Hut zu holen. Es dauert nicht länger als ein paar Minuten.«

»Sie bleiben schön hier, Amy Perkins. Es mag sein, daß der Herr Sie heute zum Sterben ruft, aber nicht wegen eines bißchen Flitterkrams.«

Amy sah betreten drein. »Vielleicht haben Sie recht. Aber alles wirkt so ruhig. Ich glaube nicht, daß im Umkreis von mehreren Meilen auch nur ein Hauhau ist. Und mir bedeutet dieser Hut so viel.«

Langsam ging sie weg. Offensichtlich wollte sie nachsehen, was ihre drei Kinder machten.

Etwa eine halbe Stunde später ertönte von den Palisaden ein Ruf. Er kam von Elisha Trott, dem runzligen kleinen Mann, der in seinem dunklen Laden hinter der Theke viel respektabler aussah als hier mit einem Gewehr über der Schulter. »Schaut einmal, wer das ist!«

Es war Amy Perkins. Irgendwie mußte es ihr gelungen sein, die Aufmerksamkeit eines Wachpostens zu umgehen, über die Palisade und den Graben zu klettern und zum Weg zu rennen, der zum Dorf führte.

»Sie holt diesen verdammten Hut!« schrie Briar.

»Mein Gott!« rief Saul aus. »Wohin glaubt sie denn, daß sie geht? Zur Kirche?«

Briar kletterte neben ihn. »Oh, Saul! Wird sie es schaffen? Sie meint, kein einziger Hauhau sei in der Nähe. Sie hängt so sehr an diesem Hut.«

»Ihr Frauen und euer Flitterkram!« sagte Saul angewidert. Er sprang hinunter. »Ich gehe ihr nach.«

Aber der Reverend legte ihm die Hand auf den Arm und hielt ihn zurück.

»Nein, Saul, lassen Sie sie. Wenn kein Feind in der Nähe ist, kommt sie zurück. Wenn aber Hauhaus da sind, werdet ihr womöglich beide sterben. Tatsache ist auch, daß wir Sie nicht entbehren können, Saul. Wenn jemand ihr nachgeht, dann muß das ihr eigener Mann tun.«

Aber Joshua Perkins, der im Gesicht ein bißchen grau war, mehr noch als sonst nach einem gewöhnlichen Kater, hatte nicht die Absicht, sein Leben für die Eitelkeit seiner Frau zu riskieren.

»Der Reverend hat recht, Mr. Whitmore: Entweder es stirbt keiner oder aber alle beide. Schauen Sie, sie ist beinahe dort. Und es ist still wie am Sonntag.«

»Es ist Sonntag«, sagte der Reverend spöttisch.

Die schlanke Gestalt von Amy Perkins, die ihre Röcke hochhielt, um sie vor Staub und Schmutz zu bewahren, verschwand um die Straßenbiegung, die ins Dorf führte. Nicht einen Ton hörte man innerhalb der Umzäunung, während alle schauten und warteten.

Würde sie wieder zurückkommen mit ihrem Hut auf dem Kopf? Oder würde man gleich dieses entsetzliche Geschrei vernehmen?

Die nächsten fünf Minuten schienen endlos. Dann atmete man auf, als die kleine Gestalt wieder erschien. Ausgelassen winkte Amy den Beobachtern oben auf dem Hügel zu. Den Hut trug sie in der Hand.

»Beeil dich doch!« brüllte ihr Mann heiser. »Mach schon, blödes Frauenzimmer!«

Amy raffte ihre Röcke und begann zu rennen. Im gleichen Augenblick peitschte ein Schuß durch die unheimliche Stille. Amy wurde herumgerissen, als habe sich ihr Rock irgendwo verfangen. Dann lag sie als armseliges Bündel am Boden – der Hut rollte davon den Hügel hinunter.

»Auf die Posten!« brüllte Saul. »Noch nicht schießen ... wartet, bis ihr was seht!«

Sie brauchten nicht zu warten, die öligen, schwarzen Gestalten mit den schaurig bemalten Gesichtern stürzten sich auf die Palisaden und stießen dabei ihren seltsamen Schrei aus, der jedem das Blut in den Adern gerinnen ließ.

Der stille, sonnige Nachmittag hatte sich in Sekundenschnelle in ein Inferno verwandelt. Der ganze Lärm verschmolz zu einem unheimlichen Konzert: die erschrocken emporflatternden Vögel, das Krachen der Schüsse, das ununterbrochene Geschrei der Hauhaus und das Kreischen der Frauen und Kinder.

Briar, die hinter Saul kauerte und rasch sein Gewehr nachlud, sobald er es nach hinten reichte, befand sich in einem Zustand kalter Ruhe.

Ihre Hände zitterten nicht mehr. Sie arbeitete schnell und geschickt, blickte nicht auf und dachte an nichts anderes als an ihre unmittelbare Pflicht.

»Arme Amy!« wiederholte sie immer wieder. Sie spürte es mehr, als daß sie es sah, wie Rima, die hübsche Arawa-Maori, hinter Fred Potter fiel, und während Briar noch ungerührt dachte, daß Fred nun niemand mehr habe, der ihm das Gewehr nachlud, erschien plötzlich Tante Charity. Sie kroch auf dem Boden zu der verwundeten Maorifrau. Als Fred in die Schulter getroffen wurde, schwankte und von seiner Stufe fiel, fing sie ihn gewandt auf und legte ihn neben Rima. Sie kümmerte sich nicht weiter um ihn, nahm sein Gewehr und kletterte umständlich auf seinen Platz an der Schießscharte.

Ihr erster Schuß warf sie rückwärts auf den Boden. Schimpfend arbeitete sie sich aus dem Durcheinander ihrer Röcke, lud erneut das Gewehr und stieg wieder auf die Stufe. Jetzt fiel sie nicht mehr um. Entschlossen und scheinbar unverwundbar stand sie da, und durch den Lärm hörte Briar, wie die Frauen ihr bewundernd zuriefen.

Niemand achtete weniger auf diese ermunternden Zurufe als Tante Charity. Sie zielte ruhig, dann schoß sie.

Ganz plötzlich verebbte das wilde Geschrei, und die Schüsse kamen nur noch von den Verteidigern der Palisadenburg. Tante Charity beugte sich vor und drohte mit der Faust. »Ihr Feiglinge … kommt und kämpft … Mordgesindel!«

»Runter!« schrie Saul. »Willst du eine Kugel in den Kopf?«

Verwirrt drehte sich Tante Charity um. Ihr Gesicht war ebenso rot wie ihr Kleid, und ihre Augen funkelten.

»Sie wollen nicht kämpfen! Sie sind weggerannt!«

»Die werden kämpfen! Sie haben sich nur zurückgezogen, um sich zu einem neuen Angriff zu formieren. Briar, kannst du für eine Weile meinen Platz einnehmen, während ich nach Fred und Rima schaue. Wer ist sonst noch verwundet?«

Die Kugel, die Fred an der Schulter getroffen hatte, hatte glücklicherweise nur eine kleine Wunde verursacht. Aber Rima, die Maorifrau, war tot. Und durch Elisha Trotts Haar war eine Kugel gezischt und hatte ihm die Haut vom Kopf gerissen. Soweit war die kleine Garnison relativ gut weggekommen. Briar wollte nicht über den Palisadenzaun in den Graben hinunterschauen, wo viele jener herrlichen, wilden Körper lagen, reglos und tot, mit nichts weiter als einem kurzen Bastrock bekleidet. Und schon gar nicht wollte sie sehen, wo Amy gelegen hatte.

Unverwandt starrte sie auf den dichten Busch. Sie bildete sich ein, hinter jedem Farn, hinter jedem Busch ein dunkles Gesicht mit einer weißspitzigen *Huia*-Feder zu sehen.

Fred stand mit notdürftig verbundener Schulter wieder auf seinem Platz. Sein Gesicht war weiß und seine untersetzte Gestalt verkrampft und von Angst gezeichnet. Aber er würde auf seinem Posten bleiben, egal, was passierte.

Auch Peter Fanshawe war entschlossen zu bleiben, wo er war. Was hätte er sonst tun sollen? Aber seine Hände waren so schweißnaß, daß er kaum das Gewehr halten konnte, und er zitterte so, daß er nicht in der Lage war, zu zielen. Er versuchte, Briar zu rufen. Aber die wandte kein Auge von dem trügerischen Busch.

Vielleicht fürchtete er sich jetzt, nachdem die Feuertaufe vorüber war, weniger.

Dann rief Briar plötzlich: *»Te Wepu* … die Flagge!«

Tatsächlich: Da wehte dieses scharlachrote Banner über den Baumfarnen und *Raupo*-Büschen. Te Kootis Kampfzeichen. Te Kooti war hier!

Saul eilte auf seinen Platz zurück und schob Briar beiseite. »Bleib unten! Niemand schießt, bis sie da sind!« Aber der Angriff fand nicht statt. Es folgte eine bedrückende Stille. Eine der braunen Gestalten im Graben stöhnte und bewegte sich.

Plötzlich schrie Sophia in ihrer Hütte, und dann war es wieder still, als habe ihr jemand die Hand auf den Mund gepreßt. Über dem Busch war noch immer das scharlachrote Banner zu sehen.

»Kommt her«, murmelte Tante Charity, »kommt nur her, ihr Teufel!«

»Sie entfernt sich«, sagte Saul plötzlich mit gedämpfter Stimme, als könne er seinen Augen nicht trauen.

»Was?« fragte Briar.

»Die Flagge – sie entfernt sich. Sie ziehen sich zurück. Warum zum Teufel …«
Ein paar Minuten später, als jenseits des Ortes Schüsse und Schreie zu hören waren, wußte man, warum.
Saul sackte am Zaun zusammen. Er hatte nicht gemerkt, wie müde und ausgelaugt er war.
»Die Miliz ist hier«, sagte er tonlos. »Es ist alles vorüber.«

25

Saul saß schon im Sattel. Sein Pferd tänzelte, als er sich zu Briar hinunterbeugte.

»Ich hab dir ja gesagt, ›Lucknow‹ steht noch. Captain Maltby ist vorbeigeritten. Ich frage mich«, überlegte er, »weshalb die Hauhaus es nicht angerührt haben.«

»Vielleicht, weil ich ihre Flagge geflickt habe?« meinte Briar.

»Vielleicht, wer weiß? Und jetzt tu, was ich dir gesagt habe. Bleibe hier, bis alle Gefahr vorüber ist.«

»Mußt du weg?«

»Natürlich muß ich.« Seine Stimme klang etwas ungeduldig. »Das ist unsere Chance, Te Kooti zu fangen. Er hat sich in den Wald zurückgezogen, aber Captain Maltby hat einen Arawa-Führer, der weiß, wie die Eingeborenen ihre Spuren verwischen. Und die meisten seiner Leute sind durch von Tempsky persönlich geschult worden. Es könnte am Ende zu einer großen Schlacht kommen, und wir brauchen alle Männer, die greifbar sind. Es ist meine Pflicht dabei zu helfen, diesen Krieg ein für allemal zu beenden.«

»Ja, ich weiß.«

»Du mußt dich um die anderen kümmern. Und laß dich nicht unterkriegen, weder durch meine Mutter noch durch Tante Charity. Sorge dafür, daß es Sophia gutgeht, während Peter fort ist.«

»Muß er auch mit?« fragte Briar leise.
»Er besteht darauf. Aber wenn wir Glück haben, werden wir nicht allzu lange fort sein.«
»Wie lange?«
»Drei oder vier Wochen, vielleicht … vielleicht auch länger.«
»Wahrscheinlich wird Sophias Baby inzwischen zur Welt kommen.«
»Nun, das ist sowieso Frauensache, nicht wahr? Ihr seid ja schließlich genug.«
Er ist froh, wegzukommen, dachte sie verbittert. Jetzt, nachdem der schreckliche Tag vorüber war, war er wieder voll Energie und brannte darauf, loszureiten.
»Du hast dein Gesicht nicht gewaschen.« In seinen Augen blitzte es vergnügt.
Sie mußte jämmerlich aussehen, erschöpft, mit roten Augen und pulververschmiertem Gesicht.
Sie versuchte zu lächeln, aber dann dachte sie an Amy Perkins, und ihre Züge verhärteten sich. »Ich bin nicht mehr eitel.«
Er glitt vom Pferd. »Mir macht dein schwarzes Gesicht doch nichts aus.«
Er hatte ihr schon einen Abschiedskuß gegeben, der aber seine ganze Ungeduld ausgedrückt hatte, endlich von hier wegzukommen. Aber jetzt küßte er sie noch einmal, und das war alles andere als ein höflicher Abschiedskuß. Trotz ihrer Erschöpfung überlief es sie heiß.
»Saul … paß auf …«
Aber er hörte ihr Flüstern nicht. Er saß schon wieder auf dem Pferd und ritt davon, ohne sich umzuschauen. Sie ließ

kein Auge von der geschmeidigen Gestalt mit dem stolzen dunklen Kopf, bis sie in der Dämmerung nichts mehr erkennen konnte. Dann begann sie zu weinen und vergaß ganz, daß sie sich nicht von Peter verabschiedet hatte, der schon etwas früher mit der Truppe davongeritten war.

Als Martha Peabody Briar fand, saß sie noch immer zusammengesunken an der gleichen Stelle und weinte laut und hemmungslos.

»Kommen Sie, Liebes, wir gehen alle nach Hause.«

»Nach Hause?«

»Nicht nach ›Lucknow‹. Heute nacht nicht. Wir finden schon alle einen Platz. Was wir am meisten brauchen, ist eine gute, handfeste Mahlzeit.«

»Essen!«

»Sie werden sich wundern«, sagte Martha ernst. »Und mein Mann wird ein besonderes Gebet sprechen. Wir sollten dafür danken, daß wir noch am Leben sind.«

»Ja. Entschuldigung, Martha.«

»Macht doch nichts. Es ist natürlich schlimm für Sie, Saul wegreiten zu sehen.«

»Ja«, sagte sie leise, und ihre Stimme klang ganz überrascht. »Glauben Sie, er weiß das?«

»Er wäre ein Narr, wenn er das nicht wüßte. Nun kommen Sie, mein Kind. Ich brauche Hilfe, und Sie sollen meine rechte Hand sein.«

Alles war vorüber. Die überstürzte Flucht, die Spannung, das Warten und die Langeweile und dann das erschreckende Zuschlagen des Todes mitten am sonnigen Nachmittag. Diejenigen, deren Häuser noch standen, konnten jetzt unge-

fährdet nach Hause zurückkehren. Und die, die noch am Leben waren.
Erst jetzt wurde Briar das Ausmaß dieses grauenvollen Mordes an den Masefields bewußt, die auf dem Heimweg vom Tanz ermordet worden waren, sowie der ganze Aberwitz des Todes von Amy Perkins wegen eines albernen Hutes!
Fred Potters Wunde war zwar schmerzhaft, aber nicht gefährlich, und Elisha Trott stand mit verbundenem Kopf schon wieder hinter seiner Theke, denn bei so vielen Leuten konnte er ganz gute Geschäfte machen.
Sophia hatte den Überfall bemerkenswert gut überstanden, obwohl sie nach dem Abschied von ihrem Mann ständig mit einem Nervenzusammenbruch drohte. Tante Charity hatte sich großartig gehalten. Ruhelos wanderte sie jetzt in ihrem pompösen Gewand und mit aufgelöstem Haar umher, wie eine Schauspielerin, die übersehen hatte, daß der Vorhang längst gefallen war.
Erst jetzt entdeckte man, daß Mrs. Whitmore am Oberarm eine Schußwunde hatte. Sie hatte sich selbst verbunden und die Verletzung vor Saul verheimlicht. Aber als er weg war, hatte sie Dr. MacTavish ganz nebenbei gebeten, sich die Wunde anzusehen. Steif und aufrecht war sie dagesessen und hatte sich geweigert, seinen üblichen Schmerztöter, ein Gläschen Brandy, anzunehmen. Sie hatte sich so verhalten, wie alle es von ihr erwartet hatten. Danach allerdings wurde sie etwas grau im Gesicht. Dr. MacTavish ordnete an, daß sie sich so bald wie möglich ins Bett legen sollte.
Am seltsamsten von allen hatte sich Katie O'Toole benommen; denn sie hatte ein auffallendes Interesse an den gefallenen Feinden an den Tag gelegt. Fünf Hauhau-Krieger in

voller Kriegsbemalung waren im Graben gestorben. Ihre Gefährten hatten sie nicht wegtragen können, denn die Ankunft von Captain Maltby und seiner Truppe hatte sie gezwungen, in die Wälder zu fliehen.
Um den Frauen Unangenehmes zu ersparen, hatte Saul angeordnet, die Leichen mit Farnen zu bedecken.
Aber Katie irrte umher und besah sich verzweifelt jeden reglosen Körper. Dann fiel sie in Ohnmacht.
So mußte auch sie vom Schlachtfeld getragen werden. Auch nachdem sie das Bewußtsein wiedererlangt hatte, konnte sie niemand dazu bringen, ihr seltsames Benehmen zu erklären. Katie schien die Sprache verloren zu haben. Ihr kleines, weißes Gesicht mit den Sommersprossen sah elend aus. Sie war verschlossen und abweisend; sie wolle nur heimgehen, sagte sie endlich.
»Nach ›Lucknow‹?« fragte Briar.
Katie nickte. Ihr gelöstes Haar war wie ein rotes Kissen unter ihrem kummervollen Gesicht.
»Dann sollst du das auch, Katie, Kleines. Morgen ist alles wieder in Ordnung.«
»Es ist auch heute schon alles in Ordnung«, sagte Katie verstockt.
Aber sie wollte nicht sagen, weshalb. Das Geheimnis war in ihrem Herzen verschlossen, zusammen mit dem entsetzlichen Alptraum von toten, dunklen Gestalten, von denen jeder Rangi sein konnte. Bis sie die Gesichter zum Himmel drehte und sah, daß Rangi nicht dabei war. In ihrer unendlichen Erleichterung war der Himmel plötzlich auf sie heruntergestürzt, und sie war ohnmächtig geworden.
So gut es eben ging, wurden Schlafstätten für die Nacht ein-

gerichtet. Das Wirtshaus, kaum mehr als eine Bretterbude, war zum Bersten voll. Sophia und Tante Charity mußten ein Zimmer miteinander teilen, und Briar und Prudence ein anderes.

Es war eine unangenehme Nacht. Prudence suchte schon frühzeitig ihr Bett auf. Sie war nach diesem schecklichen Tag noch immer zittrig und den Tränen nahe und wußte nicht, wie sie sich drehen und wenden sollte. Sophia war zu sehr damit beschäftigt, sich selbst zu bewundern, weil sie einen solchen Tag in diesem Zustand überstanden hatte, und Briar schien vorübergehend ihre Umsichtigkeit verloren zu haben und wirkte unaufmerksam. Prudence war sich bewußt, daß Tante Charity sie schon von jeher verachtet hatte. Nach dem heutigen Tag aber hatte Tante Charity vermutlich noch mehr Grund, ihr zu zürnen, denn sie war vor Angst wie gelähmt gewesen. Sie hatte sich mit Sophia zusammen in der Hütte versteckt und es nicht über sich gebracht, auch nur einen Schritt nach draußen zu tun, selbst dann nicht, als das teuflische Heulen der Wilden und der Kampflärm verebbt waren.

Es hatte keinen Sinn, sich darüber zu wundern, weshalb sie nicht wie Briar, Tante Charity oder Mrs. Whitmore sein konnte, die ihre Gewehre abfeuerten und durch die Gefahr so aufgeputscht wurden, daß sie sie fast völlig vergaßen. Sie war nicht so, und sie würde auch niemals so sein. Sie war schüchtern und scheu und nicht einmal sehr anziehend, und sie wunderte sich nicht, daß auch Edmund beschlossen hatte, sie zu vergessen.

Unendlich müde, verzweifelt und unglücklich kroch sie frühzeitig in das winzige, behelfsmäßig eingerichtete Zimmer, das sie mit Briar teilen sollte. Es war nur ein Anbau an der Rückseite des Wirtshauses. Als sie die Kerze auf den Ankleidetisch gestellt hatte, der aus einer umgestülpten Pappschachtel und einer schmutzigen Decke bestand, entdeckte sie, daß es in dem Raum nur ein einziges Bett gab. Es war ein schmales Eisengestell mit nicht gerade sehr sauberem Bettzeug. Aber jetzt war nicht der richtige Moment, sich zickig zu benehmen, und wenn sie nur ihre Unterröcke ausziehen und sich hinlegen und ausruhen konnte, wollte sie sich nicht beklagen.

Kaum hatte sie das getan und die brennende Kerze neben das Bett gestellt, denn sie konnte es nicht ertragen, im Dunkeln allein zu sein, hörte sie unter dem Bett leises Rascheln.

Wie erstarrt blieb sie liegen und lauschte. Hatte sie sich das nur eingebildet? Nein, da war es wieder – ein leises Stöhnen. Hatte sich vielleicht einer dieser Wilden verwundet unter ihr Bett geflüchtet?

Prudence sprang aus dem Bett und stand zitternd da, unfähig, sich zu bücken und unter das Bett zu schauen.

Ein unterdrücktes, stoßweises Schluchzen zwang sie schließlich doch auf die Knie.

Sie schaute unter das Bett und erkannte eine kleine dunkle Gestalt. Sie faßte Mut, streckte ihren Arm aus und zog den kleinen Kerl hervor.

Ein sehr kleiner Maorijunge stand blinzelnd vor ihr. Seinem jammervollen kleinen Gesicht nach zu urteilen, hatte er viel geweint. Jetzt schluchzte er wieder und sagte etwas in seiner Sprache.

»Wer bist du?« fragte Prudence.

»Honi«, flüsterte der Junge mit niedergeschlagenen Augen.

Lange dunkle Wimpern lagen auf seinen tränennassen Wangen.
Honi! Das Kind von Rima, der Maorifrau. Prudence fuhr ein Schreck in die Glieder – Rima war tot, sie hatte ihren reglosen Körper heute nachmittag am Palisadenzaun liegen sehen. Aber nachdem Honi hier Zuflucht gesucht hatte, mußte dies Rimas Zimmer gewesen sein. Sie und Briar sollten also in dem Zimmer einer Toten schlafen! Prudence schüttelte es vor Ekel.
Dann merkte sie, daß dicke Tränen über Honis Wangen liefen, mit einemmal wußte sie, was zu tun war. Sie verlor ihre Angst und ihre Neigung, ohnmächtig zu werden, statt dessen wuchsen Ärger und Empörung in ihr, so daß ihr Herz schneller schlug und Farbe in ihre Wangen kam. Eilig zog sie ihr Kleid an, nahm das Kind in die Arme und begab sich zu der Tür mit der Aufschrift »Bar«.
Aus dem Raum dahinter drang mächtiger Lärm. All die tapferen weißen Männer feierten zweifellos die Tatsache, daß sie noch am Leben waren. Sie hatten vergessen, daß nicht alle so glücklich waren.
Prudence war in ihrem ganzen Leben noch in keiner Bar gewesen.
Unwillkürlich zuckte sie bei dem Gedanken zusammen und wich zurück, aber dann stieß sie die Tür auf.
Etwa ein halbes Dutzend Männer lehnten an der Theke, und dahinter stand Amos O'Brien, ihr Gastgeber.
Erschrocken starrte er die Eintretende an und sagte: »Hat dieser kleine Teufel Honi sie belästigt, Miß?«
»Er hat mich nicht belästigt«, sagte Prudence mit klarer Stimme und in einer Art, die sehr an Tante Charity erinnerte.

»Er hat seine Mutter heute verloren, und niemand scheint sich darum zu kümmern.«
Amos zwirbelte seinen langen Bart und hob die Schultern. »Nun, was soll ich denn tun, außer ihm zu essen zu geben? Aber sie sind zäh, diese kleinen braunen Teufel – Entschuldigung, Miß.«
»Er braucht mehr als Essen!« erklärte Prudence zornig. »Ich nehme an, er hat die gleichen Gefühle wie wir.«
Ein humpelnder, schlampig aussehender Mann mit Augen, die entweder vom Alkohol oder vom Weinen trüb waren, löste sich von der Theke und kam auf Prudence zu.
»Honi ist nicht der einzige, der heute seine Mutter verloren hat. Auch meine Kinder haben sie verloren.«
Prudence sah in das traurige, hoffnungslose Gesicht des Mannes. Dies mußte Joshua Perkins sein, Amys Mann. Er war schon halb betrunken! Seine Frau war tot, und seine Kinder blieben sich selbst überlassen.
»Schande über Sie!« fuhr Prudence ihn aufgebracht an. »Da stehen Sie hier herum und ersäufen Ihre Sorgen!«
Der Mann nickte. »Hm – nehme an, es sieht nicht gut aus. Aber die Kinder sind versorgt, Jemima Potter hat sie ins Bett gebracht. Sie schlafen alle. Und ich hab's nicht ausgehalten, ganz allein mit meinen Gedanken an Amy. Hab zuschauen müssen, wie sie gestorben ist. Sieht vermutlich schlimm aus, wenn ich sauf.«
»Ein Mann muß manchmal seinen Kummer ersäufen, Miß«, mischte sich Amos ein. »Josh weiß nicht, wie es jetzt weitergehen soll. Drei Kinder und keine Frau. Und Sie stehen da und hätscheln diesen Balg!« fügte er mit plötzlicher Wut hinzu.

Prudence spürte Honis Ärmchen um ihren Hals. Er war spärlich bekleidet und roch nicht gerade frisch, aber sein Körper kuschelte sich vertrauensvoll an sie, was sie zutiefst berührte. Sie dachte daran, daß Briar die Kinder im Lesen und Schreiben unterrichtete, und erinnerte sich, wie sehr sie sie bewundert hatte. Hier wäre eine viel größere Aufgabe, als nur Buchstaben zu lehren. Würde sie ihr gewachsen sein?

Plötzlich wurde sie von einer ungeahnten Kraft und Entschlossenheit erfüllt.

»Dieses Maorikind hat nichts mit dem Kampf zu tun, den wir kämpfen«, sagte sie flammend. »Genausowenig wie Ihre Kinder.« Sie sah in Joshua Perkins aufgedunsenes Gesicht. »Also muß sie jemand für das Leid entschädigen. Wenn Sie es mir erlauben, Mr. Perkins, will ich mich gern um Ihre Kinder kümmern, bis Sie eine andere Regelung getroffen haben.«

Sie merkte sehr wohl, daß alle Männer sie fassungslos anstarrten. War sie denn wirklich ein so unmöglicher Mensch? Gewiß, sie sah aus, als habe sie in ihrem Leben noch niemals einen Teller abgespült oder das Gesicht eines Kindes gewaschen, aber sie würde ihnen schon beweisen, daß sie es ebenso gut konnte wie jede andere Frau. Und ganz bestimmt besser als diese jammernde Amy Perkins, die sicherlich nicht unschuldig am Zustand ihres Mannes war.

Entschlossen hob sie den Kopf. »Haben Sie Angst, ich könnte es nicht schaffen, Mr. Perkins? Ich komme aus einer Familie mit fünf Schwestern, und meine Mutter brachte uns allen Kochen und Haushaltsführung bei. Aber ich tue es nur unter der Bedingung, daß auch Honi mitkommt.«

»Bei Gott!« sagte Joshua Perkins langsam. »Bei Gott, ich glaube, Sie meinen es ernst.«
»Ich verschwende meine Zeit gewiß nicht damit, Angebote zu machen, die ich nicht zu halten beabsichtige.«
»Aber Sie sind eine Dame!«
Prudence' sonst blasse Wangen glühten, und ihre Augen waren wach und lebendig. »Glauben Sie, daß das Ihren Kindern etwas schadet?«
»Nein, Miß, bestimmt nicht!« Joshuas Augen schienen Prudence zu hypnotisieren. »Und mir auch nicht. Da ich sehe, daß Sie das Angebot ernst meinen, nehme ich gern an. Ich bin Ihnen dankbar, Miß. Und meine Amy wär's auch.«
Prudence nickte. »Dann wollen wir gehen, ja?«
»Ich bring Sie hin, aber dann komm ich wieder hierher zum Schlafen. Es wäre wohl nicht das Richtige, eine junge Dame ...«
»Was das betrifft«, unterbrach Prudence ihn ruhig, »machen Sie, was Sie für richtig halten. Aber heute war ein ungewöhnlicher Tag. Außerdem wäre mir wohler, wenn wir der Sicherheit halber einen Mann in der Nähe hätten.«
»Die junge Dame hat recht, Josh«, sagte Amos. »In diesen Zeiten ist die Hauptsache, man bleibt am Leben, nicht wahr?«
Joshua Perkins richtete sich auf und wirkte beinahe ansehnlich. »Sie haben ganz recht, Miß! Kommen Sie, lassen Sie mich das Kind tragen.«

Sophia wollte am nächsten Morgen nicht nach »Lucknow« zurück. Sie sagte, sie könne nach diesem entsetzlichen Morgen niemals wieder in dieses Haus.

»Und was hast du vor?« fragte Tante Charity mit hinterhältiger Sanftmut.

»Ich gehe zurück nach Wellington.«

»Und wie willst du zurück ohne deinen Mann?«

»Vermutlich muß ich hier warten, bis er zurückkommt«, räumte Sophia widerwillig ein. »Weshalb er überhaupt an diesem Kriegszug teilnehmen mußte, ist mir schleierhaft. So etwas wird doch nur von Soldaten erwartet.«

»Nun«, sagte Tante Charity nachdenklich, »vielleicht könnte Amos uns hier aufnehmen, oder Jemima läßt dich mit den Kindern in ihrer Dachstube wohnen. Aber es wäre für dein Baby nicht sehr schicklich, in einem Wirtshaus oder einer Dachstube auf die Welt zu kommen.«

»Oh, Tante Charity, du sprichst genau wie Onkel Hubert. Hör auf, dich über mich lustig zu machen. Ich weiß, ich muß für eine Weile nach ›Lucknow‹ zurück. Aber ich warne dich, mein Baby wird viel zu früh auf die Welt kommen.«

»Nachdem du einen Tag wie den gestrigen ohne Fehlgeburt überstanden hast, kannst du alles mögliche aushalten, mein Liebes. Ich werde mein Mitleid nicht an dich verschwenden. Du bist so kräftig wie ein Pferd. Es ist deine Schwester, die mir Sorgen macht. Ich glaube, sie hat den Verstand verloren.«

»Prue? Was macht sie denn?«

»Ich habe soeben gehört, daß sie nicht nur die Nacht in Perkins' Haus verbracht hat, sondern daß sie beabsichtigt, dort zu bleiben und sich um die Kinder und um diesen Trunkenbold zu kümmern.«

»Prue?« kreischte Sophia.

»Ja, deine Schwester. Sie muß nach der gestrigen Anspannung den Verstand verloren haben. Und wegen dieses verdammten treulosen Seemanns natürlich. Als nächstes blüht uns noch, daß sie diesen Perkins heiratet und im Dreck nistet.«

Sophia begann haltlos zu lachen. »Aber du wolltest ihr doch immer einen Ehemann besorgen, Tante Charity. Du hast dich doch immer beklagt, daß sie keinen anschaut!«

Tante Charity wandte Sophia ihr entsetztes Gesicht zu: »Also wirklich, Sophia, ich muß schon sagen, sich darüber lustig zu machen! Ich stelle fest, daß mich diese gräßlichen Hauhaus weniger erschrecken als das Benehmen der jungen Damen heutzutage.«

Es stimmte: Prudence blieb bei ihrer Absicht, sich um die drei mutterlosen Kinder und um Honi zu kümmern. Jemima und Martha würden ihr helfen, erklärte sie. Später würde man eine andere Regelung finden. Aber in der Zwischenzeit war Joshua Perkins ungeheuer erleichtert und dankbar und schien über Nacht ein anderer Mann geworden zu sein. Diese Veränderung, dachte Briar, würde allerdings nicht lange anhalten, denn Joshua war ein schwacher Mensch. Aber die sanfte Heiterkeit in Prudence' Gesicht würde bleiben, dessen war sie sicher.

Eine kleine und niedergeschlagene Gesellschaft kehrte am nächsten Tag nach »Lucknow« zurück: Tante Charity, der es noch immer gelang, in ihrem Samtkleid eindrucksvoll auszusehen, Mrs. Whitmore mit dem Arm in der Schlinge, die schwerfällige und nörgelnde Sophia, die stille Katie, Mabel, die gelassen an ihrer Tonpfeife zog, und Briar selbst. Eine Frauengesellschaft, eine kampferprobte, die nicht schon beim ersten Geräusch in Panik geriet.

Wie viele Erlebnisse und Erinnerungen verbanden alle miteinander, dachte Briar. Zuletzt die traurige kleine Szene an Amy Perkins' Grab, und zuvor die Beerdigung der beiden Masefields. Was immer die beiden erlitten hatten, blieb das Geheimnis der Männer, die sie gefunden hatten.

»Jetzt ist der Sturm des Kampfes vorüber«, hatte der Reverend mit seiner ernsten, milden Stimme gesagt.

Und Briar überlegte, daß die Masefields und Amy vielleicht auch dann nicht mehr am Leben wären, wenn sie in England geblieben wären und nicht so viele Tausend Kilometer zurückgelegt hätten. Vielleicht wären sie dort an den Pokken, im Kindbett oder an irgendeiner anderen Krankheit gestorben.

Man brauchte irgendeine Rechtfertigung, man konnte das Absurde am Tod von Amy Perkins so nicht fassen. Ihr war bestimmt, genau in diesem Augenblick zu sterben, gleichgültig, ob steife Zypressen oder *Toe Toe*-Gras über ihrem Grab wuchsen.

Während der nächsten Tage war das Leben unendlich eintönig. So still Prudence auch gewesen war, man vermißte sie im Haus. Aber am meisten vermißten die Frauen die Männer. Sophia sagte, sie könne es nicht ertragen, allein zu schlafen, und zog zu Tante Charity, die sich wiederum darüber beklagte, daß das Bett für zwei so große Frauen zu schmal sei. Andererseits aber fühlte sie sich sehr geschmeichelt. Briar äußerte sich nicht über ihr einsames Schlafzimmer und darüber, daß sie manchmal nachts aufwachte und zu hören glaubte, wie Saul seine Schuhe polternd zu Boden fallen ließ, und daß sie immer daran denken mußte, wie er sich zu ihr umwandte, sie ansah und sagte: »Lösch die

Kerzen aus!«, oder vor langer Zeit: »Ich bringe dich dazu, mich zu lieben, das verspreche ich dir.«
Aber Saul kam nicht. Sie erwachte allein und hatte nichts weiter als ihre nagende Angst und die Einsamkeit.
Te Kooti war ein schlauer und grausamer Kämpfer. Er würde einen Hinterhalt legen. Die weißen Männer würden im undurchdringlichen Dschungel überfallen und erschlagen werden. Dann würde man ein Opferfeuer anzünden und … Aber diesen letzten entsetzlichen Gedanken wagte sie nicht, zu Ende zu denken.
Sie versuchte, die langen Tage zu nutzen. Obgleich es noch immer regnete, fing sie an, Pläne für ihren Garten zu machen. Sie wollte ein Rhododendrongebüsch haben und einheimische Bäume, wie den Kowhai mit seinen zarten hängenden Blüten, die aussahen wie gelbe Falter, einheimische Misteln und Fuchsien. Dann wollte sie eine weite Rasenfläche, einen Rosengarten und ein Staudenbeet mit vielen englischen Blumen: Strandastern, Peonien, Chrysanthemen, Nelken und Reseda. Es bedurfte großer Geduld und geschickter Hände. Man konnte nicht über Nacht einen Garten anlegen, ebensowenig wie man über Nacht die Liebe und das Glück fand. Aber in zehn, fünfzehn Jahren würden die Leute über den Garten in »Lucknow« reden.
Sie unterhielt sich mit Fred Potter über die Pflanzen, die in dieser Erde am besten gediehen, denn Fred wußte erstaunlich viel und war seinem eigenen kleinen Garten ganz verfallen.
Sophia sagte ziemlich bissig: »Ich glaube, solange du dein Haus und deinen Garten hast, kümmert es dich wenig, ob Saul zurückkommt oder nicht. Ich empfinde da aber ganz

anders für meinen Mann, das kann ich dir sagen! Ich denke jede Minute an ihn.«

Briar schwieg dazu. Sie beabsichtigte nicht, mit Sophia über ihre Gefühle zu sprechen. Sie hätte sie ohnehin nicht in Worte kleiden können. Denn sooft sie an Peters veilchenblaue Augen dachte, wurden diese dunkel und ungeduldig.

Mrs. Whitmore weigerte sich, im Bett zu bleiben, und die Wunde an ihrem Arm heilte nicht so rasch, wie sie sollte. Die alte Dame sah mitgenommen aus, aber sie war aktiv, und Briar schien es, als ruhten ihre dunklen Augen die ganze Zeit kritisch und abschätzend auf ihr. Sie haßte und verachtete die alte Frau. Nein, sie verachtete sie nicht. Man konnte eine Frau mit diesem Charakter und dieser Stärke nicht verachten. Aber wie sollte man ihr je gerecht werden? Und wollte sie das überhaupt?

Ein paar Tage später wurde Briar einer harten Prüfung unterzogen, und zwar wurde sie ihr durch Tante Charity auferlegt oder besser gesagt, durch Katie.

Katie schien sich von dem Schock des Angriffs noch immer nicht erholt zu haben. Sie war blaß und kränklich, brach unvermittelt in Tränen aus und fuhr beim leisesten Geräusch beinahe aus der Haut.

Schließlich verkündete Mabel Kingi: »Diese Katie tut nicht mehr gut, Missus. Die Geister reden mit ihr, sie ist verrückt geworden.«

»Das kommt vom Schock«, sagte Briar. »Hab noch eine Weile Geduld mit ihr, Mabel. Sie wird sich erholen. Sie hat noch nie zuvor einen Kampf gesehen.«

Mabel schüttelte den Kopf und erklärte, ein paar böse Maori

allein könnten eine so verheerende Wirkung nicht erzielen, das seien ohne Zweifel die Geister.
Aber Tante Charity, die das Ende der Unterhaltung mit angehört hatte, sagte: »Von wegen Geister. Es gibt für Katies Schwierigkeiten einen einfachen Grund, Briar, ich wollte sowieso mit dir darüber reden. Du mußt Katie entlassen. Wenn ich mich nicht irre, ist sie …«, Tante Charity zögerte, warf einen Blick auf Mabel und suchte nach den passenden Worten, »… in gewissen Umständen.«
»Die Geister haben ihren Verstand mitgenommen«, sagte Mabel hartnäckig.
»Schon gut, Mabel. Geh und kümmere dich um deine Arbeit.« Briar wandte sich an Tante Charity. »Komm mit in den Salon und erkläre mir genau, was du meinst.«
»Da gibt es nichts zu erklären«, sagte Tante Charity, »meine Augen lassen mich in dieser Beziehung nicht im Stich. Und wenn du mich fragst, genau das war zu erwarten. Ich habe von Anfang an gemerkt, daß sie ein Luder ist und für nichts Augen hat als für Männer.«
»Danach habe ich dich nicht gefragt, Tante Charity«, sagte Briar höflich, »und ich hoffe noch immer, du irrst dich. Aber ehe wir weiter darüber sprechen, werde ich mir Katie selbst vornehmen.«
Es war nicht einfach für Briar, und sie kam sich danach sehr hilflos und unerfahren vor. Wie verhielt man sich in einer solchen Situation? Sie hatte noch keine Erfahrung als Herrin eines so großen Hauses, um zu wissen, was sie tun sollte. Alles, was sie begreifen konnte, war, daß Katie schluchzend auf ihrem Bett gelegen und zugegeben hatte, daß die verschiedenen Symptome stimmten und alles so war, wie Briar

sagte. Sie mußte also ein Baby erwarten. Katie hatte sich schon gewundert, weshalb sie sich so krank und müde fühlte und weshalb ihr so übel war, aber sie hatte nicht gewußt, was diese Dinge bedeuteten. Niemand hatte ihr das jemals erklärt. Aber wenn sie ein Baby erwartete und deshalb hinausgeworfen werden sollte, wäre es doch besser, sie wäre tot.

Als sie aber sah, daß Briars verwirrtes Gesicht kaum älter war als ihr eigenes, daß Briar ebenso ratlos war wie sie, platzte sie mit der ganzen Geschichte heraus.

»Ich konnte einfach nichts dafür!« schluchzte sie. »Rangi war so nett, während ich mich um sein verwundetes Bein gekümmert habe. Er war so sanft wie ein kleiner Junge. Und nachher ... ich weiß, es war falsch ... ich konnte einfach nichts dafür. Und es tut mir auch nicht leid, denn ich habe ihn sehr gern.«

Ihre Augen forderten Briar heraus. »Es macht mir nichts aus, wenn ich ein braunes Baby bekomme. Ich werde es liebhaben. Aber wenn Sie mich rauswerfen, Ma'am ... und Rangi ist vielleicht tot ...«

»Aber, Katie, ein Hauhau!« rief Briar ungläubig. »Hast du denn keine Angst gehabt?«

»Nicht vor Rangi«, sagte Katie immer wieder. »Er war einfach ein Mann. Ich weiß, die Hauhaus werden verrückt und drehen durch, wenn sie kämpfen. Das ist ihre Art. Und ihre Priester, diese gräßlichen, alten *Tohungas,* zwingen sie, entsetzliche Schwüre abzulegen. Rangi hat mir das erzählt. Aber wenn der Krieg vorüber ist, wird er zurückkommen. Wenn er nicht tot ist.«

Hilflos drückte Briar die feuchte Hand des Mädchens. »Vielleicht kommt er zurück. Wenn nicht … du wirst jedenfalls dein kleines braunes Baby bekommen. Noch einen Honi. Ach, Katie, was sollen wir bloß tun?«

Einen Augenblick lang waren sie nichts weiter als zwei unschuldige, ratlose Mädchen.

Aber als Briar in den Salon zurückkehrte, wo nicht nur Tante Charity wartete, sondern auch Mrs. Whitmore, war sie kein Mädchen mehr. Sie fühlte sich plötzlich steinalt.

»Nun?« sagte Tante Charity mitleidlos.

Briar nickte. »Es stimmt, Tante Charity.«

»Und wer ist der Mann? Einer der Schafhirten, ich könnte wetten!«

Mrs. Whitmore sagte kein Wort, nichts, aber Briar war sich ihrer Anwesenheit nur allzu bewußt. Sie saß da, hörte zu und bildete sich ihr Urteil.

»Nein, keiner der Schafhirten, Tante Charity, ein Halbblut-Maori namens Rangi. Rangi, so hat mir Katie erklärt, bedeutet ›Sonne‹. Und für eine kleine Weile, so glaube ich, war er die Sonne für Katie. Ihr Baby wird Maoriblut in sich haben. Gewöhnlich sind sie sehr hübsch, wie du selbst schon bemerkt hast.«

Tante Charity schnappte entsetzt nach Luft. Sie war einfach sprachlos. Endlich gelang es ihr zu stammeln: »Du sprichst davon so ruhig, Briar, als wäre es ein vollkommen normaler Vorgang.«

»Ich glaube nicht, daß dieser Rangi zu den ganz Primitiven gehört. Mabel ist auch ein Halbblut. Schließlich waren hier viele Jahre lang sehr wenig weiße Frauen. Es ist also nur natürlich.«

»Briar! Wir sprechen nicht über die Moral dieses Landes im

allgemeinen, sondern speziell über die deiner Dienstboten. Du hast sie selbstverständlich entlassen.«
Briar hob ihr Kinn. »Nein, Tante Charity!«
»Dann tu das um Himmels willen sofort, oder ich tue es an deiner Stelle. Sie muß aus dem Haus.«
Es war klar, Tante Charity wußte noch nichts von der Gefahr, die Briars erhobenes Kinn bedeutete, oder sie bemerkte es gar nicht.
»Nicht aus meinem Haus, Tante Charity.«
»Was? Du meinst … gütiger Himmel, Kind, begreifst du denn nicht? Derartiges zu dulden, ein derartiges Beispiel zu geben …« Tante Charity wurde allmählich dunkelrot und redete zusammenhanglos, »… die Nachbarn …«
»Keiner der Nachbarn hier wird sich aufregen, daß mein Dienstmädchen ein lediges Kind hat«, sagte Briar ernst. »Martha, Jemima und die anderen werden ihr beistehen, und wenn das Baby geboren ist, wird der Reverend es in seiner Kirche taufen. Zusammen mit dem von Sophia«, konnte sie sich nicht versagen, boshaft hinzuzufügen.
Tante Charity blies ihre Wangen auf und stieß die Luft hörbar aus. »Um alles in der Welt, Mrs. Whitmore! Können Sie so etwas erlauben … im Haus Ihres Sohnes, während seiner Abwesenheit?«
Die alte Dame sprach ganz ruhig: »Es ist auch Briars Haus. Sie ist die Herrin dieses Hauses.«
Sie ist verkalkt, dachte Tante Charity wütend.
»Aber Briar hat überhaupt keine Erfahrung. Sie braucht die Unterstützung und Führung älterer Damen, wie wir es sind. Man darf es ihr nicht erlauben, einen so schwerwiegenden Fehler zu begehen. Schließlich …«

»Schließlich«, unterbrach Briar sie mit ihrer hellen, klaren Stimme, und Farbe stieg ihr in die Wangen, »schließlich war auch ich ein Dienstmädchen wie Katie. Um genau zu sein, mir ist so etwas wie Katie nicht passiert, aber meiner Mutter. Keine von euch weiß, daß ich unehelich bin. Ich kenne weder meine Mutter noch meinen Vater. Meine Mutter wurde sterbend in der Gosse gefunden, und ich wurde von einem Arbeiter, der gerade vorüberging, aus ihren Armen genommen. Er hat mich mit nach Hause genommen und mir einen Namen gegeben. Johnson. Briar Rose Johnson. Aber wer ich wirklich bin, weiß niemand. Ich bin eine Waise und ein Findelkind, und ich wünschte, ich hätte wenigstens meine Mutter gekannt, bevor sie starb. Deshalb werde ich nicht dulden, daß Katies Baby etwas Ähnliches geschieht, gleichgültig, ob es braun, schwarz oder weiß ist oder ob es einen Vater hat oder nicht. Ihr könnt also reden, so viel ihr wollt.« Tränen standen in ihren Augen, aber ihr Kinn blieb erhoben, und ihre Stimme klang fest und sicher. »Ihr könnt Saul diese Geschichte erzählen. Er kennt sie zum Teil. Meinetwegen posaunt es aus, wo immer ihr wollt. Aber Katie bleibt.«
»Schön!« japste Tante Charity. Hilflos wandte sie sich an die schweigsame alte Frau in der Ecke. »Oriane« – noch nie hatte sie Mrs. Whitmore bei ihrem Vornamen genannt, aber diese Situation erforderte enges Zusammenhalten –, »was sollen wir da unternehmen?«
Die alte Dame zuckte mit den Schultern, als schüttle sie ihre Federn. »Ich sehe nicht ganz ein, was Sie das angeht, Charity Carruthers. Briar hat ihre Entscheidung getroffen. Sie wird dabei bleiben, falls ich meine Schwiegertochter, so wie ich sie eben kennengelernt habe, richtig einschätze. Aber wenn

all das zutrifft, Briar, was um alles in der Welt machst du dann mit diesen albernen Porträts? Nimm sie weg und verbrenn sie. Das ist der beste Platz für sie.«

Katie blieb. Und wenn auch Tante Charity aus ihrer Mißbilligung kein Hehl machte, so konnte Briar nicht daraus klug werden, was Sauls Mutter dachte. In der Tat, ihr rätselhaftes Schweigen wurde unerträglich! Briar war sich bewußt, daß sie mit ihrer Haltung nicht nur für Katie einstehen wollte, sondern auch die alte Mrs. Whitmore endgültig aus der Reserve zu locken hoffte. Aber außer der spöttischen Bemerkung über die Bilder war nichts dabei herausgekommen. Die alte Dame hielt ihre Lippen fest geschlossen, aber man spürte, daß es in ihr rumorte. Und eines Tages würde es eine verheerende Explosion geben.

26

Prudence schickte Joshua Perkins nach »Lucknow«, um den Koffer mit ihren Kleidern zu holen. Sie ließ ausrichten, sie habe keine Zeit, um selbst zu kommen, die Kinder beanspruchten sie. Briar möge ihr zwei einfache Kleider und ein wenig Unterwäsche einpacken, außerdem das Rezept für heiße Biskuits mitschicken, die sie über dem offenen Herdfeuer für die Kinder backen konnte.

Tante Charity ließ sich bei dieser Unterhaltung nicht abwimmeln, im Gegenteil, sie unterzog Joshua Perkins einer eindringlichen Befragung. Der Mann stand sie mit bewundernswertem Stolz durch.

»Wie lange, glauben Sie, können Sie meiner Nichte diese unmögliche Situation noch zumuten?«

»Ich mute ihr das nicht zu und halte sie auch nicht fest, Ma'am. Sie sagt, sie möchte bleiben.«

»Oh, natürlich sagt sie das. Sie hat den Kopf voller Flausen über die Pflichten einer Pioniersfrau. Aber ich nehme doch an, Sie treffen so bald wie möglich andere Vorkehrungen.«

»Wenn ich kann, Ma'am. Es ist nicht leicht …«

»Das kann ich mir vorstellen, so wie Sie gelebt haben!« sagte Tante Charity in ihrer verletzenden Art. »Nicht viele Frauen übernehmen einen solchen Posten.«

»Ich habe jetzt einen ordentlichen Job, Ma'am, ich arbeite für Mr. Galloway. Und ich habe aufgehört zu trinken.«
»Ein Jammer, daß Ihnen das nicht eingefallen ist, solange Ihre Frau noch gelebt hat.«
Joshua senkte den Kopf, sagte aber nichts.
»Na gut«, Tante Charitys Stimme wurde etwas sanfter, »suchen Sie eine ehrliche Frau, die für Ihre Familie sorgt, und lassen Sie meine Nichte nach Hause kommen. Sie scheint ja zu dickköpfig zu sein, um von allein wegzugehen.«
»Sie ist eine wundervolle junge Dame, Ma'am.«
Tante Charity schoß einen mißtrauischen Blick auf ihn ab. Dieser Kerl würde sich doch hoffentlich keine Hoffnungen machen? Da wollte sie aber sehr bald einen Riegel vorschieben. Was konnte er überhaupt Wundervolles an Prudence mit ihrem langen, lustlosen Gesicht entdecken, außer daß sie eine Dame der Gesellschaft war? Das allerdings könnte für einen Mann wie ihn unwiderstehlich sein.
Wirklich, es war zu schlimm mit Prudence, zuerst diese idiotische Liebesgeschichte und nun dieses aufopfernde Getue. Das alles war sehr unpassend und mußte vergessen sein, bevor sie nach Wellington zurückkehrten. Sonst verringerten sich die ohnehin mäßigen Chancen, einen Mann zu bekommen, noch mehr.
Tante Charity ertappte sich bei dem Wunsch, sie hätte das Mädchen nie gesehen.

»Haben Sie die Sachen gebracht?« fragte Prudence, als Joshua zurückkehrte. Sie stand gerade über ein offenes Feuer gebeugt und rührte in einem Tiegel. Halb abgewendet sprach sie mit Joshua. Es war dunkel in dem kleinen Raum

mit dem Boden aus festgestampfter Erde, und Joshua konnte Prudence' Gesicht nicht sehen.
»Ja, Ma'am. Wohin soll ich sie tun?«
»In die Dachkammer – wohin sonst? Wenn Sie Platz dafür finden.«
Ihre Stimme war energisch. Er war so langsam und schwerfällig. Wo sollte er die Sachen denn sonst hintun als in die winzige, überfüllte Dachkammer, die sie mit den beiden Mädchen, Amelia und Mary, teilte. Joshua, sein dreijähriger Sohn und Honi schliefen im Erdgeschoß. Und das war auch so eine Sache: Sie konnte sich am Morgen nicht vom Fleck rühren, bevor er aufgestanden war; denn schließlich konnte sie nicht die Treppe herunterkommen, solange er im Bett lag.
Es war schwierig, sich in der Dachkammer anzuziehen. Überall schlug man sich den Kopf an der niederen Decke an, und es gab keinen Platz, um die Kleider aufzuhängen. Und dann mußten sie sich alle im Hinterhof waschen. Nur einmal in der Woche wurde soviel Wasser heiß gemacht, daß man sich im Haus neben dem Feuer ganz waschen konnte. Und dabei mußte man sich noch beeilen und ständig Angst haben, daß jemand unerwartet hereinkam.
Prudence hätte sich niemals gedacht, daß sie einmal so leben würde. Zuerst dachte sie, sie könnte es nicht durchstehen. Trotz der Genugtuung und Freude, daß die Kinder sich ihr schüchtern zuwandten. Aber wenn sie davonrannte, hätte sie wieder einmal versagt und müßte sich ewig dafür verachten. Sie mußte sich zwingen zu bleiben, auch wenn das Dach leckte, die Kinder sich erkälteten und dauernd feucht und schmutzig waren. Joshua benahm sich übrigens vorbildlich.

Seit der Nacht, in der er Honi nach Hause getragen hatte, war er nicht wieder im Wirtshaus gewesen. Er war sanft und still und beklagte sich nicht, wenn das Essen miserabel war oder sie nicht mit den Kindern zurechtkam.

»Der sollte sich auch noch beklagen, nach allem, was Sie für ihn tun!« sagte Jemima Potter wütend.

»Er hat das Recht dazu«, sagte Prudence, aber sie war zu müde, um darüber zu streiten. Sie hatte den Eindruck, sich niemals hinsetzen zu können, weil es keinen bequemen Platz dafür gab.

Als Joshua mit den Kleidern hereinkam, war der ganze Raum voll Rauch und stank nach verbranntem Hammelfleisch. Ihre Augen tränten und ihr Rücken schmerzte. Es war ihr gleichgültig, was er gebracht hatte oder wohin er die Sachen legte. In diesem Augenblick konnte sie an nichts anderes denken als an die Bequemlichkeiten von »Lucknow« und an das ungeahnte Vergnügen, mit einer Handarbeit oder einem Buch irgendwo zu sitzen. Amelia hatte sich schon wieder erkältet und Honi hatte etwas gegessen, wovon ihm schlecht geworden war. Außerdem würde es bald wieder regnen, das sah sie am Rauch, der aus dem Kamin quoll, und sie hätte eine Menge für ein Bad gegeben oder für eine Mahlzeit, die sie nicht hätte selbst kochen müssen.

»Was hatte meine Tante zu sagen?« rief sie Joshua nach, als er die Leiter hinaufkletterte und den kleinen Koffer hinter sich herzog.

»Sie sagt, Sie müßten nach Hause kommen!«

»Das hätte ich mir denken können. Aber im Augenblick kann ich noch nicht.«

Joshua schubste den Koffer in die Dachkammer und drehte

sich um. »Ich habe Ihrer Tante versprochen, eine andere Frau zu finden, sobald ich kann.«
»Und wo, glauben Sie, finden Sie eine?« fragte Prudence bissig. Sie rieb sich ihre brennenden Augen und beugte sich über den Kochtopf.
»Ich dachte daran, Mr. Galloway zu fragen, ob ich nach New Plymouth fahren kann. Dort finde ich vielleicht jemand. Vielleicht eine Halbblutmaori oder jemand, der gerade aus England gekommen ist und Arbeit sucht.«
»Jemand, der gerade angekommen ist, wäre ja noch schlimmer als ich«, sagte Prudence. »Ich wußte wenigstens, was ich zu erwarten hatte, als ich hierherkam. Aber ich mache alles schlecht.« Sie seufzte. »Ich dachte, ich könnte alles viel besser.«
»Die Kinder mögen Sie, Ma'am.«
Prudence' Lippen zitterten. Sie konnte nichts dafür, aber sie war so müde und hatte sich wahrscheinlich erkältet, als sie sich gestern im Regen stundenlang über den Waschzuber gebeugt hatte, um Wäsche zu waschen. Es wäre himmlisch, nach »Lucknow« zurückzukehren, zu Tante Charity.
»Der Rauch tut Ihren Augen weh.« Joshuas Stimme klang zärtlich und besorgt. Niemand, der ihn noch vor einer Woche gesehen hatte – schlaff und aufgedunsen vom Trinken, ein Versager –, hätte etwas geahnt von seiner Liebenswürdigkeit und seinem Einfühlungsvermögen.
»Ja, es ist schlimm heute. Ich … vielleicht habe ich mich auch erkältet. Amelia ging es heute morgen auch nicht gut. Ich hätte sie im Bett halten sollen. Ich bin keine sehr gute Mutter.«
»Sie sind großartig«, sagte Joshua und nahm ihre Hand.

Noch niemand hatte so mit ihr gesprochen, dachte sie. Nicht aus Liebe oder Leidenschaft, sondern aus Mitgefühl und Dankbarkeit.

»Ich könnte eine gute Mutter sein!« platzte sie heraus. »Wenn Sie Geduld haben. Ich möchte es gern sein!« Sie blickte in sein erschrockenes und dankbares Gesicht. »So hat das Leben für mich einen Sinn«, sagte sie. »Ich glaube nicht, daß ich vorher zu irgend etwas nütze gewesen bin.«

27

Zwei Wochen später kam Peter nach »Lucknow« zurück. Er traf eines Abends ein, fiel an der Tür beinahe vom Pferd und mußte ins Haus gebracht werden.

»Peter, bist du verwundet?« schrie Sophia entsetzt.

»Wo ist Saul?« fragte Briar.

»Haben Sie Te Kooti gefangen?« wollte Mrs. Whitmore wissen.

»Stellt dem armen Jungen doch nicht so viele Fragen«, befahl Tante Charity und nahm sich wie üblich der Situation an. »Könnt ihr denn nicht sehen, daß er am Ende seiner Kräfte ist?«

Tatsächlich, Peter sah vollkommen erschöpft aus. Er war unrasiert und voller Schmutz. Außerdem zuckten seine Mundwinkel, was Briar äußerst störend empfand. Aber er sagte, er sei nicht verwundet. Von der dauernden Nässe und Kälte hatte er Fieber bekommen, und schließlich war ihm befohlen worden, sich selbständig und auf eigene Faust auf den Heimweg zu machen.

»Dann ist also die übrige Truppe nicht weit von hier entfernt?« fragte Briar.

»Weit genug«, antwortete Peter ausweichend. »Dieser abscheuliche Wald!«

»Und Saul geht es gut?«

Briar mußte ihre Frage wiederholen, denn Peter schien nicht antworten zu wollen.
»Ja doch, Saul ist unschlagbar!«
Ob Neid oder Abneigung ihn so von Saul sprechen ließen, war nicht zu erkennen. Eines jedoch stand fest, er selbst mit seinen erloschenen Augen und seinem zuckenden Mund war alles andere als unschlagbar.
Als er stockend einiges von seinen Erlebnissen berichtete, spürte man in jedem seiner Sätze die Angst. Die Angst und das Grauen vor dem Dämmerlicht des Waldes, vor dem Regen und der ständigen Gefahr, in einen Hinterhalt zu geraten.
»Nach drei Tagen verloren wir den Weg«, erzählte er. »Die Eingeborenen kannten ihn, aber wir nicht. Wir mußten uns mit Äxten und Macheten unseren Weg durch zähe Schlingpflanzen, Unterholz und diesen ewigen Farn bahnen. Schließlich kamen wir mit der Geschwindigkeit von einer viertel Meile pro Stunde vorwärts, und dabei arbeiteten wir vom Morgengrauen bis zum Einbruch der Dämmerung. Und es regnete drei Tage lang ohne Unterbrechung. Da habe ich mir dieses Fieber geholt. Es war immer halb dunkel im Wald, selbst zur Mittagszeit. Wir konnten nicht einmal Feuer anmachen, ohne uns durch den Rauch zu verraten. Alles war völlig durchnäßt; die Nahrungsmittel gingen uns aus, und wir mußten das Pferdefleisch roh essen.«
»Wie entsetzlich!« keuchte Sophia.
»Aber sind Sie denn niemals dem Feind begegnet?« fragte Briar.
Peter verzog das Gesicht und rieb seine Hände. »Oh, ja. Wir griffen ein *Pa* an, aber es wurde nicht lange verteidigt. Der

Feind entschlüpfte in den Wald und ließ nur seine Toten zurück. Danach töteten und köpften wir nur noch ein paar Einzelgänger und Nachzügler.«

»Köpften?« wiederholte Sophia entsetzt.

»Wir hatten die Arawas und ein paar Wanganuis auf unserer Seite. Sie dachten, es gäbe eine Prämie für jeden abgeschlagenen Kopf. Also sammelten sie ihre abscheulichen Trophäen und legten sie Captain Maltby vor die Füße. Kopf für Kopf!«

Peter begann zu lachen, bis er keinen Atem mehr hatte.

»Peter, mein Lieber«, gab Tante Charity zu bedenken, »ich weiß, du hast eine schreckliche Zeit durchgemacht, aber glaubst du wirklich, Sophia sollte sich diese Dinge anhören?«

»Und ob ich mir das anhören muß«, sagte Sophia so entsetzt wie fasziniert. »Hast du auch gesehen, wie jemand verzehrt worden ist, Peter?«

»Gott sei Dank, nein! Dafür kamen wir nicht nahe genug an ihre Lager heran. Aber wir hörten die Gesänge dieser Zeremonien. Sie stellen einen geheiligten Pfahl in die Mitte eines *Pa,* des Dorfes also, und stecken obenauf einen Menschenkopf, meistens den eines Weißen. Euch würde das Blut gefrieren, wenn sie den *Haka* tanzen und singen. Und Te Kooti besitzt die Unverfrorenheit, aus dem Buch Josuas vorzulesen. Das hat uns ein Gefangener erzählt. ›Und der Herr, dein Gott, wird sie vor dir hertreiben und aus deinem Angesicht entfernen; und ihr sollt ihr Land besitzen, wie der Herr, dein Gott, es versprochen hat.‹ Die haben sich da aus den Lehren der Missionare und ihrem eigenen Aberglauben etwas zusammengedichtet. Das Land, von dem Te Kooti

spricht, ist dieses Land«, fügte er hinzu. »Wißt ihr, ich habe eigentlich allen Geschmack daran verloren.«
Später fiel ihm plötzlich ein, daß er einen Brief für Briar hatte. »Von Saul. Er hat mir gesagt, was drinsteht. Wir sollen alle so bald wie möglich nach Wellington zurückkehren. Was mich betrifft, ich kann es kaum erwarten.«
Briar wußte überhaupt nicht, was dieser Brief zu bedeuten hatte. Sie wußte nur, daß sie diesen kurzen, nüchternen Brief kaum fassen konnte.

»Meine liebe Briar,
ich habe Peter gebeten, diesen Bief mitzunehmen. Peter ist in sehr schlechter Verfassung und muß sofort nach Wellington zurück. Er ist für dieses Land nicht geschaffen, zumindest nicht zum gegenwärtigen Zeitpunkt. Wenn Sophia ihr Baby bereits hat und fähig ist zu reisen, sollte dies ohne Verzögerung geschehen. Ich möchte, daß sowohl du als auch meine Mutter und Mrs. Carruthers sie begleiten. Auch du, dessen bin ich sicher, wirst in einer Stadt glücklicher sein. Sofern es die Umstände erlauben, werde ich noch vor Ende des Sommers nachkommen.
Es tut mir leid, daß die Dinge sich so entwickelt haben, aber sowohl Te Kooti als auch andere Probleme haben diese Situation geschaffen. Wir bekommen zwar immer mehr die Oberhand über den Feind, aber noch stehen uns Kämpfe bevor.
Verzeih mir den hastigen Brief, ich schreibe ihn unter miserablen Bedingungen. Der Regen tropft mir in den Nacken, und der Captain drängt ungeduldig darauf weiterzuziehen. Ich hoffe, diese Zeilen erreichen dich, und ich erwarte, daß du meinen Wünschen gehorchst. Reise so bald als möglich ab. Es ist wichtig!
Dein ergebener Ehemann Saul.«

Sophia war überglücklich. Sie hatte längst gemerkt, daß sie das Land nicht ertragen konnte. Müßte sie hierbleiben, sie würde vor Langeweile und Einsamkeit sterben.

»Niemand hat dich darum gebeten, deinen Aufenthalt auf dem Land zu verlängern«, sagte Briar kühl. »Das Wetter ist jetzt besser, und die Rückreise nach New Plymouth dürfte keine allzu großen Schwierigkeiten bereiten.«

»Nun sei bloß nicht eingeschnappt, Briar«, sagte Tante Charity scharf. »Du weißt, daß Sophia in ihrem Zustand nicht reisen kann. Ich lege keinen Wert darauf, daß sie ihr Baby unter einem Busch zur Welt bringt. Sie muß hierbleiben, bis das Kind geboren ist.«

»Und wann wird das sein?« fragte Peter ungeduldig.

Sophia errötete in einem Anflug von Verlegenheit. »Es braucht eben seine Zeit. Ich glaube, es kommt überhaupt nicht mehr.«

»Kannst du dich nicht beeilen?« fragte er mißmutig. »Wir müssen hier weg. Es ist wichtig, daß wir uns beeilen. Saul hat es gesagt. Ich hatte gehofft, das Baby sei inzwischen schon da. Aber wenigstens können wir Vorkehrungen für die Abreise treffen und schon packen, damit wir, wenn es soweit ist, keine Zeit mehr verlieren.«

Als Briar sich einigermaßen gefangen hatte, fragte sie Peter, ob Saul mit ihm über die dringenden Gründe für ihre Abreise gesprochen habe.

»Ist es, weil er einen weiteren Angriff der Hauhaus befürchtet?«

»Nein, das glaube ich nicht. Sie haben den Feind im Norden festgenagelt. Die Gegend hier ist sauber.«

»Aber warum dann ...« Briar senkte die Augen. Sie wollte

ihn ihre Niedergeschlagenheit nicht merken lassen. »Weshalb müssen wir gehen? Mein Platz ist hier.«
»Saul glaubt sicher, daß Sie unglücklich sind, wenn wir alle weggehen«, meinte Peter. »Ein bißchen Leben und Fröhlichkeit würde Ihnen auch ganz guttun. Er hat einmal gesagt, es wäre unfair von ihm gewesen, Sie in die Wildnis zu holen.«
»Sagte er, daß auch ich nicht die richtige Einstellung zu diesem Land habe?« brauste Briar auf.
»Nein, das nicht, nur daß es kein Leben für eine Frau sei.«
»Andere bleiben. Niemand schlägt vor, daß Martha Peabody, Mary Galloway oder Jemima Potter der Zerstreuung wegen in die Stadt ziehen sollen. Weshalb sollte ich überhaupt Zerstreuung suchen? Ich bin ohnehin nicht daran gewöhnt.«
Peter wich ihrem forschenden Blick aus. »Ich richte Ihnen nur aus, was Ihr Mann gesagt hat.«
»Ich schätze es nicht, Befehle entgegenzunehmen. Nicht einmal von meinem Mann.« Briars Stimme klang dank ihrer Selbstkontrolle vollkommen ruhig. »Dies ist mein Platz; ich werde hierbleiben.«
Er bildete sich ein, er könnte sie einfach loswerden, dachte sie, und Ärger stieg in ihr hoch. Im Sommer oder Herbst würde er dann nachkommen, vorausgesetzt die Farm und seine Pflichten als Soldat ließen ihm Zeit dazu. Und was sollte sie, die abgeschobene Frau, in der Zwischenzeit tun? Von der Wohltätigkeit Tante Charitys leben oder, was noch schlimmer war, von der ihrer hochnäsigen und selbstgerechten Schwiegermutter?
Also hatte Saul letzten Endes doch entschieden, daß er sie als Ehefrau nicht mehr haben wollte. Diese letzte Nacht, die sie

zusammen verbracht hatten, in der er sie so heftig und leidenschaftlich genommen hatte – es war nicht aus Liebe geschehen, wie sie aus einer uneingestandenen Sehnsucht heraus gehofft hatte. Es war nichts als Haß gewesen. Haß, Zorn und Enttäuschung. Was immer er sich von ihr als Frau erhofft hatte, und irgend etwas mußte er sich erhofft haben, sonst hätte er sie nicht geheiratet, sie hatte es ihm nicht gegeben. Sie hatte versagt.

Sie hatte absichtlich versagt, sie war zu sehr von ihrem Widerstand gegen ihn besessen gewesen. Sie hatte überhaupt nicht daran gedacht, daß eine Ehe nicht nur darin bestand, den Haushalt zu führen und – falls nötig – den Körper zur Verfügung zu stellen.

Und jetzt war es zu spät! Ganz gleichgültig, auf welche Weise sie nun ihre Ehe betrachtete: Saul hatte unauffällig mit ihr Schluß gemacht.

Zumindest war ihm diese Lösung willkommen.

Aber er irrte sich. So leicht wurde man sie nicht los. Sie war Mrs. Saul Whitmore, die Herrin von »Lucknow«, und hier würde sie bleiben, ohne Rücksicht auf die Befehle ihres Mannes. Dazu war sie entschlossen.

Sie redete mit Katie und erklärte ihr die neue Situation. »Alle anderen gehen nach Wellington zurück, und du kannst auch mitgehen, wenn du willst. Mr. Whitmore hat angeordnet, daß alle gehen sollen, aber ich beabsichtige zu bleiben und wäre glücklich, wenn ich dich bei mir behalten könnte.«

Katie zögerte nicht, sondern nickte mit ihrem struppigen roten Kopf. »Ich bleibe, Ma'am. Was sollte ich in meinem Zustand in Wellington anfangen? Außerdem kommt Rangi vielleicht zurück. Ich halte dauernd Ausschau nach ihm.«

»Dann wollen wir hoffen, daß er ohne Kriegsbemalung kommt«, sagte Briar ernst. »Wenn wir allein hierbleiben, können wir keine Überfälle brauchen.«
»Rangi würde nicht zulassen, daß sie ›Lucknow‹ angreifen, Ma'am. Das hat er mir gesagt.«
»Ich weiß nicht, wie weit man einem Hauhau trauen kann«, sagte Briar. »Aber ich bin froh, daß du bleibst, Katie. Jetzt möchte ich, daß du allen beim Packen hilfst. Mrs. Fanshawe hat sich heute morgen nicht wohl gefühlt. Ich glaube nicht, daß ihr Baby noch lange auf sich warten läßt, und dann sind wir alle beschäftigt, auch ohne Koffer packen zu müssen.«
Etwas später kam Katie nochmals zu Briar und beschwerte sich, daß Mrs. Whitmore nicht zulasse, daß sie ihre Sachen anrühre.
»Sie macht das lieber selbst«, sagte Briar leichthin.
»Nein, Ma'am, das ist es nicht. Sie sagt, sie geht nicht.«
Briar ging zu Mrs. Whitmore, die am Fenster ihres Zimmers saß. »Katie erzählte mir, Sie weigerten sich abzureisen«, sagte Briar ohne Umschweife.
»Richtig.« Die alte Dame schaute Briar mit ihren tiefschwarzen Augen an. »Ich beabsichtige, hier auf die Rückkehr meines Sohnes zu warten. Es ist alles vollkommen in Ordnung. Mabel wird sich um mich kümmern.«
Briar glaubte, den Triumph in der Stimme der alten Frau zu hören, und begriff ihre Gedankengänge. Sie war entzückt über die Wendung der Dinge und würde Zeuge dieses schmählichen, von ihr vorausgesagten Abgangs sein. Danach würde sie Briars Platz hier einnehmen.
Briar hatte sich niemals darüber hinweggetäuscht, daß Sauls Heirat ohne das Einverständnis seiner Mutter zustande ge-

kommen war, und deshalb sollte sie wenigstens das nicht zu sehr belasten. Trotzdem, Briar spürte, wie der Zorn in ihr wuchs.

Sie sagte höflich: »Wenn irgend jemand hierbleibt, um Saul zu empfangen, dann bin ich das. Ich bin schließlich seine Frau. Und es besteht keine Notwendigkeit, daß wir beide auf ihn warten. Bitte, Mrs. Whitmore, Sie müssen ›Lucknow‹ im Laufe der nächsten zwei bis drei Wochen verlassen. Saul würde sich Sorgen machen, wenn er wüßte, daß Sie seinen Wünschen nicht nachgekommen sind.«

Die Lippen der alten Frau öffneten sich, und ihre Augen ließen Briars Gesicht nicht los. Früher hätte dieser eindringliche Blick Briar eingeschüchtert und erschreckt, jetzt ließ sie sich dadurch nicht mehr beirren. Eine alte Frau, die einen verlorenen Kampf kämpfte. Eigentlich sollte sie einem leid tun.

»Und was ist mit Saul, wenn er entdeckt, daß Sie ihm nicht gehorchen?«

Briar zuckte mit den Schultern. »Er ist inzwischen daran gewöhnt, daß ich ihm nicht gehorche. Er bittet mich, um meinetwillen zu gehen, aber insgeheim hofft er, daß ich bleibe.«

»Sind Sie sich dessen so sicher?«

Das traf Briar sehr schmerzlich. Sie hatte gedacht, sie hätte sich besser in der Hand.

»Was immer er denkt, geht nur ihn und mich etwas an.« Briar sah in das starre Gesicht und fügte aufgebracht hinzu: »Ich weiß, Sie waren immer gegen mich. Sie haben Ihr Urteil über mich gefällt, ohne mir eine Chance zu geben. Sie dachten, ich könnte weder einen Haushalt führen noch mit Dienstpersonal umgehen oder wie eine Dame sprechen.

Aber ich habe Ihnen bewiesen, daß ich das alles kann. Ich bringe es sogar fertig, daß andere Frauen – wohlgemerkt Frauen, nicht Männer – mich bewundernd ansehen. Das wissen Sie selbst. Das können Sie nicht leugnen. Sie wissen, daß Saul sich meiner nicht zu schämen braucht. Ich kenne zwar meine Eltern nicht, aber ich wurde mit gewissen Fähigkeiten geboren, und das zählt mehr in einem neuen Land. Selbst die Tatsache, daß ich mein ganzes bisheriges Leben Dienstmädchen war, hat unbestreitbare Vorteile. Weshalb sitzen Sie also hier herum und verurteilen mich? Sie tun seit Ihrer Ankunft nichts anderes. Ich will das nicht mehr länger ertragen. Ich bitte Sie, mit Tante Charity und Sophia zu gehen.«

Dic alte Dame wartete, bis Briar ausgesprochen hatte, dann sagte sie ruhig: »Ärger steht Ihnen! Ich habe das schon bemerkt, als Sie Ihre Freunde aus dem Dorf verteidigten und Ihr Dienstmädchen, das ein Mischlingsbaby erwartet.«

»Kümmern Sie sich nicht um mein Aussehen, Mrs. Whitmore. Hören Sie endlich damit auf, mich in meinem eigenen Haus zu kritisieren.«

»Sie irren sich, meine Liebe, ich habe niemals den Mund aufgemacht, um Sie zu kritisieren. Aber weil wir schon davon sprechen – ich finde, Sie bewähren sich sehr gut, als Herrin dieses Hauses!«

»Aber nicht als Ehefrau!« Die Worte waren über ihre Lippen, ehe Briar es verhindern konnte. Diese abscheuliche alte Frau brachte sie dazu, die Beherrschung und ihre Würde zu verlieren. »Ich weiß genau, worum es Ihnen geht: Sie warten nur darauf, daß ich so aussehe wie Sophia. Das ist alles, was Sie interessiert – ein Enkelkind! Aber da müssen Sie noch warten.« Ihre Stimme bebte. Saul hatte ihr befohlen, nach Wellington zurückzukehren. Offensichtlich wollte er sie nicht mehr haben. Ihn im Bett abzuweisen, war eine Sache, eine andere war es, selbst abgewiesen zu werden. Wie sie diese Whitmores haßte, sowohl die Mutter als auch den Sohn! Dieses selbstsüchtige Wunschdenken, das keinerlei Rücksicht auf andere Gefühle nahm. »Sie können ewig warten!« erklärte sie.

»Sehr schade.« Die knappe Bemerkung, kaum mehr als ein Flüstern, ging ihr so unter die Haut wie manchmal der unbedachte Seitenblick von Saul.

Widerstrebend blickte sie auf und sah, daß Mrs. Whitmores Gesicht noch hagerer wirkte als gewöhnlich. Ihre Lippen waren fast blau.

»Mrs. Whitmore, ist alles in Ordnung? Schmerzt Ihr Arm?«

»Vielen Dank, aber mein Arm ist wieder geheilt.«

»Der Arzt sagte, Sie sollten mehr ruhen. Das werden Sie können, wenn Sie wieder in Wellington sind. Hier neigt man dazu, immer auf der Lauer zu liegen, anstatt auszuruhen. Es wird zur Gewohnheit. Wenn ein Hund bellt ...«

»Aber ich gehe nicht nach Wellington zurück.«

Ihre Augen trafen sich, und ihre Blicke hielten einander stand. Niedergeschlagen mußte Briar erkennen, daß sie die Partie verloren hatte. Schließlich könnte sie die alte Frau ja nicht in den Busch schicken.

»Es hat den Anschein, als sei Saul auf uns beide böse«, sagte Mrs. Whitmore mit ihrer rauhen Stimme, »denn ich merke, Sie sind ebenso wie ich entschlossen zu bleiben. Ich bleibe, weil ich meinen Sohn liebe. Ihre Gründe müssen andere sein.«

Bevor Briar irgendeine Antwort auf diese ungeheuerliche Feststellung geben konnte, fuhr die alte Frau ruhig fort: »Sie sollten lieber gehen und sich um Sophia kümmern. Ich glaube, das Baby wird innerhalb der nächsten vierundzwanzig Stunden kommen.«

28

Sie stürmten das *Pa* kurz vor Einbruch der Dämmerung. Schon seit Stunden hockten sie versteckt im nassen Farn, während der Regen auf sie niederprasselte und sie beinahe ebenso aufweichte wie den Boden. Auf diesen Augenblick hatten sie gewartet: Die Aufmerksamkeit des Feindes ließ nach, denn er beschäftigte sich mit seinen Kochtöpfen und mit dem Feuer.

Die Überraschung war so vollkommen, daß der schwache Widerstand fast augenblicklich erstarb. Noch während Captain Maltbys Männer über die Palisaden kletterten, flohen die überlebenden Krieger und rannten um ihr Leben.

Aber die Vermutung der Soldaten, Te Kooti hielte sich hier versteckt, war falsch. Die Enttäuschung darüber war sehr groß. Sie hatten geglaubt, sie hätten Te Kooti in der Falle, aber die Überlebenden sagten, er sei schon vor Tagen weggegangen. Weit in den Norden, sagten sie ausweichend. Ganz offensichtlich wollten sie es nicht sagen, auch wenn sie wußten, wo er sich aufhielt.

Einen Gewinn aber konnten Captain Maltby und seine Leute verzeichnen. Saul beugte sich über den Körper eines Toten und hob das lange, scharlachrote Tuch auf, das beschmutzt am Boden lag.

Dann fluchte er überrascht: *»Te Wepu!«*

Captain Maltby stand bereits neben ihm und bückte sich. Er drehte den Leichnam um und sah in das tätowierte Gesicht mit den starren, weit geöffneten Augen. Üppiger Schmuck aus Grünsteinen zierte Hals und Ohren.

»Herzschuß«, sagte der Captain. »Saubere Arbeit, Saul. Sie wissen, wer der Tote ist?«

»Te Kootis Standartenträger, nehme ich an.«

»Te Kootis bester Freund, Hine Te Mataia. Das wird ihm gar nicht gefallen.«

»Das soll es auch nicht.«

Der müde Captain lachte plötzlich, aber nicht sehr fröhlich. »Sein Glück wird sich jetzt wenden, nachdem wir die Flagge erbeutet haben. Er vertraute ihr abergläubisch, genau wie seinem verdammten Totempfahl.«

Saul zog die schmutzige Seide durch die Finger. »Meine Frau hat sie einmal geflickt.«

»Ja, ich habe davon gehört. Sozusagen mit der Gewehrmündung im Nacken. Beachtliche Leistung!«

»Vielleicht. Aber ich habe das Gefühl, daß deshalb mein Haus beim letzten Angriff verschont geblieben ist. Das nächste Mal besteht nur wenig Aussicht auf Gnade.«

»Machen Sie sich keine Sorgen, wir erwischen Te Kooti, ehe er sich wieder in den Süden begibt.«

»Te Kooti ist schlauer als ein Fuchs«, sagte Saul mit grimmigem Gesichtsausdruck.

»Selbst der schlaueste Fuchs kann nicht entkommen, wenn die Hunde ihn einkreisen. Kommen Sie, sehen wir nach, was in diesen Töpfen ist. Riecht nach Schweinefleisch, und ich bin verdammt hungrig.«

Aber nachdem sie die Toten begraben hatten, nahm Saul

sich ein paar Minuten Zeit, um noch eine Nachricht für Briar zu schreiben.

»Wenn es euch bis jetzt noch nicht möglich gewesen ist, ›Lucknow‹ zu verlassen, tut es sofort.
Wartet nicht auf Sophias Baby. Es ist besser, ihr geht das Risiko ein, daß es unterwegs geboren wird …«

Er würde diesen Brief dem ersten Mann mitgeben, der südwärts ritt. Er wünschte, der Tod von Te Mataia und die Erbeutung dieser symbolträchtigen Fahne hätten vor Peter Fanshawes Abschied stattgefunden, dann hätte er ihm noch dringender einschärfen können, wie wichtig es war, daß die Frauen die Gegend verließen. Aber sicherlich waren sie inzwischen fort. Briar hatte ihm einmal nicht gehorcht und war deshalb gezwungen worden, diese hübschen Stiche an dem blutgetränkten Seidentuch zu machen. Seine Finger glitten zärtlich über die Fahne. Sicherlich würde sie nach dieser Erfahrung kein zweites Mal ungehorsam sein.
Trotzdem, wenn er an ihre funkelnden Augen und an ihre Unberechenbarkeit dachte, wurde ihm ganz schwer ums Herz. Er konnte ihr nicht trauen. Sie besaß keine Logik, und ihr Temperament schien nur dazu angetan, sich ihm zu widersetzen. Er dachte an den aufreizenden, zarten und doch so widerspenstigen Körper in seinen Armen und fragte sich, ob es nicht besser gewesen wäre, er hätte sie niemals gesehen. Aber die Vorstellung, diesen Körper von Wilden verstümmelt zu sehen, quälte ihn.

29

Es sah Sophia ähnlich, daß sie ihr Baby mit großem Spektakel mitten in der regenreichsten Nacht des Jahres zur Welt bringen wollte. Sobald sie ihre ersten Wehen spürte, war das ganze Haus in hellem Aufruhr. Tante Charity tapste im Morgenmantel, mit Pantoffeln und Nachtmütze umher, Peter war halb angezogen und versuchte, seine Angst zu verbergen, und Katie mußte geweckt werden, um Wasser heiß zu machen. Mrs. Whitmore sagte: »Geht alle wieder ins Bett. Vor dem Morgen wird überhaupt nichts passieren.«
»Aber der Arzt muß geholt werden«, rief Tante Charity.
Mrs. Whitmore zuckte mit den Schultern. »Die Nacht ist zu verregnet, um sich unnötig nach draußen zu begeben. Ich wette, es hat noch Zeit bis morgen mittag.«
Sophia stöhnte laut: »Ich brauche sofort einen Arzt.«
Mrs. Whitmore sagte sanft: »Es ist alles in Ordnung, meine Liebe. Entspannen Sie sich, und versuchen Sie zu schlafen.«
Außerhalb des Zimmers sagte sie mit ihrer trockenen, verächtlichen Stimme: »Diese junge Frau ist nicht so schwach, wie sie tut. Sie wird ihr ganzes Leben lang Forderungen stellen, und ich fürchte, sie werden immer erfüllt. Also, wer geht, um den Arzt zu holen?«
»Peter ist draußen, um das Pferd zu satteln«, sagte Briar. »Mrs. Whitmore, Sie sollten schlafen gehen. Ich werde auch

Katie wieder ins Bett schicken. Es ist unnötig, sie jetzt zu erschrecken, denn Sophia ist keine stille Dulderin.«
»Und wie steht es mit Ihnen?« fragte die alte Dame.
»Ich habe keinen Grund, erschrocken zu sein«, sagte Briar, »wie ich Ihnen heute nachmittag schon sagte.«
Peter hatte das Pferd vor die Tür geführt und war wieder ins Haus gekommen. Briar hörte ihn und ging hinunter. Er stand im Salon und goß sich gerade einen Rum ein.
Schuldbewußt schaute er auf. Sie merkte, daß seine Hand stark zitterte. »Es gießt in Strömen«, sagte er. »Ich spüre schon, wie dieses Fieber wieder in meine Knochen kriecht.«
»Sie müssen sich richtig anziehen. Sie sind ja jetzt schon ganz naß. Haben Sie denn keinen Mantel angezogen, bevor Sie hinausgegangen sind?«
»Ich hatte gar nicht bemerkt, daß es so stark regnete. Ich glaube, ich bin ein bißchen in Panik geraten. Sophia so leiden zu sehen ...«
»Sie leidet jetzt noch nicht sehr«, sagte Briar knapp.
Peter warf ihr einen Seitenblick zu. Seine Lider waren etwas geschwollen, als sei er nur halb wach.
»Ihr Frauen habt wohl nicht viel Mitleid miteinander?«
Aber Briar glaubte, daß er das eigentlich gar nicht meinte, sondern vielmehr, daß sie mit ihm kein Mitgefühl habe, der sich davor fürchtete, in die nasse dunkle Nacht hinauszugehen. Er hatte keine Angst um seine Frau, die schließlich nur das mitmachte, was Jahr für Jahr Tausende von Frauen durchmachten, er hatte Angst um sich selbst. Denn er sah in seiner übersteigerten Phantasie einen Hauhau in jedem windgepeitschten Busch und hinter jedem triefenden Baum. Natürlich konnte er diese schreckliche Angst nicht zugeben.

Also trank er statt dessen Rum und versuchte, sein Zittern zu verbergen.
Auf einmal empfand Briar Mitleid mit ihm. Armer Peter, er konnte nichts dafür; er war eben so. Er brauchte Sonnenschein, ein leichtes Leben und viele hübsche Dinge, die man bekommen konnte, ohne dafür mit harter Arbeit, Einsamkeit und Blutvergießen zu bezahlen.
Er hätte niemals versuchen sollen, Pionier zu sein. Er hatte nur die Vorteile eines neuen Landes gesehen, nicht aber das Risiko. Er würde also einer jener vielen Versager sein oder bestenfalls ein mittelmäßiger Städter.
Aber das war nicht sein Fehler. Nicht jeder konnte mutig sein.
»Ist das Pferd bereit?« fragte sie.
»Ja, es steht draußen. Ich bin nur schnell hereingeschlüpft, um einen Drink zu nehmen und mich aufzuwärmen.« Seine unsteten blauen Augen suchten die ihren.
Briar faßte einen Entschluß. »Ich denke, es ist besser, wenn ich den Arzt hole. Ich kenne das Pferd besser als Sie. Und seine Tücken im Dunkeln. Ganz abgesehen davon, daß ich vermutlich schneller bin und Sophia Sie vielleicht lieber in der Nähe weiß.«
Er war offensichtlich erleichtert, meinte aber verschämt: »Nein, Briar, eine Frau nachts unterwegs …«
»Das ist in diesem Land nichts Außergewöhnliches. Ich komme so rasch zurück, wie ich kann. Sagen Sie Tante Charity, daß Sie wieder Fieber haben.«
»Briar, Sie sind einfach wundervoll!«
Einst wäre sie über dieses Kompliment glücklich gewesen, denn es hätte bedeutet, daß sie Peter Fanshawe als Ehe-

mann, als Sklaven oder was auch immer hätte haben können. Jetzt war sie dankbar, daß sie diesem Schicksal entronnen war. Man konnte zwar genügend Ehrgeiz haben, um ohne Liebe zu heiraten, aber nicht ohne Achtung. Wenigstens hatte sie keinen Grund, ihren Mann nicht zu achten.

Sie nahm eine Wagenlampe mit, denn die Nacht war ungewöhnlich finster, und setzte sich rittlings aufs Pferd, nachdem niemand da war, der sie mit geschürzten Röcken hätte sehen können. Sie war noch niemals so spät allein draußen gewesen, ungeachtet ihrer sorglosen Bemerkung Peter gegenüber, aber sie fürchtete sich nicht. Wenigstens nicht, bis die dunkle Gestalt eines Wildschweins ihren Weg kreuzte und das Pferd scheute. Beinahe wäre sie über den Kopf des Pferdes gestürzt, aber sie fing sich wieder, und dabei entglitt ihr die Lampe, die in hohem Bogen ins Gebüsch flog, wo sie augenblicklich erlosch.

Ihr Pferd war trittsicher und kannte den Weg, es kam auch ohne das Licht vorwärts. Nur jetzt kam Briar der schlammige und an Pfützen reiche Pfad endlos vor, und der schwarze Busch schien immer näher zu kommen. Es regnete ohne Unterlaß, und der nie aussetzende Wind machte die Bäume und Büsche unheimlich. Das *Toe Toe*-Gras raschelte, die *Raupo*-Büsche knackten, und die großen Bäume ächzten, so daß man weder ein umherschleichendes Nachttier noch den Ruf eines Hauhaus hätte wahrnehmen können.

Jetzt gab es aber keine Hauhaus hier, sagte sich Briar immer wieder. Nachdem sie sich besser an die Dunkelheit gewöhnt hatte, spornte sie ihr Pferd zur Eile an. Der plötzliche Schrei eines Vogels erschreckte sie von neuem, zumal er ganz aus der Nähe zu kommen schien. Sie konnte den Ruf auch nicht einordnen; denn er hatte weder die Melancholie der kleinen Eulen noch die Heiserkeit der Kiwis oder Wekas. War es nicht überhaupt verdächtig, in einer so nassen Nacht einen Vogel rufen zu hören?

Als sie weiterritt, die Füße fest in die Steigbügel gestemmt, hörte sie wieder diesen Ruf, und noch immer konnte sie ihn nicht deuten. Aber er klang seltsam drängend und bedeutungsvoll.

Als sie endlich vor Doktor MacTavishs Tür vom Pferd taumelte, konnte sie kaum sprechen. Bis auf die Haut durchnäßt, atemlos und verängstigt, brachte sie ihre Botschaft hervor.

»Es ist Sophia, Doktor. Mrs. Whitmore meint, es eilt nicht, aber Sophia stellt sich schrecklich an, wie Sie sich vorstellen können. Und Peter auch.«

»Es scheint so, nachdem er Sie hat reiten lassen«, sagte Dr. MacTavish trocken.

»Er hat wieder sein Fieber … er hätte im Regen nicht nach draußen gekonnt. Beeilen wir uns, Doktor. Übrigens, an einer bestimmten Stelle sollten wir vorsichtig sein; ich habe da etwas gehört.«

»Und was haben Sie gehört?«

»Einen Vogel, der nachts nicht ruft. Wenigstens glaube ich das, aber ich kenne mich mit den Vögeln hier noch immer nicht so gut aus.«

»Ich nehme mein Gewehr mit«, sagte der kleine Arzt in seiner unerschütterlichen Ruhe. »Wir fahren mit dem Wagen zurück. Ihr Pferd binden wir hinten an. Aber kommen Sie doch zuerst einmal rein und trinken Sie einen Schluck Brandy. Sie sehen aus, als könnten Sie einen brauchen. Vielleicht möchten Sie überhaupt die Nacht hier verbringen, ich fahre dann allein.«

Briar strich sich das nasse Haar aus den Augen. »Reden Sie keinen Unsinn, Doktor. Ich muß Sophia helfen.«

Auf der Rückfahrt ereignete sich nichts. Nur das Geräusch der Pferdehufe in der schlammigen Erde und das Heulen des Windes im Wald waren zu hören. Briar merkte erst vor ihrer Haustür, daß sie zu steif und zu müde war, um aus dem Wagen zu klettern. Dr. MacTavish hob sie heraus und stellte sie auf den Boden. »Laufen Sie, ziehen Sie sich etwas Trockenes an, Mädchen.« Dann öffnete Tante Charity die Tür. »Schönen guten Abend, Ma'am. Wo ist die Patientin?«

Sophias Baby wurde am frühen Morgen ohne Schwierigkeiten geboren, obwohl Sophia einen Höllenlärm machte. Aber nachher war sie mit sich äußerst zufrieden und wiegte ihren dicken, rosigen Sohn in den Armen, als hätte sie etwas Einmaliges geleistet. Sie merkte weder, daß ihr Mann stockbetrunken war, noch, daß Briar, kalkweiß und erschöpft, nicht mehr wußte, wie sie sich nach ihrem Ritt und der anschließenden Geburtshilfe noch auf den Beinen halten sollte.

»Wir müssen eine Liste mit Namen aufstellen«, sagte sie. »Ein Name, besonders bei dem ersten Sohn, ist ja sehr wichtig! Ich kann es kaum erwarten, nach Wellington zurückzukehren, um meinen Sohn zu zeigen. Der Arzt meint, wir könnten schon bald reisen, da es dem Baby und mir gutgeht.«

Briar schleppte sich todmüde in ihr Zimmer, um sich auszuruhen. Alles, was die alte Mrs. Whitmore vorausgesagt hatte, war eingetreten. Sie hatte gekocht und geputzt, gegen den Feind gekämpft und bei einer Geburt geholfen. Irgendwie hatte sie es geschafft. Sie hatte es sogar geschafft, ohne daß

jemand etwas von ihrer Schwäche und Übelkeit gemerkt hatte.
Warum war ihr so zum Heulen zumute, es bestand jetzt überhaupt kein Grund mehr zu weinen. Vielleicht, weil sie allein war? Weil Sophia es war, die ein Baby im Arm hielt? Nachdem sie geschlafen hatte, fühlte sie sich besser. Da es aufgehört hatte zu regnen, beschloß sie, den Weg entlangzureiten und dort das Gebüsch zu untersuchen, wo sie letzte Nacht den Vogelruf gehört hatte.
Sie sagte niemand, wohin sie ging, und später war sie froh darüber. Sie fand zwar in dem tropfnassen Wald kein Lebenszeichen, aber unter einem Busch im Gras lag eine schwarze Feder mit einer weißen Spitze. Eine *Huia*-Feder, wie sie ein *Rangatira* trug, um seinen Rang als Häuptling zu dokumentieren. Der *Huia*-Vogel aber lebte nicht in diesem Teil des Landes. Man fand ihn nur in den höher gelegenen Bergen. Diese Feder mußte daher ein menschliches Wesen verloren haben.
Briar schwang sich aufs Pferd und galoppierte ins Dorf, um von ihrer Entdeckung Meldung zu machen. Sofort stellte man eine Suchmannschaft unter der Leitung von Amos O'Brien zusammen. Die meisten der jungen, gesunden Männer waren mit den Truppen unterwegs. Wenn ein Angriff erfolgen sollte, würde das für die Verteidiger eine ziemlich traurige Angelegenheit werden. Noch spät am Abend kam Fred Potter und berichtete, daß man nichts gefunden habe. Die vollgesogene *Huia*-Feder lag wohl schon seit dem Angriff der Hauhaus unter dem Busch.
Briar war jetzt weniger besorgt, aber noch nicht ganz beruhigt. Sie fing wieder an, auf diese angestrengte Art zu

lauschen. Ungeduldig brannte sie darauf, alle ihre Gäste aus dem Haus zu schaffen, vor allem Sophia und das Baby. Wie schrecklich, wenn dem Baby etwas passierte! Sie wünschte, sie könnte auch die alte Mrs. Whitmore dazu bringen, ihre Meinung zu ändern. Aber man brauchte sich bloß das eigensinnige Gesicht anzusehen, um zu wissen, daß jeder Versuch sinnlos war.
Nach vierzehn Tagen erklärte Dr. MacTavish, daß Sophia reisefähig sei. Tante Charity, Sophia, das Baby und Peter bereiteten sich auf ihre Reise nach New Plymouth vor, wo sie die »Seagull« erwarten wollten.
Peter war geradezu besessen von dem Wunsch, hier wegzukommen, und auch Sophia war über die Abreise sehr glücklich. Tante Charity vergoß als einzige Tränen.
Und das tat sie reichlich; denn sie ließ ja nicht nur diese verstockte und dumme Prudence zurück, die sich in ihrer höchst unpassenden und unschicklichen Rolle als Mutter der Perkins-Kinder gefiel, sondern auch Briar, für die sie ehrliche Zuneigung empfand.
Aber die gute alte Tante Charity konnte das nur durch Kritik zum Ausdruck bringen.
»Briar, du solltest Saul gehorchen und mit uns kommen. Es ist sehr unklug von einer jungen Frau, sich ihrem Mann zu widersetzen. Das führt nur zu Schwierigkeiten. Und Saul, da bin ich sicher, ist mit einem solchen Benehmen nicht einverstanden. Noch etwas: Ich bin sehr unglücklich darüber, daß du Katie behalten hast. Du wirst das noch bereuen! Es obliegt Leuten wie uns, in diesem Land moralische Grundsätze zu schaffen. Junge Frauen wie Katie begehen nicht nur einen Fehltritt. Höchstwahrscheinlich fängt dieses ganze Theater

im nächsten Jahr wieder von vorne an. Und was willst du dann machen?«
Unglücklich sah sie Briar dabei ins Gesicht.
»Ich sehe schon, du nimmst überhaupt keine Notiz von dem, was ich sage. Aber denke dran – ich habe dich gewarnt! Und Briar, bitte bring Prudence dazu, diesen heruntergekommenen Haushalt zu verlassen. Ja, ich weiß, sie tut nur das, was man gemeinhin als Dienst an seinem Nächsten bezeichnet, aber wer soll sie danach noch heiraten, es sei denn dieser arme Teufel Perkins selbst. O je, Peter will abfahren, und es gibt noch so viel, was ich dir sagen müßte. Du bist so ein schwieriger, unbeugsamer Mensch! So ungewöhnlich für eine junge Frau. Aber trotzdem liebe ich dich …« Tante Charity schniefte laut. Ihr großes Gesicht war dunkelrot vor Rührung. »Es ist, als ob du meine Tochter wärst …«, rief sie noch zum Abschied.
Eine kleine Gruppe stand auf der Straße und sah den Wagen nach, bis sie außer Sichtweite waren. Sophias Taschentuch flatterte, und Tante Charity hob immer wieder den Arm, um heftig zu winken. Zweifellos war sie in Gedanken schon wieder in Wellington und erzählte Onkel Hubert von ihrer beschwerlichen Reise, von ihrer Begegnung mit den Hauhaus und ihren fruchtlosen Anstrengungen, das Schicksal von Briar und Prudence in die Hand zu nehmen.
Während sie die holpernden Wagen in der Ferne immer kleiner werden sah, betete Briar im stillen, die Reisenden mögen New Plymouth sicher erreichen. Der Schafhirte, der sich angeboten hatte, einen Wagen zu übernehmen, und Peter, der den zweiten fuhr, waren wachsam und bewaffnet, doch alle sagten, es bestehe keine Gefahr.

Briar aber konnte eine böse Vorahnung nicht abschütteln. Der strahlende Tag, der stille Wald, die Rauchspiralen über den Kaminen – alles wirkte zu friedlich! Aber vielleicht war ihre Niedergeschlagenheit nichts als Trauer über den Abschied guter Freunde und die Tatsache, Sauls ausdrücklichen Wunsch nicht befolgt zu haben. Es war so schrecklich, sich im eigenen Haus unerwünscht zu wissen.

Alle waren gekommen, um sich von den Reisenden zu verabschieden. Aber jetzt hatte Prudence ihre Tränen getrocknet und erklärte, sie müsse nach Hause, um das Mittagessen für die Kinder zu kochen. Sie hielt Honi an der einen Hand und das jüngste Perkins Kind an der anderen. Auch Jemima war da, und Fred Potter wartete mit dem Wagen, um sie alle ins Dorf zurückzubringen.

»Tut es dir leid, daß du nicht mitgefahren bist, Prue?« fragte Briar.

Prudence schüttelte den Kopf. »Es ist sehr schwer, Tante Charity zu widersprechen, aber ich bin froh, daß ich nicht nachgegeben habe. Mir gefällt es hier. Die Kinder sind so anhänglich geworden, seit sie mich besser kennen, und Mr. Perkins ist sehr nett. Alle sagen, daß er sich sehr verändert habe.«

»Hoffen wir, daß es anhält«, sagte Briar skeptisch. Sie wurde das Schuldgefühl nie ganz los, daß es ihr Hut gewesen war, der Amy Perkins in den Tod getrieben hatte. Und irgendwie traf auch Amys Mann die Schuld. Hätte er nicht besser für seine Frau sorgen können?

»Ich denke, es hält an«, sagte Prudence ernst. »Weißt du, seine Frau, das arme Ding, hat zuviel an ihm herumgenörgelt und sich dauernd beklagt. Da muß ein Mann doch einfach einen Ausweg suchen, oder?«

Sie hatte nicht an Saul herumgenörgelt, dachte Briar insgeheim, aber sie hatte auf andere Weise versagt. War das nicht auch die Ansicht der alten Mrs. Whitmore?
»Was ist mit Ihnen, Briar?« fragte Jemima. »Bedauern Sie, daß Sie nicht doch mitgegangen sind?«
»Nein! Natürlich bedauere ich das nicht!« Ihre Stimme war etwas zu heftig, sie gab zu viel von ihrer inneren Erregung preis. »Mein Heim ist hier. Genau wie Ihres. Aber vielleicht wären Sie gerne mitgegangen?«
Jemima schüttelte den Kopf. Sie war nicht mehr so mager und hinfällig wie damals beim Tod des Babys. Ihr Gesicht war runder geworden, und ihre Augen strahlten.
»O nein, Briar. Übrigens, haben es die Kinder noch nicht erzählt? Eines der Schafe, die Mr. Whitmore Fred gegeben hat, bekam heute morgen zwei Lämmer. Wir haben sozusagen eine Farm!«
»Und die Kartoffeln kommen auch bald!« rief Fred vom Wagen aus. »Alles läuft großartig!«
Irgendwie klappte alles zu gut, um wahr zu sein. Während sie auch diesen Wagen davonfahren sah, sagte sich Briar immer wieder, daß es keinen Grund zur Sorge gäbe: Prudence löste sich aus ihrem Dämmerzustand und wurde eine zufriedene und selbstbewußte junge Frau, und Jemima war viel gesünder und würde mit Sicherheit im Laufe des nächsten Jahres ein gesundes Kind zur Welt bringen. Was Katie betraf – die freute sich auf ihr Baby! Von wo also sollte das Unheil kommen, überlegte Briar. War sie die einzige, die einen großen Irrtum begangen hatte?

30

Die beiden Frauen saßen allein beim Abendessen. Katie servierte schweigend und sorgfältig, so wie Briar es ihr beigebracht hatte. Der Tisch war mit einem schneeweißen Leinentuch und dem schönen Silber von Onkel Hubert gedeckt. Briar trug ein braunes Kleid und hatte ihr Haar in kunstvollen Locken hochgesteckt. Offensichtlich hatte sie sich große Mühe mit ihrer Toilette gegeben, ungeachtet der Tatsache, daß sie nur zwei Frauen waren, die da an einem Eßtisch in der Wildnis saßen.

Sie war also entschlossen, die Lady zu spielen, dachte die alte Mrs. Whitmore amüsiert. Das Überraschende war nur, daß ihre Erscheinung und ihr Benehmen völlig ungezwungen wirkten. Alles an ihr war vollkommen natürlich. Demnach war sie entweder eine glänzende Schauspielerin oder, und das traf wohl eher zu, sie hatte edles Blut in den Adern. Katie, die ein ähnliches Schicksal hinter sich hatte, könnte niemals diese kühle Würde ausstrahlen. Mit ihrem zerzausten roten Haar und ihrem frechen Grinsen blieb sie für immer eine Dienstmagd.

Diese Schwiegertochter, die höflich über Politik oder die Klassiker zu plaudern verstand, stellte ein ewiges Rätsel dar. Die niedergeschlagenen Augen unter wundervoll gezeichneten Brauen verbargen eine Welt voller Geheimnisse.

»Sagen Sie mir«, unterbrach sie unvermittelt Briars Bemerkungen über den bedauerlichen Mangel an Büchern in diesem Land, »was erwarten Sie sich wirklich vom Leben?«

»Jedenfalls etwas mehr, als meine arme Mutter hatte.«

»Ihre Mutter wurde vielleicht geliebt, so kurz das auch gewesen sein mochte.«

Briar konnte den Schmerz, den sie bei dieser Bemerkung empfand, nicht ganz verbergen. Sie senkte die Augen und antwortete gefaßt: »Dann glauben Sie also, ich werde nicht geliebt?«

»Sie müssen geben, um zu empfangen. Oder dachten Sie, Ihr Gesicht und Ihre Figur genügten? Dachten Sie wirklich, daß das ein Ausgleich für ein Haus und eine gesellschaftliche Stellung sei?«

»Ist es nicht Sache meines Mannes, darüber zu urteilen, Mrs. Whitmore?«

»Von seinem Standpunkt aus, ja. Aber Sie selbst haben sicherlich auch eine Meinung. Vielleicht genügt Ihnen diese Leere auch.«

»Leere?«

Mrs. Whitmore machte eine ausholende Geste. »Erscheinen Ihnen diese Räume nicht leer und hohl? Gut, vielleicht mögen Sie sie, aber ich dachte immer, man braucht Menschen zum Lieben. Ich fürchte, Sie werden noch darauf kommen, daß Saul ebenso denkt.«

Briar hielt den Kopf über ihren Teller gebeugt. »Falls das eine Andeutung sein soll, daß ich Kinder bekommen muß, so ist das ebenfalls meine und meines Mannes Angelegenheit. Ich dachte, wir wären uns einig gewesen, nicht mehr darüber zu sprechen.«

Diese kalte Stimme wirkte ungeheuerlich. Vor allem, nachdem man sein Urteil über dieses Mädchen ernsthaft in Zweifel gezogen hatte. Aber jetzt erhob sich Mrs. Whitmore in einer Aufwallung von Zorn und Enttäuschung von ihrem Stuhl. Durch die plötzliche Bewegung flackerten die Kerzen. Das Gesicht der alten Dame war voller Schatten, hager und zerfurcht.

»Sie selbstsüchtige kleine Abenteurerin!« schrie sie. »Wenn Sie so empfinden, haben sie keinerlei Rechte in diesem Haus! Warum gehen Sie nicht dahin, wo Sie hingehören!«

Sie hätte nicht so rasch aufspringen sollen. Der Schmerz bohrte sich wieder in ihre Brust und ließ sie kaum atmen. Sie mußte in ihr Zimmer und allein sein, weg von diesem kalten, unmenschlichen Wesen.

»Und wohin gehöre ich, Mrs. Whitmore?«

Hätte der Schmerz sie nicht fast betäubt, hätte sie vielleicht die Verlorenheit und Ratlosigkeit in der Stimme des Mädchens bemerkt. So betrachtete sie diese Frage nur als eine weitere Unverschämtheit.

»Woher soll ich das wissen? Wenn Sie mich bitte entschuldigen ... ich habe keinen Hunger ... ich bin müde ...«

Briar war schon an ihrer Seite und legte ihren kräftigen jungen Arm um ihre Schulter. »Mrs. Whitmore, Sie sind krank. Ich habe das schon seit einiger Zeit befürchtet. Setzen Sie sich. Ich hole Ihnen etwas Brandy.«

»Nein, nein. Ich möchte in mein Zimmer. Geben Sie mir nur ein Licht.«

Sofort reichte Briar ihr eine Kerze. Aber Mrs. Whitmore konnte ihre zitternden Hände nicht ruhig halten, und das Wachs tropfte zu Boden. So nahm Briar die Kerze wieder.

»Ich trage sie – kommen Sie!« An der Tür blieb sie stehen und rief: »Katie! Füll rasch eine Wärmflasche. Bring sie nach oben in Mrs. Whitmores Zimmer. Können Sie die Treppe hinaufsteigen?«
»Natürlich kann ich die Treppe hinaufsteigen!«
»Ich glaube, Sie sind genauso starrköpfig wie ich.« Die Stimme klang nur sehr leise an Briars Ohr.
Dumm, dachte Mrs. Whitmore, zu glauben, das Eis zwischen ihnen würde schmelzen, wie sie es sich seit langem heimlich gewünscht hatte. Vor allem war es dumm, jetzt überhaupt zu denken, denn sie brauchte all ihre Kraft, diese Treppe hinaufzusteigen. Als sie ihr Zimmer erreichte, war sie ganz außer Atem.
»Legen Sie sich nur hin«, sagte Briar. »Später helfe ich Ihnen beim Auskleiden. Inzwischen werde ich Doktor MacTavish rufen.«
Nach kurzer Zeit erholte sich Mrs. Whitmore wieder. Von Kissen gestützt, die Wärmflasche an den Füßen, saß sie in ihrem Bett.
Mit energischer Stimme und ihrer üblichen Entschlossenheit sagte sie: »Ich brauche keinen Arzt. Ich weiß genau, was mit mir los ist. Es ist nichts, was er kurieren könnte. Ich brauche nur Ruhe. Lassen Sie mich allein.«
Katie, die wachsbleich im Gesicht geworden war vor Schreck, gehorchte sofort. Sie war das ideale Dienstmädchen, zum Gehorsam erzogen. Briar dagegen sagte: »Ich setze mich neben Sie, bis Sie eingeschlafen sind.«
»Ich möchte bitte allein sein«, sagte Mrs. Whitmore bestimmt.
»Sie lassen mich Ihre Überlegenheit spüren und haben im-

mer recht. Wie Ihr Sohn. Aber ich glaube trotzdem, daß Sie ein Herz haben.«

Mrs. Whitmore öffnete die Augen und sah in das Gesicht, das sich über sie beugte. Im Kerzenlicht sah es weich und verletzlich aus. Beinahe flehend. Aber das war wohl eine Täuschung.

»Dann setzen Sie sich!« sagte sie mit ihrer rauhen Stimme. »Wenn Sie unbedingt hierbleiben müssen.«

Als Mrs. Whitmore endlich zu schlafen schien, entfernte sich Briar. Auf Zehenspitzen schlich sie hinaus und fand Katie in Tränen aufgelöst neben der Tür. »Was ist denn mit dir los?«

»Oh, Ma'am, stirbt sie jetzt?«

»Natürlich nicht. Sie ist nur müde. Und jetzt schläft sie. Sei doch kein solches Baby, Katie. Trockne dir die Tränen und geh und hilf Mabel mit dem Geschirr.«

»Das ist schon getan, und jetzt spricht Mabel mit den Geistern.«

»Was, die auch?« fragte Briar ungehalten. »Ich sehe lieber nach.«

In der großen, von einer Öllampe erhellten Küche saß Mabel in ihrer Lieblingsstellung auf dem Boden und hatte die kalte Tonpfeife zwischen den Lippen. Ihr weites Baumwollkleid sah aus, als sei es ihr plötzlich zu groß geworden, und die Augen wirkten noch riesiger als sonst. Sie rollte sie, bis das Weiße zu sehen war.

»Was soll dieser Unsinn, Mabel?« fragte Briar scharf. »Hast du vor, dich jedesmal so zu benehmen, wenn jemand krank ist?«

Mabel rollte weiter mit den Augen. »Schlimme Dinge kommen, Missus. Ich fühle sie.«

»Was für schlimme Dinge? Wenn du auch glaubst, daß Mrs. Whitmore im Sterben liegt …«
»Es ist nicht die alte Lady, Missus. Die ist sowieso bereit zu sterben. Es sind andere Dinge.«
Sie zog heftig an ihrer kalten Pfeife und sagte bedeutungsvoll: »Die Eulen rufen.«
Briars Herzschlag setzte einen Moment aus. »Die Eulen rufen immer.«
»Aber nicht so laut, Missus.«
»Das meinst du nur, weil das Haus nach der Abreise unserer Gäste so still ist. Du bist an diese Ruhe nicht mehr gewöhnt.« Unwillkürlich blickte Briar zur dunklen Fensteröffnung. Dann sagte sie entschlossen: »Bring mir einen Schal, Katie. Ich gehe und rede mit den Schafhirten. Sie hätten bemerkt, wenn irgend etwas nicht stimmt.«
Sie nahm eine Laterne und trat in die kalte, dunkle Nacht hinaus. Es war sehr still, auch keine Eule war zu hören. Das Licht der Laterne bildete einen kreisrunden Fleck auf dem Kies. Nichts regte sich bei den Ställen oder auf den gerodeten Feldern. Oder bewegte sich dieser Baumstumpf? War es überhaupt ein Baumstumpf?
Briar überquerte den letzten Teil des Hofs sehr schnell, raffte ihre Röcke, um sie vor dem Schmutz zu schützen, und klopfte an die Tür der Schäferhütte.
Einer der Männer öffnete sofort. »Ist irgendwas nicht in Ordnung, Mrs. Whitmore?«
»Meine Schwiegermutter ist krank. Später muß vielleicht jemand den Arzt holen, aber ich denke, bis zum Morgen geht es ihr wieder besser.«
»Wir sind hier, Ma'am, Sie brauchen nur zu rufen.«

Einer der Männer war älter, grauhaarig und gebeugt, der andere war fast noch ein Junge.

»Haben Sie heute nacht irgend etwas Ungewöhnliches gehört, Jed?«

»Nein, Ma'am, nicht daß ich wüßte!«

»Mabel meint, die Eulen würden dauernd rufen.«

»Das tun die doch immer, oder? Es kann nichts los sein, sonst würden die Hunde bellen. Das sind Tiere, die sich von den Hauhaus nicht täuschen lassen. Es ist übrigens unwahrscheinlich, daß sie sich hier aufhalten. Die Flüsse sind zu hoch, und die Furten werden bewacht.«

»Ja, das ist richtig«, sagte Briar erleichtert.

»Sagen Sie uns Bescheid, wenn Sie uns brauchen, Ma'am. Wir brechen im Morgengrauen auf, um nach den Schafen zu sehen. Es werden ein paar Lämmer frühzeitig zur Welt kommen. Aber zuerst schauen wir am Haus vorbei. Wenn Sie dann noch immer unruhig sind, überlegen wir uns, was zu tun ist.«

»Danke, Jed. Ich bin sicher, wir brauchen uns keine Sorgen zu machen.«

Sie kehrte zum Haus zurück und wandte sich an die beiden erwartungsvollen Frauen. »Es besteht überhaupt kein Grund, sich zu fürchten. Ich weiß nicht, was in euch gefahren ist. Alles ist vollkommen friedlich und nicht anders als in anderen Nächten. Und jetzt geht zu Bett, ihr beiden, und seht zu, daß ihr am Morgen besserer Laune seid.«

Bevor sie selbst zu Bett ging, sah sie noch einmal bei Mrs. Whitmore vorbei. Die alte Dame schien sich überhaupt nicht bewegt zu haben. Aus einem unbestimmten Gefühl heraus ging Briar zum Fenster und schloß es leise. Dann fragte sie sich, weshalb sie das getan hatte. Denn wenn die Hunde aus einem bestimmten Grund bellen sollten, würde kein noch so gut verschlossenes Fenster das Kriegsgeschrei abhalten.

Als sie schließlich in ihrem eigenen Zimmer anlangte, zitterte sie ebenso wie vorher Mabel und Katie. Es war unendlich dumm, sich von Mabels Aberglauben anstecken zu lassen – aber Tatsache war, daß sie dieses eigenartige Gefühl schon gehabt hatte, ehe sie von Mabels Zustand wußte. Auch sie war von einer Vorahnung erfüllt, die sich auf etwas Schlimmeres als auf Mrs. Whitmores Krankheit bezog.

Aber auch wenn sie sich ausziehen und ins Bett gehen würde, könnte sie nicht einschlafen. So zog sie die Vorhänge zu, zündete noch weitere Kerzen an und setzte sich an den kleinen Tisch, auf dem die dicke Familienbibel der Whitmores stand. Sie öffnete sie aufs Geratewohl und suchte nach Martha Peabodys Lieblingstext. Als sie die Seiten umblätterte, las sie plötzlich: »… und sie werden in der Wildnis verweilen und schlafen in den Wäldern …«

Sie las die Stelle noch einmal, und eine seltsame Ruhe erfüllte sie. Schlafen in den Wäldern. Genau das tat sie, mochte es nun wortwörtlich gemeint sein oder nicht. Denn ihr Leben mit Saul versprach ein langes, verwirrendes Vorwärtstasten im Dunkeln zu werden. Vorausgesetzt natürlich, er erlaubte ihr ein weiteres Zusammenleben mit ihm.

Sie blätterte zurück bis zur Titelseite und begann die Eintragungen zu lesen. Die Bibel schien ein Hochzeitsgeschenk für die alte Mrs. Whitmore und ihren Mann gewesen zu sein, denn die erste Eintragung war an ihrer Hochzeit.

27. Januar 1815, Capt. Reginald Whitmore mit Oriane Marley, Tochter von Robert Curtis Marley und Beatrice Marley.

Der nächste Eintrag lautete natürlich:

21. Juni 1830, Geburt eines Sohnes von Reginald und Oriane Whitmore, getauft auf den Namen Saul.

Von dem folgenden Eintrag hatte sie nichts gewußt; er mußte erst in den letzten Tagen gemacht worden sein. Er ließ ihr Herz höher schlagen, denn da stand es schwarz auf weiß und untermauerte die Tatsache mehr als alle die mit Saul verbrachten Tage und Nächte.

3. Oktober 1860, Eheschließung – Saul Whitmore mit Briar Rose Johnson aus England.

Das war alles. Nur die nackte Feststellung, daß sie aus England gekommen war, die einzige Tatsache ihres Lebens, derer sie ganz sicher sein konnte. Es mußte für Oriane Whitmore, die stolze Tochter von Robert und Beatrice Marley, bitter gewesen sein, diese Eintragung vorzunehmen.

Aber angenommen, dieser Eintragung würde eine andere folgen, sie konnte voll niedergeschrieben werden. »Saul und Briar Whitmore, Geburt …«

Briar hielt die Finger hoch und zählte wieder die Tage, wie so oft in letzter Zeit. Wie viele Tage waren vergangen seit jener Nacht, die sie nicht vergessen konnte?

Plötzlich rief eine Eule ganz in der Nähe. Briar rannte zum Fenster und zog den Vorhang etwas zur Seite. Sie glaubte, eine Eule gesehen zu haben, die in den *Ngaio*-Baum geflogen war, aber sie war nicht sicher, und jetzt war alles wieder ruhig. Doch nicht ganz, denn sie hörte schlurfende Schritte im Gang vor ihrem Zimmer.

»Wer ist da?« schrie sie.

Die Tür öffnete sich einen winzigen Spalt. »Ich bin's, Ma'am«, sagte Katie. »Ich kann nicht schlafen; ich hab solche Angst. Ich weiß nicht, warum.«

»Komm herein«, befahl Briar, und das Mädchen stand beschämt und verloren da mit seinem hochgeschlossenen Flanellnachthemd und dem wirren roten Haar.

»Fühlst du dich nicht gut?« fragte Briar.

Die Sommersprossen hoben sich deutlich von Katies blassem Gesicht ab. »Ein bißchen komisch, Ma'am, aber nur weil ich mich so fürchte. Ich meine immer, ich höre jemand im Busch herumkriechen und flüstern.«

Briar fuhr sich mit der Zunge über die trockenen Lippen. Dann gelang es ihr zu sagen: »Du hast dich nicht gefürchtet, als Rangi an dein Fenster kam.«

»Ich weiß, aber heute nacht ist es nicht Rangi.«

Sie war ohnehin den Tränen nahe, und jetzt liefen sie ihr wieder die Wangen runter. Sie sah nicht älter aus als zwölf, und es schien unmöglich, daß ihr Körper bereits ein Kind in sich trug.

»Jetzt hör zu, Katie, du hast dich nur von Mabels Aberglauben anstecken lassen. Der werde ich morgen etwas erzählen; sie bringt hier alle durcheinander.«

»Aber haben Sie denn keine Angst, Ma'am? Sie sind doch auch nicht ausgezogen und im Bett, und es ist schon nach Mitternacht.«

»Ich war nicht müde. Aber wenn du jetzt schon hier bist, kannst du mir gleich beim Auskleiden helfen. Knöpf mir das Kleid auf. Uhh! Du lieber Himmel, deine Finger sind ja eiskalt!«

»Entschuldigung, Ma'am. Seien Sie mir nicht böse.«

»Ich bin dir nicht böse. Niemand kann etwas dafür, wenn er sich in dieser Wildnis ein bißchen fürchtet.« Sie zitterte selbst, als sie in ihrem Unterrock dastand und die kalte Luft auf ihren nackten Armen spürte. »Wenn Mr. Whitmore zurückkommt ...« Unwillkürlich wanderte ihr Blick zu dem großen, leeren Bett. Es war Mitternacht vorbei, gewiß, aber es dauerte noch immer sieben Stunden bis Tagesanbruch. Sieben Stunden allein zu liegen, nachzudenken und zu lauschen.

»Du wirst dir den Tod holen, wenn du so im Nachthemd herumläufst«, sagte sie zu der schlotternden Katie. »Du solltest lieber ins Bett klettern. Wir werden einander Gesellschaft leisten.«

Katies Augen weiteten sich. »In Ihr Bett ... meinen Sie das wirklich?«

»Du hast mich ja gehört. Ich kann es mir nicht leisten, daß du auch noch krank wirst. Außerdem ...«, müde ließ sie die Lider sinken.

Was waren sie denn schon! Zwei verängstigte, unglückliche Mädchen, eine so schutzlos wie die andere. »Außerdem muß ich gestehen, daß ich dich gern bei mir habe«, fügte sie schlicht hinzu.

Als Katie am Morgen erwachte, fuhr sie mit einem kleinen Schrei hoch. Sie hatte vergessen, wo sie war, und schämte sich schrecklich, im Bett ihrer Herrin zu liegen. Dann begann sie plötzlich zu kichern.

Briar zwang sich, ernst zu bleiben. »Es besteht überhaupt kein Grund, hier herumzusitzen und zu kichern. Geh in dein Zimmer zurück und zieh dich an. Jetzt, bei hellem Tageslicht, wirst du dich doch nicht mehr fürchten!«

»O nein, Ma'am! Ich fühle mich ganz großartig.« Katie stieg aus dem Bett und zog die Vorhänge zurück. Es war ein schöner, klarer Tag, und die ersten Sonnenstrahlen glitten über das frische Grün der Bäume. »Sehen Sie, die Sonne scheint!«

Briar räkelte sich genüßlich und verspürte eine große Erleichterung. Die Nacht war vorüber, und nichts war geschehen. Alle ihre Ängste waren unbegründet gewesen. Es war 7.30 Uhr vorbei; die Schäfer mußten also schon gefrühstückt haben und sich auf ihrem Rundgang bei den Schafen befinden. Sie hatten ihr ja versprochen, sie wissen zu lassen, falls irgend etwas sie beunruhigte. Also schien alles in Ordnung zu sein. Mabel sollte sich auf etwas gefaßt machen. Sie würde diesem faulen, abergläubischen Frauenzimmer die Meinung sagen. Alle derart zu erschrecken!

»Sobald du angezogen bist, bringst du mir Tee, Katie. Ich sehe nach, wie es Mrs. Whitmore geht. Sie wird den Tee sicher auch im Bett trinken.«

Bisher hatte Mrs. Whitmore derartigen Luxus abgelehnt, aber an diesem Morgen würde Briar darauf bestehen. Sobald Katie weggegangen war, zog Briar sich an und ging in Mrs. Whitmores Zimmer.

An der Tür befiel sie plötzlich Angst; denn die alte Dame lag ganz regungslos da. Aber als sie zum Bett trat, sah sie, wie die dunklen, eingesunkenen Augen sie beobachteten.

»Wie geht es Ihnen heute morgen, Mrs. Whitmore, haben Sie gut geschlafen?«
»Danke, ganz ordentlich. Es war eine ruhige Nacht.«
Also hatte auch sie diese Spannung gespürt, war wach geblieben und hatte gelauscht.
»Fühlen Sie sich besser?«
»Vielleicht noch ein bißchen schwach. Ich bleibe wahrscheinlich noch ein oder zwei Stunden liegen.«
Es war das erstemal, daß die alte Dame zugab, sich nicht wohl zu fühlen. War sie denn wirklich krank? Doktor MacTavish mußte gerufen werden, wenn nötig, heimlich.
»Katie wird Ihnen Tee bringen. Diese dumme Mabel hat uns gestern allen einen gehörigen Schrecken eingejagt, als sie behauptete, sie sei beunruhigt wegen der Eulen. Aber Sie sehen, es ist ein wunderschöner Morgen, und alles ...«
Ehe sie den Satz beenden konnte, stob ein Schwarm Vögel aus dem Busch und kreiste lärmend über den Bäumen.
Gleich würden sich die kleinen, grünen Sittiche wieder niederlassen, dachte Briar und beobachtete sie wie hypnotisiert. Wenn sie es taten, bedeutete es, daß sie nur von einem Wildschwein oder einem anderen harmlosen Tier aufgeschreckt worden waren.
Sie ließen sich aber nicht nieder, sondern flatterten kreischend weiter im Kreis. Dann fing einer der Hunde an zu bellen.
Mrs. Whitmore setzte sich im Bett auf. »Was gibt es denn zu sehen?«
»Nichts, nur der schöne Morgen ...«
»Warum bellt dieser Hund?«
»Vermutlich ein Wildschwein ...« Ihr versagte die Stimme.

Es war zu weit entfernt, um es deutlich zu erkennen, aber sie glaubte, über den Büschen eine lange, schwarze Feder gesehen zu haben. Der Hund bellte jetzt wie wild, und die anderen folgten. Wo immer die Schafhirten waren, sie mußten es hören …

»Keine Sorge, Mrs. Whitmore. Ich gehe nur hinunter und sehe nach, ob alles in Ordnung ist.«

»Wo ist Ihr Gewehr?« Plötzlich war Leben in der Stimme der alten Dame.

»In der Halle.«

»Sorgen Sie dafür, daß es geladen ist, und bringen Sie es hier herauf.«

Briar stand an der Tür. »Ich will nur rasch die Türen verriegeln, für den Fall …« Sie beendete den Satz nicht, sondern lief die Treppe hinunter und rief nach Mabel und Katie.

»Habt ihr den Busch beobachtet? Habt ihr irgend etwas gesehen?«

Katies Gesicht war aschfahl. »Irgend etwas hat diese Hunde erschreckt«, sagte Mabel, die aus dem Fenster starrte, »aber Eulen sind es diesmal nicht.«

»Katie! Reiß dich zusammen. Hilf mir, alle Türen und Fenster zu verriegeln. Mabel, sieh zu, daß die Gewehre geladen sind, schnell! Ich verlasse mich auf dich.«

Soeben hatten sie das letzte Fenster verriegelt, als Mrs. Whitmore von oben rief: »Briar! Bringen Sie mir ein Gewehr!«

Briar packte das Gewehr, das Mabel ihr reichte, und raste nach oben. »Was ist, Mrs. Whitmore? Haben Sie etwas gesehen?«

»Ich bin vielleicht alt und krank, aber meine Augen lassen mich noch nicht im Stich. Da treiben sich mindestens drei

Eingeborene im Busch herum. Vielleicht sind sie friedlich, aber ich bezweifle es.«
Die alte Dame hatte einen Schal um die Schultern, stand am Fenster und sah hinaus. Sie griff nach dem Gewehr und öffnete dann das Fenster, um zu zielen.
»Sie … Sie wollen schießen?« flüsterte Briar.
»Noch nicht. Abwarten, hat mein Mann immer gesagt. Wir müssen erst sicher sein, ob es wirklich Feinde sind.«
Sie sah so seltsam und hager aus mit ihren brennenden Augen und der unordentlichen Frisur, daß Briar einen Moment dachte, die Krankheit habe vielleicht ihren Geist angegriffen und sie glaube, sie sei in Indien und werde von Meuterern angegriffen.
»Briar! Wenn das ein Überfall ist – Ha! Da ist noch einer von diesen Teufeln! Sehen Sie, hinter diesem Busch!«
Briar ging vorsichtig zum Fenster. »Dann sind es Hauhaus.«
»Hören Sie zu!« Mrs. Whitmores Stimme war ebenso knapp und ausdruckslos wie die von Saul in ähnlichen Situationen. »Sobald sie nahe genug sind, werde ich versuchen, sie aufs Korn zu nehmen. Jedenfalls wird mein Gewehrfeuer ihre Aufmerksamkeit ablenken. Und während das geschieht, schlüpfst du mit Katie aus dem Haus und machst dich in den Wald davon.«
»Sie verlassen?« rief Briar.
Die feurigen Augen nagelten sie fest. »Sie werden haargenau das tun, was ich Ihnen sage. Ich bin eine alte Frau, die ohnehin jeden Augenblick sterben kann. Das ist leider wahr! Mein Herz macht schon seit einiger Zeit Schwierigkeiten, und letzte Nacht … aber verschwenden wir nicht die Zeit mit Reden. Ich opfere möglicherweise ein paar Wochen mei-

nes Lebens, vielleicht auch nur ein paar Tage. Du und Katie aber, ihr habt noch alles vor euch. Deshalb tu, was ich dir sage!«

Es war unmöglich, dieser gebieterischen Stimme zu widersprechen.

»Werden wir denn im Wald in Sicherheit sein?«

»Jedenfalls sicherer als hier. Kriecht ins Unterholz und bleibt still liegen; ich halte die Teufel ab. Wenn ich es nicht schaffe …«, mit großer Gelassenheit hob sie die Schultern, »hebe ich den letzten Schuß für mich auf.«

»Mrs. Whitmore! Ich möchte Ihnen sagen …« Tränen liefen über Briars Gesicht, so daß sie das hagere Gesicht am Fenster kaum erkennen konnte. Dieses Gesicht, das ihr plötzlich sehr liebenswert erschien, weil es ihr inzwischen vertraut war. »Mrs. Whitmore, ich habe Sie letzte Nacht angelogen: Ich erwarte ein Kind. Ich möchte, daß Sie das wissen …«

Der graue Kopf drehte sich nach ihr um. »Das sagst du nur so!«

»Nein, es ist wahr! Seit sieben Tagen weiß ich es genau. Zuvor wußte ich es auch schon, ich war nur zu stur, um es Ihnen zu sagen.«

Auf diese ehrliche Freude im Gesicht der alten Frau war sie nicht gefaßt. Einen Augenblick lang vergaßen beide die drohende Gefahr und sahen sich endlich offen in die Augen. Dann streckte Mrs. Whitmore in einer impulsiven Bewegung ihre Hand aus.

Aber ehe Briar sie ergreifen konnte, zerriß ein schreckliches Geheul den stillen Morgen. Dunkle Gestalten kamen, Äxte und Speere schwingend, aus dem Busch gelaufen. Sechs, acht, zehn … Briar preßte die Hände an die Ohren, um den schrecklichen Lärm nicht zu hören.

»Schnell!« schrie Mrs. Whitmore. »Renn … renn! Zu Katies Fenster hinaus. Haltet euch tief im Gras versteckt!«

»Ich kann nicht.«

»Es ist nicht nur deinetwegen. Geh!«

Dann zielte Mrs. Whitmore sorgfältig und schoß. Dieses Geräusch brachte Briar zur Vernunft. Sie flog die Treppe hinunter, so schnell sie konnte. Die Luft war erfüllt vom Kampfruf der Hauhaus und dem Krachen der Schüsse, die Mrs. Whitmore abgab. »Dies ist weder mein Land noch deines. Es gehört ihm. Gib es ihm!« klang es in Briars Ohren. Diese Worte hatte niemand ausgesprochen, aber sie verfolgten Briar, als hätte man sie ihr zugerufen. Sie fand Katie zusammengekrümmt in der Halle, packte sie bei der Hand und zog sie in ihr Zimmer.

»Wir müssen in den Wald. Beeil dich, Mabel. Komm!«

Und wieder war Mabels Panik im Angesicht der Gefahr verschwunden. Sie hockte am Fenster, hielt ein Gewehr in der Hand und zielte.

Die Sonne schien auf ihre Köpfe, als sie zum Fenster hinausglitten und sich in das hohe, nasse Gras fallen ließen. Es waren etwa hundert Meter bis zur nächsten Baumreihe und dann noch mal hundert bis zum Buschland.

Wieder ertönte ein Schuß von der anderen Seite des Hauses, und das Geschrei wurde noch ärger. Briar und Katie rannten um ihr Leben. Ihre langen Röcke verfingen sich in den Dornenbüschen, und das Haar fiel ihnen ins Gesicht. Keuchend erreichten die beiden Mädchen den Schutz der Bäume. Briar konnte kaum glauben, daß sie nicht verfolgt wurden. Die Schritte, die sie glaubte, gehört zu haben, waren nichts weiter als ihr Herzschlag.

Katie brach zusammen, rang nach Atem und griff sich an den Leib. Als nächstes, dachte Briar, mußte sie vielleicht noch mit einer Fehlgeburt mitten im Wald fertig werden.

»Komm, Katie, reiß dich zusammen!«

»O Ma'am, ich kann nicht!«

»Du kannst, wenn du willst. Mrs. Whitmore soll nicht umsonst sterben.«

Noch ein Schuß. Der Einschlag setzte Katie in Bewegung. Jetzt war sie es, die vorauslief, fast flog sie über die Wiesen, ihre Röcke bis über die Knie geschürzt.

»Hau hau!« gellte der furchtbare Schrei. *»Hau hau!«*

Aber er folgte ihnen nicht, und als Briar schließlich über die Schulter zurücksah, wirkte sogar das Haus klein, und die braunen Gestalten, die es umtanzten, waren kaum mehr als Schatten.

»Sie sind uns nicht gefolgt«, keuchte sie. »Aber wir dürfen jetzt nicht stehenbleiben, wir müssen uns verstecken.«

Katie legte die Hand auf ihren Arm. »Schauen Sie«, flüsterte sie heiser, »schauen Sie!«

Als Briar sich noch einmal umdrehte, sah sie, wie eine Rauchfahne hochstieg. »O nein!«

»Sie zünden das Haus an!«

Briar preßte die Hände an den Kopf. Das Schreien klang über die Wiesen herüber, die naß und glänzend im frühen Morgenlicht dalagen. Die Rauchsäule wurde dichter. Noch ein Schuß – und Briar wußte instinktiv, wem er gegolten hatte: Es war der, den Mrs. Whitmore für sich selbst aufgehoben hatte.

Unvermittelt drehte sich die Erde, und das nasse Gras streifte Briars Wangen.
Katie schüttelte sie heftig und zog sie hoch. »Ma'am! Wir müssen uns verstecken. Sie werden bald nach uns schauen.«
Gelbe Flammen züngelten bereits in die Höhe, und die Hitze schien Briars eiskaltes Gesicht zu berühren.
»Ich hätte Mrs. Whitmore nicht verlassen dürfen! Ich hätte es nicht tun dürfen!«
»Damit Sie selbst auch verbrannt wären! Was hätte das für einen Sinn gehabt? Die alte Dame hatte ganz recht. Sie lag im Sterben, das konnte man sehen. Und Sie und ich …« Ein Anflug von Erwachsensein und Wissen huschte über Katies schweißnasses Gesicht. »Ich habe recht, nicht wahr, Ma'am? Wir müssen unsere Babys retten.«
»Wenn wir können«, sagte Briar verbissen und erkundigte sich gar nicht, wieso Katie ihr Geheimnis erraten hatte.
»O mein Gott!« kreischte Katie. »Sie haben uns gesehen, sie deuten auf uns. Rennen Sie, rennen Sie!«
Nach einem entsetzten Blick auf die plötzlich anstürmenden Krieger, die wild gestikulierten und ihre Tomahawks schwangen, drehte Briar sich um und floh hinter Katie in den kühlen, nassen Dschungel.

31

Genau in dem Augenblick, als Briar und Katie vor ihren Verfolgern flohen, sahen Sophia, Tante Charity und Peter auf ihrem Weg nach New Plymouth drei Reiter auftauchen, die rasch näherkamen.

»Hauhaus!« schrie Sophia und preßte ihr Baby an die Brust.

Peter hielt sein Gewehr schußbereit, aber Tante Charity fuhr ihn an: »Runter damit, du Idiot! Kannst du keinen Maori von einem Weißen unterscheiden?«

»Der zweite Mann ist ein Maori!« entgegnete Peter, dessen Gesicht schweißgebadet war. Hätte es irgendein Versteck gegeben, er wäre hineingekrochen. Aber in dieser verdammten Ebene gab es nichts außer kniehohem *Tussock*-Gras. Vielleicht konnte er aber einen Reiter nach dem anderen erledigen, wenn seine Hände aufhörten zu zittern. Der zweite Mann war zweifellos ein Maori. Selbst auf diese Entfernung konnte man sein geöltes schwarzes Haar in der Sonne glänzen sehen.

»Es gibt auch friedfertige Maoris«, erklärte Tante Charity und stellte sich heldenhaft im Wagen auf, um zu winken.

Der erste Reiter winkte zurück. Die kleine Gruppe kam rasch näher, und plötzlich rief Peter: »Das ist ja Saul!«

»Und du hättest ihn beinahe umgebracht«, rief Tante Charity verächtlich, bevor sie die dreckbespritzten Reiter mit einem Lächeln willkommen hieß.

Saul glitt vom Pferd und überprüfte mit einem Blick die beiden Wagen. »Wo sind meine Frau und meine Mutter?«

»Sie haben sich geweigert, mitzukommen. Nichts und niemand konnte sie dazu bewegen, Saul.«

Sophia wickelte ihr Baby aus und hielt es Saul mit einem stolzen Lächeln entgegen.

»Welch ein Glück, daß wir dich noch getroffen haben, Saul. Jetzt kannst du meinen Sohn sehen. Er ist gerade zwei Wochen alt. Das hättest du nicht gedacht, nicht wahr? Doktor MacTavish sagte, er ist schon so groß wie ein Baby von einem Monat.«

Saul warf nur einen kurzen Blick auf das kleine rosige Gesicht und fragte erregt: »War alles in Ordnung, als ihr weggefahren seid?«

»Vollkommen.« Tante Charity betrachtete die beiden anderen Reiter, die ein wenig abseits standen. Himmel, einer davon war tatsächlich ein Hauhau!

»Wann seid ihr weggefahren?«

»Gestern morgen«, antwortete Peter. »Wir sind rasch vorangekommen, und weil die Straße in gutem Zustand war, dachten wir, es sei klug, etwas Tempo zuzulegen.«

»Das war sehr klug«, sagte Saul. »Jetzt, wo ihr aus dem Wald draußen seid, werdet ihr keine Schwierigkeiten mehr haben.«

»Hat denn Gefahr bestanden?«

»Für ›Lucknow‹, ja. Rangi« – Saul deutete auf den schweigenden Maori – »hat mir davon berichtet. Ich habe Te Kootis besten Freund getötet und seine Standarte erobert. Man plant also, an mir persönlich Rache zu nehmen, um das Gesicht zu wahren. Diesmal wird ›Lucknow‹ nicht verschont,

es sei denn, wir kommen noch rechtzeitig hin.« Er hielt inne und sagte mit großer Erbitterung: »Mein Gott, weshalb hat meine Frau nicht getan, was ich ihr gesagt habe?«
Dann stieg er wieder aufs Pferd und rief: »Ihr habt nur noch zehn Meilen vor euch, trotzdem – verschwendet keine Zeit. Viel Glück!«
Als die Pferde mit donnernden Hufen davonstoben, rief Sophia entrüstet: »Er hat mein Baby kaum angeschaut. Es hat ihn überhaupt nicht interessiert. Arme Briar! Sie tut mir wirklich leid, mit einem so hartherzigen Mann verheiratet zu sein.«
»Jedenfalls ist er um ihre Sicherheit besorgt«, sagte Peter und murmelte vor sich hin: »Gott sei Dank!«
»Dieser Maori, Rangi« – sagte Tante Charity nachdenklich –, »kommt euch dieser Name nicht irgendwie bekannt vor? Wo habe ich den nur schon gehört?«
»Wo könntest du den schon gehört haben, Tante Charity, er ist ein Heide! Ich frage mich, wieso Saul ihm vertraut!«

Saul vertraute ihm nicht nur, er war ihm zutiefst dankbar für seine Warnung. Rangi hatte herausgefunden, daß acht oder neun hitzige, junge Krieger beschlossen hatten, sich an Saul Whitmore, dem verhaßten und gefürchteten Weißen, zu rächen, sein Haus niederzubrennen und seine Familie zu töten, um Te Kooti ihre Treue zu beweisen. Rangi, den Mischling, zog es immer mehr zu den Weißen, vor allem zu dieser blaßhäutigen Frau mit den Haaren wie Feuer. Er verspürte große Sehnsucht, zu ihr zurückzukehren.
Der Maori verbrachte eine lange Nacht im Gespräch mit den Geistern, die in den Wäldern und auf den Bergen wohn-

ten. Dann verließ er sein *Pa* und machte Saul unter großen Gefahren im feindlichen Lager ausfindig.
Aber als Saul endlich von Captain Maltby die Erlaubnis erhalten hatte, in den Süden zu reiten und Tom Galloway und den abtrünnigen Rangi mitzunehmen, mußten sie entdecken, daß die Flüsse Hochwasser führten und unpassierbar waren. Sie waren also gezwungen, auf der langen Küstenstraße und durch New Plymouth zu reiten, wodurch sie einen ganzen Tag verloren. Und vielleicht war es jetzt zu spät!
Saul hatte gehofft, daß alle »Lucknow« verlassen hatten. Als er dann in der Ferne die Wagen erblickte, hatte er erleichtert aufgeatmet. Sicherlich waren Briar und seine Mutter bei den anderen.
Aber er hätte Briar besser kennen müssen. Sie würde ihm aus reiner Opposition nicht gehorchen. Und zu ihrem eigenen Verderben.
Die Pferde waren müde, denn die Männer ritten seit fast drei Tagen ohne Unterbrechung und hatten selten Gelegenheit gehabt, die Pferde zu wechseln. Rangis dunkles Gesicht mit den eingekerbten Ringen und Kreisen zeigte keinerlei Anzeichen von Müdigkeit, aber Saul und Tom sahen sehr mitgenommen aus.
Fünfzehn Meilen vor »Lucknow« stolperte Sauls müdes Pferd und lahmte. So blieb ihnen nur übrig, Tom mit dem lahmenden Gaul zurückzulassen und zu zweit weiterzureiten. Obwohl der Pfad verhältnismäßig fest und trocken war, kamen sie erst in der Dämmerung nach »Lucknow« oder dahin, wo »Lucknow« einst gestanden hatte. Denn alles, was sie noch vorfanden, waren rauchende Ruinen.

Wie ein Wahnsinniger feuerte Saul sein müdes Pferd an und legte die letzte Wegstrecke im Galopp zurück.
Der Feind war längst über alle Berge. Saul sah, daß Leute damit beschäftigt waren, Eimer voll Wasser auf die rauchenden und glimmenden Reste seines Hauses zu schütten.
Und dann erkannte er Doktor MacTavish, Amos O'Brien und die vierschrötige Mabel Kingi. Mabel war die einzige Frau.
Saul sprang vom Pferd, als Doktor MacTavish auf ihn zugerannt kam.
»Saul, wie gut, daß Sie hier sind!«
»Wo sind meine Frau und meine Mutter?«
Doktor MacTavish deutete auf eine mit Segeltuch bedeckte Gestalt auf dem Boden.
»Dort ist Ihre Mutter, Saul!«
»Verbrannt!« rief Saul entsetzt.
»Nein, Gott sei Dank nicht! Mabel sagte uns, sie hat ihren letzten Schuß für sich selbst aufgehoben.«
»Und Briar?« fragte Saul.
»Sie und Katie sind in den Wald gelaufen. Wir konnten sie noch nicht finden. Die Männer suchen noch immer.«
»Seid ihr sicher, daß sie sie nicht erwischt haben?«
»Wir haben keine Anzeichen dafür, Saul. Mabel sagte, die Teufel hätten Jagd auf sie gemacht. Aber wenn sie sie nicht gekidnappt haben ...«
»Dieser Feind macht keine Gefangenen«, sagte Saul kurz. »Er verschwendet keine Zeit. Wir müssen weitersuchen.«
Rangi, der sich schweigend im Hintergrund gehalten hatte, kam mit seinem Pferd vor. »Ich finde sie, Mr. Whitmore, ich weiß, wo kleine *Rata*-Blume ist.« In seinen großen Augen

leuchtete es geheimnisvoll. Dann gab er seinem Pferd einen Klaps und ritt davon.
»Komm zurück«, schrie Saul, »sie werden dich erschießen!«
Aber der Maori beugte sich tief über das Pferd. Sein Federmantel flatterte um ihn, so daß er aussah wie ein riesiger Vogel. Unbeirrt setzte er seinen wilden Ritt fort.
»Wer ist das?« fragte Doktor MacTavish. »Was hat er vor? Wenn er in den Wald reitet, werden die Männer denken, er ist ein Hauhau.«
»Er ist ein Hauhau«, sagte Saul. »Aber anscheinend übt das rothaarige Dienstmädchen meiner Frau einen Zauber auf ihn aus.« Er nahm die Zügel. »Wir müssen ihm nach.«
Briar und Katie hatten den Eindruck, schon ewig in der dunklen, modrigen Baumhöhle zu liegen. In unregelmäßigen Abständen hatten sie in der Ferne Lärm und unverständliche Worte gehört. Einmal glaubte Briar sogar, ihren eigenen Namen zu verstehen. Sie wäre beinahe hinausgekrochen, aber Katie klammerte sich in panischer Angst an sie.
»Noch nicht. Wir müssen warten, bis es dunkel ist.«
»Aber die Männer suchen vielleicht nach uns.«
»Die Hauhaus auch! Wir müssen warten.«
Briar war so müde und geschockt, daß sie sich von Katie überreden ließ. Mit einemmal wurde es ruhig im Wald, nur die Vögel zwitscherten. In der kühlen Dunkelheit ließ Briars Spannung ein wenig nach, und sie schlief beinahe ein. Sie mußte sich entspannen, dachte sie sich, um dem Baby nicht zu schaden. Das Baby mußte gesund zur Welt kommen, schon Sauls Mutter zuliebe.
Aber die alte Dame konnte nicht mehr am Leben sein. Das war ein Grund mehr, dieses Leben in ihr zu bewahren.

Sie versuchte zu begreifen, daß »Lucknow« nicht mehr existierte, daß all ihr Hab und Gut – die sechs großen Schlafzimmer, das Klavier, der Perserteppich, das Silber von Onkel Hubert und all ihre Kleider – nichts mehr waren als verkohlte Überreste. Sie mußte begreifen, daß sie außer ihrem zerrissenen und schmutzigen Kleid nichts mehr besaß, daß sie wieder heimatlos und schutzlos war.
Aber die Ereignisse des Tages mußten sie sehr verwirrt haben, denn all das machte ihr eigenartigerweise nicht sehr viel aus. »Diese Leere!« hatte Mrs. Whitmore gesagt. Und jetzt gab es diese Leere nicht mehr. Seltsam, es war wie eine Erleichterung.
Stunden später, als Hunger und Erschöpfung die Mädchen unruhig werden ließen, entschloß sich Briar, nach draußen zu kriechen.
Da plötzlich hörten sie es wieder, dieses Rascheln und Knacken der Zweige, und es kam immer näher.
Katie wimmerte vor Angst und klammerte sich an Briar. Sie verbarg ihr Gesicht, als sich die schützenden Farne vor dem Eingang teilten.
Briar selbst unterdrückte einen Aufschrei, als sie das dunkle Gesicht sah. Es war unmöglich, im Dämmerlicht Genaueres zu erkennen, aber sie wußte, es war ein Hauhau, sie sah den kräftigen, nackten Arm und roch das Öl.
Sie war vor Angst fast von Sinnen. Dann sagte eine tiefe, melodische Stimme leise: »Kleine *Rata*-Blume?«
Katie sprang auf und rief ungläubig: »Rangi! Es ist Rangi, Briar! Alles ist gut.«
Steif, schmutzig und aufgelöst taumelten die Mädchen aus der schützenden Höhle. Briar blieb noch immer abwartend

im Hintergrund; denn es konnte ebenso eine Falle sein. Rangi war trotz allem ein Hauhau.
Aber er sagte: »Kommt, es ist keine Gefahr mehr.« Und als Briar ihn ansah, erblickte sie den grünen *Tiki* an seinem Hals. Automatisch griff sie nach ihrem eigenen Stein, den sie versteckt unter dem Kleid trug. Und während sie sich noch fragte, ob ihr dieser seltsame kleine Gott wohl ein zweites Mal Glück bringen würde, sah sie jenseits der Lichtung eine hohe Gestalt zwischen den Bäumen. Sie glaubte zu träumen. Saul! Das konnte doch nicht sein!
Dann kam er näher, und sie sah, daß er es wirklich war.
»Saul!« schrie sie, und Leben kam in ihre steifen, verkrampften Beine. Sie raffte ihre zerrissenen Röcke und flog in seine ausbreitenden Arme. Fest drückte sie sich an seine Brust. In seiner Umarmung lag alle Angst, Wut und Verzweiflung der letzten Tage.
Zärtlich schmiegte sich sein rauhes Gesicht an ihre Wange; es schien feucht zu sein. Oder waren es ihre eigenen Tränen? Keiner von beiden sprach. Worte waren unnötig und unmöglich. Leben pulsierte wieder in ihnen. Als Saul ihren leichten Körper auf die Arme nahm, vergrub sie ihr Gesicht an seiner Schulter und wußte mit einem Mal, daß es das war, wonach sie sich immer gesehnt hatte.

Sie mußten der Wirklichkeit ins Auge sehen. Briar saß vorne auf Sauls Pferd, während sie aus dem Wald ritten. Ohne Umschweife sagte sie: »Deine Mutter ist tot, Saul. Jedenfalls glaube ich es, denn sie war im Haus, als es in Brand gesteckt wurde.«
»Ja, ich weiß, daß sie tot ist.«

»Sie hat mir das Leben gerettet, mir und Katie. Nur mit ihrer Hilfe konnten wir fliehen. Sie hat geschossen, bis sie nur noch einen Schuß übrig hatte, und sie versprach, den letzten Schuß auf sich zu richten.« Briars trockene, klare Stimme ließ diesen Bericht beinahe nüchtern klingen. »Sie war sehr tapfer.«

Saul schwieg einen Augenblick. Dann sagte er ruhig: »Sie wäre ohnehin bald gestorben. MacTavish hat mir das gerade gesagt. Er hätte ihr nur noch ein paar Wochen gegeben. Lassen wir ihr diesen Augenblick des Ruhms. Sie wollte es so. Übrigens hat sie dich mit der Zeit sehr geschätzt.«

Briar sah hoch. »Mich?«

»Ja. Sie hat es mir vor einiger Zeit gesagt. Gerade, als ich soweit war, ihr zuzustimmen, daß ich einen fürchterlichen Fehler begangen hatte, als ich dich heiratete. Damals, als wir wirklich glaubten, einander zu hassen. Aber meine Mutter bewunderte deine Klugheit und die Art, wie du zu deinen Freunden hältst. Sie sagte, du seist die richtige Mutter für meine Kinder, falls ich dich jemals dazu bringen würde.«

»Und ... und was hast du gesagt?« Briars Stimme war sehr leise.

»Ich sagte, wenn ich dich dazu bringen könnte, mich zu lieben, wäre ich glücklich.«

Sie verließen den Wald, und plötzlich zügelte Saul sein Pferd. Briar merkte, daß er absichtlich haltmachte, um auf die rauchenden Ruinen seines Hauses zu blicken. Bitterkeit kehrte in seine Stimme zurück.

»Hattest du mich nicht dieses schönen Hauses wegen geheiratet? Was ist nun?«

»Wir werden ein neues bauen, wir haben eine Menge Zeit.«

»Und in der Zwischenzeit wärst du damit zufrieden, in einer kleinen Hütte zu leben wie Jemima?« fragte er mißtrauisch.
Briar rieb sich ihr schmutziges, müdes Gesicht. Sie wußte, er würde ihr nicht glauben, aber es stimmte, daß es ihr nichts mehr ausmachte, keinen Besitz mehr zu haben. Sie war arm zur Welt gekommen, es war nichts Neues für sie. Vor allem konnte sie jetzt diese Tatsache klaglos akzeptieren. Außerdem hatte sie sich geirrt, wenn sie glaubte, dieses fruchtbare, aufregende Land gehöre ihr. Denn es gehörte in Wahrheit nur jenen, die hier geboren worden waren. Und das würde das Erbe sein, das sie, die heimatlose Waise, das Findelkind, das mit so ehrgeizigen Plänen von so weit hergekommen war, ihrem Sohn mitgäbe.
Dieses Bewußtsein war erregend und wunderbar.
»Es macht mir nichts aus, wenn unser Baby in einer Hütte zur Welt kommt«, sagte sie träumerisch. Erst als Sauls Arm sie fest umschloß, fiel ihr ein, daß er ja noch gar nichts von dieser Neuigkeit gewußt hatte.
»Es ist wahr, Saul, wir bekommen ein Baby.« Insgeheim hoffte sie, das Kind würde diesen stolzen, arroganten Ausdruck erben. »Ich habe es heute morgen deiner Mutter gesagt, kurz bevor ...« Ihre Stimme zitterte. »Ich bin so froh, daß ich es ihr gesagt habe. Ob es ihr etwas bedeutet hat?«
»Es hat ihr sicher sehr viel bedeutet«, sagte Saul.
»Und dir?«
»Wenn du darüber glücklich bist, bin ich es auch.«
Zärtlich ruhten seine Augen auf ihr, und es war das erstemal, daß seine Stimme demütig klang.

Aber ihre Fassung verließ sie, als sie das Dorf erreichten und sie die kleine Gruppe von Menschen sah, die sie erwartete. »Hier ist Briar!« hörte sie die Stimmen. »Briar ist in Sicherheit!«

Die Worte klangen wie ein Echo aus ihren einsamen Träumen. Sie hätte niemals gedacht, sie mit solcher Liebe und Dankbarkeit ausgesprochen zu hören. Und die vielen vertrauten Gesichter: Jemima, Prudence, die Kinder mit ihren großen Augen und Martha Peabody. Die Gesichter ihrer Freunde. Sie glitt vom Pferd und wurde sogleich von vielen Armen umfangen.

Als Briar später an diesem Abend in Martha Peabodys Bett lag, mit rührender Liebe umsorgt, ebbte allmählich das Grauen des vergangenen Tages ab. Sie begann wieder, normal zu denken, und fragte, ob Saul hereinkommen könne. Teilweise, weil sie manches mit ihm besprechen wollte, teilweise, weil sie seine Nähe mit solchem Verlangen erfüllte, daß sie es nicht ertragen konnte, ihn auch nur für kurze Zeit aus den Augen zu verlieren. Das allerdings würde sie ihn im Augenblick nicht wissen lassen, sonst gab es vermutlich überhaupt keine Unterhaltung.

»Setz dich, Liebling, es gibt Verschiedenes zu besprechen.«

Saul runzelte die Stirn bei diesem Ton, aber er setzte sich.

»Zuerst einmal müssen wir für Mabel Arbeit und Unterkunft finden, bis unser neues Haus fertig ist. Sie hat heute morgen sehr tapfer für uns gekämpft, und sie sagte mir, sie sei den Wilden nur deshalb entkommen, weil sie sich in einer Hundehütte versteckt hatte. Dabei hat sie sich vermutlich ziemlich zugerichtet. Sie hat ja nicht gerade die passende Figur für eine Hundehütte.« Briar lächelte verschmitzt. »Und außerdem hat sie ihre beiden Kleider verloren, die wir ihr ersetzen sollten, falls das möglich ist; denn es scheint ihr sehr viel daran zu liegen. Und dann ist da noch Katie. Ich denke, daß Rangi sie vielleicht sogar in einer Kirche heiraten wird, nachdem er sich so gewandelt hat. Wenn er das aber nicht tut, müssen wir sie und ihr Baby beschützen. Das ist wichtig. Ich habe es ihr versprochen.«

»Ich habe ja gar nichts dagegen, mein Liebling.«

»Warum machst du dann ein so finsteres Gesicht?«

»Weil das verdächtig nach Tante Charity klingt.«

Briar setzte sich entrüstet auf, dann merkte sie, daß er grinste, und zum ersten Mal lachten sie vergnügt miteinander.

»Du willst mich doch nicht immer noch nach Wellington zurückschicken?« fragte sie ganz plötzlich.

»Ganz im Gegenteil, meine Liebe, ich werde dich nie mehr aus den Augen lassen.«

Er bemerkte, daß ihr die Tränen hochkamen, aber Martha Peabodys Schlafzimmer war nicht der richtige Ort, sie so in die Arme zu nehmen, wie er es gerne getan hätte, deshalb fuhr er mit erzwungener Ruhe fort: »Ich habe heute unterwegs die Post mitgenommen.«

Briar machte ein desinteressiertes Gesicht. »Für mich wird nichts dabeisein. Ich habe keine Familie, das weißt du, und niemanden außer dir, der mir schreiben könnte. Und deine Briefe, mein Liebster, sind nicht gerade erbaulich.«

»Du irrst dich, da ist ein Brief für dich.«

Neugierig setzte sie sich auf, um den fremden Brief zu empfangen. Wer sollte ihr schreiben?

»Saul«, flüsterte sie aufgeregt, »er ist vom Gouverneur. Er ist an uns beide adressiert.«

»Ich weiß, öffne ihn.«
Briar riß den dicken Umschlag auf und zog die goldumrandete Einladung heraus. »Mr. und Mrs. Saul Whitmore werden gebeten …«
»Saul! Wir sind eingeladen, vor dem Gouverneur und seiner Frau einen Knicks zu machen.«
Saul sah den kindlichen Spaß in ihren Augen. »Den Knicks überlasse ich dir, mein Liebling, ich werde mich mit einer Verbeugung begnügen.«
»Und ich«, meinte sie vergnüglich und hob die Nase, »ich soll den Gouverneur kennenlernen.« Dann lehnte sie sich mit einem tiefen Seufzer zurück. »Aber eigentlich ist auch das ziemlich unwichtig, nicht wahr?«